Die Prinzessin der Kelche

Pia Rosenberger wurde in der Nähe von Osnabrück geboren und hat nach einer Ausbildung als Handweberin Kunstgeschichte, Pädagogik und Literaturwissenschaft studiert. Seit über zwanzig Jahren lebt sie im mittelalterlich geprägten Esslingen und arbeitet als Autorin, Journalistin, Museumspädagogin und Stadtführerin.

Dieses Buch ist ein Roman. Handlungen und Personen sind frei erfunden. Ähnlichkeiten mit lebenden oder toten Personen sind nicht gewollt und rein zufällig.

Pia Rosenberger

Die Prinzessin der Kelche

Historischer Roman

emons:

Bibliografische Information der Deutschen Nationalbibliothek
Die Deutsche Nationalbibliothek verzeichnet diese Publikation
in der Deutschen Nationalbibliografie; detaillierte bibliografische
Daten sind im Internet über http://dnb.d-nb.de abrufbar.

© Emons Verlag GmbH
Alle Rechte vorbehalten
Umschlagmotiv: mauritius images/SuperStock/Fine Art Images
Umschlaggestaltung: Nina Schäfer
Gestaltung Innenteil: César Satz & Grafik GmbH, Köln
Lektorat: Susann Säuberlich, Neubiberg
Druck und Bindung: CPI – Clausen & Bosse, Leck
Printed in Germany 2018
ISBN 978-3-7408-0448-0
Historischer Roman
Originalausgabe

Unser Newsletter informiert Sie
regelmäßig über Neues von emons:
Kostenlos bestellen unter
www.emons-verlag.de

Dieser Roman wurde vermittelt durch die
Literaturagentur Thomas Schlück GmbH, Hannover.

*Das Herz und die Rose
sind das einzig Unvergängliche.*
Theophrastus Bombastus von Hohenheim,
genannt Paracelsus

PROLOG

Februar 1530

Der Schnee knirschte unter Leontines Stiefeln. Hals über Kopf floh sie aus den engen Gassen der Stadt in die Neckarauen und kam völlig außer Atem am Ufer des Flusses an. Die Welt drehte sich um sie.

Atmen, langsam ein und aus, dachte sie, atmen, bis die Panik weicht und der Boden unter den Füßen zum Stillstand kommt.

Nicht weit entfernt wölbte sich die große Steinbrücke über den Fluss, auf dem graue Eisschollen trieben. Ein Stück flussabwärts gruben sich die Wasserräder der Mühle in die Fluten und übertönten das Rauschen in ihrem Kopf. Vor ihr stakste ein Reiher am Ufer entlang und lauerte auf Beute.

Ich gehe nicht zurück, dachte sie trotzig und schluckte an ihren Tränen.

Seit drei Jahren half sie regelmäßig in Peter Riexingers Apotheke in der Webergasse aus, wo sie die Grundlagen der Arzneimittelherstellung gelernt hatte. Außerdem hatte Riexingers Schwester Friede ihr reiches Kräuterwissen mit ihr geteilt. Leontine liebte diese Arbeit über alles. Doch seit einigen Wochen lief es nicht mehr rund. Eine reiche Patriziergattin hatte sich geweigert, den Hustensaft zu kaufen, den Leontine aus den Extrakten von Eibisch, Efeu, Thymian und Spitzwegerich gemischt hatte.

»Nicht aus deinen Händen«, hatte sie gesagt und den Laden verlassen.

Es war nicht bei einer Kundin geblieben. Die Leute fürchteten sie, die junge Leontine von Absberg, die seit dem Tod ihrer Mutter Theophila die Ziehtochter der reichen Gewürzhändlerin Tessa Wagner war. Immer mehr Kunden kreuzten bei ihrem Anblick die Finger gegen den bösen Blick.

Heute hatte die Welle der Ablehnung ihren vorläufigen Höhepunkt erreicht. Weil in der Stadt der übliche Spätwinterkatarrh umging, war der Laden gedrängt voll gewesen. Da hatte sich die Gattin des Stoffhändlers Ägidius Marchthaler durch die Tür gedrückt. Als sie sich der Aufmerksamkeit aller Kunden sicher sein konnte, rauschte sie heran und wollte Peter Riexinger persönlich sprechen. Ihr Sohn, sagte sie zum Meister, sei durch Leontines Arznei gegen Durchfall noch kränker geworden, als er ohnehin schon gewesen war. Sie müsse ihn verwünscht haben.

»Von dem Hexenkind nehme ich nichts mehr entgegen«, verkündete sie schnippisch und warf die Ladentür hinter sich ins Schloss. Die Kundschaft schwieg betroffen. Nichts war Leontine je so peinlich gewesen.

»Geh für heute nach Hause«, hatte ihr Peter Riexinger geraten, den sie als besonnenen Mann schätzte.

Jetzt stand sie am Flussufer und hackte mit ihrer Stiefelspitze ein Loch in den schmutzigen Schnee. Hexenkind. Wenn die Marchthalerin mit ihrer Behauptung nur unrecht hätte.

Noch bevor sie diesen Gedanken zu Ende gedacht hatte, hörte Leontine die Schatten durch den violetten Schleier flüstern, der die Wirklichkeit von der anderen Seite trennte. Manchmal verstand sie, was sie sagten.

Dann sah sie ihn und schrak zusammen. Auf einer der Schaufeln der Mühle saß ein grüner Nix, nackt, mit Schwimmhäuten zwischen Zehen und Fingern, und winkte ihr heiter zu. Leontine wandte sich um und floh durch die graue Dämmerung zum Haus ihrer Familie am Rossmarkt.

1

Anfang März 1530

Nichts hatte darauf hingedeutet, dass der Hof in dieser Nacht zum Raub der Flammen werden würde. Vielleicht waren die beiden Kühe und die Ziegen im Stall an diesem Abend unruhiger gewesen als sonst. Aber die Familie hatte die Anzeichen nicht zu deuten gewusst und sich wie immer zur Nacht auf die klammen Strohmatratzen gelegt. Doch als der Mond untergegangen war und die Welt in Finsternis zurückließ, kamen die Brandstifter, um den roten Hahn unter das Dach des Hauses und ins Gebälk des Stalls zu setzen.

Die Eltern und die vier Kinder schliefen fest, während die Feuerblume erwachte, sich genüsslich entrollte und ihre lodernden Blütenblätter in den Himmel streckte. Der gelähmte Großvater aber schaute wissenden Auges dem Tod entgegen, den er so lange herbeigesehnt hatte.

Schon ehe sie das Knistern auf dem Speicher gehört hatte, hatte die Bäuerin Hedwig wach gelegen und in die Dunkelheit gestarrt. Die Mäuse haben es bis ins Gebälk geschafft, dachte sie und nahm sich vor, morgen den Kater hinaufzuschicken, damit er für Ordnung sorgte. Da wusste sie noch nicht, dass ihr gewohntes Leben in dieser Nacht zu Ende gehen würde.

Der kleine Jacob lag neben ihr auf der Strohschütte, schlafwarm und tröstlich. Hedwig strich ihm über die weichen Haare. Die anderen drei schnarchten selig auf ihrer Bettstelle.

Noch ein bisschen weiterschlafen, dachte sie sehnsüchtig, bis der Hahnenschrei sie für den nächsten harten Tag aus den Federn treiben würde. Das tägliche Einerlei wartete auf sie. Melken, buttern, kochen, den Schwiegervater füttern, den der Schlagfluss ans Bett gefesselt hatte, unbeweglich wie ein Stück Holz.

Hedwig tastete nach den verlässlichen Fingern von Jerg,

ihrem Mann, der an ihrer anderen Seite schlief, als das leise Knistern zu einem Prasseln anschwoll und etwas mit einem Knall explodierte. Da war dieser leuchtende Schein vor dem Fenster wie von einem verfrühten Sonnenaufgang und die Spur von Rauch, die, zart wie Nebel, unter dem Türspalt hindurchkroch. Ungläubiges Entsetzen lähmte sie.

»Jerg, wach auf!« Ihre Stimme zerriss die Stille.

Ihr Mann murmelte schlaftrunken vor sich hin und wehrte ihre Hand unwillig ab.

»Es brennt.«

Diese Worte, der Alptraum eines jeden Christenmenschen, weckten Jerg auf der Stelle. Er fuhr auf, saß aufrecht, bevor sie weitersprechen konnte, und sprang aus dem Bett.

»Raus hier! Nimm die Kinder! Ich schau nach den Tieren.«

Hedwig schlug die Hand vor den Mund. Der Stall brannte. Sonst hätte sie kein Licht gesehen.

Während der Rauch sich schwer auf ihre Atemwege legte, griff sie mit fliegenden Händen nach ihrem Kleinsten, setzte ihre Beine auf den Boden und tappte zum Bett der Älteren.

»Marie, Heinrich, Hans, wacht auf! Schnell!« Sie rüttelte die Großen wach, zerrte sie unsanft hoch, schubste sie einen nach dem andern zur Tür, riss sie auf und zuckte zurück. Die Stiege brannte lichterloh. Die Flammen fuhren bis zur Decke empor und prasselten, dass man sein eigenes Wort nicht mehr verstand. Die kleine Marie griff nach ihrer Hand, während sie noch immer untätig auf dem Treppenabsatz stand und entsetzt auf das lodernde Feuer starrte.

»Lauft!«, schrie Jerg. »Und zieht euch die Zipfel eurer Nachtgewänder vors Gesicht.« Mitten durch die Flammen stürmte er die Treppe hinunter.

Die Tiere, dachte Hedwig. Ihr ganzer Besitz. Die Lähmung fiel von ihr ab, als die drei Kinder zu husten begannen. »Du nimmst deinen Bruder!«

Heinrich, ihr Ältester, nickte ihr entschlossen zu und griff nach dem Arm von Hans, seine Augen so blau im Schein der Flammen. Sie selbst hielt Maries Hand in ihrem eisernen Griff, drückte Jacobs Köpfchen an sich und machte sich an den Abstieg. Schritt für Schritt, Stufe für Stufe. Flammen, die mit höllenheißen Händen nach ihr griffen, Rauch, der ihr die Sicht vernebelte und den Atem nahm. Der Feuerwind fasste unter Maries Zöpfe und wehte sie hoch. Der Rauch schmeckte nach Tod. Am liebsten hätte Hedwig sich auf eine Treppenstufe gesetzt und aufgegeben.

Aber nein! Sie musste die Kinder in Sicherheit bringen.

Marie neben ihr weinte verzweifelt, hustete sich die Seele aus dem Leib. Hedwig zog sie weiter abwärts, drückte den Kleinen an ihre Brust, darauf achtend, dass die Buben ihr folgten. Wie stolz sie auf Heinrich war, der seinen Bruder verbissen hinter sich herzerrte.

Dann stolperten sie über die Schwelle, rangen nach Luft, so frisch wie Quellwasser, drückten sich aneinander und schauten zu, wie ihr kleiner Hof hoch über dem Neckartal zum Raub der Flammen wurde.

In einem wilden Tanz loderten sie aus den Fenstern und verschlangen gierig ihr Hab und Gut. Die Kinder sahen aus wie knapp der Hölle entronnen. Rußverschmierte Gesichter, aus denen sie blaue Augen anstarrten.

Hedwig blickte sich unruhig um. Wo blieb Jerg?

Der Stall brannte lichterloh. Die Strohballen standen in Flammen und jagten eine Herde winziger Funken aus den Fenstern, die in der Dunkelheit verglommen. Ein Balken krachte laut zu Boden. Was würde aus ihnen werden, wenn Jerg nicht zurückkehrte?

Armenhaus, dachte sie dumpf. Sie würden im Katharinenspital in Esslingen enden und für eine Schale Suppe anstehen müssen.

Doch dann stürzte eine schwarze Gestalt aus dem Stall, das Gesicht rußverschmiert, die Haare angesengt. Jerg. Flammen fraßen sich durch seinen leinenen Hemdsärmel. Um sie zu ersticken, warf er sich zu Boden und wälzte sich auf dem lehmigen Vorplatz.

»Ich konnte nichts mehr tun.« Seine Stimme war heiser.

Hedwig verstand.

Die Brandstifter hatten an mindestens zwei Stellen gleichzeitig Feuer gelegt. Die Tiere, ihr Haus, ihr Stall. Nur ein paar Katzen hatten sich retten können und starrten ausdruckslos auf das Flammenmeer. Marie zog eins der struppigen Biester auf ihre Schultern.

»Zu spät«, sagte Hedwig.

Aber Jerg wollte nicht auf sie hören, sondern rannte mit den Buben zur Pumpe, um verbissen Eimer für Eimer zu füllen. Das Wasser landete im Feuer und verdampfte. Noch weigerte er sich zu begreifen, dass sie verloren hatten.

Sie waren mit nichts als dem nackten Leben davongekommen. Der Brand war ein Denkzettel für alle Bauern in den Filialen der Reichsstadt, die sich nicht erpressen lassen wollten.

»Du hättest reden sollen«, sagte Hedwig leise. Schließlich hatten sie die Runen an der Stallwand früh genug gesehen, mit denen die Verbrecher ihren Hof dem Untergang geweiht hatten.

»Wir haben mehr als das Haus zu verlieren«, sagte Jerg langsam.

Jetzt erst fiel Hedwig der Schwiegervater ein, der hilflos in seiner Kammer im Bett lag. Sie hatten ihn einfach vergessen.

2

Der Morgen graute über Esslingen. Erleichtert strich Tessa Wagner ihrem Jüngsten ein paar Haarsträhnen aus der Stirn. Das Fieber war gesunken. Bis Mitternacht hatte sie über den Büchern gesessen, die sie ihrem Verwalter Heinrich Pregatzer nicht allein überlassen wollte. Auf dem Weg ins Bett jedoch hatte sie festgestellt, dass ihr zwanzig Monate alter Joachim fiebernd in seinem Bettchen lag und vor sich hin phantasierte. Gestern Nachmittag hatte er zu husten begonnen. Da hatte sie noch nicht geahnt, dass es so schlimm werden würde.

Tessa hatte den Rest der Nacht an seinem Bett gesessen, ihm Aufgüsse von Thymian und Spitzwegerich eingeflößt und gegen das Fieber Wickel mit Essigwasser um seine dünnen Beinchen geschlungen. Stundenlang hatte der kleine Blondschopf gequengelt. Es war ein harter Kampf gewesen, aber er hatte sich gelohnt. Endlich atmete er ruhig.

Tessa zog ihm die Decke über die Brust und betrachtete sorgenvoll sein Gesicht mit den roten Fieberwangen. Joachim, den die Familie liebevoll Joschi nannte, war so viel zarter als seine Brüder, der fünfzehnjährige Andreas und der vierzehnjährige Cyrian, der hauptsächlich mit seinen Streichen glänzte. Ihre Ziehtochter Leontine war die Einzige in dieser überreich mit Söhnen gesegneten Familie, die keinen Unsinn anstellte. Hinzu kam noch Tessas neue Schwangerschaft, in deren Verlauf die Übelkeit nicht nachlassen wollte, obwohl sich ihr Bauch schon deutlich wölbte.

Manchmal wuchs ihr alles über den Kopf. Das Handelskontor, das sie gemeinsam mit ihrem Verwalter Heinrich Pregatzer betrieb, ihre Familie, ihr großes Haus und dazu noch ihre Stellung in der Stadt Esslingen, in der die einflussreichen Kreise erbittert darüber stritten, ob sie sich der Reformation anschließen sollten oder nicht. All das brauchte Kraft. Es wurde Zeit, dass ihr Mann Corentin zurückkehrte, der im

Dienst des Habsburger Obervogts Dietrich Späth stand und zuletzt drei Monate am Stück fort gewesen war. Viel zu lange hatte sie ohne ihn auskommen müssen.

Tessa rieb sich die brennenden Augen und sehnte sich nach ihrer weichen Decke. Vielleicht konnte sie ja noch ein Stündchen Schlaf herausschlagen, bevor der Tag anbrach, an dem sie wie immer von morgens bis abends zwischen Kinderzimmer und Kontor hin- und herhetzen würde.

Noch einmal legte sie prüfend die Hand auf Joschis feuchtheiße Stirn. Er atmete ruhig. Sicher würde er sich in den Morgenstunden gut erholen.

Da hörte sie federleichte Schritte im Gang, die zielbewusst an ihrer Kammertür vorbeistrebten. Tessa runzelte verwundert die Stirn und fragte sich, warum Leontine, die seit mindestens zehn Jahren nicht mehr schlafgewandelt war, mitten in der Nacht barfuß ins Erdgeschoss tappte. Vor Sonnenaufgang aufzustehen kam für den kleinen Morgenmuffel sonst überhaupt nicht in Frage.

Plötzlich klopfte jemand mit voller Wucht gegen die massive Eingangstür aus Eichenholz.

Tessa stemmte sich hoch und verließ den Raum, um ihrer Tochter die Treppe hinabzufolgen. Ungebetenen nächtlichen Besuchern war nicht erst seit Herzog Ulrichs Angriff auf Esslingen im Jahr 1519 nicht zu trauen. Sie hoffte inständig, nicht irgendwelchen gefährlichen Eindringlingen entgegentreten zu müssen. »Leontine?«

Als Tessa unten ankam, hatte ihre Tochter die mächtige Haustür soeben aufgerissen. Sie war barfuß, trug nur einen Schal über ihrem leinenen Nachtgewand. Ihre welligen dunkelbraunen Haare flossen ihr über den Rücken.

Tessa öffnete schon den Mund, um sie für ihre unziemliche Kleidung zu tadeln, als ihr Blick auf die Besucher fiel. »Mein Gott!« Sie schlug die Hand vor den Mund.

Die sechsköpfige Familie Häberle drückte sich verlegen durch die Tür und schaute sich im holzgetäfelten Gang des reichen Bürgerhauses um, als sei sie im Himmel gelandet.

»Feuer«, sagte die Bäuerin Hedwig.

Die Familie bewirtschaftete einen kleinen Hof im Esslinger Filial Liebersbronn, dessen Grund sie von Tessa gepachtet hatte. Alle sechs boten ein Bild der Verzweiflung. Das kleinste Kind saß mit verlorenem Blick auf Hedwigs Hüfte und lutschte am Daumen. In ihren Kleidern hing der Geruch nach kaltem Rauch.

»Mordbrenner«, sagte Hedwig heiser. »Wir konnten nichts als unser Leben retten und wissen nicht, wohin wir gehen sollen.«

»Es ist alles verloren«, fügte ihr Mann Jerg hinzu, ein Kerl wie ein Baum, den Tessa immer als völlig unerschütterlich erlebt hatte. »Haus, Hof und Tiere.«

»Und der Großvater …«, flüsterte der älteste Junge.

»Er ist im Haus verbrannt«, sagte Hedwig tonlos.

»Kommt einfach rein.«

Es war Tessas Christenpflicht, die Ankömmlinge nicht vor der Tür stehen zu lassen. Gemeinsam mit Leontine, die die kleine Marie an die Hand nahm, geleitete sie die Familie in die Küche. Dort heizte ihre Köchin Martha gerade den Ofen an und schlug die Hände über dem Kopf zusammen, als sie sah, was da auf sie zukam.

Zusammen tischten sie auf, was die Vorratskammer hergab, Brot, Käse, Butter, Schinken, Wurst, Gsälz aus ihren Gärten und verdünnten Wein, den die Gäste durstig hinunterstürzten. Den Kindern gingen beim Anblick des reichlich gedeckten Tisches die Augen über.

»Greift zu«, lud Tessa sie ein.

Während die Kinder im Essen schwelgten, schwiegen ihre Eltern bedrückt und zitterten vor Kälte in ihren dünnen Nachtgewändern. Leontine lief nach oben, um eine Reihe Decken und Tücher aus den Schränken zu holen, in die sich die Gäste dankbar einwickelten. In solchen Momenten erinnerte sie Tessa schmerzlich an ihre leibliche Mutter Theophila.

Martha heizte weiter an und brachte das Feuer im Ofen mit knackenden Holzscheiten zum Prasseln, sodass sich Jerg und Hedwig schließlich doch noch entspannten und zögernd zugriffen.

Tessa nahm Hedwig ihren Kleinsten ab und steckte ihm einen Kanten Brot zu, auf dem er selig herumkaute. Als Leontine sich neben sie auf die Küchenbank schob, warf Tessa ihr einen nachdenklichen Blick zu.

»Woher wusstest du, dass sie kommen würden?«

»Frag nicht.«

In den letzten Wochen hatte sie eine Mauer des Schweigens rund um sich errichtet, die Tessa nicht durchdringen konnte. Wenn sie es recht bedachte, hatte es begonnen, als Leontine ihre Arbeit in der Apotheke aufgegeben hatte. Oder hing es mit dem Kaplan Seiler zusammen, den Tessa des Hauses verwiesen hatte, weil er ihr als Beichtvater zu unerbittlich erschienen war?

»Ich dachte, das hätten wir hinter uns.« Wehmütig strich sie Leontine über die seidenweichen Haare. Wenn es darum ging, ihre rätselhaften Fähigkeiten zu verschleiern, war Tessa unzählige Male zu ihrer Komplizin geworden. Wie oft hatte sie sich vor sie gestellt, wenn sie Naturwesen sah, die es nicht geben konnte. Tessa erinnerte sich noch gut an den kleinen Wassergeist im Rossneckar und die Elfen in den Blütenkelchen, auf deren Existenz Leontine beharrte, bis Tessa ihr klarmachte, dass man solche Wesen vielleicht heimlich sehen, aber niemals darüber reden durfte.

»Du hättest es mir erzählen müssen.«

»Es hat mich selbst überrascht.« Leontine war so hübsch mit ihren dunklen Augen, dem Lockengeriesel, dem ovalen Gesicht und der elfenbeinzarten Haut.

Ich muss mich um eine passende Eheabrede kümmern, dachte Tessa bedrückt. Wenn möglich, nicht unter ihrem Stand.

Entschlossen wischte sie ihre Sorgen beiseite, übergab Hedwig ihren Jüngsten und sorgte für Nachschub auf dem Frühstückstisch. Noch mehr Brot und heißer Wein waren gefragt. Die Bauernkinder jubelten. Tessa hingegen japste wie ein gestrandeter Walfisch und fühlte sich unendlich erschöpft.

Mit dem anbrechenden Tag erwachte der Hausstand nach und nach. Die Mägde drückten sich gähnend durch die Tür, musterten die Bauernfamilie entgeistert und ließen sich von Martha an die Arbeit scheuchen. Ihnen folgten die Lehrjungen aus dem Kontor und schließlich Tessas ältere Söhne, deren Unterricht in der Lateinschule schon früh begann.

Cyrian warf den Gästen einen neugierigen Blick zu. Andreas, ihr Ältester, griff abwesend nach einem Kanten Brot, um gleich wieder seine Nase in sein Buch zu stecken.

»Von der Freiheit eines Christenmenschen«, entzifferte Tessa auf der Titelseite. Jetzt hielt dieser Martin Luther, dem es gelungen war, Esslingen komplett zu entzweien, also schon Einzug an ihrem Frühstückstisch.

»Wenigstens grüßen könntest du«, zischte sie.

Andreas nickte gleichmütig in Jergs Richtung.

Tessa runzelte die Stirn. Als Eltern hatten Corentin und sie versucht, ihren Kindern ein Mindestmaß an Höflichkeit gegenüber den ärmeren Ständen beizubringen. Standesdünkel konnten sie sich bei Corentins Herkunft beim besten Willen nicht erlauben.

So schnell sich die Küche gefüllt hatte, leerte sie sich auch wieder, als die Dienstboten an die Arbeit gingen und die Jungen in Richtung Schule verschwanden. Leontine übernahm taktvoll die drei älteren Kinder und ließ Tessa mit Hedwig und Jerg allein, die beklommen schwiegen, als würden sie die Tragweite ihres Unglücks erst nach und nach begreifen.

»Ihr müsst den Rat benachrichtigen«, riet Tessa.

Martha mischte sich ein. »Die Großkopfeten sollen den Corentin beauftragen.« Sie trank einen Schluck dampfend heißen Wein.

Tessa nickte widerwillig. Ihr Mann würde die Bande der Brandstifter unerbittlich jagen und ihrer gerechten Strafe zuführen. »Es wird Zeit, dass er zurückkommt«, sagte sie. Seine Heimkehr war ihr sehnlichster Wunsch, auch wenn es alles andere als einfach mit ihm war.

3

Anfang März streckte der Winter noch einmal seine klammen Finger nach Esslingen aus und weigerte sich entschieden, klein beizugeben. Nachdem Corentin Wagner und Lenz Schwarzhans das Tor am Hornwerk und das Wolfstor durchritten hatten, schlugen sie den Weg durch die Küferstraße und über den Fischmarkt ein.

Nach Hause, dachte Corentin befremdet. Die Mauern schlossen sich erstickend um seine Brust und verursachten ihm Atembeklemmungen.

Jahrelang hatte Corentin um das Esslinger Bürgerrecht gekämpft, das ihm die Stadtoberen als ehemaligem Scharfrichter von Hall nicht zugestehen wollten. Erst beim Angriff Herzog Ulrichs auf die Stadt im Jahr 1519 hatte sich gezeigt, dass er der Reichsstadt treu ergeben war. Mit seinen Bewaffneten hatte er den Schwäbischen Bund entschlossen unterstützt. Nach Ulrichs Vertreibung war Corentin in den Dienst Dietrich Späths, des Habsburger Obervogts von Urach, getreten und hatte im Bauernkrieg ein Fähnlein des Schwäbischen Bundes befehligt, was ihm den Rang eines Hauptmanns eingebracht hatte. Seiner Heldentaten wegen waren die Stadtbürger Corentin daraufhin mit widerwilligem Respekt begegnet. Freundschaft brachten sie ihm jedoch auch nach all den Jahren nicht entgegen.

Eine fromme Matrone bekreuzigte sich sogar, als er sie mit einem Kopfnicken begrüßte. Eiskalte Regentropfen fielen. Sie gefroren und verwandelten den Boden nach und nach in eine spiegelnde Eisfläche.

»Ob Tessas Hausstand schon wach ist?« Corentin ließ den Wallach im Schritt gehen, den er nach dem Tod seines Rappen Junge zu seinem Reitpferd erkoren hatte. In Ermangelung eines Namens hatte er ihn nach seinem Äußeren benannt, Fuchs.

Acht Hufe klackten gemächlich auf dem überfrorenen Kopfsteinpflaster.

»Du meinst wohl *deinen* Hausstand«, entgegnete Lenz kopfschüttelnd.

Corentin fühlte sich ertappt, setzte sich schweigend vor Lenz' Braunen und querte über die Agnesbrücke den Kanal, auf dem Eisschollen trieben.

Am Rossmarkt angekommen, ritten sie in den Vorhof des Wagner'schen Anwesens ein und saßen ab. Ein Knecht nahm ihre Pferde am Zügel und führte sie zum Stall.

Als Corentin sich umwandte, stand Tessa schon auf der Schwelle des lang gestreckten Hauses und putzte sich ihre mehlbestäubten Hände erwartungsvoll an ihrer weißen Schürze ab.

Wie lange sind wir zusammen? Sechzehn Jahre, dachte er. So zerbrechlich ist diese Liebe, so kostbar. Ein unverdientes Geschenk.

Glitzernd von überfrorener Nässe, erschien ihm der Platz, auf dem er stand, plötzlich aus dünnem Eis, in das sie jederzeit einbrechen konnten.

Mit drei großen Schritten war er bei ihr und zog sie, ihres wachsenden Bauches wegen ungelenk, an sich. Tessa stellte sich auf die Zehenspitzen, legte ihm die Arme um den Hals und küsste ihn unvergleichlich süß auf den Mund. In den gemeinsam verbrachten Jahren war sie immer schöner geworden. Noch immer empfand Corentin reine Begierde, wenn er sie nur von Weitem sah. Ihr klopfendes Herz, die hellbraunen Ringellocken, die sich aus ihrer Haube stehlen wollten. Corentin berührte ihre Stirn mit seinen Lippen.

Tessa entspannte sich in seinen Armen. »Endlich bist du da.«

»Ts, ts«, machte Lenz spöttisch hinter ihnen.

Widerwillig gab Corentin Tessa frei.

»Ihr könnt es gleich hier im Hof treiben, Till«, sagte Lenz augenzwinkernd. »Ich schaue auch weg.«

Tessa stemmte ihre Hände in die Hüften. »Dein Benehmen hat durch schlechte Gesellschaft Schaden genommen.«

»Da war sowieso Hopfen und Malz verloren«, sagte Lenz und grinste.

Tessa hakte sich bei beiden Männern unter und zog sie über die Schwelle ins Haus, wo Corentin sofort der Brandgeruch auffiel.

»Was ist los?«, fragte er.

»Feuer. Aber nicht bei uns.«

Die Männer folgten Tessa in die Küche, wo sich Corentin beim Eintreten wie immer den Kopf am Türrahmen stieß.

»Hoppla.« Lenz runzelte irritiert die Stirn.

In dem dämmrigen, rußgeschwärzten Raum drängten sich die Menschen. Martha stand am Herd, bereitete das Mittagsmahl vor und scheuchte ihre Mägde herum. Der Topf auf dem Herd blubberte laut. Rindfleischsuppe.

Corentins Magen knurrte. Sie waren vom Heerlager erheblich schlechteres Essen gewohnt, als bei Tessa jemals auf den Tisch kommen würde. Doch unter den würzigen Küchendünsten verstärkte sich der beißende Rauchgeruch.

Hedwig und Jerg saßen auf der Bank und starrten mit gefalteten Händen vor sich hin. Corentin kannte die beiden als Pächter von Tessas Grundstück in Liebersbronn.

Brandopfer, dachte er. Beunruhigt fragte er sich, was aus ihrem Hab und Gut geworden war.

Während Tessa ihre Arme bis zum Ellenbogen in einer Schüssel Hefeteig vergrub, hielt Lenz Abstand und goss sich an der Anrichte einen Becher Wein ein. »Wo ist Cyrian?« Wenn er sie besuchte, fragte Lenz immer zuerst nach seinem Patensohn.

Corentin hatte keine Ahnung. Er sah seine älteren Söhne nur alle sechs Monate, weil er den Großteil seiner Zeit Botendienste für Dietrich Späth verrichtete. Manchmal gelang es ihm, bei seinen seltenen Besuchen ein neues Kind zu zeugen, das ihm ebenso fremd war wie der kleine Junge, der neben dem Ofen auf dem Schoß seiner Amme saß. Er hatte rote Fieberwangen und quengelte leise. Corentin musste einen Moment lang nachdenken, bis ihm sein Name einfiel. Joachim.

Ungeschickt strich er ihm über das weiche Haar, was das Kind in Tränen ausbrechen und furchtsam seine Arme nach seiner Mutter ausstrecken ließ.

»Mama!«

»Aber das ist dein Vater, Joschi.« Tessa zog den Kleinen auf ihre Hüfte. Sie wirkte plötzlich befangen. »Setz dich doch, Corentin. Und du auch, Lenz.«

Im Heerlager waren die Dinge nicht so kompliziert. Corentin wünschte sich inständig in diese raue Männerwelt zurück. Dann aber wandte er sich den Pächtern zu und fühlte sich in seinem Element. Brandstiftung gehörte ebenso wie Kampf und Krieg zu den Abgründen des Lebens, mit denen er sich auskannte. Immerhin hatte er es im Jahr 1519 mit Herzog Ulrich und seinen Schweizer Söldnern aufgenommen.

Er setzte sich rittlings auf einen Stuhl. »Was ist passiert?«

Jerg, den Corentin als verlässlichen Mann kannte, schien sich seine Worte zurechtzulegen. Tränen standen in seinen Augen.

Hedwig wischte sich einen Rußfleck von der Nase und öffnete ihren Mund. »Der Jerg hat –«

Bevor sie den Schwall Vorwürfe loswerden konnte, der ihr zweifellos auf der Zunge lag, sprang die Tür auf. Im Rahmen stand Corentins älteste Tochter, die ein Kleinkind auf dem Arm trug. Ein Mädchen hing an ihrer anderen Hand, schaute misstrauisch in den Raum und lutschte an seinem Daumen. Hinter ihrem Rücken lugten zwei Buben hervor. Alle vier waren längst nicht so rußbeschmiert wie ihre Eltern. Wahrscheinlich hatte Leontine sie soeben in den Badezuber gesteckt.

»Vater.«

»Leontine.« Unwillkürlich fragte sich Corentin, wann aus seiner ältesten Tochter eine Frau geworden war, eine so bildhübsche noch dazu. Er dachte an den Brief, der in seinem Wams steckte. Das Schreiben würde ihr Leben von Grund auf verändern.

Entschlossen setzte Leontine die Kinder bei ihren Eltern

ab, zog einen Stuhl neben Corentins und verflocht ihre Finger mit den seinen. Nach einem viel zu langen Moment löste er sich und legte ihre Hand vorsichtig zurück auf ihr Knie. Auch wenn er sie noch so liebte, war ihm immer bewusst, was er ihr schuldig war. Niemals würde sie von ihm erfahren, dass er ihren leiblichen Vater hingerichtet hatte.

Lenz, der auf der Ofenbank neben der Amme saß, konnte nicht widerstehen, Leontine augenzwinkernd zu necken. »Mein süßes Hexenbalg.«

Sie blickte irritiert auf. Die Zeiten, in denen sie über solche Späße gelacht hatte, schienen endgültig vorbei zu sein. Überhaupt wirkte sie viel zu ernst für ihre jungen Jahre. Corentin würde sich Lenz später vorknöpfen müssen. Zunächst aber sollten ihm die Pächter den Brand genauer schildern.

»Kommt alle mal her!« Tessa putzte sich die Hände an ihrer Schürze ab, winkte die Kinder zu sich und lud sie ein, gemeinsam mit dem kleinen Joschi aus ihrem Hefeteig Rosinenwecken zu formen. Die Mägde deckten den Tisch und trugen die Suppe auf, während Jerg mit stockender Stimme berichtete.

Es war, wie Corentin befürchtet hatte. Mordbrenner trieben in Esslingen und Umgebung ihr Unwesen und pressten den Bauern und Weingärtnern ihre kargen Ersparnisse ab. Wenn diese nicht parierten, brannten sie ihnen den Hof nieder, lichterloh.

»Im Remstal haben sie schon im Weinberg gewütet«, fügte Hedwig, die sich nicht den Mund verbieten ließ, hinzu.

»Tatsächlich?« Lenz war unmittelbar betroffen. Seine Familie bewirtschaftete in Großheppach ein Weingut.

»Gerade eben hinterm Katzenbühl«, schränkte Jerg ein.

»Dann werden sie auch vor dem Schenkenberg nicht haltmachen«, sagte Corentin.

»Da waren Gaunerzinken, aber Jerg hat sie abgewischt«, sagte Hedwig missbilligend.

»Wir konnten uns nicht erpressen lassen«, wehrte sich Jerg.

»Du trägst die Schuld, wenn wir an den Bettelstab kommen«, keifte seine Frau.

»Solange es uns gibt, wird das nicht der Fall sein.« Tessa ließ sich neben Corentin auf einen Stuhl fallen. Der Duft der Rosinenbrötchen, die inzwischen im Ofen gelandet waren, überlagerte den Rauchgeruch.

»Vater haben wir auch vergessen«, fuhr Hedwig fort. »Jetzt ist er tot.«

Jerg beugte sich ungeschickt über den Tisch. »Du, Corentin. Ich meine, Ihr, Hauptmann Wagner.« Er errötete unter der Rußschicht in seinem Gesicht.

»Du kannst beim Du bleiben«, sagte Corentin.

»Könntest du nicht auf die Suche nach den Brandstiftern gehen?«

Corentin nickte bedächtig. »Natürlich.«

»Dafür brauchst du aber einen Auftrag vom Rat«, meinte Lenz.

»Den werd ich mir schon holen«, sagte Corentin gelassen.

Dann wandte sich die Familie mit ihren Gästen dem Essen zu. Nachdem die Häberles ihre Kinder gründlich abgefüttert hatten, zogen sie sich zurück. Tessa hatte ihnen eine Kammer im Dachgeschoss, heißes Wasser und einen Badezuber herrichten lassen. Wahrscheinlich wähnten sie sich im Himmel.

»Was wird nun aus ihnen?«, fragte Leontine, während sie einen Stapel Teller abtrug.

»Sie können so lange im Dienstbotenquartier bleiben, bis ihr Haus wieder bewohnbar ist«, sagte Tessa.

»Und ihr Vieh und Saatgut, wer ersetzt ihnen das?«

Corentin fragte sich, wann seine Tochter so vernünftig geworden war. Wann hatte sie zu lachen verlernt?

»Ich sorge schon für sie«, antwortete Tessa fest.

»Mehr als dieses eine Mal können wir uns nicht als Armenpfleger betätigen«, wandte Corentin ein. »Ich will euch umgehend in der Stube sehen.«

Da er sich sonst kaum in Familienangelegenheiten einmischte, entlockte ihm der verdutzte Ausdruck im Gesicht der beiden Frauen ein Schmunzeln. Die Überraschung würde auf seiner Seite sein.

»Warte, ich komme gleich mit.« Tessa band sich die Schürze ab und folgte ihm hocherhobenen Hauptes.

Der Begriff Stube wurde dem holzvertäfelten Saal nicht gerecht, der sich herrschaftlich über die gesamte Länge des Hauses erstreckte. Der Raum beherbergte eine geschnitzte Tafel für zwanzig Gäste sowie eine Anrichte, auf der wertvolle venezianische Gläser standen. Das Bild an der Wand, das den Besuch der Heiligen Drei Könige darstellte, stammte aus Florenz und war überaus kostbar. Tessa hatte es im letzten Jahr in Augsburg erworben, als sie mit der Familie Fugger über eine Zusammenarbeit beraten hatte.

Seit einigen Jahren stand das Handelshaus Wagner besser da als je zuvor. Corentin musste sich mühsam ins Gedächtnis rufen, dass der Besitz auf seinen Namen eingetragen war, ebenso wie das Gut der Familie Hofstätter bei Heilbronn nach endlosen rechtlichen Querelen an ihn gefallen war.

In ihrem Kontor tätigte Tessa gemeinsam mit ihrem Verwalter und dem Gewürzhändler Mosche die Geschäftsabschlüsse, die den Betrieb nach dem Tod ihres Vaters weit vorangebracht hatten. Sie kümmerte sich um ihre wachsende Familie und bewies einen sicheren Instinkt, wann und wo sich für Safran, Zimt, Nelken und Pfeffer die besten Preise erzielen ließen.

Jetzt jedoch drückte ihr Gesicht Anspannung aus. Dunkle Ringe lagen unter ihren Augen.

Wie müde sie aussieht, dachte Corentin.

Leontine betrat den Raum und wischte sich die Hände an ihrer Schürze ab.

Corentin füllte drei Pokale mit Wein. »Auf euer beider Wohl.« Er prostete ihnen zu und trank einen großen Schluck. Es war ein dunkelroter Burgunder, der beste, den sie sich für besondere Gelegenheiten aufhoben.

Verwundert nippten sie an ihren Gläsern.

»Aber warum …?«, fragte Tessa misstrauisch. »Gibt es einen Grund zu feiern?«

»Wartet.« Corentin zog den Brief aus seinem Wams und

legte ihn auf den Tisch. Das Schriftstück war mit dem württembergischen Wappen gesiegelt, das, säuberlich in rotes Wachs gedrückt, neben den drei Geweihstangen die Reichssturmfahne, die Barben Mömpelgards und die Teck'schen Rauten zeigte.

»Auch wenn Herzog Ulrich, Gott sei's gedankt, den Titel nicht mehr führen darf, ist seine Gemahlin Sabina noch immer berechtigt, das Wappen zu nutzen«, sagte er. »Er ist an dich adressiert, Leontine.« Er schob den Brief in ihre Richtung.

»An mich?« Sie griff mit spitzen Fingern nach dem Corpus Delicti, drückte es an ihr Mieder und warf ihren Eltern einen Blick zu, der Corentin auf rätselhafte Weise schmerzte.

»Na los!«, ermutigte er sie.

Leontine brach das Siegel, um zu lesen, während sich Tessa auf die Zehenspitzen stellte und vergeblich versuchte, ihr über die Schulter zu lugen. Leontine war einen halben Kopf größer als sie.

Corentin sah nur, dass die Seite von Buchstaben in einer entschlossenen Handschrift bedeckt war. Um einen handgeschriebenen Text zu entziffern, reichten die Lesekenntnisse nicht aus, die er in den Jahren seines Aufstiegs mühsam erworben hatte.

Während sich Leontine in den Text vertiefte, überzog sich ihr Gesicht zunächst mit Röte und wurde dann blass. Als sie fertig war, ließ sie den Brief sinken und starrte schweigend vor sich hin.

»Was steht drin?«, fragte Tessa begierig. Geduld war noch nie ihre Stärke gewesen.

Leontine sagte nichts.

»Herzogin Sabina …«, erläuterte Corentin, »… lädt Leontine auf Schloss Urach ein, um sie gemeinsam mit ihrer Tochter Anna zu erziehen. Sie hat mir den Brief gestern ausgehändigt. Und, Kleine …«, er wandte sich seiner Ziehtochter zu, »… es war allein ihre eigene Idee.«

Corentins Dienstherr Dietrich Späth hatte Sabina 1516 aus dem Gefängnis ihrer Ehe mit Herzog Ulrich befreit und zu ihren Brüdern an den bayerischen Hof gebracht. Seit mehreren Jahren weilte die Herzogin allerdings schon wieder in Urach.

»Was für eine wundervolle Möglichkeit«, sagte Tessa langsam.

»Ich will das nicht.«

»Aber Leo. Das ist die Lösung all unserer Probleme.«

»Ist es nicht«, stieß Leontine zornig hervor. »Ich passe nicht zu diesen Leuten.«

»Doch, das tust du«, sagte Tessa mit ungewohnter Schärfe in der Stimme. »Als Tochter des adlig geborenen Jona von Absberg steht dir ein solches Leben zu. Stell dir mal vor. Du wirst die Gefährtin der Prinzessin von Württemberg. Solch ein Angebot schlägt man nicht in den Wind. Außerdem kenne ich die Herzogin. Sie ist eine hochwohlgeborene Dame mit Herzenswärme und Anstand, die sich um dich und deine Bildung kümmern wird.«

»Ein Ehemann, der mich trotz aller Makel nimmt, springt sicher auch dabei heraus«, entgegnete Leontine so voller Bitterkeit, dass Corentin sie überrascht anstarrte.

»Darum geht es doch gar nicht«, sagte er.

»Aber Leo«, sagte Tessa. »Wie auch immer die Sache mit deinem Erbe ausgeht, du bist ein Freifräulein von Absberg. Du gehörst einem höheren Stand an. In unsere Familie passt du jedenfalls nicht.«

»Vielen Dank, dass du mich daran erinnerst.« Leontine drehte sich auf dem Absatz um, stürzte aus dem Raum und knallte die Tür hinter sich zu.

Tessa schlug die Hand vor den Mund. »Mein Gott, was habe ich nur gesagt?« Als sie sich Corentin zuwandte, standen Tränen in ihren Augen.

»Lauf ihr nach«, entgegnete er düster.

Tessa setzte sich in Bewegung, so schnell sie es mit ihrem Umfang konnte.

4

Feuer hatte Cyrian Wagner schon immer fasziniert. Am besten, wenn es dazu ordentlich knallte und krachte. Er kniete im Gras neben dem Kanal, jeder Grashalm kalt und knisternd von Eis. Etwa fünf Ellen maß die Lunte aus Hanf, die zu dem kleinen Haufen Schießpulver führte, den er sich gestern Abend aus Tessas Gewürzlager geholt hatte. Entwendet, konnte man auch sagen. Es geschieht ihr recht, wenn sie ihre Bestände nicht sicherer verwahrt, dachte er. Er war über die Maßen stolz auf seine Zündschnur, die er fachgerecht mit Pferdemist eingerieben hatte.

Ein Schwanenpaar schwamm zwischen den Eisschollen umher und beobachtete misstrauisch sein Tun. Cyrian griff nach dem Feuereisen, das er von daheim mitgebracht hatte. Als er es mit einer gekonnten Bewegung auf den Stein niedersausen ließ, entstand ein klarer, hoher Ton. Gleich, das wusste er, würden die ersten Funken fliegen wie Glühwürmchen in einer Sommernacht.

Freude erfasste ihn. Er hatte sich lange auf dieses Experiment vorbereitet und dafür extra diesen gottverlassenen Ort aufgesucht.

»Haben wir dich«, sagte eine Stimme in seinem Rücken. Eine andere spendete kichernd Beifall.

Cyrian wandte sich um. Auf dem Weg stand Ambrosius Marchthaler mit seinen Spießgesellen Hans und Jerg Mannsberger sowie der kleine Friedrich Scheuflin, der sein Rattengesicht hinter Jergs Rücken hervorstreckte und fies grinste.

Cyrian erhob sich bedächtig und registrierte, dass er alle Mitglieder von Ambrosius' Bande um einen Kopf überragte. Einen Vorteil musste es ja haben, von Corentin Wagner abzustammen. »Was wollt ihr?«

»Was wir wollen?« Ambrosius steckte seine Daumen unter sein besticktes Wams von bester Qualität. Weil sein Vater der reichste Stoffhändler der Stadt war, litt er immer wieder unter Anfällen von Prunksucht, die seine schwatzhafte Mutter noch förderte. »Schauen, was du so treibst. Wo du doch in der Schule heute nicht gerade die Leuchte warst.«

»Eher ein Armleuchter.« Friedrich, der seine mickrige Gestalt durch besondere Dreistigkeit wettmachen musste, konnte sich vor Lachen kaum auf den Beinen halten. »Das erssssste Gebooot lauft, nein ähh, lautet …«, machte er Cyrians Leseversuche nach.

Hitze schoss in Cyrians Gesicht. Heute hatte er wieder den Rohrstock geschmeckt, weil er sich einfach nicht merken konnte, wie das mit dem Lesen funktionierte. Seine rechte Hand war noch immer geschwollen.

»Na und?«, sagte er trotzig. »Dafür kann ich besser rechnen als ihr alle zusammen.« Die Welt der Zahlen war ihm vertraut; in ihrem Kosmos aus logischen Zusammenhängen fühlte er sich erheblich wohler als in der realen Welt.

»Was hast du denn da?« Ambrosius trat an das Schießpulver heran und betrachtete es stirnrunzelnd.

»Das geht dich überhaupt nichts an.«

Ambrosius hockte sich neben dem Schießpulverhaufen auf den Boden, steckte seinen Zeigefinger hinein und roch an einer Prise. »Sapperlott«, sagte er. »Wenn ich das dem Schulmeister erzähle. An solchen Dingen merkt man, was du bist …« Er machte eine kleine Pause und fügte dann das einzige Wort hinzu, das er sich besser hätte sparen sollen. »Henkersbrut.«

Cyrian sah rot, sprang auf Ambrosius zu und versenkte seine Faust in seinem Gesicht. Der Knochen in Ambrosius' Nase knackte.

»Halt!« Eine Hand riss Cyrian zurück.

Er fuhr mit geballten Fäusten herum und blickte seinem älteren Bruder Andreas in die Augen, der in Begleitung seiner beiden Freunde auf dem Weg stand. Cyrian hatte nicht geahnt, dass sich in Andreas' schmalen Schultern so viel Kraft verbarg.

Alle drei waren in würdevolle schwarze Talare gekleidet, wie es sich für angehende Studenten der Tübinger Universität gehörte. Sie betrachteten Cyrian unglaublich blasiert und fühlten sich mit Sicherheit über alle Arten von Gassenraufereien erhaben.

Andreas schürzte hochmütig die Lippen. »Musst du dich immer prügeln? Du bringst unsere Familie noch in Misskredit.«

Cyrian schwieg eigensinnig.

»Isch blute«, stöhnte Ambrosius.

Aus dem Augenwinkel beobachtete Cyrian voller Genugtuung, wie das Blut aus Ambrosius' Nase auf sein Wams tropfte. Seine Kumpane scharwenzelten um ihn herum und versuchten, das sprudelnde Nass mit ihren Ärmeln aufzufangen. Schadenfroh malte er sich aus, was Ambrosius' Mutter wohl zu der Sauerei sagen würde.

»Daf wirft du mir büfen!«, rief Ambrosius.

»Das sehen wir dann noch, Marchthaler«, erwiderte Andreas gelassen, bevor er sich Cyrian zuwandte, der schon begonnen hatte, seine Feuerutensilien einzusammeln. Den Schießpulverhaufen kehrte er geistesgegenwärtig unter ein paar Blätter. »Komm mit nach Hause!«

Kopfschüttelnd machten sich die drei angehenden Studenten auf den Weg zurück in die Stadt und nahmen Cyrian in ihre Mitte. Er trottete zwischen den Jungen, die alle über ein Jahr älter und mindestens doppelt so klug waren, dahin und fühlte sich wie ein Missetäter. Und dennoch. Er überragte sie und hätte es im Faustkampf locker mit zweien von ihnen gleichzeitig aufgenommen.

Nachdem sich die beiden anderen unter den Doppeltürmen von St. Dionys von Andreas verabschiedet hatten, folgte Cyrian seinem Bruder zum Rossmarkt.

»Vater ist heute nach Hause gekommen«, sagte Andreas, als sie am Tor standen.

Cyrian unterdrückte einen Fluch. Wenn sich seine Schandtat herumsprechen würde, hatte er von Corentin keine Nachsicht zu erwarten.

Andreas musterte ihn zweifelnd aus seinen grauen Augen.

»Was hat der Marchthaler denn angestellt, dass du ihn so verdroschen hast? Nicht dass er es nicht verdient hätte.«

»Er hat mich Henkersbrut genannt«, gab Cyrian mürrisch zurück.

Andreas nickte. »Aber das ist doch normal. Mach dir nichts draus.«

Ausnahmsweise fühlten sie sich durch ihre Herkunft als Schicksalsgefährten.

»Nur kein Aufsehen erregen. Und Vater besser nicht daran erinnern, dass es uns gibt.« Andreas grinste Cyrian verschwörerisch an.

Gemeinsam betraten sie das Haus, schlichen sich in den ersten Stock, betraten ihr Zimmer und ließen sich erleichtert auf ihre Betten fallen. Abendessen würden sie sich holen, wenn die Luft rein war.

5

»Wann ist Leontine dir entglitten?«

Corentin lag mit verschränkten Armen auf dem riesigen Himmelbett, das Tessa seiner langen Beine wegen extra beim Schreiner in Auftrag gegeben hatte. Diese Nacht gehörte ihnen allein. Den kleinen Joachim hatten sie vorläufig bei seiner Amme einquartiert.

Tessa lockerte ihr Mieder, das sich über ihrem wachsenden Bauch kaum noch schließen ließ, und schlüpfte aus ihrem Rock. Darunter trug sie nur ihr Leinenhemd. Nachdenklich drückte sie einen Lappen in der Schale mit dem warmen, lavendelparfümierten Wasser aus, das ihr die Mägde eben gebracht hatten, und begann, sich zu waschen. Während Corentins Augen mit sichtlichem Genuss auf ihr ruhten, trocknete sie sich mit einem Tuch ab. »Sie ist schon eine Weile so verschlossen.«

Ihr Versuch, Leontine zum Einlenken zu bewegen, war vor deren verschlossener Zimmertür gescheitert. »Von wem hat sie nur diese unglaubliche Sturheit?«

»Wie konntest du zu ihr sagen, sie passe nicht in unsere Familie?«

»Ich weiß auch nicht«, gestand Tessa. »All die Jahre seit Theophilas Tod habe ich ihr gegeben, was immer ich konnte, aber es hat nicht gereicht.« Sie gähnte leise. Die schlaflose letzte Nacht und der Tag mit seinen Herausforderungen steckten ihr in den Knochen. Dazu kam noch diese vermaledeite Schwangerschaft, die ihr schon zur Halbzeit geschwollene Knöchel bescherte.

Erschöpft ließ sie sich auf den Bettrand fallen und lehnte sich an Corentin, der anfing, ihren Nacken zu massieren. Als seine Daumen sich in ihre verkrampften Muskeln bohrten, gab sie ein wohliges Stöhnen von sich. Damit sollte er nur weitermachen, möglichst den Rücken hinunter bis zu der Stelle über dem Kreuzbein, die sich immer so verkrampfte.

»Du mutest dir zu viel zu.«

»Aber was ich gesagt habe, stimmt doch«, sagte Tessa beharrlich. »Vom Stand her steht Leontine meilenweit über uns. Und mehr noch. Wenn sie sich weigert, Herzogin Sabinas Angebot in Betracht zu ziehen, müssen wir uns bald um eine passende Eheschließung für sie bemühen.«

»Das dürfte schwierig werden.« Corentin hielt inne und umfasste Tessas Brüste von hinten. »Wenn du schwanger bist …«, murmelte er in ihren Nacken hinein, »schwillt alles an dir wie ein reifender Apfel.«

Tessa lachte leise. Ihr Herz klopfte erwartungsvoll. Manchmal erschrak sie vor der Begierde, die sie noch immer mit Corentin verband. »Im neunten Monat hast du mich, glaub ich, noch nie gesehen. Dann wälze ich mich walfischgleich durchs Land. Vielleicht ja diesmal …« Vielleicht würde er ja länger bleiben als die zwei Wochen, die er sich sonst immer genehmigte.

Seit fünfzehn Jahren kämpften sie nun schon um Leontines Erbanspruch, den ihr der Halbbruder ihres Vaters, der Raubritter Hans Thomas von Absberg, streitig machte. Begonnen hatte es im Jahr 1514. Da hatten sie Leontines Mutter Theophila im Fränkischen bei ihren Versuchen unterstützt, die Ansprüche ihrer Tochter durchzusetzen. Mehrere Besuche auf Burg Absberg hatten ihnen ein Bild ihres grausamen Gegenspielers vermittelt, mit dem auf keinen Fall zu spaßen war. Theophila war im folgenden Sommer am Fieber gestorben. Corentin und Tessa, die damals mit Andreas schwanger gewesen war, hatten Leontine an Kindes statt angenommen und waren nach Esslingen zurückgekehrt.

Einige Jahre später hatten sie den Rechtsstreit vor das Reichskammergericht gebracht, das in Esslingen tagte. Doch die ehrenwerten Richter zitterten vor Furcht, weil sich der Raubritter als Entführer unschuldiger Reisender betätigte, die er vorzugsweise in Einzelteilen zurückschickte. Hinzu kam, dass er ein Spießgeselle des abgesetzten Herzogs Ulrich von Württemberg war, mit dem man sich sicherheitshalber nicht anlegen sollte. 1523 war dem Schwäbischen Bund angesichts der rücksichtslosen Raubzüge des Absbergers der Kragen geplatzt. Die Truppen waren zu seiner Burg geritten und hatten ihm seine Heimstatt über dem Kopf hinweg angezündet.

An Leontines ungewisser Situation hatte auch dieses rigorose Vorgehen nichts geändert. Im Gegenteil. Hans Thomas von Absberg verweigerte ihr sogar die Einkünfte von einigen Erbhöfen und Fischereirechten, die ihr durch das Erbe ihres Vaters gesichert zustanden.

»Sie angemessen zu verheiraten wird nicht einfach werden«, sagte Corentin. »Entweder ihr Bräutigam steht so hoch über ihr, dass ihm der Raubritter nichts anhaben kann …«

»Hochadel, meinst du?« Tessa legte sich neben ihn auf die Seite und schlang ihren Arm um seine Brust. Corentin war ein Baum von einem Mann, groß, breitschultrig, mit festen Muskeln. Er bot Halt, das hoffte sie jedenfalls.

»Oder er ist von so niedriger Geburt, dass ihr ererbter Adelstitel nicht mehr von Belang ist«, vollendete er. »Ein ehrenwerter Handwerker oder wohlhabender Weinhändler tut es auch. Hauptsache, sie ist glücklich.«

»Das hieße klein beigeben«, sagte Tessa, »was mir natürlich überhaupt nicht schmeckt. Wozu haben wir dann so lange gekämpft?«

Corentin sog scharf den Atem ein, als Tessa ihre Hand über seinen Bauch abwärtsgleiten ließ. Bevor sie sich uneingeschränkt den angenehmeren Dingen des Lebens zuwenden konnten, musste sie ein leidiges Thema ansprechen. »Wir dürfen nicht die Augen davor verschließen, wer ihre Mutter war. Theophila war in Esslingen nicht mehr sicher, weil sie das zweite Gesicht besaß. Sie hat den Tod vorausgesehen, zuletzt ihren eigenen. Heute Morgen …«, Tessas Herz krampfte sich bei der Erinnerung an ihre Begegnung im kalten Hausflur zusammen, »… hat Leontine die Ankunft der Familie Häberle erahnt und stand im Gang, bevor die Leute anklopften. Es war nicht das erste Mal.«

»Verdammt«, sagte Corentin.

Just in diesem Augenblick pochte es zaghaft an der Tür, anders als bei Jergs und Hedwigs Poltern vor Sonnenaufgang.

Tessa verdrehte die Augen. Zweisamkeit würde ihnen heute so schnell nicht mehr vergönnt sein.

»Herrin?«, fragte ein verschüchtertes Stimmchen.

»Du musst dich nicht fürchten hereinzukommen, Stella. Nur Mut.« Ihre jüngste Magd schob sich zaghaft durch die Tür. Stella war nicht die Hellste und hatte ständig Angst, Fehler zu machen.

»Unten steht die Marchthalerin im Gang und ist ganz aufgebracht. Martha meinte, ich soll Euch rufen.«

»Tessa!« Margaretes schrille Stimme schallte bis zu ihnen hinauf.

Corentin verschränkte seine Arme vor der Brust. »Ignorier die Nervensäge einfach.«

»Das geht leider nicht.« Margarete war die Frau von Tessas bestem Freund Ägidius Marchthaler, den sie nicht vergrätzen wollte.

»Schon gut. Ich komme.« Seufzend rollte sie sich aus dem Bett, streifte ihr Hauskleid über und schloss die notwendigen Haken und Ösen.

Eitel kommt der Sache nahe, dachte Tessa, während sie die Treppe hinabstieg. Wahrscheinlich musste Margarete als Gattin des reichen Stoffhändlers und frischgebackenen Ratsherrn Ägidius Marchthaler eine Schaube tragen, die an den Ärmelrändern mit Pelz besetzt war und ein rotes Seidenkleid hervorschimmern ließ. Durch ihre pompöse Kleiderwahl betonte sie ihre religiöse Überzeugung als Ehefrau eines Vertreters der papistischen Fraktion im Rat, der sich auf die Seite des Stadtpfarrers Sattler und des Speyrer Domkapitels geschlagen hatte. Die Protestanten betonten ihre Bescheidenheit durch einfache Kleidung in tiefem Schwarz.

Tessa war sich nicht sicher, was ihre eigene Einstellung dem lutherischen Glauben gegenüber betraf. Ihre Marienfrömmigkeit hätte sie ungern aufgegeben, den Zwang, durch protzige Kleidung ihre Stellung herauszustreichen, hingegen schon.

Sie zögerte ihre Ankunft im Erdgeschoss absichtlich hinaus, indem sie die letzten Stufen extra langsam nahm.

Margarete stand im Gang wie ein angriffslustiger Drache. Ihre rötliche Gesichtsfarbe spiegelte ihre Gemütsverfassung ebenso wie der wogende Busen.

Tessa riss sich zusammen. »Grüß dich Gott, Margarete. Was führt dich so spät noch in unser Haus?«

Statt einer Antwort sah ihre langjährige Freundin sie nur vorwurfsvoll an.

Nichts Gutes ahnend, bat Tessa sie in die Stube und ließ Süßwein und die Rosinenbrötchen vom Vormittag auftragen, die Margarete schnöde verschmähte. Den Wein schüttete sie allerdings auf ex in sich hinein. Es klirrte unschön, als sie Tessas venezianisches Glas auf dem Tisch abstellte.

»Du hattest dich ja wohl nicht schon zurückgezogen?«, fragte sie pikiert. »Es dämmert ja kaum.«

»Hmm, doch.«

Tessa spürte, wie sie flammend errötete.

Corentin betrat den Raum, goss sich ein Glas Burgunder ein und zog Margaretes ungeteilte Aufmerksamkeit auf sich.

»Was ist los?«, fragte er.

Margarete überging ihn. Im Gegensatz zu ihrem Ehemann schien sie Corentins niedrige Abkunft niemals zu vergessen. »Es geht um Ambrosius«, berichtete sie an Tessa gewandt. »Cyrian hat ihm heute am Rossneckar die Nase gebrochen.«

Tessa seufzte und nippte an ihrem Glas Süßwein. Als Margaretes einziges Kind war Ambrosius ihr Augapfel, gleichgültig, was der Junge anstellte. Nichtsdestotrotz konnte Cyrian ein schlimmer Raufbold sein.

Sie fing Corentins ermutigenden Blick auf. Er würde sie reden lassen und nur dann eingreifen, wenn es sich nicht vermeiden ließ.

»Was sagt denn dein Mann dazu?«, fragte sie. Auf Ägidius Marchthalers vernünftiges Urteil konnte man sich verlassen.

»Der meint, dass Ambrosius Cyrian schon provoziert haben wird. Aber dann bricht man einem anderen Jungen doch nicht gleich die Nase.« Margarete seufzte. »Wir werden einen Wundarzt aufsuchen müssen.«

»Das könnte Corentin erledigen«, meinte Tessa.

»Niemals«, entgegnete Margarete entrüstet, während sich der Genannte ein Grinsen verkniff.

Corentin war ein Meister im Einrichten gebrochener Gliedmaßen. Seine bei zahlreichen Hinrichtungen erworbenen Anatomiekenntnisse hatte er auf dem Schlachtfeld perfektioniert. Keinesfalls jedoch würde Margarete akzeptieren, dass ein ehemaliger Scharfrichter Hand an ihren kostbaren Sohn legte.

»Jungen prügeln sich halt«, sagte Corentin. »Sie regeln auf diese Weise, wer der Stärkere ist.«

»Mag sein«, sagte Margarete ausweichend.

»Vielleicht könnte Cyrian ja morgen zu euch kommen und sich bei Ambrosius entschuldigen«, schlug Tessa vor.

»Ja, sicher«, sagte Margarete langsam. »Aber dann ist da noch das Schießpulver …«

»Welches Schießpulver?«, fragte Corentin alarmiert.

Ein Lächeln schlich sich auf Margaretes Lippen. »Das Schießpulver, das euer Sohn aus deinem Warenlager entwendet hat und am Kanal explodieren lassen wollte.« Sie drehte sich auf dem Absatz um und rauschte aus dem Raum.

Schweigend starrte Corentin ihr hinterher. »Wo ist der Lederriemen?«, fragte er dann.

»Ich weiß nicht«, log sie. »Du willst ihn doch wohl nicht verhauen? Die Jungen haben sich schon zurückgezogen.«

»Doch«, sagte Corentin.

Verzweifelt rang Tessa die Hände. »Aber Corentin, nein.«

Ihr zweitältester Sohn schaffte es, überall anzuecken. Er war verschlossen, brütete gern vor sich hin und tat sich mit dem Lesen so schwer, dass er oft genug von seinem Schulmeister Hiebe kassierte. Alles in allem ähnelte er seinem Vater mehr, als ihnen lieb sein konnte.

»Er hat dich bestohlen, Tessa«, sagte Corentin. »Der Tracht Prügel entgeht er nicht. Sag dem Jungen, dass ich ihn morgen sprechen will. Unsere Familie darf sich keine Ungesetzlichkeiten erlauben.«

»Aber Corentin. Du bist kein Unehrlicher mehr.« Ein Gefühl von Hilflosigkeit stieg in Tessa auf.

»Bist du dir da sicher? Hast du nicht bemerkt, wie deine Freundin mich angestarrt hat?« Corentins Gesicht wirkte wie versteinert.

Tessa ließ die Hände sinken. Es kam immer wieder vor, dass er sich vor ihr verschloss und die Nacht allein im Wirtshaus verbrachte, wo ihn nicht einmal Lenz stören durfte. Bei solchen Gelegenheiten hüllte sich Corentin in seine Dämonen wie in einen Mantel aus Schatten. Für heute hatte Tessa ihn verloren. Sie schluckte an ihrer bitteren Enttäuschung.

An der Tür wandte er sich noch einmal um. »Der Zustand der Unehrlichkeit hört niemals auf, Tessa, nicht einmal, wenn man sich ein Leben lang um Rechtschaffenheit bemüht. Man bleibt darin hängen wie in heißem Pech. Stell dir vor … Dadurch, dass du dich mit mir abgibst, steckst du mit drin. Mitgefangen, mitgehangen.«

Er durchschritt die Tür, ließ sie hinter sich ins Schloss fallen und verschwand in der Dunkelheit.

6

In dieser Nacht träumte Leontine von Absberg zum ersten Mal seit langer Zeit wieder vom Feuervogel. Voller Stolz entfaltete er seine Schwingen aus roten, goldenen und pfirsichfarbenen Federn, als wollte er sich in die Gewölbe der Morgenröte erheben. Sie stand ihm gegenüber, erbebte unter dem Blick seiner Augen und staunte über sein leuchtend blaues Herz. Dann jedoch loderte er in einem Flammenregen auf und zerfiel auf dem Scheiterhaufen seiner Träume zu Asche.

Leontine erwachte mit klopfendem Herzen und tauben Fingerspitzen, als die Nacht sich schon gen Morgen neigte. Das Zimmer war ausgekühlt, die Kerze auf ihrem Untersetzer aus Messing zu einem Wachsklumpen zusammengefallen.

Sie blinzelte in die Finsternis, die den blauen Schein der Dämmerung angenommen hatte. Wie lange hatte sie sich nach dem Feuervogel gesehnt, der all ihre Ängste mit sich nahm, wenn er lichterloh verbrannte?

Der kleine schwarz-weiße Kater neben ihr räkelte sich und drückte seinen warmen Rücken an ihre Seite.

Er trug den Namen »Wind«, der seiner Lebhaftigkeit angemessen war. Im letzten Herbst hatte Leontine einen zugebundenen Sack im Katzenneckar treiben sehen und war ihm am Ufer entlang gefolgt, bis er sich in den Ästen einer Weide verfangen hatte und sie ihn mit Hilfe eines Stocks aus dem bräunlichen Dreckwasser hatte ziehen können. Mit fliegenden Fingern hatte sie die Knoten gelöst und die Kätzchen aus ihrem Gefängnis befreit. Für nahezu alle kam jede Hilfe zu spät. Sie lagen still und ineinander verkrallt am Ufer, als hätten sie im letzten Moment Trost beieinander gesucht. Wind jedoch hatte sie aus seinen hellgrünen Augen angesehen und sich auf der Stelle einen Platz in ihrem Herzen erobert.

»Mein Bester«, sagte sie liebevoll.

An Schlaf war nicht mehr zu denken. Entschlossen schob

Leontine den Kater zur Seite, setzte sich aufrecht an das Kopfteil des Himmelbetts und versuchte, sich die goldene Verheißung des Feuervogels ins Gedächtnis zu rufen. Wenn ihr das gelang, musste sie sich nicht mit Herzogin Sabinas völlig absurdem Angebot herumschlagen. Da sprang der Kater mit einem Satz aus dem Bett und verwandelte sich in ein fauchendes Ungeheuer mit gesträubtem Pelz und ausgefahrenen Krallen.

»Was ist los, Wind?« Schon bevor sie den Blick hob, erfasste sie eine böse Vorahnung.

Der Schatten klebte wie ein See aus Dunkelheit hinter der Kommode. Erschrocken zog sie sich ihre Decke bis zum Kinn.

Besuch aus dem Jenseits versetzte sie immer in eine Art Schockstarre. Was wäre, wenn sie den Geist einfach ignorierte, die Augen zukniff und so tat, als würde sie weiterschlafen? So hatte sie es gehalten, nachdem die Menschen hinter ihrem Rücken zu tuscheln begonnen und einige bei ihrem Anblick die Finger gegen den bösen Blick gekreuzt hatten. Nichtbeachtung reichte hier allerdings nicht aus, denn der Geist hub an zu reden, was bisher noch niemals vorgekommen war.

»Du kannscht ned immer vor dir selbscht davonlaufe, Schneckle«, sagte er leise in ihrem Kopf. »Das nutzt niemandem ebbes, am wenigschten dir selbsch.«

Großvater Häberle, dachte Leontine verwundert. Großvater Häberle, dessen Leben das Feuer gefordert hatte.

Er schwebte hinter der Kommode hervor und waberte auf sie zu wie ein eisiger Winterwind. Leontine erstarrte, als er einen Finger nach ihr ausstreckte und sie am Arm berührte.

»Sag ihne, dass ich ihne nix nachtrag, ich bitt dich schön.«

»Gehe hin in Frieden«, flüsterte sie und wünschte Großvater Häberle von Herzen alles Gute.

Der Schatten löste sich in Richtung des Fensters auf und verschwand, als hätte er nur auf diese Worte gewartet. Von früheren Erscheinungen dieser Art wusste Leontine, dass Geister problemlos durch Wände gehen konnten. Er hatte nicht bedrohlich gewirkt, sondern ein seltsam tröstliches

Glücksgefühl ausgestrahlt, als würde er seinen Tod als eine Art Befreiung verstehen.

Erschrocken bemerkte Leontine die Brandblase, die die Berührung seines Fingers auf ihrem nackten Arm hinterlassen hatte. Sie pustete darauf.

Erst nach und nach erfasste sie, was diese Begegnung zu bedeuten hatte. Gegen einen leibhaftigen Geist in ihrem Schlafzimmer nahm sich ihr morgendlicher Anfall von Hellsichtigkeit beinahe harmlos aus. Eine kleine Vorahnung konnte man getrost vergessen. Das hier nicht. Es war nicht vorbei. Sie sah Gespenster und sprach sogar mit ihnen. Ihre Andersartigkeit hatte sich nicht gelegt, auch wenn ihre Ziehmutter Tessa sich das noch so wünschte. Leontine stand auf der Schwelle zwischen den Welten, mit einem Fuß im Diesseits und dem anderen im Jenseits.

Ich bin zum Fürchten, dachte sie mit einem Anflug schrägen Humors. Wie sollte sie sich am Hofe der Herzogin behaupten, ohne dass sich die hochwohlgeborenen Menschen dort vor Angst in ihre prinzlichen Kniehosen machten?

Missliche Situationen verlangten nach einer Lösung. Die stand so plötzlich vor ihr, dass ihr kurz schwindlig wurde. Sie würde in das Haus ihrer leiblichen Mutter gehen.

Entschlossen stellte Leontine ihre Füße auf den Holzboden, tappte durch den Raum und suchte nach ihren Ersatzbeinlingen und ihrer Mütze, denn es war kalt im Quellental. Sie zog ihren warmen Wollrock und ihren pelzgefütterten Mantel an und stopfte zwei Hauskleider sowie ihre dicken Ersatzstrümpfe in einen Beutel. Als sie bereit war, warf sie noch einen Blick zurück in den Raum, in dem sie gestickt, gebetet und vergeblich gehofft hatte, dass sie normal werden würde.

Nein, dachte sie dann. Damit ist es vorbei. Feinden muss man in die Augen blicken, sagt Vater immer.

Sie stand schon an der Tür, als der Kater ihr bittend um die Beine strich.

»Also gut. Dich nehm ich mit.« Entschlossen steckte Leontine ihn unter ihren Umhang, wo er genügend Wärme für zwei abgab. Dann öffnete sie verstohlen die Tür und schlich auf den Gang hinaus.

Selbst für ihre alte Köchin Martha, die ihre Gicht mit den Hühnern aus dem Bett trieb, war es noch zu früh. Leontine tat ein paar Schritte in Richtung der Treppe, als ihr Fuß schmerzhaft gegen etwas Knochiges stieß, das unflätig fluchte.

»Cyrian?«

Ihr Bruder saß quer zu den Stufen auf dem Boden, die Arme um seine angezogenen Beine geschlungen. Seine Haare rochen nach Rauch.

»Was tust du denn hier?«, fragte Leontine.

»Das könnte ich dich ebenso fragen.«

Sie wusste, dass Cyrian manchmal nachts durch die Straßen streifte und irgendwelche Dinge anstellte. Verpfeifen kam nicht in Frage, auch nicht, wenn man ihn bei verbotenen Aktivitäten erwischte. So wenig die Geschwister sonst miteinander zu schaffen hatten, so eng hielten sie im Notfall zusammen.

Cyrian zögerte. »Ich hab ein bisschen Schießpulver explodieren lassen«, sagte er. »Und du?«

»Ich gehe ins Quellental ins Haus meiner leiblichen Mutter Theophila.«

Cyrians blaue Augen weiteten sich überrascht. »Davon weiß Tessa sicher nichts.«

»Erzähl ihr das morgen.« Auf keinen Fall wollte Leontine ihrer Ziehmutter durch ihr Verschwinden Angst einjagen. »Aber sie soll mich bitte in Ruhe lassen. Ich muss dringend nachdenken.« Sonst werde ich noch verrückt und ende wie die sabbernden Blöden, die sie in einem gesonderten Raum des Spitals aufbewahren, fügte sie für sich hinzu. Oder auf dem Scheiterhaufen, mit Sicherheit aber in der ewigen Verdammnis.

Cyrian rang sich ein schiefes Grinsen ab. »Das mach ich, nachdem Vater mich verprügelt hat.«

»Die Marchthalerin«, schloss Leontine. Sie hatte Margarete gestern Abend im Gang herumkeifen hören.

»Nicht nur«, gab er zurück.

Leontines ältester Bruder Andreas hatte im Verlauf ihrer Kindheit kaum Prügel kassiert, weil er sich, schlau, wie er war, aus den meisten Schwierigkeiten herauswinden konnte. Sie selbst war verschont geblieben. Cyrian aber hatte die Lederpeitsche, die zusammengerollt in Mutters Kommode lauerte, bei nahezu jedem von Corentins seltenen Aufenthalten zu schmecken bekommen.

»Du immer mit deinen Heldentaten.« Sie wuschelte ihm zum Abschied durch seinen dunklen Schopf, schob sich an ihm vorbei die Treppe hinunter und trat auf den Vorplatz hinaus. Das Tor fiel hinter ihr ins Schloss, als sei das ein Abschied für immer.

Der Kater bewegte sich unruhig in ihren Armen, während Leontine verstohlen durch die Straßen in Richtung des Frauentors huschte, wo laut Cyrian eine offene Pforte in der Stadtmauer auf sie wartete. Zu ihrer Rechten erhob sich der mächtige Bau des Spitals. Links lag die Dominikanerkirche.

Ein Mann trat aus den tiefen Schatten. Leontines Herz setzte einen Schlag lang aus. Es war Nikolaus Seiler, der als Kaplan im Dienst des Stadtpfarrers Balthasar Sattler stand.

»Vater Nikolaus.« Erschrocken fragte sie sich, was er so früh morgens außerhalb des Zehnthofs zu suchen hatte.

Seiler hatte sich der Familie Wagner vor einigen Monaten als Beichtvater angedient und war, nachdem er ihnen allen mehrmals die Beichte abgenommen hatte, von Tessa des Hauses verwiesen worden. Er sei ihr zu fanatisch, hatte sie verlauten lassen. Leontine jedoch hatte ihm gleich während ihrer ersten Beichte von ihrer Sehergabe erzählt.

Er musterte sie aus Augen so blass wie der Frost. »Die Hexentochter. Was bist du doch für ein bezauberndes Mädchen.«

Leontine stand da wie erstarrt. Seilers Finger waren eiskalt, als er sie über ihre Wange gleiten ließ.

»Leontine von Absberg«, fuhr er fort. »Der Bastard eines leichtfertigen Sängers von adligem Geblüt. Aber ich weiß es besser, weil ich in der Dämonologie wohlbewandert bin. Du bist ein Kind des Bösen, gezeugt beim Tanz um das Feuer bei einem dieser unsäglichen Feste.« Er bekreuzigte sich. »Und führe mich nicht in Versuchung ... Ist dir bewusst, dass du mich jede Nacht im Traum heimsuchst? Aber sicher weißt du das, Homunkulus, der du bist. Sag, mit welchem Tier reitest du zum Hexensabbat? Wann hast du dich dem Teufel verschrieben?«

Leontine wurde schwarz vor Augen, denn insgeheim fürchtete sie nichts mehr, als dass ihre Gabe sie direkt in die Hölle führte. »Wie kommt Ihr dazu, mir solche Dinge zu unterstellen?« Seiler umgab ein leichter Branntweingeruch, der ihr unangehm in die Nase stieg.

»Ihr seid ja betrunken«, stieß sie angewidert hervor. Geistesgegenwärtig sprang sie einen Schritt zur Seite, als er sich neben ihr an der Chorwand abstützte. »Ihr bringt mich in Verlegenheit«, sagte sie heiser. »Besser, Ihr geht und schlaft Euren Rausch aus.«

Doch Seiler fuhr fort, jedes Wort ein Dolch, der sich in Leontines Seele bohrte. »Ach, Mädchen. Früher oder später wird man auch in der Reichsstadt Esslingen den Ketzern auf den Leim gehen und die evangelische Predigt einführen. Aber bei Hexen und Teufelsanbetern kennen auch die Protestanten keine Gnade.«

Nach diesen Worten legte sich eine so tiefe Stille über den Platz, dass Leontine den Frost in den Bäumen knacken hörte.

»Lass mich deine Seele retten«, fügte Seiler lockend hinzu. »Sonst entgehst du deiner Strafe nicht.«

Mit einem Schlag erwachte sie aus ihrer Erstarrung und tauchte, den strampelnden Kater fest an sich gepresst, unter Seilers Arm hindurch. Sie rannte. Ihre Füße trugen sie Stufe für Stufe die große Freitreppe zur Frauenkirche hinauf. Seilers Worte jedoch flogen wie Krähen hinter ihr her, die ihre Krallen in ihre Kopfhaut schlugen.

»Du bist des Teufels, Mädchen! Brennen sollst du! Brennen im fünften Kreis der Hölle!«

7

Die Gasse führte steil den Hang hinauf. Leontine durchschritt das zugewachsene Törchen, dessen Pforte in den Angeln knirschte, und blieb erst stehen, als sie die Weingärtnerhäuser weit oben in der Beutau erreicht hatte.

Die ewige Verdammnis, das war es, was den Menschen drohte, die auf der Schwelle standen. Nichts fürchtete sie mehr. Und doch, sie musste diesen Tag durchleben, mit der Erinnerung an den Feuervogel, den Geist des toten Großvaters in ihrem Zimmer und die bösen Worte des Priesters.

Es dauerte eine Weile, bis sich ihr Herzschlag beruhigt hatte, aber dann wanderte sie entschlossen bergauf. Auf halber Höhe zum Schurwald erreichte sie Felder und Waldgebiete, die noch zu Esslingen gehörten. Hier graute bereits der Tag. Nebel waberte über das Land und verdeckte den Blick über das Neckartal. Dennoch riss Leontine staunend die Augen auf, weil der Morgen in seinem Kleid aus Raureif so wunderschön war. Jedes Blatt und jeder Zweig trug eine gezackte Krone aus Eis.

Bevor der Hang erneut anstieg, senkte er sich nach Wäldenbronn hinab. Der Boden knirschte unter ihren leichten Schritten. Um den Pfleghof und die Kelter der Söflinger Nonnen drängten sich ärmliche Bauernkaten, aus deren Schornsteinen sich Rauchfahnen in den Himmel kräuselten.

Die Senke mündete im Quellental an der Flanke des Berges, wo Leontine den ersten Sommer ihres Lebens verbracht haben musste. Traurig fragte sie sich, ob ihre Erinnerung so weit zurückreichte. Spürte sie die weichen Arme ihrer Mutter, hörte sie den fabelhaften Gesang ihres Vaters, der ein Gaukler und Adliger auf Abwegen gewesen war? Nein, da war nichts als Leere und eine unbestimmte Sehnsucht. Sie kannte das alles nur aus Tessas Erzählungen.

In welchem Zustand sie das Haus wohl vorfinden würde?

Letztes Mal war sie an einem warmen Sommertag hier gewesen, als der Garten träge in der Sonne gebraten hatte. Heute würde alles im Kälteschlaf liegen.

Sie packte den Kater fester und durchquerte auf leisen Sohlen das Tal.

Theophilas Haus lag am Hang. Verwunschen schlief das kleine Steinhaus inmitten seines Gartens voller froststarrer Obstbäume und kahler Gemüsebeete. Was, wenn es nicht zum Leben erweckt werden wollte?

Zögernd schob Leontine das windschiefe Gartentor auf, näherte sich dem Eingang und setzte den Kater auf dem Boden ab. »Sollen wir?«

Sie rüttelte vergeblich an der massiven Eingangstür, die klemmte oder sich irgendwie verkantet hatte. Entschlossen stemmte sie sich dagegen und stolperte, als die Tür mit Schwung aufsprang, mit einem großen Schritt in den Raum.

Drinnen war es so kalt, dass sie sich in die Finger pusten musste. Aus dem festgestampften Lehmboden wuchs Unkraut. Der Tisch, gebaut aus einer Buchenholzplatte auf stabilen Beinen, war mit einer Staubschicht bedeckt. Die Regale waren leer. An der Decke hingen Sträuße unbekannter Pflanzen, bei deren Anblick Leontine unwillkürlich schauderte.

Auf der Bettstelle lagen zerfledderte Felle und Daunendecken, in denen Marder und Mäuse genistet hatten. Leontine rümpfte die Nase, als ein graues Etwas unter den Schrank flitzte, dem der Kater fauchend hinterhersprang.

Mühsam drängte sie die Tränen zurück. Dennoch, etwas an dem Haus war tröstlich und hieß sie willkommen wie eine Umarmung.

»Vielleicht war ich ein bissle unüberlegt, Wind, aber wir müssen uns nur an die Arbeit machen.«

Während Wind die Maus verfolgte, versuchte Leontine als Erstes, die Feuerstelle anzuheizen. Der Brennholzkorb war nämlich randvoll mit Buchenscheiten, die zwar nicht vollständig trocken, aber brauchbar waren. Hedwig, die in ihrer Abwesenheit nach dem Haus gesehen hatte, musste sie in weiser Voraussicht hineingestapelt haben. Ein Feuereisen fand Leontine auch, dessen Funkenflug den Zunder zum Glimmen brachte. Die Flammen griffen lodernd auf das Holz über.

Sie wollte sich schon zurücklehnen, um die heiß ersehnte Wärme zu genießen, als schwarzer Qualm aus dem Abzug quoll und sich in Windeseile in der Stube ausbreitete. Krampfhaft hustend stürzte sie zur Tür und riss sie auf, wodurch der Rauch sich zwar ins Freie verzog, der Raum aber noch stärker auskühlte.

Frustriert ließ sich Leontine auf die Bank fallen. Sie fing an zu schluchzen. Nicht einmal Wind war imstande, sie zu trösten, obwohl er ihr auf den Schoß sprang und mit seiner Pfote nach einer Träne haschte.

»Verflixt!« Sie strich dem Kater über die Ohren. »Wenn man auszieht, dann doch wohl nicht Anfang März. Aber heim will ich nicht. Schließlich habe auch ich meinen Stolz.«

Nachdem alle Tränen geweint waren, machte sie sich ans Saubermachen, was verhinderte, dass sie in ihrem Haus zu einem Eisblock gefror. Einen zerfledderten Besen fand sie in der kleinen Speisekammer. Während sich Wind auf die Jagd nach weiteren Mäusen machte und ihr schließlich drei Prachtexemplare vor die Füße legte, klopfte Leontine ein Loch in das Eis auf dem Brunnen, schöpfte einen Eimer voll Wasser und schwemmte den Dreck der letzten fünfzehn Jahre aus dem Haus. Die Stimme, die ihr dabei leise »Nur Mut« zuraunte, ignorierte sie, so gut sie konnte.

Gegen Mittag kämpfte sich die Sonne durch den Nebel. Im Haus war es noch immer bitterkalt. Leontine rieb sich die tauben Finger, als ein Ponywagen in den Hof rumpelte.

»Hier drin ist es ja so kalt wie draußen.« In der Tür stand Cyrian. »Ein Wunder, dass du noch nicht erfroren bist.« Er zerrte ein Bündel in den Raum.

Leontine freute sich so unbändig, ihn zu sehen, dass sie weinen musste.

Ungeschickt klopfte Cyrian ihr den Rücken. »Heul nicht. Wir haben dich schon nicht vergessen.« Prompt stolperte er über den Kater. »Du hast das Mistvieh also mitgenommen«, sagte er gutmütig. »Andreas holt nur eben die Truhe vom Wagen.«

»Helft mir mal, ihr faulen Säcke!«, tönte es von draußen herein.

Zu dritt wuchteten sie die schwere Eichenholztruhe von der Ladefläche des Ponywagens ins Haus, wobei Andreas und Leontine die eine Schmalseite anhoben, Cyrian mit Leichtigkeit die zweite. Drinnen stellte Leontine fest, dass die Truhe beinahe überquoll.

»Mutter schickt dir die Sachen«, sagte Andreas. »Martha hat auch noch ein Wörtchen mitgeredet.«

Nachdem er ihrem Pony Ariel einen Hafersack um den Hals gebunden hatte, folgte Andreas ihnen ins Haus, wo sich Leontine erleichtert ans Auspacken machte. Die Vorräte würden sie über die nächsten Wochen bringen. Sie stellte Räucherwurst, Käse und frisches Holzofenbrot auf den Tisch. Neben einem Fass Butter, einem Beutel Schrot für den braunen Brei, Brot, Gsälz, einer Speckseite und einem Schinken packte sie eine Reihe von Tessas Rosinenkrapfen aus, die ihr erneut die Tränen in die Augen trieben.

Außerdem entpuppte sich die Truhe als Schatzkiste, die Leontines dickes Federbett, ihr Kissen sowie ein Schaffell für die Bank, Ersatzkleidungsstücke, Töpfe, Teller, Löffel und Tassen enthielt. Sogar ihr Gebetbuch und ihre Bibel nebst Andachtsbild mit der Gottesmutter fehlten nicht.

Während Cyrian aufs Dach stieg, um sich dem verstopften Schornstein zu widmen, setzte sich Andreas auf die Küchenbank und bedachte seine Schwester mit einem nachdenklichen Blick.

»Mutter heißt deine Entscheidung nicht gut«, sagte er streng.

»Das war auch nicht zu erwarten«, entgegnete Leontine kleinlaut.

»Als sie entdeckt hat, dass du weg bist, hat sie gezetert, bis Vater sie in den Arm genommen hat.«

»Was?«, fragte Leontine verwundert. »Er mischt sich doch sonst nicht ein.«

»Diesmal schon. Er meinte, wenn du eine Weile nachdenkst, wirst du schon zur Vernunft kommen. Sie hat sich dann beruhigt und lässt dir sagen, dass du dir die Zeit nehmen sollst, die du brauchst.«

Leontine fiel eine Riesenlast vom Herzen. »Ein Glück, dass Vater gestern gekommen ist«, sagte sie leise. »Er tut ihr gut.«

»Das sieht Cyrian anders«, gab Andreas spöttisch zurück. »Vater hat die Tracht Prügel für ihn auf den späten Nachmittag verschoben. Ich aber finde deine Entscheidung unglaublich unbedacht.«

Leontine schrumpfte unter seinem Blick. Andreas konnte rückhaltlos ehrlich und gnadenlos sein.

»Dass du das Angebot der Herzogin ausschlägst, finde ich zum Schreien dumm. Sie bietet dir die allerbesten Zukunftsaussichten. Denk doch mal nach …« Er griff nach ihrem Handgelenk. »Auch wenn sie die Frau des abgesetzten Tyrannen Ulrich ist …«

»… von dem sie getrennt lebt«, vollendete Leontine.

Andreas nickte. »Das ist zwar eine Ungeheuerlichkeit, aber dennoch bleibt sie die Mutter des württembergischen Prinzen Christoph, der irgendwann seinen gut gepolsterten Arsch auf den Thron setzen wird, wenn nämlich die Württemberger die habsburgische Besatzung zum Teufel gejagt haben.«

»Du meinst, ich soll mich mit ihm gut stellen wegen meiner Aussichten?«, fragte Leontine entgeistert und entzog ihm ihre Hand.

Andreas nickte. »Mit ihm und seiner ebenso schönen wie tugendhaften Schwester Anna, Prinz und Prinzessin von Württemberg, verwandt mit Kaiser Karl und den Herzögen von Bayern. Die beiden könnten dir alle Pfade ebnen.«

»Eine gute Partie interessiert mich nicht«, sagte Leontine standhaft.

»Das sollte sie aber. Schließlich bist du ein Edelfräulein und keine Gassendirne.«

»Ich gehöre eben nicht zu eurer Familie.« Leontine fragte sich insgeheim, was die beiden württembergischen Hoffnungsträger wohl dazu sagen würden, dass ihr die Geister auf der Nase herumtanzten. Ein gewisser Kaplan prophezeite ihr dafür die Hölle. »Wenn Cyrian schafft, dass der Ofen besser zieht, könnte ich Mutters Flasche Wein in Glühwein verwandeln.«

»Lenk nicht ab!«

In diesem Augenblick krachte es, untermalt von einem gotteslästerlichen Fluch, gewaltig in der Wand.

»So viel zu Cyrians Ehrgeiz«, sagte Andreas und grinste.

8

Aufgewärmt von Leontines Glühwein, saßen die Brüder einträchtig nebeneinander auf dem Kutschbock des Ponywagens. Andreas zog die Zügel an, schnalzte mit der Zunge und ließ Ariel vorsichtig den Hang zur Burg hinablaufen, der im abendlichen Frost erstarrte. Nach Herzog Ulrichs Angriff auf Esslingen im Jahr 1519 hatte man begonnen, die hölzernen Befestigungsbauten des ehemaligen Pferchs auf dem Schönenberg zu einer steinernen Festung auszubauen, an deren Seite sich das Weingärtnerviertel in die Stadt hinabzog.

Ein Bäuerlein mit einer Kiepe auf dem Rücken und Kuhmaulschuhen an den Füßen starrte ihnen mit offenem Mund hinterher.

»Was gibt es da zu gaffen?«, rief ihm Cyrian mürrisch zu, woraufhin der Mann sich eilig davonmachte.

»Du bist eine wahre Augenweide«, sagte Andreas spöttisch. »Könntest direkt der Hölle entsprungen sein.«

Cyrian schnupperte an sich. »Der Geruch stimmt schon mal.«

Er war zwar rabenschwarz vom Ruß und stank erbärmlich, weil er mitsamt dem Krähennest, das im Kamin festgesteckt hatte, in den Schornstein gefallen war. Dennoch hatte er es mit viel Gezerre geschafft, das Nest herauszuholen und den Ofen zum Ziehen zu bringen. Nun war Leontines Stube mollig warm und Cyrian fürs Erste mit sich zufrieden. Heute musste er nur noch die Tracht Prügel überstehen, die sein Vater ihm für den frühen Abend angedroht hatte.

»Meinst du, Leontine hält durch?«, fragte er.

»Kann schon sein«, antwortete Andreas. »Sie ist ziemlich starrsinnig, wenn sie etwas will. Da legt sie sich sogar mit Mutter an.« Sorgsam lenkte er den Wagen in die steile Beutau, die direkt zum Marktplatz hinabführte.

»Sie war in letzter Zeit anders«, sagte Cyrian.

»Inwiefern?«

»Ich weiß nicht.« Worte über Leute zu machen, lag ihm nicht. Aber Leontine war seine Schwester, sodass er sich zu einer Antwort herabließ. »Hat weniger gelacht als sonst.«

Andreas stimmte ihm zu. »Mir schien, als habe sie Angst.«

»Wovor?«

Andreas bremste Ariel, der auf der überfrorenen Straße zu rutschen begonnen hatte. »Wer weiß das schon? Weibsleute sind rätselhaft.«

Durchgefroren erreichten sie den Stadtkern. Schon auf dem Marktplatz fiel Cyrian auf, dass etwas nicht stimmte. Die Leute mieden ihre Blicke, obwohl Andreas sie wie immer grüßte. Der Karren rumpelte durch eine Schneise der Missbilligung. Beklommen dachte Cyrian an seinen Streich von gestern Nacht und hoffte, dass ihn niemand beobachtet hatte.

Vor ihrem Haus am Rossmarkt drängte sich eine Menschenmenge. Im Licht der Fackeln erkannte Cyrian, dass es sich um einen Teil der Stadtwache handelte. Ihr Anführer Konrad Blessing stritt heftig mit Corentin, der den alten Mann um Haupteslänge überragte. Neben ihm stand Cyrians Pate Lenz Schwarzhans, schlug einen Stadtwächter vor die Brust und brachte ihn zum Taumeln. Aus dem Innenhof erklang Tessas hohe Stimme. »Das muss ein Irrtum sein.«

Als der Ponykarren das Tor durchquerte, bildeten die Stadtwächter eine Gasse und packten ihre Waffen fester.

»Haben wir dich, Henkersbrut«, raunte einer.

Das geschieht nicht mir, dachte Cyrian, während Andreas das Pony im Hof einmal im Kreis laufen ließ, um dann betont gelassen vom Kutschbock zu steigen.

»Cyrian, Andreas!« Tessa stürzte auf sie zu, riss Cyrian fast von den Füßen und schob ihn hinter sich.

Über seine Mutter hinweg beobachtete Cyrian, wie sich Konrad Blessing näherte, dem Corentin und Lenz folgten. Sein Vater strahlte die Wachsamkeit einer großen Katze aus.

In der offenen Eingangstür hatte sich ein Teil ihres Gesindes versammelt, die Köchin Martha, der Reitknecht Michel und die schüchterne Magd, deren Namen Cyrian sich partout nicht merken konnte. An ihre Beine klammerten sich zwei von Hedwigs Gören, die ihn mit offenem Mund anstarrten. Im Hintergrund plärrte sein kleiner Bruder Joschi auf dem Arm seiner Amme.

Alle Blicke wandten sich Cyrian zu. Er bedauerte, sich nicht an Leontines Pumpe gewaschen zu haben.

»Lasst meinen Sohn in Ruhe!« Tessas Warnung richtete sich an Blessing, der sich zu Cyrian umdrehte.

»Da bist du also, Höllenbrut.«

»So nennt niemand meinen Sohn!«, kreischte Tessa.

»Lasst uns die Sache im Haus besprechen«, schlug Corentin vor. Er bugsierte Cyrian an den Dienstleuten vorbei durch die Tür und den Gang in die Stube, wo der Kamin prasselte und schwarzrote Glutnester gegen die Finsternis anleuchteten. Blessing trat hinter ihm ein, gefolgt von Lenz, der die Fäuste ballte. »Wein?«

Eigenhändig goss der Hausherr Rotwein in fünf Pokale und reichte sogar Cyrian einen, der irritiert daran nippte. Tessa baute sich kampflustig neben ihrem Mann auf.

»Was habt Ihr uns zu sagen?«, fragte Corentin.

Konrad Blessing stieß Cyrian mit einer verächtlichen Gebärde vor die Brust. »Das, Hauptmann Wagner, fragt besser diesen Tunichtgut und Brandstifter hier.«

Corentin richtete sich auf, was ihn noch größer erscheinen ließ. »Sicher geht es um die Prügelei, bei der er dem jungen Marchthaler die Nase gebrochen hat. Solche Dinge passieren, wenn Jungen klären, wer der Stärkere ist.«

Konrad Blessing lachte leise. »Das ist nicht alles«, sagte er.

Jetzt, das wusste Cyrian plötzlich mit aller Deutlichkeit, hatte er verloren.

»Um den Marchthaler-Bengel ist es nicht schade«, fuhr Konrad Blessing fort. »Der verwöhnte Bursche konnte eine Abreibung schon vertragen. Es geht um das, was heute Nacht geschehen ist.«

Cyrian freute sich über die dicke Rußschicht, die sein Erröten verbarg. Lenz drückte seine Hand.

»Was soll das heißen?«, fragte Tessa. Ihre hellen Augen flackerten.

Sie hat Angst um mich, dachte Cyrian beklommen.

»Sag schon, Junge«, forderte Blessing ihn auf. »Ein Geständnis wirkt sich förderlich für dich aus.«

Cyrian schluckte. Sein Hals war trocken. »Ich ...« Er zögerte.

»Fahr fort!«, drängte Blessing. »Und versuch bloß nicht zu lügen!«

»Ich hab vorgestern Nacht ein wenig Schießpulver ... angesteckt«, stieß Cyrian hervor. Seine Augen blieben an Andreas hängen, der ihn missbilligend musterte.

»Du hast was?«, fragte Tessa ungläubig.

Corentin sah ihn wachsam an. »Wozu?«

»Ich wollte mal schauen, wie es ist, wenn es explodiert«, sagte Cyrian schnell.

Er hatte lange darüber nachgedacht, ob er es wagen sollte, das Schwarzpulver aus Tessas Warenlager mitgehen zu lassen. Aber dann hatte er es einfach getan.

»Also hast du dich tatsächlich am Besitz deiner Mutter vergriffen?«, fragte Corentin.

Cyrian nickte und machte sich auf die nächste Tracht Prügel gefasst.

»Ein Dummejungenstreich«, fand Lenz.

»Aber das meine ich doch gar nicht.« Konrad Blessing fuhr sich durch seinen spärlichen grauen Bart. »Und ebenso wenig, dass du ein bisschen am Rossneckar geknallt hast, Junge. Dir wird zur Last gelegt, in der letzten Nacht Feuer an das Warenlager des Kaufmanns Marx Scheuflin gelegt zu haben. Sie konnten es gerade noch löschen. Das ist Brandstiftung. Dafür wirst du dich verantworten müssen. Wer weiß, ob du nicht auch die anderen Brände in der Umgebung verschuldet hast.«

»Was?«, rief Cyrian entsetzt. »Das war ich nicht.«

Sein Vater stellte sich neben ihn und legte ihm die Hand auf die Schulter. Am liebsten hätte er sie abgeschüttelt.

»Für diese ungeheuerliche Anschuldigung gibt es keinerlei Beweise«, sagte Corentin.

»Doch«, entgegnete Blessing. »Ambrosius Marchthaler und Friedrich Scheuflin haben Cyrian davonrennen sehen. Grund genug, sich an den Scheuflins zu rächen, hat Cyrian sicherlich gehabt, war doch Friedrich dabei, als er dem Ambrosius die Nase gebrochen hat. Außerdem …« Blessing streifte sie einen nach dem andern mit einem verächtlichen Grinsen. »Auch wenn Ihr eine erstaunliche Laufbahn hingelegt habt, Hauptmann Wagner. Schlechtes Blut bleibt schlechtes Blut. Wer hier die Wahrheit sagt, wird sich im Kerker entscheiden.«

Tessa stellte sich schützend vor Cyrian und breitete ihre Arme aus. »Wagt es nicht!«

Dennoch wies Blessing seine Wachen an, ihn festzunehmen.

»Halt!« Tessa verflocht ihre schmalen Finger mit Cyrians. »Niemand nimmt mir meinen Sohn weg.« Sie verwandelte sich in eine Furie, die die Männer zurückweichen ließ und selbst Cyrian Angst einjagte. Er dachte, dass sie beim nächsten Wort Feuer spucken würde wie ein wild gewordener Drache.

»Tessa!« Corentin löste vorsichtig ihre Hände und zog seine Frau an seine Brust. »Lass ihn erst einmal mitgehen«, flüsterte er in ihre Haare. »Morgen widerlegen wir den Verdacht, unter dem er steht.«

Cyrian erstarrte. »Wie bitte? Ich bin dir ja sowieso egal.«

»Cyrian«, sagte Tessa heiser.

Als sein Vater ihn beim Arm fasste und den Wächtern überantwortete, glaubte Cyrian, an seinem Zorn zu ersticken. Zwei der Männer nahmen ihn zwischen sich und führten ihn durch die froststarren Straßen in Richtung des Kerkers innerhalb der Bastion am Hornwerk in der Mauer nach Oberesslingen.

Es durfte nicht wahr sein, was ihm passierte. Vielleicht träumte er es nur. Die Wachen zerrten ihn voran. Cyrian hielt die Augen gesenkt, um den schadenfrohen Blicken der Passanten zu entgehen. Marktplatz, Küferstraße, Obertorstraße, von den Gassen nahm er nur das überfrorene Kopfsteinpflaster und den durchfurchten Schlamm wahr.

Dann hatten sie ihr Ziel erreicht. Die Wächter führten ihn über die Schwelle und übergaben ihn einem glatzköpfigen Kerkermeister, in dessen Hemd so viel alter Schweiß hing, dass sich Cyrian der Magen umdrehte.

»Komm mit, Junge!« Der Kerkermeister zog ihn vorwärts, einen Gang entlang, auf den ein weiterer folgte, öffnete eine quietschende Tür und stieß ihn hindurch.

Im Innern des Kerkers war es lausig kalt und dämmrig. Fackelschein fiel in den Raum. Cyrian blinzelte. Er brauchte eine Weile, bis er den Umriss einer Bettstelle und eine hagere Gestalt unterscheiden konnte, vor der er zurückwich.

»Brauchst dich nicht vor mir zu fürchten, Junge.« Der Mann hustete einen Klumpen Schleim aus.

Cyrian versuchte sich auf seine Tapferkeit zu besinnen, die ihm irgendwo abhandengekommen sein musste. »Weshalb seid Ihr hier?«, fragte er.

»Nicht so förmlich, Junge.« Der Fremde gluckste. »Ich bin der Schuhmacher Felix Gruber und hab Gottes heilige Kirche und seinen Stellvertreter auf Erden, den Papst, gelästert. Das sagen die hier jedenfalls.«

»Ihr seid ein Anhänger des Reformators Martin Luther?«

Seit Jahren teilte sich die Stadt Esslingen in zwei Lager, die sich heftig bekriegten. Eines stand aufseiten der Papisten, die den katholischen Stadtpfarrer Sattler unterstützten. Das andere wurde von den Protestanten vereinnahmt, die alles daransetzten, auch in Esslingen die evangelische Predigt einzuführen. Die Familie Wagner war neutral geblieben, jedenfalls bis Andreas offen mit der Lehre Martin Luthers sympathisierte.

»Oh nein«, gab der Mann zurück. »Ich stehe aufseiten des wahren Evangeliums! Darum fürchten mich die Tyrannen.« Wieder hustete er krampfhaft. Diesmal war der Schleim im schmutzigen Stroh mit Blut durchsetzt.

Cyrian ließ sich neben Felix Gruber fallen, der ein klapperdürres Knochengestell in Lumpen war.

»Und weshalb bist *du* hier?« Gruber zerdrückte eine Laus zwischen seinen Fingern.

»Brandstiftung«, sagte Cyrian todmüde.

»Willst du darüber reden?«, fragte Gruber.

»Nein.«

Nachdem sie eine Weile schweigend auf der Pritsche gehockt hatten, übermannte Cyrian die Müdigkeit, sodass er seine Beine anzog und sich zusammenrollte. Als er eingeschlafen war, stand sein Zellengenosse auf und deckte ihn mit dem zerfledderten Tuch zu, dem einzigen, das sie hatten.

Cyrian erwachte, weil Tageslicht wie schmutziges Wasser in die Zelle sickerte. Benommen öffnete er seine Augen und starrte seinem weißen Atem hinterher. Auf dem Stroh vor der Pritsche lag leise schnarchend Felix Gruber.

Cyrian hatte sich eben aufgerappelt und in einen der beiden Eimer erleichtert, als die Tür aufsprang. Im Durchgang stand ein schlanker Mann mit sandfarbenen Haaren.

»Du bist der Wagnerjunge.« Sein schmieriges Lächeln entblößte eine Reihe fauliger Zahnstümpfe.

In Cyrian regte sich ein Grauen, dessen Grund er sich nicht erklären konnte.

»Ich bin Hans Rutersberger, der Esslinger Scharfrichter. Ich verspreche dir, wir beiden werden viel Spaß miteinander haben.«

9

Der Schnee verwandelte sich in peitschenden Regen, unter dem die gefrorene Erde zu einer Schlammwüste taute. Leontine kam mit zwei Eimern vom Brunnen zurück, als sie die fremde Frau am Gartentor stehen sah. Sie war nicht die Erste, die haltmachte, um einen Blick auf den Neuzugang im Quellental zu werfen. Leontine ignorierte sie, wie sie es bisher bei allen Zaungästen getan hatte, und wandte sich mit ihrer Last dem Haus zu.

Seit beinahe zwei Wochen lebte sie schon in Wäldenbronn, ebenso lange, wie ihr Bruder Cyrian im Kerker darbte. Vorgestern hatte ihr Vater sie besucht und ihr berichtet, dass er auch mit einer großen Summe Geldes nicht imstande gewesen war, ihn freizukaufen. Stattdessen hatte Corentin Bürgermeister Hans Holdermann, der nicht glauben konnte, dass ein Vierzehnjähriger als Brandstifter in Frage kam, versprechen müssen, sich auf die Suche nach den wahren Tätern zu machen. Leontine zweifelte nicht daran, dass er sie ihrer gerechten Strafe zuführen würde. So lange musste der leichtsinnige Feuerteufel eben im Kerker ausharren.

Sie verdrängte den Gedanken an Tessa, die zwei ihrer Kinder entbehren musste, und betrachtete die Fremde genauer, die einfach nicht vom Gartentor weichen wollte. Sie war schon mindestens fünfzig Jahre alt, ihr bräunliches Gesicht von Falten zerfurcht. Unter ihrer Haube stahlen sich einige schwarzgraue Strähnen hervor. Ihre Füße waren mit Lumpen umwickelt und steckten in Holzpantinen.

In diesem Moment hob die Frau den Kopf und richtete ihre Rabenaugen auf Leontine.

Nichts hatte sie auf den Sturm vorbereitet, der über sie hinwegfegte. Die Welt wurde schwarz. Sie blinzelte erschrocken und schloss kurz die Augen. Als sie aufblickte, war die Dunkelheit verschwunden. Stattdessen lächelte die Frau sie so gewinnend an, dass Leontine sich fragte, ob sie die überwältigende Finsternis nur geträumt hatte.

»Was kann ich für dich tun?«

Die Fremde antwortete mit sanfter Stimme. »Mein Name ist Brenna. Hättest du wohl ein Töpfle Ringelblumensalbe für mich?«

»Salbe?« Leontine schluckte nervös. »Ich hab keinerlei Arzneimittel. Geh doch in die Apotheke in der Stadt.« Sogleich bereute sie ihre Worte, denn die Frau würde kaum das Geld für den Kauf von Arzneimitteln aufbringen können.

»Dann bin ich also ganz umsonst vom Schurwald gekommen«, stellte Brenna spöttisch fest. »Du willst Theophilas Tochter sein und hast nicht einmal die einfachsten Hausmittel parat?«

Leontine fasste einen Entschluss. »Komm ins Haus, wärm dich auf und iss dich satt!«

Das ließ sich Brenna nicht zweimal sagen. Sie nahm sich einen der Eimer und ging Leontine voran zur Eingangstür. Drinnen stellte sie den Eimer neben dem Herd ab und blickte sich um. »Das also ist Theophilas Haus.«

»Oh ja.« Leontine packte ein Anflug von Stolz. Während sie Wind den Rücken kraulte, der ihr um die Beine strich, betrachtete sie die Errungenschaften der letzten beiden Wochen. Im Ofen bullerte ein Feuer, das die Stube mit seiner Wärme erfüllte. Den Tisch hatte sie mit Sand gescheuert und mit Wachs eingelassen, was ihn wie neu aussehen ließ. In den blank geputzten Regalen reihten sich Marthas Becher sowie Tessas Gebetbuch und das Marienbild ordentlich aneinander. Die Strohschütte war neu befüllt und mit den Decken von zu Hause gemütlich hergerichtet. Von den Holzbalken baumelte der bisher unangetastete Schinken.

Leichtfüßig stieg Leontine aufs Bett, zog ihn vom Haken und legte ihn auf das große Schneidebrett neben ihr selbst gebackenes Brot. »Iss und trink mit mir. Es gibt auch heißen Wein.«

Brenna langte ordentlich zu. Hingebungsvoll aß sie die Mahlzeit bis auf den letzten Krümel auf. Danach wischte sie sich über den Mund und musterte Leontine prüfend. »Du siehst ihr gar nicht ähnlich.«

»Stimmt.« Aus Tessas Erzählungen wusste Leontine, dass Theophila eine weiße Strähne im schwarzen Haar und verschiedenfarbige Augen gehabt hatte. Dennoch überkam sie eine vage Hoffnung. »Du kanntest meine Mutter?«

»Was man so kennen nennt«, erwiderte Brenna ausweichend.

»Sie hat Kinder auf die Welt gebracht?«

»Theophila war eine Hebamme und Heilerin. Die Frauen in der Gegend haben sie verehrt.«

»Inwiefern?« Leontine war plötzlich von einer unaussprechlichen Sehnsucht nach den warmen Armen und der lieblichen Stimme ihrer leiblichen Mutter erfüllt.

»Du bist einsam, gell?« Brenna beugte sich über den Tisch, bis Leontine ihren schlechten Atem roch. »Frauen geben Leben«, sagte sie dann. »Auch wenn die Kirche uns einreden will, dass allein der Mann ein Kind in uns entstehen lässt, sind es doch wir, die es zum Wachsen bringen. Die Hebamme hilft uns, Schwangerschaft und Geburt zu überstehen.«

»Und eine solche …«, begann Leontine.

»… war deine Mutter«, vollendete Brenna mit Nachdruck. »Aber sie war noch viel mehr.«

Leontine hörte in ihrem Innern ein leises Lachen. Besorgnis mischte sich darunter. Geh nicht zu weit, sagte die Stimme. Sieh dich vor. Trau ihr nicht. Aber Leontine konnte nicht mehr zurück. »Was meinst du damit?«

Der dunkle Blick der Frau richtete sich abschätzend auf sie. »Das hier bleibt unter uns, Kleine, sonst trifft dich mein Fluch. Theophila hatte wie ihre Ahninnen das zweite Gesicht, das sich immer von der Mutter an die Tochter vererbt. Sie waren Priesterinnen der großen Göttin.«

Leontine bekreuzigte sich entsetzt. Brennas Gerede würde sie beide, wenn jemand je davon erfuhr, mit Sicherheit auf den Scheiterhaufen bringen.

»Es ist vielleicht besser, wenn du gehst.«

Brennas keckerndes Gelächter ließ sie zusammenzucken. »Deine Vorfahrinnen haben die Zukunft vorausgesehen, außerdem haben sie das Wetter beschworen, um beizeiten Regen und Sonnenschein über die Erde zu bringen«, sagte sie. »Und du? Was siehst du?«

»Nichts«, antwortete Leontine kleinlaut.

Brenna schnaubte. »Tatsächlich? Bei deinem adligen Vater, diesem Sängerschnösel, ist das ja auch kein Wunder. Normalerweise wird der Spross der Priesterin bei der heiligen Hochzeit vom gehörnten Gott gezeugt. Es lebt in beiden Welten. Die Menschen beschützen es, weil es ein Kind der Götter ist. Schade drum. Aber vielleicht willst du ja etwas lernen – über das Heilen, meine ich?« Ihre Stimme hatte einen lauernden Unterton angenommen. »Denn wenn sich herumspricht, dass du zurückgekehrt bist, werde ich sicher nicht die Einzige sein, die an deine Türe klopft. Ich könnte verhindern, dass du dich blamierst.«

»Also gut«, sagte Leontine langsam.

»Folge mir!« Brenna stand auf und machte sich erstaunlich behände ins Freie auf, wo ein Schwarm Zugvögel in perfekter Dreiecksformation über den Himmel zog. »Die Gefiederten kehren zurück.« Zielbewusst steuerte sie auf den tropfenden Garten zu, eine Wildnis, die seit Jahr und Tag sich selbst überlassen gewesen war. »Pünktlich zur Tag- und Nachtgleiche, wie es seine Ordnung hat.«

Leontine folgte ihr und zog im kalten Wind ihren Umhang enger. »Warte! Was machst du da?«

Brenna wandte sich um. »Na, was wohl? Nachschauen, was hier im Schlamm noch wächst. Eine Eberesche und einen Haselstrauch hab ich schon gesehen.« Sie stieg über die Umzäunung, bückte sich und schob die faulige Unkrautschicht zur Seite, die die Beete bedeckte. »Na bitte. Wusste ich es doch. Die Pflanzen sind über den Winter eingezogen, aber ein wenig lässt sich noch ernten. Was haben wir denn da?« Triumphierend hielt sie einen Stängel voller grüngrauer Blätter in die Höhe.

»Salbei«, sagte Leontine schüchtern. »Man nimmt ihn bei Halsweh zum Gurgeln.«

Brenna nickte. »Sowie für die Verdauung und zum Denken, damit man nicht blöd wird. Und daneben wachsen Beifuß, Schöllkraut, Kamille und Engelwurz. Wenn du im Frühjahr Frauenmantel und Minze zurückschneidest, hast du deinen Kräutergarten wieder.«

»Ich weiß gar nicht, ob ich dann noch hier sein werde«, sagte Leontine leise.

»Aber jetzt bist du da.« Den Salbeizweig in der Hand, machte sich Brenna zielstrebig zum Haus auf.

Leontine folgte ihr und sah, wie sie die Ofenklappe öffnete und den Zweig hineinsteckte. »Halt!« Von Feuer hatte sie seit Cyrians Schelmenstück genug.

Doch Brenna ließ sich nicht beirren, öffnete die Ofentür, zog den Zweig heraus und pustete die kleine Flamme aus, die die Blätter verzehren wollte. Danach zerbröselte sie das halb verbrannte Kraut in eine flache Tonschale, aus der würziger Rauch aufstieg.

»Bitte schön.« Sie drückte Leontine das qualmende Ding in die Hand.

»Was soll ich damit tun?«

Brenna verdrehte die Augen zum Himmel. »Wenn du dein Haus mit Salbei ausräucherst, säuberst du es von schädlichen Einflüssen.«

Leontine musste husten. »Aber das ist ...?«

»Heidnisch?« Brenna lachte spöttisch auf. »Wenn du meinst? Du kannst dabei gern die Jungfrau und die Engel anrufen. Das ändert nichts an der Wirkung. Hauptsache, du gehst an allen Wänden und Ecken entlang und schickst alles fort, was da nicht hingehört und dich stört. Denn hier hat der Tod seine schwarzen Fußabdrücke hinterlassen. Das spür selbst ich.«

Leontine hielt inne. Wenn sie sich auf Brennas Vorschlag einließ, würde sie der anderen Seite Tür und Tor öffnen. Sie würde die Geisterwelt in ihre Seele lassen und schließlich als gerechte Strafe der ewigen Verdammnis anheimfallen. »Du gehst besser.«

Brenna wandte sich ihr zu. Ihre Augen glommen düster. »Meinst du das ernst?«

Leontine biss sich auf die Lippen und nickte.

»Also gut«, sagte Brenna. »Dann habe ich mich wohl in dir getäuscht.«

Zugluft drang in den Raum, als sie die Tür öffnete, um in den regnerischen Abend hinauszutreten.

Leontine nahm die Schale mit den heidnischen Kräutern und verbrannte sie bis auf den letzten Krümel im Herd. Danach setzte sie sich auf die Bank, wärmte sich die Hände an ihrem Tonbecher mit heißem Wein und lauschte auf den Wind, der um den Schornstein blies.

Geraume Zeit später machte sie sich zu ihrem Aborthäuschen auf. Sie erschrak zutiefst, als Brenna aus dem Schatten des nächtlichen Obstgartens trat.

»Es ist weit bis zum Schurwald hinauf, wo meine Kate steht«, sagte sie zögernd, »… und meine Knie schmerzen. Also wollte ich dich bitten, ob ich diese eine Nacht in deinem Haus verbringen darf. Tu deine Christenpflicht. Morgen bin ich weg, ich versprech's.«

Brenna sah so verfroren aus, dass Leontine sie zu sich ins Haus winkte, wo sie sich vor dem Ofen in ihren Umhang rollte und in tiefen Schlaf fiel. Sie selbst lag lange wach und lauschte in die finstere Nacht hinein. Auch wenn die Fremde ihr unheimlich war, vertrieb sie das Gefühl von Einsamkeit, das Leontine in dieser Nacht stärker denn je heimsuchte.

Am nächsten Morgen weckte sie der verführerische Duft nach Karamell. Sie räkelte sich verschlafen und fragte sich, wo sie sich befand. Roch es aus Tessas Küche so gut, die sich viel zu selten die Mühe machte, für ihre Kinderschar Pfannkuchen zu backen?

Dann kehrte die Erinnerung zurück. Sie war in der mollig warmen Stube im Quellental, im Haus ihrer leiblichen Mutter Theophila, die geheimnisvoller gewesen war, als sie geahnt hatte. Am Kessel stand eine fremde Frau und rührte im Brei, bis er am Rand ansetzte, was ihn unvergleichlich süß riechen ließ.

Leontine stieg aus dem Bett, zog ihren Rock über ihr Leinenhemd und näherte sich dem Herd.

»Da staunst du, was?« Brenna lachte leise. »Sicher steckst du noch genug in den Kinderschuhen, dass es dir schmeckt. Deinen Kater hab ich mit verdünnter Milch gefüttert, bevor er raus ist.«

Leontine nickte zwar, doch eine Spur von Misstrauen blieb.

Sie wollten sich eben zu Tisch setzen, als es zaghaft an der Tür pochte. Im Schneetreiben stand ein dunkelhaariges Mädchen, das ängstlich ins Haus spähte.

»Komm rein, du holst dir sonst noch den Tod«, sagte Brenna barsch. »Und lass die Kälte draußen.«

Die Kleine, die etwas jünger als Leontine war, zog beim Eintreten eine Matschspur hinter sich her. Drinnen blickte sie sich um und pustete sich in die rot gefrorenen Hände.

»Was willst du?«, fragte Brenna.

»Ich …« Verschüchtert starrte sie Leontine an.

»Setz dich doch, iss mit uns!«

Das ließ sich das Mädchen nicht zweimal sagen. Nach zwei Schalen mit Brei rückte sie zaghaft mit der Sprache heraus.

»Ich bin Mechtel, Magd bei den Söflinger Nonnen«, sagte sie. »Und ich wollte dich fragen …«, ihre Augen richteten sich hoffnungsvoll auf Leontine, die sich am liebsten in Wohlgefallen aufgelöst hätte, »… ob du nicht einen Liebeszauber für mich hättest, mit dem ich den Franz an mich binden könnt. Der ist ein Köhlerjunge von Baltmannsweiler, und … ich weiß nicht, ob er mich wirklich mag«, fügte sie kläglich hinzu.

»Hab ich's dir nicht gesagt?« Brenna lachte triumphierend.

»Nein, ich …«, stotterte Leontine. »Wirklich –«

»Aber sicher haben wir den«, fuhr ihr Brenna ins Wort. »Die wahre Liebe hält doch mit einer Prise Magie doppelt so lang. Leo, hast du nicht ein kleines Fitzele Papier?« Sie zwinkerte Leontine verschwörerisch zu.

Die durchforstete den Raum, fand aber nichts. Schließlich riss sie mit zitternden Fingern die vorderste Seite aus ihrer Bibel, während Brenna pausenlos auf die junge Magd einredete, die in der Wärme der Stube rote Wangen bekommen hatte.

»Du könntest ihm auch etwas kochen und ein wenig von deinen Fingernägeln hineinraspeln. Aber unser Zauber wirkt besser. Pass auf!« Brenna fischte ein Stück Holzkohle aus dem Aschenkasten und machte ein fahriges Kreuzzeichen darüber. »So, Leo, schreib mit dem geheiligten Stift den Namen von Franz auf das Papier und verbrenn es dann im Herd«, befahl sie. »Du, Mechtel, führst den Stift mit ihr gemeinsam.«

»Du kannst schreiben, Leo?«, staunte das Mädchen.

Kein Entkommen, dachte Leontine zornig.

Während sie schrieb, legte sich Mechtels schwielige Hand vertrauensvoll um ihre. Bilder stiegen in Leontine auf, gegen die sie sich vergeblich zur Wehr setzte. Der grünende Wald bei Baltmannsweiler, eine Wiese voller Maiglöckchen im Sonnenschein, unbändiges Glück, die rauchende Köhlerhütte, die Hand des Jungen, die nach der des Mädchens griff – und dann das Ende. Als sie ihre Visionen abgestreift hatte, blieb nichts zurück als sein Name auf dem kostbaren Papier, das sie im Ofen zu Asche und Rauch verbrannte.

»Die Himmlischen werden eure Liebe schützen«, sagte Brenna würdevoll.

Die strahlende Mechtel überreichte ihnen als Bezahlung ein Glas Honig, das sie aus dem Vorratsregal der Söflinger Nonnen hatte mitgehen lassen.

»Hör zu«, ermahnte Brenna sie, als sie bereits an der Tür stand. »Um der Wirkkraft des mächtigen Zaubers zu dienen, darfst du nur in den Tagen rund um deinen Mond zum Franz gehen, auf keinen Fall aber in der Mitte deiner Zeit.«

Mechtel nickte und machte sich mit einem seligen Lächeln davon.

»Das war gelogen.« Leontine schob die Tür hinter ihr ins Schloss.

»Vielleicht«, gab Brenna zurück. »Aber nebenbei hab ich

der Kleinen das Leben gerettet. So wie sie dem Franz verfallen ist, liegt sie spätestens in zwei Wochen in der Köhlerhütte unter ihm – und zwar ohne den Segen der Kirche.«

»Wieso denn das Leben gerettet?«, fragte Leontine entgeistert.

»Was hat dir deine reiche Händlerin beigebracht?«, fragte Brenna aufgebracht. »Weißt du wirklich nicht, dass Kinder gewöhnlich in der Mitte deines Mondes gezeugt werden? So manche Magd ist wegen eines unehelichen Balgs schon in den Neckar gegangen.«

»Es ist nur ein Aufschub«, sagte Leontine leise.

Brenna starrte sie entgeistert an. »Was meinst du damit?«

Leontine räusperte sich verlegen. »Sie wird doch sicher den Franz, ich meine den Köhler, heiraten. Und dann kann sie Kinder kriegen, so viele sie will.«

Auf keinen Fall durfte Brenna die Wahrheit erfahren, denn die war zu beängstigend. Bei der Berührung von Mechtels Hand hatte Leontine gesehen, dass diese bei der Geburt ihres dritten Kindes sterben würde, noch ehe sie das zwanzigste Lebensjahr erreicht hatte.

10

»Steh auf, Faulpelz!«

Leontine drehte sich um und zog sich die Decke über den Kopf.

Brenna rüttelte sie an der Schulter. »Die Sonne scheint. Mal schauen, was sich in Feld und Flur schon sammeln lässt.«

Leontine unterdrückte ein Gähnen. »Jetzt schon? Es ist doch noch beinahe Winter.«

»Wart's ab, Schlafmütze«, sagte Brenna geheimnisvoll.

Statt auf den Schurwald zurückzugehen, hielt sie es schon drei Tage in Leontines Hütte aus, leistete ihr Gesellschaft, kochte Suppe und ließ hier und da ein paar Brocken über Theophila fallen, die Leontine aufsaugte wie ein Schwamm. Doch das war nicht alles. Während sie kochte und putzte, teilte Brenna ihr Wissen über Magie mit ihr, bis ihr schier der Kopf zu platzen drohte.

Schlaftrunken schob Leontine den Kater beiseite und rollte sich aus dem Bett.

Kurze Zeit später lief ihr Brenna entschlossen voran in den Wald im Hainbachtal. Es war zwar noch empfindlich kühl, aber der Himmel hatte aufgeklart und spannte sich leuchtend blau über den kahlen Bäumen.

Missmutig bohrte Leontine ihre Schuhspitze in den Waldboden, der von einer dicken Schicht aus gefrorenen Buchenblättern bedeckt war. »Was soll es denn hier schon geben? Es ist Winter.«

Brenna stemmte die Hände in die Hüften. »Du bist dir zu gut zum Sammeln? Das ist zum Schreien dumm! Und dabei habe ich dir noch gar nicht von den wirklich wichtigen Kräutern wie Bilsenkraut, Tollkirsche und Lattich erzählt. Sie lassen dich fliegen.« Ohne Leontine eines weiteren Blickes zu würdigen, stieg sie den steilen Hang zur Bergkuppe empor.

Bei der Erwähnung der verbotenen Hexenkräuter war Leontine das Blut ins Gesicht geschossen. Hier und jetzt konnte sie die Entscheidung treffen, Brenna ihrer Wege ziehen zu lassen, allein zum Haus zurückzukehren und die Tür zuzusperren. Doch sie tat es nicht, sondern raffte ihren Rock und stolperte hinter ihr her. »Warte, Brenna!«

Diese hielt erst inne, als sie den Kammweg erreicht hatten. Auf der anderen Seite des Tals wuchsen die Hügel des Schurwalds in den Himmel. In weiter Ferne stand die Schwäbische Alb am Horizont wie eine Mauer. Hier oben gab es Obstwiesen und kleine Weinberge, die sich den Hang gen Uhlbach hinabzogen und noch in der Erstarrung des Vorfrühlings verharrten. Auf den Wiesen streckten Apfelbäume ihre kahlen Zweige in den Himmel wie Menschen, die ihre Hände rangen.

»Was willst du mir denn zeigen?«

»Ich weiß nicht«, sagte Brenna aufgebracht, »… ob ich dir hochnäsiger Kröte überhaupt etwas beibringen kann oder ob du schon alles weißt.«

»Einiges hab ich schon von Friede Riexinger gelernt«, entgegnete Leontine störrisch.

»Ach ja. Die schlaue Schwester des Apothekers. Was kann die schon? Du musst nicht wissen, du musst sehen.« Brenna bückte sich, wischte die modrige Blätterschicht beiseite und pflückte einen graugrünen Schössling direkt über dem Boden ab. »Scharbockskraut«, sagte sie zufrieden. »Und daneben, wie ich mir gedacht hab, Knoblauchrauke. Da, riech mal!« Sie hielt Leontine das erdig duftende Kraut unter die Nase. »Das ist das erste frische Grünzeug nach dem Winter. Schau, ob du dazu Löwenzahn und Brennnesseln findest, misch alles mit ein wenig Essig an, gib es deiner Familie, und ich verspreche dir, dass niemand am Frühjahrsfieber sterben noch seine Zähne vor der Zeit verlieren wird.«

»Wirklich?«, fragte Leontine wider Willen fasziniert.

»Ja, Gottes Helfer und so, bla, bla, bla.« Brenna putzte ihre schmutzigen Finger an ihrem Rock ab und machte sich zu einer entfernten Wiese auf, wo sie mit ihrem Grabholz auf die Erde einhackte, um Wurzeln zu sammeln.

Während die Sonne sich über den Bergkamm im Osten schob und den überfrorenen Boden taute, sammelte Leontine frischen Löwenzahn in ihrem Korb. Sie streckte den Rücken und rieb sich mit der Hand über die Stirn. Es war so warm, dass sie ihr Tuch auf die Schulter gleiten ließ.

Da bemerkte sie den Mann auf dem Kammweg. Es war ein bewaffneter Landsknecht, dessen verbeulter Harnisch die Sonne spiegelte. Er lief über die Wiese auf sie zu.

Wie narbig der Untergrund ist, dachte Leontine versonnen. Sicher hatten Wühlmäuse sich ihre unterirdischen Bauten geschaffen, fraßen die Wurzeln der Obstbäume ab und pflügten sich die Wiese zurecht.

Es brauchte eine Weile, bis ihr aufging, dass die Situation, in der sie sich befand, gefährlich sein konnte. Sie allein mit einem fremden Bewaffneten. Trotzdem schaffte sie es nicht, davonzurennen. Unfähig, sich zu rühren, stand sie da, bis er ihr so nahe kam, dass sie seine blutunterlaufenen Augen und den mottenzerfressenen Bart erkennen konnte.

»Bist du Leo von Absberg?«, fragte der Mann unvermittelt.

Als Leontine nickte, zog er mit einem sirrenden Geräusch eine Pistole und wog sie in der Hand, als sei sie eine selten genutzte Kostbarkeit.

»Hab ich dich«, sagte er triumphierend und legte auf sie an. »Das war ja fast zu einfach.«

Endlich schaffte es Leontine, ihre Füße vom Erdboden zu lösen, sich umzudrehen und über die Wiese davonzurennen, Schritt für Schritt, Sprung für Sprung. Das gefrorene Gras knirschte unter ihren Stiefeln.

Es geht um mein Leben, dachte sie verwundert. Wie konnte ihr das passieren, am helllichten Tag, in den Obstwiesen über Wäldenbronn? Sicher hatte der Kaplan Seiler das ausgeheckt.

Hinter ihr klackte die Pistole. Ihr Verfolger fluchte gotteslästerlich, weil sich der Schuss wohl nicht gelöst hatte.

Gerettet, dachte Leontine.

Während sie lief, hörte sie das Keuchen und die schweren Schritte des Mannes in ihrem Rücken. Unwillkürlich fragte sie sich, warum er sie nicht einholte. Machte er sich einen Spaß daraus, sie wie ein flüchtiges Wild zu stellen? Als ihr diese bedenkliche Tatsache aufging, verstärkte sich ihre Angst. Sie hielt inne und drückte die Hand in ihre schmerzende Seite.

Weiter, dachte sie dann. Inständig wünschte sie sich Cyrians Ausdauer und Schnelligkeit, der den Verfolger locker abgehängt hätte. Doch sie war nicht ihr Bruder. Oh nein. Sie war Leontine, die mit letzter Kraft Fuß vor Fuß setzte.

Dann geschah es. Sie stolperte über einen der zahlreichen Wühlmaushaufen und landete mit dem Gesicht voran auf der schlammigen Wiese. Der Fremde stürzte sich mit einem Schrei auf sie und fesselte sie mit seinem Gewicht an den Erdboden.

»Ist die Jagd schon vorüber, Kleine?« Sie spürte seinen heißen Atem in ihrem Nacken. »Ergibst du dich schon? Das macht mir als Kriegsmann ja gar keinen Spaß.« Zärtlich strich er ihr die Haare aus dem Gesicht. »Schade um das, was wir hätten tun können, Kind«, sagte er mit leisem Bedauern. »Aber mein Auftrag geht vor.«

»Welcher Auftrag?« Leontine spuckte ein paar Halme Wintergras aus. »Hat der Kaplan Seiler …?«

»Das muss dich nicht mehr interessieren.« Der Fremde zog ein Messer aus seinem Gürtel, das er ihr mit einer geübten Bewegung an den Hals setzte. Seine Klinge ritzte ihre empfindliche Haut. »Ich verspreche dir«, murmelte er mit einer Spur geheuchelten Bedauerns, »dass es schnell geht. Du blutest aus wie ein Schwein, aber da ist nichts zu machen. Auf Erden bist du nicht mehr im Wege, und schon hörst du im Paradies die Engel singen.«

Entsetzen packte Leontine. Es bestand kein Zweifel daran, dass ihr der Fremde die Kehle durchschneiden wollte. Sie kreischte laut. »Brenna!«

In der Ferne hörte sie einen entsetzten Aufschrei. »Leontine?«

Dann war da plötzlich dieser Hund, der wie verrückt bellte und über die Wiese auf sie zugeflogen kam. Jemand folgte ihm mit schnellen Schritten. Das zottige Riesenvieh kam neben

Leontine zum Stehen, schnupperte sie neugierig ab und setzte sich dann winselnd auf seine Hinterbeine, als wüsste es nicht, was zu tun sei.

»Hau ab, blöde Töle!«, schrie der Angreifer, woraufhin der Hund aus tiefster Kehle knurrte.

»Fass, Greif, du Mistvieh!« Sein Besitzer, der sie jetzt ebenfalls erreicht hatte, riss den Finsterling von Leontine weg und beförderte ihn mit einem gezielten Faustschlag auf die Wiese.

Sie rappelte sich auf, bis sie kniete. Übelkeit stieg in ihr auf.

Eine warme, schwielige Hand griff nach ihrer Schulter und stützte sie. »Kann ich dir helfen?«

»Nein. Ich schaff das schon.« Taumelnd kam Leontine auf die Beine.

Brenna keuchte heran und riss sie in ihre Arme. »Geht es dir gut? Lebst du noch?« Nach diesem Gefühlsausbruch ließ sie Leontine abrupt los, um dem bewusstlosen Angreifer mehrmals kräftig in die Seite zu treten. »Mistkerl!«

Leontine aber wandte ihre Augen ihrem Retter zu. Die Welt hatte mit der aufgehenden Sonne zu leuchten begonnen. Tropfen glitzerten auf der Wiese und den feuchtschwarzen Ästen der Bäume.

Er stand da, die linke Hand im Fell des Wolfshunds vergraben. Sonnenstrahlen fingen sich in seinen hellen Haaren. Auf den ersten Blick war nichts Besonderes an ihm. Er trug ein Lederwams, ein Leinenhemd und geschlitzte Pumphosen wie ein Landsknecht. Nur seine rechte Hand fehlte. Sie wurde durch einen Eisenhaken ersetzt, der mit einem passenden Ring an seinem Armstumpf befestigt war.

»Sag, Mädchen«, sagte er, sein schiefes Lächeln ein einziger Ausdruck von Verwegenheit, »ich bin auf der Suche nach einem Leo von Absberg. Leonhard, Leopold oder so. Er könnte in Gefahr sein.«

»Ich …« Verzweifelt bemühte sich Leontine um Haltung, wie Tessa es ihr beigebracht hatte. »Ich bin Leo von Absberg. Einen Leonhard gibt es meines Wissens nicht.«

Der Mann legte den Kopf in den Nacken und lachte lauthals. »Nein.« Tränen traten in seine Augen. »Leo? Das bist wirklich du?«

Die Frauen starrten ihn verdattert an.

»Ja, ich bin Leontine. Ich frage mich nur, was daran so spaßig sein soll.« Unversehens hörte sie eine Bewegung in ihrem Rücken und fuhr herum.

Der Angreifer, eben noch außer Gefecht gesetzt, hatte sich aufgerappelt, senkte seine Schultern und raste mit erhobenem Messer auf sie zu wie ein wild gewordener Stier. »Ich werd dich …«

Der Hund bellte in Panik. Ihr Retter sprang dem Söldner in den Weg, zog sein Rapier und schlug dem Mann den Kopf ab, der mit einem satten Platschen auf der Wiese landete. Ein Schwall blutigen Regens ging auf sie nieder.

Jemand kreischte ohrenbetäubend. Es dauerte eine Weile, bis Leontine begriff, dass es sich um sie selbst handelte. Brenna hatte sie in ihre Arme gezogen, drückte sie an ihre Brust und redete beruhigend auf sie ein. Der Hund drückte seine Nase tröstend in ihre Hand. Aber es nützte nichts. Leontine hatte das Gefühl, sich aufzulösen. Sie zitterte unaufhörlich.

Derweil stand der Fremde neben ihnen, putzte seine Waffe gleichmütig an einem Büschel Wintergras sauber und steckte dann die Pistole ein, die auf der Wiese lag. »Eine Radschlosspistole«, sagte er. »Auch nicht schlecht.« Er wandte sich Leontine zu. »Beruhige dich mal. Es ist vorbei. Der Mann war allein und kann dir nichts mehr tun.«

»Aber …« Leontine rang die Hände. »Wir können ihn doch nicht liegen lassen. Seine Augen starren in den Himmel.«

Niemals mehr würde er das Blau und die weißen Wolken sehen. Wenn seine Augäpfel sie nur nicht so stark an Marthas Schweinskopfsülze erinnern würden!

»Lass das mal meine Männer erledigen«, sagte ihr Retter munter. Nachdenklich musterte er seinen linken Oberarm, der eine blutige Wunde davongetragen hatte. Einen üblen Schnitt, den man nähen sollte, das wusste Leontine aus den Berichten ihres Vaters.

Tatsächlich kamen über die Wiese zwei Gefolgsleute auf sie zu. Haudegen in zusammengewürfelter Landsknechtkleidung, die kaum weniger bedrohlich als der tote Angreifer wirkten.

»Ihr seid verletzt.« Leontine löste sich aus Brennas Umarmung. »Kommt mit zu mir. Da kann ich den Schnitt behandeln.«

Der Blick des Mannes wurde wachsam. »Mach dir keine Gedanken um mich, Mädchen. Frag dich lieber, wer dich aus dem Weg haben will.«

»Niemand«, entgegnete Leontine eigensinnig. »Es ist müßig, darüber zu spekulieren.«

»Das solltest du aber. Sonst hast du beim nächsten Mal nicht so viel Glück.«

Leontine blinzelte. Wenn sie sich Seilers Anschuldigungen ins Gedächtnis rief, würde sie in einer Welle aus Furcht und Entsetzen ertrinken. In all der Aufregung vergaß sie, ihren Retter danach zu fragen, was er überhaupt auf dem Kammweg zu suchen gehabt hatte.

Brenna schenkte dem kopflosen Leichnam einen verächtlichen Blick. »Immer sind es die Mannsbilder, die uns Frauen entehren und ums Leben bringen. Der da, wenn der nicht tot wäre, hätt ich ihn mit einem siebenfachen Fluch geschlagen, dass er seines Lebens nimmer froh wird.«

In ihren Augen schien die Dunkelheit auf, die Leontine bei ihrer ersten Begegnung gesehen hatte.

»Aber ist das nicht gefährlich?« Sie bekreuzigte sich.

Brenna richtete sich auf und sah einer Krähe ähnlicher denn je. »Aber sicher ist es das, Mädchen. Aber hilflos zuzusehen ist weit schlimmer.«

»Lasst uns fertig werden.« Ihr Retter gab seinen Männern Anweisungen, wie sie den Leichnam zu beseitigen hatten. Danach schob er den verletzten Arm in die Beuge des anderen und stöhnte leise. Sein Hemd und sein Wams waren blutdurchtränkt.

»Ihr blutet stark. Mein Vater könnte die Wunde besser nähen als ich«, sagte Leontine.

»Nein danke.« Der Mann ging ihnen über die Wiese zum Hauptweg voran, während der Hund ihn gut gelaunt umsprang. »Greif, du alter Feigling«, sagte er.

Sie holten ihn ein, nachdem er die Pferde erreicht hatte, die seine Männer an einen Baumstamm gebunden hatten. Geschickt löste er die Zügel eines edlen Grauschimmels.

»Komm, Herakles!« Er führte ihn einige Schritte auf Leontine zu.

Sie strich dem Pferd über sein weiches Maul, was es sanft mit den Ohren zucken ließ.

»Wir kennen also den Namen deines Gauls.« Brenna betrachtete den Mann aufmerksam. »Sag, wie lautet deiner? Was steckt hinter deiner strahlenden Fassade? Ein Engel oder ein Schurke?«

»Beides.« Er warf ein Lächeln in Leontines Richtung, bei dem ihr Herz einen Schlag aussetzte. »Man nennt mich Matthis, den Furchtlosen.«

Brenna wurde starr vor Entsetzen. »Ihr seid Matthis Ohnefurcht? Lade ihn nicht zu dir ein, Mädchen!«

Selten hatte Leontine gewusst, ob sie das Richtige tat. Diesmal jedoch war sie sich sicher. »Doch.« Sie sah von Brenna zu Matthis, der ein Grinsen aufsetzte. »Wer meine Gäste sind, entscheide ich immer noch selbst.«

Während sie sich hangabwärts zum Quellental aufmachten, führte Matthis sein Pferd am Zügel und unterhielt sie mit aberwitzigen Geschichten aus der Gegend zwischen Stuttgart und der Schwäbischen Alb. Dass er dabei eine Spur aus blutigen Tropfen hinter sich herzog, schien ihn nicht zu stören.

Leontine öffnete das Tor in ihrem Zaun weit für Brenna, Matthis und sein Pferd. »Kommt ins Haus!«

Nachdem sie ihren Retter an den Tisch gesetzt und ihm einen Becher Wein eingeschenkt hatte, suchte sie das Nähzeug zusammen, das Martha in weiser Voraussicht in ihre Truhe gepackt hatte. Eine Nadel und ein stabiler Faden würden reichen.

»Hast du das schon mal gemacht?«, fragte Brenna zweifelnd.

»Es kann ja nicht so schwer sein«, gab Leontine zurück, während Matthis sie amüsiert beobachtete.

»Zünde ein Öllicht an«, bat er. »Oder eine Kerze, wenn du eine hast.«

Sie tat, was er verlangte, und sah zu, wie er die Nadel in die Flamme hielt, bis sie schwarz anlief. »Lass sie ein wenig abkühlen. Dann tu, was du dir vorgenommen hast.«

Plötzlich fürchtete sich Leontine. Ihre Hände zitterten, als sie sich Matthis zuwandte.

»Warte.« Geschickt zog er Wams und Hemd über den eisernen Haken. Sein Oberkörper war leicht gebräunt und muskulös. Der Schnitt an seinem linken Arm leuchtete blutig rot. »Na los. Ich hoffe, deine Nadel ist schön spitz.«

Auf seiner Stirn standen Schweißperlen, als Leontine die Wundränder vorsichtig zusammenzog und den ersten Stich setzte. Durch das Fleisch zu stechen kostete mehr Kraft, als sie gedacht hatte, aber Matthis fühlte sich dennoch wunderbar an.

»Menschliche Haut ist auch nichts anderes als ein Stück Leder«, sagte er verbissen. »Wenn ich meine rechte Hand noch hätte, würde ich es selbst machen.«

»Wobei habt Ihr sie verloren?« Der zweite Stich fiel Leontine schon leichter.

Matthis starrte versonnen auf den Eisenhaken an seinem Stumpf. »Herzog Ulrich hatte die Angewohnheit, kleine Diebe entweder mit den drei Geweihstangen Württembergs im Gesicht zu brandmarken oder sie von ihren Langfingern befreien zu lassen. Manchmal auch beides.« Er lachte leise. »Aber ich nehm es leicht. Der Scharfrichter, der mir die Hand abgeschlagen hat, ist ein Könner. Der Tyrann wurde abgesetzt, und alles in allem komme ich prima ohne meine Hand zurecht. Schließlich mache ich sowieso alles mit links. Meine hübsche Visage hat er mir ja gelassen, mit der ich die holde Weiblichkeit betören kann so wie dich …«

Leontine stach ein weiteres Mal zu.

»… holde Fee«, vollendete er und verzog das Gesicht.

Ordentlich setzte sie den Rest der Naht auf seinen Arm.

Zwölf Stiche, deren letzten sie mit einem Knoten verschloss. Danach biss sie den Faden ab.

Zum Schluss betupfte Leontine die Naht noch mit Wein und verband den Arm mit einem in Streifen gerissenen Tuch. Brenna, die am Kessel in der Suppe rührte, schnaubte missbilligend.

»Hoffen wir mal, dass der Wundbrand mich verschont«, sagte Matthis, als sie gemeinsam am Tisch saßen und heiße Hühnerbrühe löffelten. Der Hund lag seinem Herrn zu Füßen und vergnügte sich mit einem Knochen. Der Kater hatte bei seinem Anblick mit aufgerichtetem Schwanz das Weite gesucht.

Ausnahmsweise mutig spürte Leontine der Vision nach, die sie bei der Berührung seines Arms überfallen hatte. »Ihr werdet gut heilen. Der Tod greift nicht nach Euch, jedenfalls nicht auf diese Weise.«

»Woher willst du das wissen?«, fragte Brenna misstrauisch.

Leontine lief rot an. »Es ist so.« Darüber hätte sie vor Freude tanzen und singen können.

Brenna, die eben das Feuer mit Buchenholz gefüttert hatte, musterte sie aufmerksam.

»Ein Tod im Bett steht mir ohnehin nicht zu«, sagte Matthis leichthin. »Ist dein Vater Wundarzt, oder warum versteht er es, Menschen zusammenzuflicken?«

Leontine biss sich auf die Lippe. »Mein leiblicher Vater ist tot. Er hieß Jona von Absberg und war ein Spielmann. Aber mein Ziehvater ist ein Hauptmann des Schwäbischen Bundes und steht im Dienste Dietrich Späths von Urach.«

»Er betätigt sich als Feldscher, seltsam«, sagte Matthis. »Wo die Großkopfeten doch lieber für sich arbeiten lassen, als selbst Hand anzulegen.«

Leontine hatte keine Lust, ihre Herkunft zu verbergen. »Das hat er seinem Lehrberuf zu verdanken. Er war früher Scharfrichter in Schwäbisch Hall.«

»Sag, Leo, wie lautet sein Name?«, fragte Matthis leise.

»Corentin Wagner«, antwortete sie.

11

Der Holzschnitt lag auf dem Tisch im Empfangszimmer, gut beleuchtet von einem schrägen Streifen Sonnenlicht, sodass Tessa sein Motiv sofort ins Auge fiel. Sie stöhnte auf und ließ das Corpus Delicti fallen, als hätte sie sich die Finger verbrannt. Dargestellt war der Teufel, der mit dem Papst zu Tisch saß und kleine Kinder verzehrte.

»Andreas!«

Sie griff mit spitzen Fingern nach dem vermaledeiten Ding und rauschte in den ersten Stock. Joschi, den sie auf ihrer Hüfte trug, stieß ihr seine kleinen Füße in die Seiten. Er dachte wohl, sie spiele ein galoppierendes Pferd für ihn. Aber Tessa war nicht nach Späßen zumute.

Zornentbrannt stieß sie die Tür zum Zimmer der Jungen auf, das Andreas seit Cyrians Gefangennahme allein bewohnte. Sie knallte das Blatt vor ihm auf den Tisch.

»Das warst doch du!« Ihr Bauch behinderte sie beim Atmen. »Was soll das?«

Andreas blätterte gelassen in einem ledergebundenen Buch, dessen Ursprung Tessa in der Bibliothek ihres verstorbenen Vaters Matthieu Berthier vermutete. Nikolaus von Wyle, dachte sie. Oder Erasmus von Rotterdam. Andreas las fließend Lateinisch und war schlau genug, um die Schriften der Humanisten zu verstehen. Das war durchaus nicht immer von Vorteil, weil diese Texte den Boden, auf dem sie alle standen, ins Wanken brachten. Sie waren ebenso Zündstoff wie Cyrians Schießpulver.

Kampflustig strich sich Andreas seine Haare hinter die Ohren.

»Das ist die Wahrheit«, sagte er kühl. »Dein Heiliger Vater ist ein korrupter Despot, der die Christenheit auspresst, um sich seine neue Prachtkirche zu finanzieren.«

Tessa wurde heiß vor Zorn. »Mag sein. Aber das hier ist

ein ketzerisches Pamphlet, das Gottes Stellvertreter auf Erden in den Schmutz zieht und uns alle in Teufels Küche bringen kann. Außerdem machst du den Kindern damit Angst.«

»Teufels Küche passt irgendwie«, sagte Andreas spöttisch.

»Andeas!« Joschi wippte auf und ab.

Andreas winkte ihm abwesend zu. »Der da ist zu klein, um es auch nur ansatzweise zu verstehen.«

»Hedwigs Kinder aber nicht. Sie könnten sich fürchten.«

Andreas trat neben Tessa. »Du solltest dich entscheiden, Mutter«, sagte er leise. »Ich weiß doch, dass dein Herz nach der Wahrheit strebt.«

Unter seinen Worten spürte Tessa, wie ihr Bauch sich schmerzhaft zusammenzog und das Ungeborene sie energisch gegen ihren Rippenbogen trat.

»Aber nicht so«, entgegnete sie. »Nicht mit Gewalt. Sieh zu, dass du das Blatt beseitigst, bevor dein Vater es zu sehen kriegt.«

Andreas lachte höhnisch. »Der interessiert sich doch gar nicht für sein Seelenheil.«

Ohne ein weiteres Wort wandte sich Tessa um, verließ mit Joschi den Raum und blieb atemlos auf dem Treppenabsatz stehen. Langsam ließ der Druck der Vorwehe nach, die sie viel zu früh ereilt hatte. Sie atmete erleichtert ein.

»Mama.« Der Kleine legte seinen Kopf in ihre Halsbeuge.

»Schon gut, Joschi.« Sie strich ihm über sein weiches Haar. Wenn sie nur immer so niedlich bleiben würden.

Wer oder was in dieser Stadt hatte die Lunte an ihre Familie gelegt? Tessa hatte das Gefühl, dass ihr die Situation jeden Moment über den Kopf hinweg explodieren konnte. Cyrian saß im Kerker in der Bastion fest. Leontine hatte sich in Theophilas Haus verschanzt, schmollte und stellte sich stur.

Zumindest ist sie dort in Sicherheit, dachte Tessa, weit weg von der Kirche, die ihr unbequeme Fragen zu ihren Fähigkeiten stellen konnte. Nun jedoch entpuppte sich auch noch Andreas als halsstarriger Rebell.

Entschlossen schob sie ihre Ängste beiseite und stieg die Treppe hinab. Dabei ignorierte sie Joschi, der gern sein Pferd zurückhaben wollte, und drückte ihn im Erdgeschoss der Amme in die Arme. Ihr Bauch verhärtete sich in einer weiteren Vorwehe.

Als Corentin unvermittelt durch die Tür trat, flog ihm Tessas Herz zu. In der schwarzen, knielangen Schaube, unter der rote Kniehosen, sein Wams und sein gefälteltes Hemd hervorschienen, sah er mehr als präsentabel aus. Tessa wusste nicht, wie sie die letzten beiden Wochen ohne ihn überstanden hätte. Er war geblieben, um sie zu unterstützen. Seither hielt er sie jede Nacht in seinen Armen und verhinderte, dass sie sich zu Tode sorgte.

»Konntest du etwas erreichen?«, fragte sie.

Bei seinen letzten Versuchen, Cyrians Unschuld zu beweisen, war Corentin vor eine Wand aus Dünkel und Ressentiments gelaufen. Deutlich hatten ihn die Städter spüren lassen, dass er ihnen nicht das Wasser reichen konnte.

»Zumindest Bürgermeister Hans Holdermann ist nicht von Cyrians Schuld überzeugt.« Er zog Tessa an sich und vergrub seine Hände in ihren Locken. »Aber er will die Verhöre abwarten.«

Furcht erfasste sie, wenn sie an die peinliche Befragung dachte, die Cyrian möglicherweise drohte.

»Hab keine Angst.« Corentin umfasste ihre Wangen mit ungewohnter Zärtlichkeit. »Heute brannten im Neckartal zwei weitere Höfe. In den nächsten Tagen werde ich mich umhören, wer in der Gegend die Bauern tyrannisiert, und die Schuldigen finden.«

»Nicht Cyrian«, sagte Tessa verbissen.

»Sicher nicht«, stimmte ihr Corentin zu. »Dessen ist sich auch die Obrigkeit bewusst. Aber ein Feuerteufel ist er trotzdem. Diese Sache mit dem Warenlager der Familie Scheuflin wiegt schwer.«

Ihr Entschluss stand so plötzlich fest, dass Tessa unter seiner Wucht schwankte. »Wir müssen die Sache anders angehen.« Sie nahm Corentins Hand.

Eine knappe Viertelstunde später spazierte das ehrbare Ehepaar Wagner hocherhobenen Hauptes am zentralen Markt vorbei in Richtung der Webergasse. Tessa hatte ihren Arm auf Corentins gelegt und bemühte sich, den Haufen harschigen Schnees auszuweichen, die die Besitzer vor ihren Häusern zusammengekehrt hatten.

»Nicht nur Margarete Marchthaler prunkt mit ihrer Kleidung.« Über ihrem blauen Samtkleid mit den Schlitzen in den gepufften Ärmeln trug sie ihre pelzbesetzte Heuke, diejenige, die sie in Augsburg beim letzten Besuch des Handelshauses Fugger in Auftrag gegeben hatte.

Ihre gesamte Aufmachung zeigte, dass sie der Führungsschicht der Stadt angehörten, die sich noch immer gegen die Einführung des protestantischen Gottesdienstes sträubte. Anders als viele Mitglieder der Zünfte wehrte sich der Rat unter Bürgermeister Hans Holdermann vehement gegen die Reform, die Esslingen so wie andere Reichsstädte gegen den jungen Kaiser Karl in Opposition bringen würde. Dazu kam, dass in Stuttgart das katholische Haus Habsburg in Gestalt des Erzherzogs Ferdinand das Zepter übernommen hatte. Über Jahre hatte Tessa die Frage der Konfession auf die lange Bank geschoben. Eine Entscheidung würde sich nicht mehr verhindern lassen, und das nicht nur, weil Andreas in Richtung der Reformation tendierte. Auch ihre Schwester Veronika war mit ihrem Gemahl Johannes Gessner zum neuen Bekenntnis übergetreten und schickte Tessa aus Basel begeisterte Briefe.

Als Tessa laut an die Tür des Hauses der Familie Scheuflin in der Webergasse klopfte, streckte eine Magd den Kopf durch den Türspalt.

»Ich wünsche den Hausherrn zu sprechen«, sagte Tessa.

Die Magd bat sie herein.

»Mit Marx verbindet mich mehr als eine geplatzte Verlobung«, flüsterte Tessa in Corentins Ohr, während sie ihre Schuhe abtraten.

»Hat er wirklich mit Hofstätter …?« Corentin ließ den Satz unvollendet.

Tessa nickte. »… zusammengearbeitet.« Sie folgten der Magd ins Empfangszimmer im ersten Stock. »Ich habe mit ihm noch eine Rechnung offen.«

Schließlich hatte Tessa den Händler Marx Scheuflin im Herbst 1514 nicht der Kollaboration mit Hofstätter bezichtigt, obwohl er höchstwahrscheinlich schuldig gewesen war. Sie bedauerte, dass sie dem Verdacht nicht hatte nachgehen können, weil sie nach ihrer Hochzeit innerhalb von drei Jahren mit drei Kindern gesegnet gewesen war.

»Erwarte dir nicht zu viel«, erwiderte Corentin misstrauisch. »Wahre Distanz. Wir werden niemals mit diesen Menschen auf einer Stufe stehen.«

Die Scheuflins entstammten ebenso wie die Familie Marchthaler einem jahrhundertealten ratsfähigen Geschlecht in Esslingen. Selbst Matthieu Berthier, Tessas gebildeter Vater, hatte unter ihnen als Emporkömmling gegolten. Corentin Wagner jedoch, der Sohn des Scharfrichters von Hall, war in ihren Kreisen ein Niemand.

»Martin Luther spricht von der Freiheit eines Christenmenschen«, flüsterte Tessa hastig. »Das meint doch, dass alle Menschen vor Gott gleich sind.«

Corentin grinste schief. »Die aufständischen Bauern nimmt er ebenso wie die Juden davon aus. Uns Unehrliche erwähnt er meines Wissens gar nicht.«

»Du bist nicht mehr unehrlich.« Sie griff nach seiner Hand. »Außerdem lasse ich nicht zu, dass irgendjemand unsere Kinder in den Schmutz zieht.«

»Dann mach es dir nur in der Höhle des Löwen bequem«, entgegnete Corentin.

Vom Empfangsraum öffnete sich der Blick auf die dämmrige Webergasse, in der sich die Häuser der Patrizier befanden. Hier erhoben sich mehrstöckige Fachwerkhäuser mit geräumigen Kellern, in die rundbogige Tore und Weinziehertreppen führten, denn ein Großteil der Familien handelte mit Wein. Auch Scheuflins gute Stube spiegelte ihren Wohlstand.

Auf dem Buffet stand eine Karaffe mit Spätburgunder, aus

der ihnen die Magd, bevor sie sich knicksend verabschiedete, zwei Pokale voll eingoss. Tessa nippte an dem vollmundigen Tropfen.

Nachdem sich die Übernahme des Handelshauses Berthier im Jahr 1514 zerschlagen hatte, hatte sich Marx auf den Weinhandel spezialisiert und führte nebenher nur noch ein kleines Warenlager mit Luxusgütern wie Seide, Gewürzen und Jade aus China.

Welch hanebüchener Unsinn, dass sich Cyrian ausgerechnet daran vergriffen haben soll, dachte Tessa.

Sie warteten einige Minuten, bis Marx in Begleitung seiner Mutter Adelheid Scheuflin im Türrahmen erschien. Die alte Frau musterte Tessa genauso verächtlich wie vor sechzehn Jahren. Damals war sie ihr wie eine fette braune Glucke erschienen. Heute versteckte sie sich unter ihrer Witwentracht.

»Was willst du?«, fragte Marx ohne Umschweife. »Meine Zeit ist knapp.«

Tessa stieß übel auf, dass er Corentin ignorierte. »Setzt euch doch bitte.« Mit zuckersüßem Ton in der Stimme deutete sie auf die freien Scherenstühle. »Wir haben einige Fragen an euch, Cyrian betreffend.«

»Mit dir haben wir rein gar nichts zu besprechen, Tessa«, warf die Alte ein, der man in Esslingen nachsagte, ein hartes Regiment im Hause Scheuflin zu führen.

Eine Beißzange, dachte Tessa.

»Und nach der Schandtat deines Sohnes schon gar nicht. Ich sag ja, schlechtes Blut …« Angriffslustig stemmte die Alte ihre Arme in die Seiten und weigerte sich, Platz zu nehmen.

Marx hingegen wandte sich Tessa und Corentin zu. Noch immer ähnelte er mit seiner langen Gestalt und der großen Nase einem Reiher. Mehr denn je allerdings einem, dem die Flügel gebrochen worden waren. Er wirkte müde und zerfahren.

»Stell alle Fragen, die dir auf der Seele liegen«, sagte er. Seine Mutter schnaubte verächtlich.

Tessa ging auf, dass er es in den letzten fünfzehn Jahren

nicht leicht gehabt hatte. Seine Ehefrau Konstanze war nach der Geburt des tot geborenen zweiten Kindes ebenfalls verstorben, sodass ihm nur der kleine Friedrich geblieben war. Kurz darauf hatte sein Vater nach einem Lungenfieber das Zeitliche gesegnet. Heute lebten Sohn und Enkel unter der Fuchtel der alten Scheuflin, die dafür bekannt war, Haare auf den Zähnen zu haben.

»Was genau ist in der Nacht des Brandes geschehen?«, fragte Tessa sanfter, als sie beabsichtigt hatte.

»Wir haben Werte verloren«, erklärte Marx bitter. »Zwei Wagenladungen Seide aus Venedig haben Feuer gefangen und vor sich hin gekokelt. Und ein Kasten Safran, der am Nachmittag zuvor angekommen war, ist ebenfalls nicht mehr zu retten.«

Tessa nickte. Der Verlust des sündhaft teuren Gewürzes wog besonders schwer.

»Und warum seid Ihr Euch so sicher, dass es sich um Brandstiftung gehandelt hat?«, warf Corentin ein.

»Weshalb sonst sollte in unserem Warenlager bei Nacht ein Feuer ausbrechen?«, keifte die Alte. »Glaubt ihr, wir hantieren zwischen Seide und Gewürzen mit offenem Feuer?«

»Lass gut sein, Mutter.« Marx wandte sich Corentin zu. »Der Verdacht beruht allein auf Friedrichs Erzählungen.«

Corentin setzte sich aufrecht. »Dann sollte der Junge das selbst in unserer Gegenwart bezeugen.«

»Auf keinen Fall«, sagte die Alte. Marx goss ihr ungefragt einen Becher Wein ein, den sie hastig austrank. »Anders als euer großer Rabauke Cyrian ist Friedrich ein zartes Geschöpf, dessen Gemüt Schaden nehmen könnte.«

Corentin unterdrückte ein Schmunzeln. »Auch wenn ich so aussehen mag, bin ich kein Kinderfresser, sondern bald fünffacher Vater.« Demonstrativ nahm er Tessas Hand.

»Nein heißt Nein«, schnappte die Alte, doch Marx wandte sich zur Tür. »Friedrich ist immer noch mein Sohn«, sagte er. »Mich würde ebenfalls interessieren, wie sein Bericht in Gegenwart von Cyrians Eltern ausfällt.«

Er glaubt ihm nicht, dachte Tessa erstaunt.

Kurz darauf bugsierte Marx den Dreizehnjährigen durch die Tür, der beim Anblick der Wagners erstarrte und sich in die Arme seiner Großmutter flüchtete. Das allerdings ließ Marx nicht zu, sondern schob Friedrich entschlossen auf den Stuhl neben Tessa, der an dem Bürschchen hauptsächlich die abstehenden Ohren auffielen. Friedrich ignorierte sie und musterte stattdessen Corentin mit einer Mischung aus Grauen und Faszination.

»Warum seid ihr da?«, fragte er verschüchtert.

»Du musst keine Angst vor uns haben, Friedrich.« Tessa bemühte sich um Freundlichkeit. »Du weißt, dass Cyrian schon seit mehr als zwei Wochen im Kerker schmachtet. Wir wollen dir nur einige Fragen bezüglich des Brandes stellen. Gib in aller Ruhe Antwort. Wann genau hast du das Feuer denn bemerkt?«

»Es war schon nach Mitternacht«, sagte der Junge.

»Und was hattest du so spät in eurem Warenlager zu suchen?«

»Ich hatte Geräusche gehört.« Friedrich warf seiner Großmutter einen verunsicherten Blick zu. »Füchse, Einbrecher oder so etwas.«

»Und warum hast du mich nicht geweckt?« Marx lehnte sich gespannt vor.

»Ich …« Friedrich schluckte. »Ich wollte mal was allein schaffen. Dann hättest du mich doch gelobt, oder?«

Diesmal log er nicht, das wusste Tessa instinktiv. »Und was geschah dann?«

»Ich bin runter mit meinem Nachtlicht. Im Nachthemd.«

»Was für eine unglaublich blöde, gefährliche Idee«, sagte Marx tadelnd. »Stell dir vor, es wären wirklich Einbrecher gewesen.« Er wuschelte Friedrich durch seinen braunen Haarschopf.

»Sprich weiter!«, befahl Corentin. Tessa vergaß manchmal, wie furchteinflößend er sein konnte.

»Ich hab also auf die Türklinke gedrückt und mich leise

ins Warenlager geschlichen, wo der Cyrian mit seiner Zündschnur und dem Säckchen Schießpulver stand. Genau da legte er die Lunte an die Seide. Ich schwöre es. Und –«

»So wie nachmittags am Neckarkanal«, unterbrach ihn Tessa. Du lügst, Kerle, dachte sie.

Friedrich schaute sie wild an. »Grund genug hat er gehabt. Wir hatten uns übel gestritten.«

»Schaut.« Die alte Scheuflin deutete mit ihrem krummen Zeigefinger auf Corentin. »Euer Sohn ist ein Brandstifter. Er hat dem Marchthaler-Buben die Nase gebrochen.«

»Hast du es denn knallen hören, Friedrich?«, fragte Corentin unbeirrt.

»Nein.« Der Junge senkte den Blick. »Ich bin dann auf die Gasse raus und hab den Cyrian verfolgt. Beinahe hätte ich ihn gehabt. Aber er war schneller. Der Ambrosius hat ihn auch davonrennen sehen. Als ich zurückkam, kokelten die Seide und der Safran vor sich hin. Es stank gotterbärmlich. Ich hab dann einen Eimer Wasser drübergeschüttet.«

»So«, sagte Corentin. »Von einer Explosion wären wahrscheinlich auch die anderen Hausbewohner aufgewacht. Und du selbst hattest ein brennendes Nachtlicht in der Hand?« Während er aufstand und sich zu seiner beeindruckenden Größe aufrichtete, sackte Friedrich förmlich in sich zusammen.

»Nicht«, sagte Tessa, die plötzlich Mitleid mit dem Jungen hatte. »Du machst ihm Angst.«

Aber Corentin ließ sich nicht aufhalten. »Ist es nicht vielmehr so, dass dir das Nachtlicht aus der Hand gefallen ist? Natürlich hat die Familie am anderen Morgen zuerst Schmutz und Ruß beseitigt, inklusive der möglichen Schießpulverspuren, die es nicht gegeben hat.«

»Aber sicher«, warf die Alte kampflustig ein, was Corentin mit einem Nicken abtat.

»Warum übrigens stand die Tür zur Webergasse offen?«

»Diese Frage habe ich mir auch schon gestellt, Friedrich«, sagte Marx.

»Keine Ahnung.«

Seine Großmutter zog ihn in ihre Arme, wo er sich in den Falten ihres Witwengewandes verkroch.

»Waren das genug Antworten?«, fragte Marx.

»Ich denke schon«, erwiderte Corentin vorsichtig. Er nahm Tessa am Arm und führte sie zur Tür. Dort wandte er sich noch einmal um und musterte Friedrich, der mit rotem Gesicht aus der Schürze seiner Großmutter aufgetaucht war. »Friedrich?«

»Ja, Hauptmann Wagner?«, flüsterte er.

»Weißt du, was eine Falschaussage ist?«

»Nein, Hauptmann Wagner.«

»Vielleicht lassen dich die Richter auf die Bibel schwören, falls es einen Prozess gegen Cyrian geben sollte. Das dient dazu, dass du immer die Wahrheit sagst. Hast du den Begriff ›Meineid‹ schon einmal gehört? Dafür droht dir eine strenge Strafe.«

Friedrich starrte Corentin sprachlos an.

»Schon gut, Wagner«, sagte Marx. »Ich spreche selbst mit meinem Sohn. Dann wird sich herausstellen, ob er die Wahrheit gesagt hat.«

Tessa und Corentin verabschiedeten sich und gingen zum Haus am Rossmarkt zurück. Tessa blies sich vor Kälte in die Hände. »Es ist sonnenklar, dass der Junge lügt.«

»Oh ja«, sagte Corentin. »Doch nicht *er* muss der peinlichen Befragung standhalten, sondern Cyrian. Aber das übersteht unser Sohn schon. Schließlich hat er mein breites Kreuz geerbt. Wir Wagners lassen uns nicht so schnell umpusten, wenn uns der Wind ins Gesicht bläst.« Er legte den Arm um Tessa und zog sie an sich. »Ich habe dir heute Nachmittag etwas verschwiegen.«

»Bitte keine schlechten Nachrichten mehr.«

Er zögerte. »Ich fürchte, es muss sein. Die Kirche will zu den anstehenden Verhören einen Vertreter schicken.«

12

Man konnte Leute kleinkriegen, indem man sie einfach vergaß. Zwei eiskalte Wochen saß Cyrian schon im Kerker fest und stöhnte über die dünne Suppe und die stinkenden Eimer für die Notdurft. Nicht einmal Tessa durfte ihn besuchen, geschweige denn sein Vater, gegen den Cyrian einen gewaltigen Zorn hegte.

Er war allein mit diesem verrückten Schuhmacher Felix Gruber, der, wenn er nicht im Fieberwahn versank, versuchte, ihn zu seinem Glauben zu bekehren. Durch ihn hatte Cyrian erfahren, was ein Wiedertäufer war.

Der Morgen graute in der kleinen Luke, die sich weit oben in der Steinwand befand. Cyrian saß auf der einzigen Pritsche in der Zelle, blies sich in die klammen Finger und lauschte Gruber.

Die Täufer hatten jede Menge Unordnung nach Esslingen gebracht. Vor einem Jahr hatte man etliche von Grubers Glaubensbrüdern der Stadt verwiesen und einige sogar enthauptet, weil sie sich weigerten, ihrer Irrlehre abzuschwören. Langsam wurde Cyrian klar, warum die Stadtoberen diese Leute fürchteten wie der Teufel das Weihwasser. Wenn Gruber nur nicht dauernd versucht hätte, Cyrian zu missionieren, dem jedes Interesse an seinem Seelenheil abging.

»Der Rat hat uns nichts zu sagen«, die Augen des Schuhmachers glänzten vor Fieber oder vor Eifer, »… ebenso wenig wie der Kaiser. Nur Jesus Christus und seinem Evangelium sind wir durch unser Gewissen verpflichtet.«

Ein paar Details seines Glaubens hatte sich Cyrian in den letzten zwei Wochen gemerkt, weil Gruber sie bis zum Erbrechen wiederholte. Wiedertäufer lehnten die Kindstaufe ab und hatten auch sonst spezielle Vorstellungen vom Evangelium.

»Aufruhr bringt nichts«, wandte Cyrian ein.

»Was?« Gruber hustete leise. Er war so mager, dass Cyrian die Rippen unter seinem Lumpenhemd zählen konnte.

»Der Bauernkrieg hat den Leuten keine Freiheit gebracht«, erläuterte Cyrian, der wusste, dass seine Eltern vor sechzehn Jahren tief in den Aufstand des Armen Konrad verstrickt gewesen waren. Onkel Lenz' Zwillingsbruder Kunz Schwarzhans war sogar vor Schorndorf wegen Rebellion gegen Herzog und Obrigkeit hingerichtet worden.

»Und wenn alle zusammenstehen?«, wandte Gruber ein. »Wir armen Hanseln sind zahlreicher als die Reichen.«

»Ich steck meine Kraft nicht in vergebliche Aufstände.«

Gruber schenkte Cyrian einen lauernden Blick. »Ich wusste gar nicht, dass du ein echter Altgläubiger und außerdem ein Feigling bist.«

Cyrian nickte herausfordernd. Ob Protestant oder romtreu – für seinen Glauben waren seine Eltern zuständig oder vielleicht noch Andreas, der schlauer war, als er je sein würde. »Ich ziehe irgendwann in den Krieg«, sagte er. »Da werde ich Sprengmeister.«

»Kannibale«, sagte Gruber streitlustig. »Du glaubst wirklich, dass du in der Kommunion Christi Leib und Blut zu dir nimmst? Brot bleibt Brot, und Wein bleibt Wein. Es ist ein reines Gedächtnismahl.«

Cyrian war egal, was es beim Abendmahl zu essen gab, Hauptsache, sie behelligten ihn nicht allzu oft mit dem Kirchgang.

»Wir haben unsere Zusammenkünfte im Hainbachtal und auf dem Hegensberg«, sagte Gruber. »Wir sind ein ganzer Haufen, alle gleichwert, wie es das Evangelium vorgibt. Es gibt keine Pfaffen, die uns auspressen. Wart's ab, irgendwann stürmen wir die Stadt.«

Der Scharfrichter Hans Rutersberger trat ein. »Die Obrigkeit begehrt, den Wagnerbuben zu sehen«, sagte er gleichmütig.

Cyrian zog verängstigt den Kopf ein, weil er sich vor Rutersberger fürchtete. Mit zusammengebissenen Zähnen folgte er ihm auf den Gang hinaus. Dort hörte er noch, wie Gruber ihm ein »Glück auf, Junge« hinterherrief.

»Der und seinesgleichen«, sagte Rutersberger munter, »die haben uns im letzten Jahr viel Arbeit gemacht. Und standhaft sind die Ketzer …« Er neigte in gespieltem Erstaunen den Kopf. »Ich bin gespannt, was wir in dieser Hinsicht von dir zu erwarten haben, Junge.«

Es ging über eine Wendeltreppe hinauf in einen Raum, den ein bollernder Ofen erwärmte. Cyrian widerstand der Versuchung, auf ihn zuzustürzen und seine Hände der verlockenden Hitze entgegenzustrecken.

Am Tisch saß der Amtmann und Richter Ludwig Gerber, von dem Cyrian wusste, dass er dem Gremium der zwölf Richter aus dem Stadtrat vorsaß, die sich mit Kapitalverbrechen zu beschäftigen hatten. Ihm untergeordnet waren auch die Einungsrichter, die sich mit Streitereien und kleineren Querelen in der Bevölkerung auseinandersetzten. Von ihnen war keiner anwesend. Stattdessen wurde Gerber vom Kaplan Nikolaus Seiler flankiert, der Cyrian mit strengem Blick musterte. Rutersberger stellte sich neben die Tür und reinigte sich mit seinem Messer die Fingernägel.

In der nächsten Viertelstunde fragten die Vertreter der weltlichen und geistlichen Obrigkeit Cyrian nach dem Verlauf der Nacht aus, in der Scheuflins Warenlager gebrannt hatte. Er blieb bei der Wahrheit, die er sich in den letzten Nächten mühsam zurechtgelegt hatte.

»Ich war nicht in der Webergasse und schon gar nicht bei den Scheuflins«, erklärte er trotzig. »Was hätt ich da auch zu suchen gehabt? Mich hat es an den Rossneckar gezogen, wo ich mein Schießpulver hochjagen wollte.«

»Weshalb das?«, fragte Gerber.

Cyrian baute sich breitbeinig vor ihnen auf. »Ich wollte ausprobieren, ob ich es kann.«

»Du bezichtigst also den Friedrich Scheuflin der Lüge?«, fragte Kaplan Nikolaus Seiler beiläufig.

»Jawohl«, sagte Cyrian. »Friedrich und Ambrosius waren

nicht gut auf mich zu sprechen, weil wir uns am Tag zuvor gestritten hatten.«

»… wobei du dem Ambrosius Marchthaler die Nase gebrochen hast«, fügte Nikolaus Seiler gelangweilt hinzu.

Cyrian wunderte sich über seine Anwesenheit. »Ihr wart doch mal unser Beichtvater und damit so eine Art Freund der Familie. Warum also verhört Ihr mich?«

»Wage es nicht!« Seiler richtete sich auf.

»Was habe ich denn schon zu verlieren?«, rief Cyrian.

Gerber betrachtete ihn mit einem Ausdruck von Verwunderung. »Man merkt dir an, dass dein Vater oft abwesend war und deine Mutter die Zügel hat schleifen lassen, Junge.«

»*Silentium.*« Seiler war wieder die Ruhe selbst. »Weißt du, Cyrian. Dass du dich nachts rausschleichst und in der Stadt Feuer legst, ist schon ein seltsamer Zeitvertreib. Noch befremdlicher ist aber, dass du dich beileibe nicht daran erinnern willst, bei Scheuflins gewesen zu sein.«

»Weil ich nicht dort war«, schrie Cyrian.

Der Scharfrichter Rutersberger trat auf ihn zu und drehte ihm den Arm auf den Rücken. Cyrian stöhnte vor Schmerz.

»Ich glaube nur …«, begann Seiler von Neuem, »… dass du dich ja vielleicht nicht daran erinnerst, weil dich der Böse selbst zu deinen Taten anstiftet und dein Gedächtnis durch seinen Einfluss löchrig wie ein Sieb geworden ist. Was meinst du?« Beim Lächeln entblößte er eine Reihe perfekt ausgerichteter Vorderzähne. »Vielleicht sucht dich Satan selbst in Gestalt eines schönen weiblichen Homunkulus auf, der wie deine Schwester aussieht?«

»Homo… was?«, fragte Cyrian verständnislos.

»Aber Kaplan Seiler. Das geht zu weit«, meinte Gerber.

»Gewiss nicht«, entgegnete Seiler. »Die Familie Wagner ist insgesamt suspekt. Die Mutter, die Geld scheffelt, der Scharfrichtervater und dann das Mädchen.«

»Lasst meine Schwester aus dem Spiel!«, rief Cyrian, woraufhin Rutersberger seinen Arm noch fester verdrehte.

»Au!«, schrie Cyrian.

»Cyrian Wagner«, sagte Gerber. »Du bist von der Schuld an den Brandstiftungen in den Esslinger Filialdörfern entlastet. Aber die Sache mit dem Warenlager der Scheuflins muss noch verhandelt werden. Wenn du uns allerdings Informationen über die Wiedertäufer zukommen lässt, soll dir das zum Vorteil gereichen.«

»Damit kommen wir zum Kern unserer Überlegungen.« Seiler rieb sich die Hände.

»Was?«, fragte Cyrian ungläubig. Sie wollten, dass er Felix Gruber mitsamt seinen Glaubensbrüdern ausspionierte und verriet? »Auf keinen Fall!«

»Überleg es dir gut.«

Bevor der Scharfrichter Cyrian zu seiner Zelle zurückbrachte, führte er ihn in einen Nebenraum, der mit nichts weiter als einem Tisch und zwei Stühlen ausgestattet war.

»Was soll ich hier?«, fragte Cyrian misstrauisch.

Auf dem Tisch stand ein Kerzenleuchter aus Zinn, in dem sechs teure Wachskerzen steckten. Tropfen rannen an ihnen hinab wie erstarrte Tränen.

»Das wirst du dann schon sehen.« Rutersberger zündete eine der Kerzen an und zog sie aus dem Leuchter. »Reich mir deine Hand«, sagte er sachlich.

Verständnislos tat Cyrian, was Rutersberger verlangte. Seine Rechte war braun, mit langen Fingern und breitem Handteller. Er wusste nicht, dass sie der seines Vaters ähnelte.

Rutersberger packte sein Handgelenk.

»Noch haben sie die peinliche Befragung für dich nicht vorgesehen, Henkersbrut«, sagte er beiläufig. »Ich dachte nur, ich zeige dir mal, was auf dich zukommt, falls sie es tun sollten.« Langsam führte er die brennende Kerze an Cyrians Fingernägel heran, immer näher. Die Flamme leuchtete gelblich rot und tröstlich.

Das Feuer war schon immer Cyrians Freund gewesen, auch jetzt spürte er seine Faszination. Dann jedoch erwachte der Schmerz in ihm und wurde intensiver. Panik regte sich, die er mühsam niederkämpfte. Er wollte seine Hand dem festen

Griff entziehen, aber Rutersberger hielt seine Fingerspitzen ins Feuer.

Als die Flamme seine Nägel streifte, wurde Cyrian schwarz vor Augen. Er schrie auf. Der Geruch nach verbranntem Horn drehte ihm den Magen um.

In diesem Moment entfernte Rutersberger die Kerze. Sofort ließ der Schmerz nach. Cyrian keuchte auf und steckte sich seine verbrannten Fingerspitzen in den Mund. Er wusste nicht, was mehr wehtat, die Verbrennungen oder das Gefühl, dass ihn seine Familie im Stich gelassen hatte.

»Siehst du.« Rutersberger blies die Lichter aus. »Das war nur eine kleine Kerze. Was, glaubst du, geschieht, wenn ich dich mit glühenden Zangen zwicke oder dir bei der Waag die Arme aus den Schultergelenken drehe?«

Tränen brannten in Cyrians Augen. Er versuchte, sich nichts anmerken zu lassen. »Ich sag die Wahrheit. Und den Gruber lass ich außen vor.« Seine Stimme klang heiser. Er war sich überhaupt nicht sicher, ob er da nicht zu viel versprach.

»Oh nein«, sagte Rutersberger heiter. »Du sagst, was sie hören wollen. Wenn sie behaupten, deine Schwester habe eine Buhlschaft mit dem Teufel, dann wirst du ihnen genau das bestätigen, denn wir, mein junger Freund …«, er neigte sich über den Tisch, bis Cyrian seinen fauligen Atem riechen konnte, »… sitzen am längeren Hebel.«

13

Die Sonne glänzte über den Höhen des Esslinger Nordens. Im Dickicht schmetterte ein Vogel sein Lied in den trügerisch warmen Tag.

»Erzähl mir von dir«, bat Leontine.

Sie saß mit Matthis im braungelben Wintergras. Seit dem Mordanschlag war eine Woche vergangen, in der sich der Frühling von seiner wechselhaften Seite gezeigt hatte, gerade so wie Leontines Herz. Matthis' Aufbruch hatte eine nie gekannte Leere in ihr zurückgelassen. Am Tag danach machten zum ersten Mal Bewaffnete das Quellental unsicher, die Patrouille ritten und die Bediensteten des Pfleghofs erschreckten. Brenna hatte Leontine am Arm gepackt und ihr ins Ohr geflüstert, dass es sich um ihre Ehrengarde handele.

»Matthis Ohnefurcht hat ein Auge auf dich geworfen«, hatte sie gezischt. »Pass nur gut auf dich auf.«

Sie, die Tochter der Seherin, sollte tatsächlich einen Verehrer haben? Einen Galan, der seinen Mantel ihr zu Füßen ausbreitete, damit ihre Schuhe nicht nass wurden? Allein die Vorstellung brachte Leontine zum Lachen.

Aber irgendetwas musste ihn an ihr interessieren. Denn Matthis war wieder da. Er hatte sie zu Fuß im Quellental abgeholt, wo sie mit Brenna Unkraut gejätet und neue Pflanzen gesetzt hatte. Eine unbändige Freude hatte sie erfüllt, als er unvermittelt am Gartentor gestanden hatte. Schneller, als Brenna ihrer Begeisterung einen Riegel vorschieben konnte, hatte sie sich ihre Hände an der Pumpe gewaschen und war ihm auf den Höhenweg gefolgt.

Sie saßen zu beiden Seiten eines Rinnsals, das munter abwärtsplätscherte. Etwas Distanz musste sein, wenn keine Anstandsdame dabei war. Matthis' Hund Greif tollte auf der Wiese umher und jagte voller Hingabe die Phantome der Wühlmäuse.

»Nicht ich bin interessant.« Matthis ließ seine linke Hand ins Wasser gleiten. »Frag dich lieber, warum dir der Mann ans Leben wollte.«

»Zufall«, sagte Leontine leise.

»Das glaube ich nicht.«

Sie ja auch nicht, wenn sie es sich eingestand. »Die Kirche will mich aus dem Weg haben«, sagte sie vorsichtig.

»Ach da liegt der Hase im Pfeffer.« Matthis legte sich mit dem Rücken ins Gras und kreuzte seine Arme unter dem Kopf. Statt des Eisenhakens trug er heute einen ausgestopften rehbraunen Lederhandschuh, der einer echten Hand zum Verwechseln ähnlich sah.

»Vor allem ein gewisser Kaplan würde mich am liebsten in der Hölle schmoren sehen.«

Matthis richtete sich auf. »Warum sollte die Kirche an dir etwas auszusetzen haben?«

»Meine leibliche Mutter war den meisten Esslingern suspekt. Ihr gehörte das Haus im Quellental.«

»Eine Hexe«, sagte Matthis schlicht.

Leontine entschloss sich, zu dieser Tatsache zu stehen. Es war die Wahrheit, so bitter sie auch schmeckte. »Sie wusste viel, war eine Hebamme, Seherin und Heilerin, aber sie hat niemandem geschadet. Niemals. Und – sie sagen mir nach, ich sei wie sie …«

Matthis vergrub seine Hand in Greifs Fell, der sich neben ihm ausgestreckt hatte. »Eine weiße Hexe also«, sagte er nachdenklich. »Einige haben große Macht, weil sie das Schicksal der Menschen voraussehen können. Andere sind echte Heilerinnen oder Wetterhexen. Sie dienen der großen Göttin.«

»Was weißt du denn davon?« Leontine bekreuzigte sich entsetzt.

»Ein bisschen«, sagte Matthis. »Ich habe da so meine Quellen. Und? Bist du wie sie?«

»Ich sehe manchmal Dinge.«

»So ist das also.« Matthis wechselte das Thema. »Wie kommst du eigentlich zu deinem adeligen Namen?«

Über ihre Herkunft sprach Leontine ungern. »Mein Vater Jona von Absberg hatte Grundbesitz im Fränkischen«, sagte sie ausweichend.

»Gibt es nicht einen Raubritter gleichen Namens?«, fragte Matthis.

Leontine nickte zögernd. »Das ist mein Stiefonkel Hans Thomas von Absberg. Er hält mir meine Einkünfte vor. Es handelt sich um Fischereirechte auf der fränkischen Seenplatte und Tributzahlungen aus einigen Dörfern.« Dass ihr Vater Jona von Absberg kurz vor seiner Hinrichtung erfahren hatte, dass ihm der Titel, die Burg und die gesamten Ländereien derer von Absberg zugefallen waren, verschwieg sie. Das ist zu vermessen, dachte sie, das bin nicht ich.

Matthis pfiff durch die Zähne. »Du bist also eine reiche Erbin und ein Freifräulein. Sagt man das so?«

Leontine lächelte traurig. »Ich trage den Titel einer Edelfreien. Meine Eltern haben lange versucht, meine Ansprüche zu klären. Sie sind dafür sogar vor das Reichskammergericht gezogen, aber es ist ihnen nicht gelungen, den Raubritter unschädlich zu machen.«

»Die bucklige Verwandtschaft«, warf Matthis spöttisch ein. Er stützte sich auf seinen Ellenbogen, um Leontine über die kleine Quelle hinweg zu betrachten. »Könnte das damit zu tun haben, dass der Absberger ein Verbrecher ist, der damit gedroht hat, dem Juristenpack die Eier abzuschneiden und ihm bei Gelegenheit ins Maul zu stopfen?«

Leontine rückte eine Elle zur Seite. Allein seine Blicke ließen ihr Herz schneller schlagen. »Er hat es, glaub ich, mehr mit den abgeschlagenen Händen seiner Geiseln. Aber er steckt im Fränkischen und hat sicher nichts mit dem Anschlag auf mich zu tun. Dafür ist der Kaplan Seiler verantwortlich.«

»Hat man dir schon gesagt, dass deine Grübchen bezaubernd sind und deine glutvollen dunklen Augen in unseren Breiten Seltenheitswert haben?«, sagte Matthis nach einer kurzen Pause. »Aber natürlich. Bei deinen Aussichten stehen die Verehrer Schlange. Nächste Woche heiratest du einen Herrn von Stetten oder Hohenfels und trägst deine Nase endlich so hoch, wie es dir zusteht.«

»Oh nein«, wehrte Leontine ab. »Bei uns ist bisher niemand vorstellig geworden.«

»Dann habe ich ja noch Chancen.«

Ihr Herz klopfte. Was, wenn Matthis auf den Gedanken käme, sie zu küssen? Und was, wenn sie sich genau das wünschte?

»Frag nicht weiter«, bat sie. »Erzähl mir lieber, wie der Herzog dazu kam, dir die Hand abschlagen zu lassen.«

»Ich hatte einen älteren Bruder.«

»Und niemanden sonst?«, fragte Leontine verwundert.

»Ich kann mich nicht an meine Eltern erinnern. Basti und ich kommen aus Straßburg. Wir haben eine Zeit lang sogar in Paris gelebt. *Parlez-vous français?*«

»*Oui.*« Leontine lachte. »Ein wenig zumindest.«

»Aber natürlich, bei deiner allerbesten Erziehung. Eine Gauklertruppe nahm uns mit nach Stuttgart, als Herzog Ulrich seine Hochzeit mit Sabina von Bayern ausrichtete und aus den Brunnen Wein in Strömen floss. Uns Brüderpaar haben die Gaukler unter den siebentausend Gästen betteln geschickt und dann einfach dort vergessen.«

»Schlimm.«

»Zu verschmerzen«, sagte Matthis. »Kurz darauf haben wir uns aufs Klauen verlegt, denn auch wir mussten essen. Als der Räuber Stocker von uns hörte, nahm er uns in seinen Dienst. Wir sind über die Dächer in die Häuser eingestiegen und haben ihm und seiner Bande von innen die Türen geöffnet. Dann aber schnappte man Stocker und machte ihm den Prozess. Um sich das Rädern zu ersparen, denunzierte er uns. Daraufhin schleppte man uns auf den Richtplatz hinaus. Das werde ich nie vergessen. Ich dachte, mein letztes Stündlein hätte geschlagen.«

Leontine schlug sich entsetzt die Hand vor den Mund.

»Dann aber weigerte sich der Scharfrichter, uns den Kopf abzuschlagen. Rate mal, wie sein Name lautet.«

»Der Stuttgarter Scharfrichter hieß Berthold Hecht«, sagte sie altklug. »Das weiß ich aus den Erzählungen meines Vaters.«

Schalk blitzte in Matthis' Augen. »Corentin hat an diesem Tag sein Meisterstück abgelegt, indem er den Stocker im Stehen köpfte. Uns ließ er am Leben und verdarb es sich dadurch mit einem gewissen Hofstätter, der von diesem Tag an sein Todfeind war. Wir wurden in Hechts Obhut in den Kerker geworfen, wo uns Hecht von unseren rechten Händen befreite, denn Strafe musste sein.«

»Corentin hat euer Leben gerettet?«, fragte Leontine ungläubig.

Matthis lachte. »Wozu auch immer. Man ließ uns frei. Aber Sebastian streckte das Wundfieber nieder. Er starb kurz darauf.«

Leontine spürte die Traurigkeit, die noch immer an ihm nagte. »Du bist ziemlich allein.«

»Ich bin niemandem etwas schuldig«, sagte Matthis. »Vorbei ist vorbei. Ich selbst blieb am Leben und schlug mich mehr schlecht als recht durch. Da war ich ungefähr sechs Jahre alt.«

Leontine traute sich nicht zu fragen, wie er das geschafft hatte.

»Bis zu dem Tag, als ich Corentin erneut in die Hände fiel. Er griff mich beim Klauen auf und lieferte mich beim Hecht in Kaltental ab.«

»Warum tat er das?«, fragte Leontine verwundert.

»Er meinte wohl, er trüge Verantwortung für mich«, erwiderte Matthis. »Von da an änderte sich mein Leben. Hecht hat mich gemeinsam mit seinen beiden jüngeren Töchtern aufgezogen. Ich hatte immer genügend zu essen. Barbara, seine Älteste, passte auf, dass ich mir die Ohren wusch und das Vaterunser beten lernte. Wenn ich nicht spurte, wurde sie fuchsteufelswild.« Er konnte sich ein Grinsen nicht verkneifen.

»Und dann?« Leontine stellte sich auf die Füße, weil es empfindlich kühl geworden war, und blies sich in die Hände. Ihr Rock war klamm von der Wiese.

»Die Sonne ist untergegangen«, sagte Matthis. Ihr Abglanz tauchte die Hügel in Feuer. »Willst du zurückgehen?«, fragte er.

Der Hund richtete sich auf, streckte seine Vorderläufe und gähnte herzhaft.

»Ich friere ein wenig«, gestand Leontine.

Matthis legte ihr seinen Mantel über die Schultern. Sein Duft hüllte sie ein.

Sie fasste Mut und stellte die Frage, die ihr mehr als jede andere auf der Seele lag. »Und wer bist du heute?«

Matthis ging ein paar Schritte schweigend neben ihr her. Als der Weg zwischen Brombeergestrüpp und Obstbäumen halsbrecherisch steil nach unten führte, strauchelte sie, woraufhin er sie mit seiner linken Hand stützte. Ihr Herz klopfte, weil seine Berührung ihr durch Mark und Bein ging. Es schien ihr, als würde er genauso empfinden.

Er sprach erst weiter, als sie schon an ihrem Haus angekommen waren. »Was geschehen ist, verbindet uns, kleine Absbergerin. Wenn du wissen willst, wer ich bin, frag am besten Brenna. Die gibt dir sicher gern Auskunft.«

Damit hatte er eine unsichtbare Grenze gezogen, die Leontine nicht überschreiten durfte. Ratlos betrat sie den Gartenweg, als eine Bewegung hinter dem Holzschuppen sie aufschrecken ließ.

Alarmiert zog Matthis sein Rapier.

»Oh, verzeiht bitte.« Eine junge Frau löste sich aus dem Schatten und stellte sich ihnen in den Weg. »Ich wollte euch nicht erschrecken.« Ihr schmales Gesicht wirkte verhärmt vor Angst und Sorge.

»Komm gern rein«, sagte Leontine freundlich.

In den letzten Tagen hatten immer wieder Frauen angeklopft und um Hilfe gebeten. Einige waren schwanger gewesen, andere hatten ihre kleinen Kinder mitgebracht, die eine Medizin gegen Erkältung oder einen Heilspruch gegen den Schrund auf ihrem Kopf brauchten. Ein paar erbaten sich einen Liebeszauber von Leontine, eine sogar einen Schadenszauber, den sie ihrer Schwiegermutter unter die Strohschütte legen konnte. Außer dieser hatte sie niemanden abgewiesen, denn es gab ja Brenna, die sich halbwegs mit den Vorgängen rund um Schwangerschaft und Geburt auskannte. Dadurch hatte sie sich inzwischen so unentbehrlich gemacht, dass Leontine nicht mehr im Traum daran dachte, sie auf den Schurwald zurückzuschicken. Auch sie selbst erinnerte sich mehr und mehr an die Kenntnisse, die sie in der Apotheke erworben hatte, und beriet die Frauen mit immer größerer Leidenschaft.

»Ich bitte dich in meine Stube«, wiederholte sie mit Nachdruck.

»Nein.« Die Fremde huschte verstohlen zum Gartentor. »Ich komme bei Gelegenheit wieder, wenn du keine Gäste hast.«

Weg war sie.

Matthis starrte ihr entgeistert hinterher. »Das kann nicht sein«, sagte er. »Erst erzähle ich dir meine Geheimnisse. Und dann das. Die Geister meiner Vergangenheit holen mich ein.«

»Du kennst sie?«, fragte Leontine.

»Nein«, wehrte er ab. »Ich muss mich irren.«

Die Fenster ihres Hauses leuchteten heimelig. Ein verlockender Duft erwartete sie, denn Brenna hatte einen Eintopf aus eingelagertem Gemüse und dem Huhn gekocht, das eine ihrer Patientinnen ihnen als Bezahlung dagelassen hatte. Das Essen reichte für alle, sodass Matthis seine Bewaffneten ins Haus rufen konnte.

Kurze Zeit später ergänzten zwei abgerissene Landsknechte ihre Tischrunde und fraßen ihnen den Topf ratzeputz leer. Der dunkelhaarige Gaspard erinnerte Leontine an ihren Bruder Cyrian. Der andere, Heinrich, war ein gestandener Haudegen mit einer Halbglatze und einem Schnauzbart, der ihm ins Bierglas hing. Es war so lustig mit den dreien, dass sogar Brenna ihr Misstrauen ablegte. Als die Männer bei Anbruch der Nacht davonritten, schaute ihnen Leontine bedauernd hinterher.

Gegen Morgen brannte ein weiterer Hof. Die Flammen züngelten bis zum Dachstuhl empor und verzehrten das Haus und die Ställe, bis nur noch Gerippe zurückblieben, deren schwelende Hölzer in den Himmel ragten wie die Skelette riesiger Tiere. Die Bewohner, eine Familie mit drei Kindern und eine lahme Großmutter, hatten den Rauchgeruch rechtzeitig bemerkt. Gottergeben standen sie da und beobachteten, wie die Flammen ihre Existenz in Asche und Rauch verwandelten.

14

»Brandstiftung also.« Berthold Hecht saß vor seinem Haus am Hang und hielt sein Gesicht in die Vormittagssonne.

Trügerisch, dachte Corentin, denn Hecht war blind. Auf seinem Schoß saß sein jüngstes Enkelkind, ein etwa zweijähriger Junge, der Corentin aus den gleichen gelben Falkenaugen betrachtete, die der alte Mann einmal gehabt hatte. Nachwuchs im Scharfrichterberuf.

Corentin war seit sechzehn Jahren nicht mehr in Kaltental gewesen, einem Weiler, der sich in südlicher Richtung an die Residenzstadt Stuttgart anschloss. Im Sommer 1514 hatten im Garten bunte Blumen geblüht, im März 1530 taute die Sonne nur langsam den Frost.

»Die Reichsstadt Esslingen ist schwer gebeutelt«, bestätigte Corentin. »Nahezu täglich brennt ein Hof lichterloh. Da bei Euch so manches Gerücht ankommt, frage ich Euch nach den Hintermännern.«

Berthold Hecht strich dem kleinen Jungen, der sich schläfrig an ihn lehnte, über den Kopf und schwieg.

»Es handelt sich um Erpressung«, erklärte Corentin. »Wer nicht zahlt, kann damit rechnen, dass ihm die Mordbrenner den roten Hahn aufs Dach setzen und sein Hab und Gut gnadenlos abfackeln. Doch die Schuldigen will niemand kennen. Es ist, als ob ich gegen eine Mauer laufe.«

»Die Leute zittern vor Angst«, kommentierte Hecht nachdenklich.

»Es fragt sich nur, weshalb sie keine Namen nennen wollen«, sagte Corentin. Zumindest hing Cyrian nicht mehr der absurde Verdacht nach, an den Brandstiftungen in der Umgebung beteiligt gewesen zu sein. Sein Sohn musste sich nur noch für die Zündelei im Scheuflin'schen Warenlager verantworten, in der Friedrich Scheuflin tiefer drinsteckte, als er sollte. »Ist Euch vielleicht irgendein Name untergekommen?«

»Ich habe nichts gehört«, sagte Hecht abwehrend.

Der Stuttgarter Scharfrichter hatte Corentin in jenem Schicksalsjahr 1514 aufgefangen und vor Schlimmerem bewahrt. Er war ihm zu ewigem Dank verpflichtet.

Nach kurzem Zögern setzte sich Corentin neben Hecht auf die Bank an der Hauswand und legte ihm seine Hand aufs Knie.

Hecht umfasste sein Handgelenk. Vermutlich half ihm diese Geste, sich seiner Gegenwart zu vergewissern. »Und was machst du so, Corentin Wagner, Scharfrichter, der niemals fehlt?«

»Ich musste seit sechzehn Jahren niemanden mehr köpfen, rädern oder verbrennen«, sagte er. »Allein dafür hat es sich gelohnt.«

Hecht lachte. »Schade, du warst wirklich begabt. Wir haben alle bedauert, dass du aufhören wolltest. Aber du hast dir ja die Freiheit gewünscht.«

Corentin schwieg. Er hatte sein Dasein als ehrloser Scharfrichter mehr als sattgehabt. »Ich wollte niemals mehr auf Kommando töten. Aber Krieg und Gewalt sind meine Welt geblieben.«

Manchmal hatte er das Gefühl, dass sich die Toten in seinem Innern zu Bergen türmten. Dann träumte er von tanzenden Skeletten, denen Jona von Absberg auf seiner Fiedel aufspielte.

»Bring uns was zu trinken, Barbara!«, rief Hecht ins Haus hinein.

»Ich habe dem Schwäbischen Bund 1519 bei der Verfolgung Herzog Ulrichs geholfen«, sagte Corentin schlicht. Niemand würde je von ihm erfahren, was wirklich geschehen war. Auch Berthold Hecht nicht, dessen Griff um sein Handgelenk sich verstärkte.

»Der Mann ist dein Schicksal«, sagte er. »Du musst nicht weiterreden.«

Wieder einmal fragte sich Corentin, ob der Alte hellsehen konnte. Vielleicht verstärkten sich übersinnliche Fähigkeiten ja durch Blindheit.

»Und deine reiche Händlertochter?«

Corentin schluckte an seiner Sorge um Tessa. »Sie ist wunderschön, wieder schwanger, eine gute Mutter und eine gewiefte Geschäftsfrau. Ich weiß nicht, wie ich dieses Glück verdient habe.«

»Tessa ist also guter Hoffnung, so wie ich.« Hechts älteste Tochter Barbara trat aus der rückwärtigen Tür in den Hof und stellte eine Karaffe mit Wein und zwei Becher auf den Tisch. Dann nahm sie ihrem Vater das Kind ab, das sich verschlafen in ihre Armbeuge kuschelte. »Na komm, Kleiner.« Sie strich leicht über ihren gewölbten Bauch. »Es ist unser siebtes, eigentlich unser neuntes. Aber zwei sind mir am Fieber gestorben.«

Barbara war stattlich und schön wie immer. Doch als Corentin genauer hinsah, erkannte er Spuren der Bitterkeit in ihrem Gesicht. Ihr Lächeln wirkte erzwungen, ihre Augen waren umschattet, und neben ihrem Mund hatten sich zwei senkrechte Falten eingegraben. Barbara hatte schon vor ihrer Heirat Hechts gesamten Haushalt versorgt, was bedeutete, dass sie neben der Familie auch für die Henkersknechte kochte, putzte und ihre blutigen Hemden auswusch. Bei sechs Kindern, dem blinden Vater und den mittlerweile fünf Löwen, die Hechts Schwiegersohn beschäftigte, war der Tag zu kurz.

Ungefragt übernahm Corentin das Eingießen, drückte Hecht einen Becher in die Hand und trank selbst einen Schluck Schillerwein.

»Richte Lisbeth meine allerbesten Grüße aus, Corentin.« Barbara amüsierte sich über seinen verdutzten Gesichtsausdruck. »Ach ja, das weißt du gar nicht. Wir haben meine jüngste Schwester an den Esslinger Scharfrichter verheiratet. Sein Name ist Hans Rutersberger. Sag ihr, dass ich sie bald besuchen komme.«

Corentin räusperte sich, gestand ihr aber nicht, dass er keinerlei Kontakt zu den Esslinger Unehrlichen pflegte. Vor allem den Scharfrichter mied er wie der Teufel das Weihwasser.

Barbara verabschiedete sich mit einem Verweis auf ihren kochenden Suppentopf und nahm den kleinen Jungen mit ins Haus.

Hecht klang nachdenklich, als er weitersprach. »Mit der Lisbeth wurde es schwierig. Sie war seit jeher ein freches Ding und wollte irgendwann nicht mehr unter Barbaras Fuchtel stehen. Als dieser Rutersberger aus Bamberg eines Tages bei uns vorsprach und um sie freite, ist sie ihm bereitwillig nach Esslingen gefolgt. Du weißt ja, Scharfrichterfamilien verheiraten sich am besten unter sich.« Er hielt kurz inne. »Er ist ein wahrer Meister seines Fachs und seinen Auftraggebern gegenüber mehr als loyal.«

»Es ist nicht gut, wenn man zu viel Freude an seiner Arbeit hat«, sagte Corentin düster.

Hecht nickte. »Aber es schadet ebenfalls, wenn man sie hasst.«

»Was meint Ihr damit?«

»Du weißt, dass Niklas mein Amt übernommen hat und der amtlich bestellte Scharfrichtermeister der Stadt Stuttgart ist?«

»Barbaras Mann«, bestätigte Corentin nachdenklich.

Niklas hatte für Barbara sein sicheres Einkommen und seinen Beruf als Schreiber aufgegeben. Die beiden hatten erbittert um ihre Liebesheirat gekämpft, womit sich ihre Verbindung als Ausnahme von der Regel erwiesen hatte.

»Ich habe ihnen die Hochzeit erlaubt, obwohl ich meine Zweifel an seinen Fähigkeiten hatte. Vor allem an seiner Nervenstärke.«

»Man muss wegstecken können, was man tut.« Corentin dachte an seinen Vater, dem der Schnaps dabei geholfen hatte.

Hecht richtete seine blinden Augen in die Ferne. Noch immer waren seine Schultern breit und seine weißen Haare dicht. »Es lief ganz gut. Meine Löwen und ich nahmen ihm die schweren Hinrichtungen ab. Bis zu dem Tag, als er den Vogt Konrad Breuning köpfen musste.«

»Das kann ich verstehen«, sagte Corentin bitter.

Nach der Ermordung Hans von Huttens und der anschließenden Reichsacht gegen ihn hatte Herzog Ulrich den Vogt von Tübingen und weitere Vögte sowie den Stuttgarter Bürgermeister Hans Stickel des Verrats beschuldigt. Breuning war da schon ein alter Mann gewesen, der mit über siebzig Jahren noch Einkerkerung und Folter ertragen musste. Über ein Jahr lang hatte er auf der Festung Hohenneuffen gelitten, war dabei auf Leitern gebunden, mit glühenden Zangen gepeinigt und sogar über dem offenen Feuer geröstet worden, bevor man ihn in Stuttgart dem Scharfrichter überantwortete.

»Jeder von uns hat schon einmal einen Unschuldigen hingerichtet.«

»Und jeder wird irgendwie damit fertig.« Hecht nickte. »Aber der Niklas konnte nicht damit umgehen. Seither sitzt er oft am Kamin und starrt in die tanzenden Flammen.«

Corentin war plötzlich mehr als froh über die Wende seines Schicksals, die ihn vom Scharfrichterdasein befreit hatte. »Ich gehe dann.« Als er aufstand, schmerzten seine Knie.

»Werden wir uns noch einmal wiedersehen, Corentin?«, fragte Berthold Hecht.

»Das gebe Gott.« Er drückte dem alten Scharfrichter noch einmal ehrerbietig die Schulter, stieg den Hang hinab, bestieg Fuchs und ritt davon.

Die Sonne hatte ihren höchsten Stand erreicht. Wenn er die Straße über Cannstatt nahm, konnte er noch vor Einbruch der Nacht zurück in Esslingen sein.

Im dichten Buchenwald war es so still, dass seine Gedanken auf Wanderschaft gehen konnten. Plötzlich dachte er an seine Söhne. In seiner Jugend hatte er nicht geahnt, dass ihm sein eigenes Fleisch und Blut einmal so fremd sein würde. Andreas, weil er sich in Sphären bewegte, die er nicht durchdrang, und Cyrian, der Raufbold.

Obwohl, dachte Corentin, so fern steht mir Cyrian gar nicht. Schließlich hatte er während Tessas Schwangerschaft seinen ungewöhnlichen Namen geträumt. Damit die Kirche ihnen deswegen keinen Ärger machte, hatten sie bei seiner Taufe eine erkleckliche Summe in den Opferkasten stecken müssen.

Cyrian kam nach ihm. Er war Corentins dunkler Spiegel. Das war der Grund, warum er seinen zweiten Sohn fürchtete.

15

Cyrian rollte sich auf dem Boden seiner Zelle zusammen und sehnte sich nach dem Sommer. Trotz der Kälte hatte er Felix Gruber die einzige dünne Decke überlassen. Der Mann lag schon seit Stunden auf der Pritsche, fieberte vor sich hin und faselte dummes Zeug.

Cyrian selbst behalf sich mit seinen Erinnerungen an die Sommer seiner Kindheit, in denen er mit den anderen Jungen von der Neckarbrücke in den Fluss gesprungen war. Er malte sich alles in bunten Bildern aus, sah sich fliegen und ins Wasser eintauchen. Alle machten mit, nur Andreas nicht, den keine zehn Pferde zu solchen Mutproben verleiten konnten. Stattdessen saß er mit einem Buch am Ufer. Danach lagen die Jungs einträchtig in der Sonne und trockneten in der Hitze.

Unwillkürlich fragte sich Cyrian, wie sich Sonnenstrahlen anfühlen mochten. Seine Zähne klapperten aufeinander, seine Lippen waren aufgesprungen. Auch wenn er sich noch so anstrengte, konnte er sich das Gefühl nicht ins Gedächtnis rufen.

Der Schlüssel drehte sich im Schloss. Die Tür sprang auf. Cyrian starrte dem Mann entgegen, den er am meisten fürchtete. Hans Rutersberger.

»Komm«, sagte dieser mit einem verdächtigen Anflug von Freundlichkeit. »Du und ich haben einen kleinen Spaziergang vor.«

»Was? Warum?« Cyrian sah sich alarmiert um, doch da war niemand, der ihm helfen konnte. Der Gruber Felix phantasierte munter weiter.

»Frag nicht. Steh einfach auf!«, befahl Rutersberger.

Cyrian kam zuerst auf die Knie und rappelte sich dann auf seine Füße hoch. Sein Körper war steif vor Kälte. Er sehnte sich nach Schlaf und Vergessen. Als er auf Rutersberger zutrat, schluckte er an seiner Angst. Dennoch folgte er ihm ins

Erdgeschoss, wo der Scharfrichter umständlich aufschloss und mit Cyrian ins Freie trat.

Der undurchdringlichen Dunkelheit nach zu urteilen, musste es schon weit nach Mitternacht sein.

»Wohin führst du mich?« Cyrian fühlte sich wie ein Lamm auf dem Weg zur Schlachtbank.

»Das wirst du dann schon sehen.« Rutersberger rieb sich mit einem Anflug von Zufriedenheit die Hände.

Neben dem Hornwerk ragte düster die Stadtmauer auf und trennte Cyrian von allem, was innen lag, von Häusern, mitfühlenden Menschen und einem Teller warme Suppe.

Was, wenn er auf die Idee kommt, mich einfach verschwinden zu lassen?, dachte Cyrian. Er zitterte vor Kälte und Furcht.

Sie liefen ein Stück auf der Reichsstraße in Richtung Ulm, bis sie freies Feld erreichten. Wind erfasste Cyrians schmutziges Hemd, trieb eine Gänsehaut über seinen Körper und brachte seine Zähne zum Klappern. Schweigend folgte er Rutersberger auf die winterlich kahlen Obstwiesen hinaus, an die sich Weingärten und Äcker voller schwarzer Erdschollen anschlossen. Sie gingen weiter, bis Cyrian den Neckar in seinem Bett rauschen hörte.

»Was willst du am Fluss?«, fragte er misstrauisch.

»Das wirst du dann schon sehen«, wiederholte Rutersberger.

Sie überschritten einen kleinen Steg und standen schließlich auf der Neckarinsel, um die herum sich der Fluss gabelte. Die Insel war mit graugrünem Efeudickicht und Brombeergebüsch bewachsen. Neben ihnen bahnte sich das Wasser seinen Weg wie schwarze Tränen.

Es roch nach Sumpf, Blättern und Moder, als Rutersberger Cyrian nötigte, ans Ufer heranzutreten, bis ihn nur noch ein Schritt vom dahinströmenden Fluss trennte. Cyrian fragte sich, ob sein Feind ihn ersäufen wollte wie eine Ratte.

»Was willst du von mir?«

»Eins lass dir gesagt sein«, sagte Rutersberger schneidend.

»Du hast uns in den letzten Tagen ganz schön an der Nase herumgeführt.«

Cyrian ballte die Fäuste. »Das werde ich auch weiterhin tun.« Was auch immer Rutersberger mit ihm anstellte, zum Verräter ließ er sich nicht stempeln.

»Wart's ab«, sagte Rutersberger. »Ich krieg dich schon klein. Ab mit dir ins Wasser!«

»Wie bitte?« Cyrian glaubte, sich verhört zu haben.

»Nur keine Furcht. Ich gehe auch.«

Unversehens trat Rutersberger mit seinen kniehohen Stiefeln ins seichte Uferwasser, griff nach Cyrians Hand und zog ihn mit sich ins Tiefe, wo die Strömung zu spüren war.

Als das Wasser mit einem Schlag seine Kleider durchnässte, wusste Cyrian, was Kälte war. Heilige Katharina, steh mir bei, dachte er und wappnete sich mit Stärke.

»W-w-was soll das?«, bibberte er.

»Das ist die richtige Behandlung für hochmütige kleine Henkersöhne wie dich«, sagte Rutersberger triumphierend.

»Das ist ein Fluss in der Nacht«, stellte Cyrian richtig.

»Auch noch frech werden.«

Der Schlag traf seinen Rücken so abrupt, dass Cyrian ins Straucheln geriet.

»Leider dürfen wir den Gießübel nicht mehr nutzen«, sagte Rutersberger sanft.

»Was ist das?«

»Das ist ein äußerst praktischer Turm in der Stadtmauer. Dort hat man früher Diebe und Ganoven ins Wasser getaucht, bis sie begriffen, dass sie im Unrecht waren.«

Irgendjemand hatte Cyrian schon einmal mit dem Gießübel gedroht. War das ihre alte Köchin Martha gewesen? »Wenn du nicht brav bist, tunken wir dich in den Gießübel«, hatte sie gesagt. Aber er hatte das als Phantasiegeschichte abgetan, wie die vom Schwarzen Mann, der die Kinder ängstigte.

»Kopf runter!«, befahl Rutersberger.

»Aber warum?«

Ein sicheres Gefühl sagte Cyrian, dass diese Strafmaßnahme weder mit dem Richter noch mit dem Kaplan abgesprochen war.

»Ich will dir nur zeigen, was dir im Leben zusteht.« Rutersberger legte ihm seine Pranke in den Nacken und drückte seinen Kopf unter die Oberfläche.

Wasser lief Cyrian in Mund und Nase und geriet ihm in den Hals. Es schmeckte faulig, aber das war im Moment sein geringstes Problem. Weil der Angriff überraschend gekommen war, hatte er vorher nicht tief genug einatmen können. Er kämpfte, schlug um sich, doch die Hand in seinem Nacken blieb unerbittlich an ihrem Platz und sein Kopf unter Wasser. Viel zu lange.

Das war es dann also. Aus seiner Lunge stiegen die letzten Blasen auf. Unter seinen Augenlidern tanzten bunte Lichter wie das Feuerwerk, das er so liebte.

Dann verlor er das Bewusstsein.

Durchnässt und am ganzen Körper zitternd, erwachte er auf einem Bett aus Efeu im Uferdickicht. Im Osten graute der Himmel und legte einen unirdischen Glanz über den Fluss. Neben ihm saß Rutersberger und betrachtete den Sonnenaufgang.

Cyrian drehte sich um und hustete literweise Flusswasser aus. »Warum?«, stieß er zitternd hervor.

»Du hattest ein Bad dringend nötig. Alter Stinkebär.« Rutersberger wandte ihm freundschaftlich die Augen zu.

Grau, dachte Cyrian verwundert. Er hatte grauäugige Menschen immer für verlässlich und treu gehalten, wahrscheinlich weil Andreas solche Augen hatte.

Rutersberger streckte ihm die Hand entgegen und zog ihn auf die Füße.

Cyrians Knie gaben nach. Er schaffte es nur mit Mühe, nicht zusammenzubrechen.

»Außerdem solltest du dir über deinen Platz klarwerden, Henkersohn.«

»Ich bin ich«, entgegnete Cyrian, doch Rutersberger gab ihm eine Kopfnuss.

»Wer du bist, entscheiden andere. Durch Geburtsrecht steht dir ein Platz ganz unten zu, nicht der, den dir deine reiche Mutter durch Geld und Einfluss erschlichen hat. Denn du hast genauso schlechtes Blut wie meine Brut.« Als er lachte, lag eine Spur von Irrsinn in seiner Stimme. »Unsereins ist nicht besser als der Bodensatz im Weinfass. Merk dir das. Und noch eins.« Er fixierte Cyrian mit seinen grauen Augen. »Kein Wort von dem, was in dieser Nacht geschehen ist, zu niemandem, oder deine Familie wird es büßen. Hast du nicht eine hübsche Schwester, die allein im Quellental lebt?«

Cyrian nickte widerstrebend. Eines Tages werde ich dich töten, dachte er.

16

Regen prasselte auf das Dach. Dort oben gab es eine undichte Stelle, durch die es stetig in einen Eimer tropfte. Bald würde dieser überlaufen, aber im Moment hatten sie keine Zeit, um ihn zu leeren.

»Und ich bin wirklich nicht mit Zwillingen schwanger?«, fragte Grit, die junge Bäuerin vom Hegensberg.

»Sei still«, sagte Brenna und tastete ihren Leib ab. »Ich muss mich konzentrieren. Komm, Leontine.«

Diese massierte Grit gerade versonnen den Rücken und schrak auf.

»Sei nicht so feige. Spür selbst nach.«

»Also gut.« Leontine ließ zu, dass Brenna ihre Hand gar nicht zimperlich über Grits Bauchdecke führte. »Das hier ist der Rücken des Kindes«, erklärte sie. »Und hier oben unter den Rippen ist seine kleine Ferse.«

Leontine lachte entzückt auf, als sich die Erhebung in ihre Handfläche bohrte. »Hallo, mein Kleines.« Es würde ein Mädchen werden, das seiner Mutter in puncto Eigensinn in Nichts nachstand.

»Es ist wahrscheinlich nur eins, wobei ich nicht sicher bin«, wandte sich Brenna an Grit. »Aber es ist groß und kräftig wie du. Dein erstes?«

Grit nickte. »Hoffentlich geht alles gut.«

»Was soll schiefgehen?«, fragte Brenna. »Es liegt richtig rum, kommt also mit dem Kopf voran, wie es soll. Ein strammer Bub oder ein prächtiges Mädle.«

Leontine verschwieg ihre Wahrnehmung wohlweislich.

»Was kann ich tun?«, fragte Grit kläglich.

Brenna verdrehte die Augen zum Himmel. »Herrgott noch mal. Sag Nein, wenn deine Schwiegermutter oder dein Mann dich zum Pflügen aufs Feld oder zum Pflanzen in den Weinberg schicken wollen. Schon dich und trink, wenn die Wehen zu zögerlich kommen, Himbeerblättertee. Wenn es so weit ist, schickst du nach uns. Alles Weitere liegt in der Hand der Göttin.«

Leontine erstarrte, aber Grit schien die weibliche Form ohne Nachfrage zu akzeptieren.

»Und du, was meinst du?«, fragte sie.

Leontine versteckte ihre roten Wangen hinter einem Zipfel ihres Kopftuchs. »Alles geht gut.« Sie war sich dessen vollständig sicher. »Nächstes Jahr wirst du dein zweites haben.«

Brenna bedachte Leontine mit einem nachdenklichen Blick.

»Könntest du mir noch einmal die Hand ins Kreuz drücken wie eben?«, fragte Grit. »Das tut nämlich wohl. Ich kann schon nachts nicht mehr schlafen deswegen.«

Als Leontine Grits verspanntes Hüftgelenk sanft massierte, stöhnte diese erleichtert auf.

»Ich schick euch den Xaver, dass er euch das Dach repariert«, sagte sie schließlich dankbar, zog ihr Kopftuch enger und machte sich auf den Heimweg.

Seit einer halben Woche setzte der Regen das Quellental schon unter Wasser. Den Hainbach hatte er bereits zum Überlaufen gebracht. Dennoch riss der Strom der Hilfesuchenden nicht ab. Leontine und Brenna hatten Schwangere untersucht und Kinder mit Durchfall und Fieber behandelt. So manche Patientin konnten sie nur ermutigen, denn bei starken Schmerzen und Herzschwäche war ihre Heilkraft begrenzt.

Immer wieder hatte Leontine dabei gespürt, dass sie die Krankheit ihres Gegenübers richtig einzuschätzen vermochte, doch das würde sie Brenna auf keinen Fall erzählen. Ums Verrecken nicht, dachte sie.

»Langsam eilt dir der Ruf einer Heilkundigen voran.« Brenna drückte die Tür ins Schloss.

»Ich kann nur gut massieren«, sagte Leontine. Wenn sie nicht auf dem Scheiterhaufen enden wollte, musste Ablenkung her. Andererseits waren sie ja allein. »Aber warum hast du von einer Göttin gesprochen? Wenn der Kaplan Seiler das wüsste.«

Brenna wollte sich schier ausschütten vor Lachen. Sie kreischte keckernd und schlug sich dabei auf die Schenkel. »Die Frauen halten dicht. Die wissen schon, was für sie gut ist, und wenden sich an die große Mutter, wenn sie etwas brauchen. Du darfst sie auch Maria nennen.« Sie trat nahe an Leontine heran. »Denn, meine kleine Adlige, seit wann interessiert sich dein männlicher Gott für uns?«

Das war Ketzerei oder vielleicht sogar rabenschwarze Magie. Leontine setzte zu einer gepfefferten Entgegnung an, als jemand mit voller Kraft gegen die Tür polterte.

»Aufmachen!«

Ihr blieb fast das Herz stehen, der Kater sprang vor Schreck auf ihren Schoß und fuhr die Krallen aus. Brenna bewaffnete sich sicherheitshalber mit einem Besen.

»Siehst du«, flüsterte Leontine.

Vielleicht hatte ihnen Grit ja flugs die Stadtwache auf die Fersen gehetzt, die sie in den Turm zu ihrem kleinen Bruder Cyrian sperren würde.

Brenna riss entschlossen die Tür auf.

Im prasselnden Regen stand Matthis und beförderte mit Hilfe eines Kumpans einen klatschnassen Sack über die Schwelle. Erst auf den zweiten Blick erkannte Leontine, dass es sich dabei um einen verletzten Jungen handelte, der leise stöhnte. Sie schlug die Hand vor den Mund. War das Gaspard, der vor einer knappen Woche mit ihnen am Tisch gesessen hatte? Leontine war sich nicht sicher, weil er unter einer Mischung aus Blut, Wasser und Schlamm verschwand.

»Wohin mit ihm?«, fragte Matthis. Seine nassen Haare tropften ihm in die Augen. Zum ersten Mal, seit Leontine ihn kannte, war ihm das Lachen vergangen.

»Auf mein Bett«, sagte sie geschockt.

Die Männer ließen den Jungen auf die Strohmatratze gleiten, wo sich Matthis daranmachte, mit dem Messer sein Wams und sein Hemd aufzuschneiden. Er tat das gekonnt mit links und stützte sich dabei auf den Eisenhaken, den er statt des Handschuhs trug. Der Junge beobachtete ihn aus seinen dunklen, von Schmerz umschatteten Augen. Es war Gaspard, keine Frage.

»Was ist passiert?« Brenna näherte sich argwöhnisch von der Seite.

»Das geht dich nichts an«, sagte Matthis kalt. »Kannst du heißes Wasser besorgen, Leo?«

Leontine goss Frischwasser in ihren Kessel und heizte die Feuerstelle stärker an, während Brenna weiterkeifte.

»Oh doch, das tut es. Wir wollen nicht in deine Schandtaten hineingezogen werden, Matthis Ohnefurcht.«

»Ihr steckt bereits mit drin«, sagte Matthis gelassen und schickte den zweiten Haudegen in den Garten zum Wacheschieben. Gaspard stöhnte laut und blutete die Laken voll.

Es dauerte, bis das Wasser kochte. Als es so weit war, füllte Leontine es in eine Schüssel und gab es mitsamt einem Leintuch an Matthis weiter.

»Setz dich zu uns«, bat er. »Und nimm Gaspards Hand.«

Sie tat, was er sich wünschte. Die Rechte des Jungen war kalt und feucht. Die Bilder, die sich ihr offenbarten, blinzelte sie entschlossen fort. Sein Körper bebte. Auf seinem mageren Bauch klaffte eine handspannenlange Wunde, die Matthis geschickt abtupfte. Dann wusch er den gröbsten Dreck von Gaspards Gesicht und Körper. Dieser wirkte benommen, seine Augäpfel glitten immer wieder zur Seite, was vermutlich daran lag, dass auf seinem Kopf eine Beule von der Größe eines Hühnereis wuchs. Als Matthis Wein über die Wunde goss, zuckte er zusammen.

»Was ist geschehen?« Leontine drückte eine kühle Messerschneide auf die Beule, wie Tessa es sie gelehrt hatte. Sie musste die Wahrheit wissen.

»Es gab einen Zusammenstoß«, erklärte Matthis knapp. »Auf der Straße nach Cannstatt. Da war ein bewaffneter Trupp.«

Brenna schnaubte. »Die Landsknechte sind euch sicher bei einem Überfall in die Quere gekommen.«

Matthis' Augen verwandelten sich in blaue Kieselsteine.

»Wie du meinst«, sagte er. »Wir haben uns gegen sie verteidigt, doch da ging dem Jungen sein Gaul durch. Er ist runtergefallen, und einer dieser Feiglinge hat ihn angeritzt. Wir konnten ihn gerade noch aufs Pferd hieven und davongaloppieren.« Er stand auf. »Ich muss verschwinden. Kann Gaspard über Nacht hierbleiben?«

»Nur über meine Leiche«, sagte Brenna.

»Er kann nicht reiten«, wandte Matthis ein.

»Und wenn uns die Stadtwache aufs Dach steigt?«, fragte Brenna.

»Das ist immer noch mein Haus«, sagte Leontine bestimmt. »Natürlich kann er bleiben. Wo soll er denn sonst hin?«

Brenna fügte sich maulend.

Matthis nickte knapp und verließ eilig das Haus. Kurze Zeit später hörte Leontine durch den Regen die Hufklänge dreier sich entfernender Pferde. Sie mussten Gaspards unwilligen Gaul am Zügel genommen haben.

»Du solltest Matthis keinen Blick gönnen.« Brenna machte eine wegwerfende Gebärde in Richtung der Tür. »Aber dazu ist es ja wohl zu spät, wo du ihm doch schon restlos verfallen bist. Seines hübschen Gesichts wegen, oder hat er dich schon …?«

Leontine spürte, wie ihr die Hitze bis über die Ohren stieg. »Nein.«

»Ich sag es ja«, sagte Brenna. »Da muss einer nur schneidig aussehen und dich anlachen … Pass nur auf, mit wem du dich einlässt.«

Nun wäre eine gute Gelegenheit, um Brenna nach Matthis auszufragen. Doch Leontine hütete sich davor. Besser, sie wusste nicht zu genau, womit er seinen Lebensunterhalt verdiente. Auch Brenna rauszuschmeißen kam nicht in Frage. Dafür brauchte Leontine ihre Fähigkeiten als Heilerin zu dringend.

»Wir kümmern uns um Gaspard.« Sie wandte sich dem Jungen zu.

Während die Feuerstelle den Raum mollig anheizte, zog

sie Gaspard das Hemd aus, nähte die Wunde, verband ihm mit einem Leinenstreifen den Bauch und deckte ihn mit ihrer weichen Daunendecke zu. Allzu tief schien die Bauchwunde nicht zu sein, mehr ein ausgefranster oberflächlicher Riss.

»Wir lassen ihn einfach schlafen«, sagte Leontine sanft.

»Der stirbt sowieso, Pack, Gesindel«, sagte Brenna verächtlich. »Aber ich hab Hunger. Und deshalb koch ich uns einen Brei.«

Als sie sich dem Herd zuwandte, kämpfte Leontine mit der Versuchung. Zu gern hätte sie erfahren, wie nahe der Junge dem Tod wirklich war. Wozu hatte sie ihre Gabe?

Obwohl es sicher nicht mit den Lehren der Kirche vereinbar war, setzte sie sich an den Bettrand und griff nach seiner Hand. Er war noch immer ohne Bewusstsein, schien aber friedlicher zu schlafen als vorher.

Leontine schloss die Augen und konzentrierte sich, bis die Wirklichkeit sich verschob. Da war kein Schatten, keine schweigende Dunkelheit, die endgültig nach ihm griff. Wenn er bis zum nächsten Morgen durchhielt, würde er es schaffen.

»Ich wache bei ihm«, teilte sie Brenna mit, die ihr kopfschüttelnd eine Schale Brei in die Hand drückte.

»Du lässt dich ja doch nicht abhalten.«

Die Nacht wurde hart, und das nicht nur, weil Leontine immer wieder die Augen zufielen. Zur dunkelsten Stunde erwachte Gaspard und phantasierte auf Französisch. Leontine schrak vor der Hitze zurück, in der er beinahe verglühte. Danach tupfte sie ihm stundenlang den Schweiß vom Gesicht, flößte ihm abgekühlten Kamillenaufguss ein und erzählte ihm vom Sommer. Gegen Morgen glitt Gaspard in einen halbwegs friedlichen Schlaf.

Leontine rieb sich erschöpft die Augen und stellte erstaunt fest, dass das andauernde Prasseln des Regens aufgehört hatte. Es war so still, dass sie den Kater maunzen hörte. Sie ging zur Tür und zog sie behutsam auf, woraufhin Wind wie ein geölter Blitz nach draußen schoss.

Frische Morgenluft umgab sie. Der tagelange Regen hatte

ihren Garten in eine Schlammwüste verwandelt, doch auf den durchnässten Beeten streckten winzige grüne Schösslinge ihre Köpfe aus der Erde.

Im tropfenden Holunderbusch saß eine zerzauste Amsel und sang herzzerreißend. Es roch anders als noch vor einer Woche. Nach Frühling und nach Verheißung.

Beklommen fragte sich Leontine, wo Matthis steckte. Nicht nur Wind und Regen hatten seine Spuren verwischt. Er war ihr so fern, als sei seine Heimstatt auf der dunklen Seite des Mondes.

17

Brandleichen waren kein schöner Anblick. Diese hier lagen im Schlamm vor dem abgebrannten Haus. Neben ihnen kniete ein Mönch aus dem Dominikanerkloster und ratterte die Totengebete herunter. Das Haus und die Stallungen waren zu schwarzen Gerippen verkohlt, die im Morgennebel vor sich hin qualmten. Ein bärtiger Mann stand mit seinen vier Kindern verloren im Hof. Ihre Augen waren vollkommen leer, ihre Gesichter rußverschmiert.

»Was ist geschehen?«, fragte Corentin. Fuchs, den er am Zügel hielt, trat unruhig auf der Stelle. »Der Esslinger Rat hat mich mit der Untersuchung der Brände betraut.«

Als er von dem Feuer gehört hatte, war er sofort aufgebrochen, um die Betroffenen zur Rede zu stellen, damit sie die Wahrheit nicht in sich verschlossen wie alle anderen. Er hatte nicht ahnen können, dass die erneute Brandstiftung die Mutter und die Großmutter der Kinder das Leben gekostet hatte.

»Die Ruth hätte die Alte unterm Dach lassen sollen«, sagte der Bauer und drehte seine Mütze in den Händen.

Die Kinder weinten lauthals, während der Ordensbruder sich aufrappelte und den Dreck von seiner Kutte klopfte. »Eine solche Tat verkürzt die Zeit im Fegefeuer enorm«, sagte er begütigend. »Eure Mutter wird bald bei den Engeln sein.«

Die Kinder heulten noch lauter. Rotz und Regenwasser malten eine Flusslandschaft in ihre verrußten Gesichter.

Corentin wandte sich erneut dem Bauern zu. »Was ist geschehen? Warum brennt dein Haus, obwohl es tagelang geregnet hat?«

»Der Regen hatte gestern nachgelassen«, berichtete der Bauer. »Mitten in der Nacht hörten wir die Flammen um sich greifen.«

Corentin nickte. Er ging auf die Ruine der Scheune zu,

bückte sich und tunkte seinen Zeigefinger in eine glänzend schwarze Lache, die nach Alkohol roch.

»Jemand hat nachgeholfen, indem er brennbares Zeug über dein Eigentum geschüttet hat«, stellte er fest.

»Um Gottes willen.« Der Ordensbruder bekreuzigte sich.

»Wer war es?«, fragte Corentin.

Der Bauer antwortete etwas zu eilig. »Niemand, Herr. Der Knecht hat eine Laterne brennen lassen.«

»Wolltest du nicht zahlen?«, fragte Corentin. Er sah, wie die Angst das Gesicht des Mannes noch mehr erbleichen ließ.

»Es ist nicht so, wie du denkst«, beteuerte der Bauer. Mehr war nicht aus ihm herauszukriegen.

Corentin ließ der Familie ein Goldstück da und ritt nach Esslingen zurück.

Nachmittags hatte er seinen Auftraggebern im Rat Rede und Antwort zu stehen. Ergebnisse mussten her, doch die konnte er nicht vorweisen.

»Offensichtlich sind die Schuldigen Mordbrenner«, sagte er.

Durch die Butzenscheiben fiel das Licht eines wolkigen Frühlingstags in den zweiten Stock des Kauf- und Steuerhauses. Corentin stand in der Ratsstube vor dem Richter Ludwig Gerber und dem Esslinger Bürgermeister Hans Holdermann und legte Zeugnis über die Ergebnisse seiner Ermittlungen ab, so mager sie auch waren.

»Die Leute sollten für die Erhaltung ihres Eigentums zahlen und taten es nicht«, fügte er hinzu. »Ihre Truhen sind ja praktisch leer.«

»Also eine Art Racheakt oder eine Strafe.« Richter Gerber prostete Corentin zu und trank einen großen Schluck Wein.

Eine Bande terrorisierte die Bauern im Umkreis. Seit Tagen fragte sich Corentin, warum sich niemand traute, die Gesetzlosen beim Namen zu nennen.

»Ich habe mit über zwanzig Betroffenen gesprochen«, berichtete er. »Sie alle schweigen, als ginge es um ihr Seelenheil.«

»Sie werden wohl nicht mit ihren größten Feinden unter

einer Decke stecken«, entgegnete Hans Holdermann mäßigend.

»Dessen bin ich mir gar nicht so sicher«, erwiderte Corentin.

Er schätzte Holdermann, der als besonnener Mann galt. In den letzten Jahren hatte der Esslinger Bürgermeister mehrmals die Reichstage besucht, auf denen sich Martin Luther seiner ketzerischen Lehren wegen vor Kaiser Karl verantworten musste. Die Reichsstadt, deren Bürger sich in zwei Lager spalteten, hatte in ihm einen geschickten und ausgleichenden Botschafter gefunden. In seinem Gesicht jedoch hatten die Konflikte Spuren hinterlassen. Tiefe Linien der Erschöpfung gruben sich zwischen Mund und Nase ein. Bitter musste für ihn nicht nur der Verlust des genialen Mathematikers und Augustinermönchs Michael Stifel an Martin Luther gewesen sein, sondern auch der Streit zwischen dem Stadtpfarrer Balthasar Sattler und dem evangelischen Prediger Martin Fuchs, der zornentbrannt die Stadt verlassen hatte.

»Wie viele Tote haben die Brände inzwischen gefordert?«, fragte Holdermann müde.

»Elf Menschen sind bisher in den Flammen umgekommen«, sagte Corentin. »Die meisten starben im Schlaf am Rauch.«

»Dann wird man die Schuldigen irgendwann auf frischer Tat ertappen.« Gerber rieb sich die Hände, stand auf und wandte sich zur Tür. Er war ein schwerer Mann mit einem überhängenden Schnurrbart und einer Halbglatze. »Ich sollte mich um meinen Weinhandel kümmern«, ließ er sie wissen. »Es kommt eine Lieferung.«

»Gibt es Neues zum gestrigen Überfall?«, fragte Holdermann zum Abschluss.

Corentin horchte auf. »Worauf spielt Ihr an?«

Der Stuhl krachte, als sich Gerber mit einem resignierten Seufzen wieder darauffallen ließ. »Ich habe meine Informationen von der Stadtwache in Stuttgart. Eine zehnköpfige

Bande hat im strömenden Regen auf der Straße von Cannstatt nach Esslingen einen Geldtransport überfallen und eine Kiste Abgaben an die Habsburger mitgehen lassen. Als ob uns das leidtun würde …«

Corentin nickte. Die Württemberger hatten Herzog Ulrichs wüste Tyrannei sattgehabt und waren heilfroh gewesen, als der Kaiser ihn mit Hilfe des Schwäbischen Bundes endgültig absetzte. Das Herzogtum war an Habsburg gefallen, aber Erzherzog Ferdinand, der jüngere Bruder Kaiser Karls, interessierte sich nur aus der sicheren Entfernung der Städte Wien und Innsbruck für den verwaisten Landstrich. An seiner statt regierten die Erbtruchsesse Wilhelm und Georg von Trauchburg in Stuttgart. Letzterer hatte im Bauernkrieg im Auftrag des Schwäbischen Bundes gnadenlos die Aufständischen niedermetzeln lassen. In dieser Zeit hatte Corentin in seinen Diensten gestanden.

»Danach sollen sie wie eine Schar Teufel aus der Hölle davongaloppiert sein und sich in alle Windrichtungen zerstreut haben«, berichtete Gerber weiter.

»Also vogelfreies Gesindel«, schloss Bürgermeister Holdermann. »Könnten sie mit unseren Brandstiftern identisch sein?«

»Schwer zu sagen. Im Schlamm und Regen gibt es kaum Spuren«, sagte Gerber. »Die Stuttgarter durchkämmen gezielt die Dörfer rundum.«

Corentin schüttelte den Kopf. »Unwahrscheinlich, dass sich da noch einer aufhält.« Sie würden längst über alle Berge sein. Ein eisiger Schrecken durchfuhr ihn, als er an Leontine dachte, die allein im Quellental lebte.

»Alldieweil ist das nicht unsere Angelegenheit.« Gerber stand auf. »Sollen sich die Stuttgarter doch darum kümmern.« Entschlossen wandte er sich zur Tür.

»Halt!«, sagte Corentin scharf.

»Was gibt es denn noch?« Holdermann strich sich durch seinen ergrauenden Bart.

»Der Rat verweigert mir und meiner Frau seit über drei

Wochen den Zugang zu unserem Sohn Cyrian, der in der Bastion am Hornwerk einsitzt.«

»Wie bitte?«, fragte Holdermann. »Klärt mich auf.«

Corentin beobachtete die Reaktionen beider Männer genau. Er wusste selbst nicht, warum er gegen Gerber so misstrauisch war. Instinkt, dachte er.

Eine Sekunde lang wirkte Gerber, als hätte man ihn ertappt. Dann fing er sich wieder, sicherte Corentin einen unverzüglichen Besuch bei seinem Sohn zu und begleitete ihn sogar selbst durch die nassen Straßen zum Hornwerk, dessen schwerer Baukörper dunkelgrau unter dem regenschwangeren Himmel stand.

Einige Wochen Kerkerhaft haben noch niemandem geschadet, dachte Corentin. Schon gar nicht dem widerstandsfähigen Raufbold Cyrian.

Gerber ließ sich von einem gelangweilt wirkenden Wachmann die Tür aufschließen und betrat die Zelle vor Corentin. Es war so eisig kalt in der steinernen Kammer, dass sein Atem zu einer weißen Wolke gerann.

»Ach, da ist er ja, unser kleiner Delinquent«, sagte Gerber ölig und stellte sich demonstrativ an die Wand.

Er beabsichtigt also nicht, uns Zeit allein zu gewähren, dachte Corentin bedauernd. Er hatte vorgehabt, den Jungen zu den Vorgängen in der betreffenden Nacht auszuhorchen.

Cyrian beachtete sie gar nicht. Er saß auf dem Rand der einzigen Pritsche und erneuerte seelenruhig einen kalten Wickel, der auf der Stirn seines Zellengenossen lag.

»Grüß dich Gott, Cyrian«, sagte Corentin mit plötzlicher Befangenheit.

Endlich blickte sein Sohn auf. Der Mithäftling glühte unter dem Ansturm des Fiebers.

»Was willst du?«, fragte Cyrian. Er wirkte hager, hatte sichtlich abgenommen.

»Ich hab dir von Mutter etwas zu essen mitgebracht.« Corentin packte den Inhalt seines Beutels aus. Rosinenkrapfen, Schinken, Brot, Würste, eine Flasche Wein und zwei weitere

Decken. Cyrian biss sofort in ein Wurstende, zeigte aber sonst keine Reaktion und schon gar keine Dankbarkeit.

Er ist mir fremd, dachte Corentin mit einem Anflug von Verzweiflung.

»Danke«, sagte Cyrian mit vollem Mund. »Das hilft uns weiter. Der Gruber Felix hat nämlich Fieber und dämmert mir immer wieder weg. Und jetzt geh!« Er wies mit einem Nicken zur Tür, als sei Corentin ein ihm untergebener Ritter.

Er beweist Haltung, dachte dieser wider Willen beeindruckt.

»Also gut.« Gerber wandte sich um. »Machen wir uns nach Hause auf, Wagner, zu unseren Geschäften. Ihr seht ja, dass es dem Jungen hier an nichts fehlt.«

Corentin wartete auf ein Zeichen der Gemeinsamkeit mit seinem Sohn, irgendein Blinzeln oder Nicken, das nur für ihn bestimmt war, aber Cyrian beachtete ihn nicht weiter. Stattdessen deckte er den Fieberkranken mit einer der beiden neuen Decken zu. Corentin verließ mit Gerber den Raum. Die Tür fiel hinter ihnen ins Schloss.

»Der Cyrian ist nicht gerade eine Plaudertasche«, meinte Gerber, als sie wieder im Treppenhaus standen.

»Ach«, sagte Corentin wachsam. »Hat man ihn denn schon vernommen?«

Spuren der peinlichen Befragung hatte Cyrian nicht aufgewiesen. Damit kannte sich Corentin aus. Dennoch. Etwas stimmte ganz und gar nicht mit seinem Sohn.

»Aber ich bitte Euch. Wir werden doch einem Halbwüchsigen nichts tun«, sagte Gerber beschwichtigend. »Nur ein kleines, völlig harmloses Verhör, bei dem der Kaplan Seiler und ich anwesend waren.«

Seine Stimme troff von etwas Salbungsvollem, das Corentin nicht einordnen konnte. Darum verbeugte er sich knapp und machte sich auf den Heimweg durch die regennasse Stadt.

Bereits im Hof seines Anwesens gellte Geschrei in seinen Ohren. Eine hohe Frauenstimme echauffierte sich kreischend über irgendetwas. Einer der Lehrlinge aus dem Kontor stand verängstigt neben der Eingangstür und traute sich nicht ins Haus.

Corentin nickte ihm zu. »Du kannst mit mir reingehen.« Der Junge folgte ihm, bevor er in Richtung des Gewürzhandels davonhuschte, wo Tessas Verwalter Heinrich Pregatzer herrschte. Ihn selbst führte die Spur, sprich die schrille Stimme, schnurstracks in Richtung der Stube. In dem großen Raum herrschte die Stille im Auge des Sturms.

»Tessa!«, sagte Corentin leise.

Sie stand, flankiert von Hedwigs drei Bälgern, wie eine Rachegöttin an der großen Tafel, hob mit spitzen Fingern ein Blatt Papier in die Höhe und sah aus, als würde sie gleich platzen. Der kleine Joschi hielt sich verängstigt an einem Tischbein fest. Corentins ältester Sohn Andreas hatte sich mit untergeschlagenen Armen am Fenster platziert und wirkte auf rätselhafte Weise zufrieden.

»Dieses Machwerk!«, kreischte Tessa. Die drei Bauernkinder beobachteten sie fasziniert. »Ich hatte dir doch gesagt, dass du es beseitigen sollst.«

»Warum?«, fragte Andreas. »Es sagt nichts als die Wahrheit.«

»Du machst den Kindern Angst.«

Die beiden Jungs und das Mädchen stellten sich gleichzeitig auf die Zehenspitzen, um einen Blick auf das spannende Papier zu erhaschen, das Tessa sicherheitshalber über ihren Kopf hielt.

Corentin pflückte es ihr aus den Fingern. Es war ein Holzschnitt, wie sie zu Hunderten im Reich kursierten. Er lachte auf, als er das Motiv erkannte: der Teufel, der mit dem Papst zu Tisch saß und sich an gegrillten Kindern satt fraß. Die Bauernbälger streckten sich und reckten vergeblich ihre Hälse, als Corentin das Blatt an sich nahm. »Andreas, was hast du dazu zu sagen?«

Sein Sohn kämpfte mit sich. »Ich will ein Gespräch anstoßen«, antwortete er leise, während Tessa den kleinen Joschi auf den Arm nahm und die Nachkommenschaft der Häberles an Martha und die Amme verwies. Sechs Füße trippelten vor die Tür.

Corentin goss seinen verbliebenen Familienmitgliedern einen Becher Wein aus der Karaffe ein, die Martha in weiser Voraussicht auf den Tisch gestellt hatte.

»Setzt euch«, befahl er. »Und dann reden wir darüber.« Andreas hockte sich hin und drapierte seinen schwarzen Talar über den Stuhl. Diese Gebärde erinnerte Corentin immer an seinen verstorbenen Schwiegervater Matthieu Berthier.

»*Sola fide, sola scriptura, sola gratia, solus Christus*«, dozierte Andreas.

Corentin nickte verständnislos. »Könntest du uns das übersetzen?«

»Der Glaube, die Schrift, die Gnade und Christus genügen«, sagte Andreas, als hätten sie das von sich aus wissen müssen.

»Wir können beide kein Lateinisch«, erklärte Tessa.

»Mir ist klar, dass es um eure Bildung nicht zum Besten steht. Aber hier geht es auch nicht darum.«

»Dieser Holzschnitt ist eine unerträgliche Provokation«, fuhr Tessa auf. Joschi, der auf ihrem Schoß saß, begann zu plärren.

»Worum geht es sonst, mein Sohn?« Corentin spürte, wie fremd ihm der blonde Junge mit den grauen Augen war.

»Darum, dass ihr euch entscheidet. Es ist nicht recht, dass euch der Glaubensstreit, der in dieser Stadt tobt, so vollkommen kaltlässt. Du, Mutter ...«, herausfordernd richtete Andreas seinen Blick auf Tessa, »... interessierst dich für uns Kinder, für Vater und die besten Pfeffersorten.«

Tessas Wangen färbten sich rosa. »Ich schaffe nicht mehr«, gab sie zu.

»Das verstehe ich auch«, sagte Andreas. »Und du, Vater ...«

Corentin wappnete sich. Andreas' Verachtung ihm gegenüber hatte schon lange wie ein schlechter Geruch im Haus gehangen. Doch er wurde eines Besseren belehrt.

»Du kannst nichts dafür, dass du als Sohn eines Scharfrichters geboren wurdest«, sagte Andreas nachsichtig, »…und ebenso wenig dafür, dass man dir verweigert hat, lesen zu lernen. Stattdessen bist du ein passabler Heerführer.«

»Ach, tatsächlich?«, entgegnete Corentin spöttisch.

»Aber hier geht es um nichts Geringeres als die Zukunft der Christenheit, die man nicht verschlafen sollte. Außerdem sind vor Gott alle Menschen gleich.«

»Manche sind ein wenig gleicher«, warf Corentin ein.

Andreas stand auf und ging zur Tür. »Denkt nach. Ich möchte, dass ihr euch entscheidet«, sagte er. »Was ist euch wichtig, euer Gewissen oder die fetten Spinnen, die in Rom in ihren Netzen sitzen?«

Die Tür fiel hinter ihm ins Schloss.

»Uff«, sagte Tessa. Der kleine Joschi war mit offenem Mund auf ihrem Schoß eingeschlafen. »So ein Eiferer. Von wem hat er das bloß?«

»Von mir nicht«, entgegnete Corentin düster.

»Ich will mit dir allein sein. Sofort«, sagte Tessa.

Nachdem sie ihren Jüngsten der Amme übergeben hatten, schlichen sie Hand in Hand mit der Karaffe Wein und den Bechern die Treppe hinauf. Im ersten Stock zogen sie verschwörerisch die Tür zur Kammer hinter sich ins Schloss.

Tessa übernahm die Initiative. Sie drängte Corentin gegen die Kommode und küsste ihn so wild, dass der Wein überschwappte.

»Nicht so schnell«, sagte er, doch sie ließ sich nicht abhalten.

Corentins Körper reagierte heftig auf sie, obwohl ihre Schwangerschaft ihn mit Befangenheit erfüllte. Beinahe hatte er das Gefühl, ihnen würde jemand Unbefugtes zusehen.

Atemlos löste er die Kämme und Spangen aus ihren bernsteinfarbenen Locken und drapierte sie um ihre Schultern. Ihnen entstieg ein sanfter Blütenduft, der ihn schwindlig machte. Er war Tessa gern zu Diensten, vor allem, wenn sie sich vor Begehren selbst vergaß. Mit fliegenden Händen lockerte er ihr Mieder und streifte ihr Obergewand ab. Darunter trug sie nur ihr Hemd aus feinstem Leinen. Ihre Arme waren schlank, ihre Brüste deutlich größer als sonst.

Corentin schluckte. »Geht das denn in deinem Zustand? Ich weiß nicht, ob ich mich zurückhalten kann.« In den letzten Wochen hatten sie über ihren Sorgen die Dinge versäumt, die das Eheleben sonst versüßten.

»Dem Kleinen ist es egal«, sagte Tessa. »Vielleicht spürt es ja, dass du uns liebst.«

Sie schubste Corentin aufs Bett, öffnete die Verschlüsse seiner Kniehose, setzte sich rittlings auf ihn und nahm ihn in sich auf.

»Tessa!«, entfuhr es Corentin, als sie ihn zu reiten anfing, zunächst langsam, dann immer schneller. Sie war unwiderstehlich. Die nackten Beine, die ihn ans Bett fesselten, die Schweißtropfen an ihrem Haaransatz, ihre Lippen, die seinen Namen murmelten.

Lust stieg in ihm auf und steigerte sich, bis er nicht mehr warten konnte und in ihr kam. Tessa fiel kurz darauf mit einem Stöhnen über ihm zusammen und blieb keuchend auf seinem Bauch liegen. Er spürte das Echo ihres wilden Herzschlags, als er ihr sanft den Rücken rieb.

»Nicht so anstrengen«, sagte er. »Du bist schwanger.«

»Dann kann ich es zumindest nicht mehr werden«, gab sie leise zurück.

Sie blieben die Nacht über in ihrer Schlafkammer. Nach Mitternacht liebte er sie noch einmal, diesmal zu seinen Bedingungen und mit aller Zeit der Welt. Als sie voneinander abließen, graute schon der Frühlingsmorgen über der Stadt. Die ersten Hähne krähten.

»Das sind die Frühaufsteher, gewissermaßen die Eiferer in Sachen Morgen.« Tessa kuschelte sich mit dem Rücken an Corentins Bauch und gähnte. Er umfasste sie vorsichtig.

»Wir können uns ruhig noch ein Stündchen Schlaf gönnen. Aber sag mir zuerst, wie es um Cyrian steht.«

»Nicht schlecht«, gab Corentin zurück. Das Gefühl des Unbehagens, das ihn beim Anblick seines Zweitältesten er-

fasst hatte, verschwieg er ihr. »Noch lassen sie ihn mit der peinlichen Befragung in Ruhe. Er kümmert sich um seinen kranken Zellengenossen. Ansonsten hat er mich ignoriert, als sei ich gar nicht da.«
Tessa strich sich eine verirrte Locke aus der Stirn. »Er fühlt sich von dir im Stich gelassen«, sagte sie.
»Das kann ich verstehen«, erwiderte Corentin.
»Ich versuche, ihn morgen selbst zu besuchen.« Tessa legte sich auf den Rücken und verschränkte die Arme unter dem Kopf. »Vielleicht lassen sie mich ja zu ihm, wenn ich ihnen drohe, ihnen sonst die Tür meines Pfefferkontors vor der Nase zuzuschlagen. Dann fällt ihr nächstes Gelage ins Wasser.« Sie lachte siegesgewiss, kuschelte sich in Corentins Arme und schlief ein.

Als er erwachte, war der helle Tag angebrochen. Tessa lag noch immer traumverloren in seinen Armen. Er löste sich vorsichtig, zog Kniehose und Hemd an und stieg die Treppe ins Erdgeschoss hinab, wo ihn Bratenduft empfing.

Die Tür zur Küche sprang auf. »Willst du etwas essen? Milchsuppe oder ein Brot?«, fragte Martha, während sie sich die Hände an ihrer Schürze abputzte. Wenn sie Corentin allein antraf, vermied sie die formelle Anrede und gab ihm dadurch das Gefühl, wie ein Sohn in diesem Haus angekommen zu sein.

»Später«, sagte er, »wenn Tessa wach ist.«

Der kleine Joschi hielt sich an Marthas Schürze fest und spähte in Corentins Richtung. »Papa, Papa!« Unversehens stolperte er los, geradewegs in seine Arme.

Corentin konnte gar nicht anders, als ihn aufzufangen. Joschi war unverhältnismäßig leicht. Kleine Kinder erfüllten Corentin mit Scheu, als könnten sie bei jeder Berührung zerbrechen.

Es war schon später Vormittag, mildes Sonnenlicht bahnte sich den Weg durch die Butzenscheiben neben der Eingangstür.

»Daußen«, sagte Joschi bestimmt und deutete auf die Tür.

Corentin trat in den Hof. Hedwigs drei Bälger jagten sich lachend über Stock und Stein. Ihre Murmeln und Reifen lagen an der Mauer zur Straße.

»Tinder.« Joschi strampelte sich auf den Boden.

Corentin blieb neben der Tür stehen und beobachtete, wie sich sein jüngster Sohn mühelos in das Spiel der Älteren einfügte. Der größte Junge nahm ihn auf den Rücken und spielte Pferd mit ihm. Kinderspiel, das hatte der alte Scharfrichter Diether Wagner nie für notwendig erachtet. Stattdessen hatte sich Corentin ab dem Alter von acht Jahren damit beschäftigt, wie man Leuten kunstgerecht den Kopf abschlug und ihnen beim Rädern alle Knochen zerbrach.

18

»Spring! Oder rück endlich mit den Namen dieser verdammten Wiedertäufer raus!«

Es war tiefe Nacht. Über Esslingen wölbte sich ein Himmel voller Sterne. Cyrian stand auf dem zinnenbewehrten Wolfstor und starrte nach unten auf die Froschweide, die sich sumpfig vor der Stadtmauer ausdehnte. Ihm war schwindlig. Hans Rutersberger hielt seinen Arm in so festem Griff, dass er einen blauen Fleck davontragen würde, sollte es für ihn je ein Morgen geben. Niemals würde der Mann neben ihm erfahren, wie stark ihn vor der Höhe graute.

Um die Übelkeit zu vertreiben, atmete Cyrian tief ein und suchte Halt, indem er sich fest auf die Füße stellte. Nicht nach unten schauen, dachte er.

»Stoß mich doch, wenn du dich traust!« Seine Stimme klang heiser. Er hoffte, dass Rutersberger die Angst überhörte, die sich hinter seinem Trotz verbarg wie ein grinsender Nachtalb. »Dann kannst du meine Überreste vom Kies kratzen.«

Rutersberger lachte selbstsicher. »Glaubst du, dass man noch ein Fitzelchen von dir findet, wenn ich mit dir fertig bin? Und dass ein Hahn nach dir kräht?«

»Oh ja«, sagte Cyrian fest. Seine Eltern hatten ihn in den vergangenen Tagen besucht. »Ich habe niemandem von uns beiden erzählt«, beteuerte er.

»Genau.« Rutersberger lachte auf. »Das geht nur uns beide an. Steig zwischen die Zinnen!«

Cyrian glaubte, er habe sich verhört. »Nein«, sagte er.

»Du machst, was ich will, Henkersbrut! Denk an deine hübsche Schwester, die mutterseelenallein im Quellental lebt. Du weißt nicht, was wir ihr alles antun könnten, wenn es uns nach ihr gelüstet.«

»Lass Leo aus dem Spiel«, sagte Cyrian. »Sie ist …«

»Ja, was denn?«

»Ich sag nichts mehr.« Sicher würde er seinem Peiniger nicht mitteilen, was er sich in den langen Nächten auf dem Zellenboden zusammengereimt hatte, in denen ihm nichts anderes blieb, als über sie alle nachzudenken. Leontine zählte zu den besten und stärksten Geschöpfen dieser Erde, geschlagen mit der Gabe, den Tod zu sehen, und dennoch immer darauf bedacht, niemandem zu schaden.

»Steig schon hoch!« Der Schlag traf Cyrian zwischen die Schulterblätter und ließ ihn straucheln.

»Du lässt Leo in Frieden, wenn ich tue, was du verlangst?« Zögernd trat er an die Brüstung heran, hob seinen Fuß und setzte ihn auf die Mauer, auf der die Zinnen aufragten wie eine lückenhafte Zahnreihe.

»Ja«, sagte Rutersberger mit einer solchen Gier in der Stimme, dass Cyrian an seinem Verstand zweifelte. »Na los.«

Die Zinne neben ihm bestand aus Stein, kalt, fest und imstande, ihm Halt zu geben. Er griff zu und zog sein zweites Bein nach, bis er auf der Mauer hockte. Hier wehte der Wind stärker. »Gut so?«, fragte er verbissen.

»Nein, schieb dich hoch!«, forderte Rutersberger und lachte irre.

Cyrian hielt sich noch immer an der Zinne fest. Der Abgrund lockte.

»Du hast Angst vor der Höhe«, sagte Rutersberger. »Es ist immer gut, die Schwächen seiner Gegner zu kennen. Und jetzt hoch mit dir!«

»Dafür wird dich mein Vater umbringen«, erwiderte Cyrian verbissen.

»Der Wagner? Der ist doch nur am Fortgang seiner Laufbahn interessiert. Gefolgsmann des Dietrich Späth von Urach und seiner Hure! Pah!« Rutersberger spuckte aus.

Cyrian ging auf, dass er Herzogin Sabina in den Dreck zog, die seine Eltern über alles schätzten.

»Mach schon!«

»Aber weshalb?«, fragte Cyrian. Warum nur trieb Rutersberger die Lust, ihn zu quälen?

»Weil du uns immer noch keine Namen geliefert hast.«

»Täufernamen.« Cyrian spuckte das Wort beinahe aus. »Ich kann dir keine nennen, weil der Gruber keine Namen sagt. Er phantasiert im Fieber.«

»Weil du ihn nicht fragst.«

Cyrian legte seine Furcht an die Kette und stemmte sich hoch. Zunächst hockte er zwischen den Zinnen, die ihm von der Seite her Halt gaben. Dann streckte er seine Beine, kam hoch, balancierte seinen Körper aus und ließ seine Hände los. Hier oben war er frei wie ein Vogel.

Rutersberger stieß einen erstickten Schrei aus und trat hinter ihn.

»Hast du etwa Angst um mich?« Cyrian breitete weit die Arme aus und stieg auf die Zinne. Nichts trennte ihn mehr von den Sternen. »Ich kann fliegen.« Er lachte auf, ruderte mit den Armen und fühlte sich frei.

»Komm zu mir«, sagte Rutersberger streng.

»Warum? Du wolltest doch, dass ich springe. Oder hast du das nicht ernst gemeint?«

Das hatte Rutersberger gewiss nicht, denn was würden die Amtsträger sagen, wenn Cyrian mit zerschmetterten Knochen auf der Froschweide lag? Was für ein berauschendes Gefühl, Rutersberger in der Hand zu haben.

Was, wenn er wirklich sprang? Vielleicht würde er ja nach oben fallen, geradewegs ins Firmament, das ihn mit offenen Armen empfing.

Er verlor den Halt und geriet ins Taumeln, bis es ihn mit aller Macht nach unten zog. Sein rechtes Bein und sein Arm schwebten schon über dem Abgrund. Er musste sein Gewicht nur noch ein wenig nach vorn verlagern, dann würde er fallen.

In diesem Moment spürte er, wie ihn jemand nach hinten zog, bis er auf den Boden vor der Brüstung fiel und schmerzhaft auf seine Flanke knallte.

»Au!«, protestierte er.

Rutersberger zerrte ihn auf die Füße. »Junge, verdammt. Das entspricht nicht den Regeln.«

»Dann ist das alles nur ein Spiel?« Ungläubig spuckte Cyrian vor Rutersberger in den Staub. Er wandte sich dem Ausgang zu.

Neben der Tür holte der Scharfrichter ihn ein und drängte ihn gegen die Wand.

Ich könnte mich wehren, dachte Cyrian. Er war sicher genauso stark wie Rutersberger und mindestens doppelt so zornig.

»Es wird nach meinen Regeln gespielt«, sagte dieser. »Wehe, du verpfeifst mich.«

»Was ist, wenn ich es doch tue?«

»Du weißt nicht, wozu ich in der Lage bin.« Rutersberger schloss die schwere Tür auf, schob ihn hindurch und die Treppe hinab.

Cyrian bestimmte das Tempo selbst. Sorgfältig gab er acht, dass er nicht stolperte. Egal, wie das alles ausging, er würde keine Angst mehr vor Rutersberger haben. Vielleicht sollte er das aber, denn er teilte sein erbärmliches Geheimnis mit ihm.

»Kinderquäler«, sagte er leise. Er wusste, dass er sich vorsehen musste.

19

In Leontines Traum herrschte tiefe Nacht. Sie stand allein auf einer weiten Ebene und beobachtete einen Raben, der sich zum Firmament emporschwang. Dort oben, auf der Höhe der Sterne, kreiste der Feuervogel und zog einen Lichtschweif voller leuchtender Farben hinter sich her. Der Rabe steuerte direkt auf ihn zu. Nichts auf der Welt konnte ihn zurückhalten. Leontine rief nach ihm, doch ihre Stimme trug nicht und verwehte in der Einsamkeit. Als der Rabe den Feuervogel erreicht hatte, verschwanden beide in den Tiefen des Universums.

Als sie mit klopfendem Herzen erwachte, wusste sie nicht, wo sie sich befand. Im Quellental, im Haus ihrer leiblichen Mutter, fiel ihr ein. Ich bin ganz allein, dachte sie dann und dass ihr nichts anderes zukam, Wanderin zwischen den Welten, die sie war.

Von draußen drang das graue Licht der Dämmerung in den Raum. Knisternd glomm die Asche im Herd vor sich hin. Brenna und Gaspard lagen auf ihren Schlafplätzen und schnarchten leise.

Der frühe Morgen bot Zeit, um die Gespenster der Nacht zu vertreiben. Entschlossen stand Leontine auf, stieg bis zum Hügelkamm empor und pflückte auf den taunassen Wiesen die ersten Frühlingskräuter, Löwenzahn, Giersch und die frischen Triebe des Spitzwegerichs, die Peter Riexinger in seinen legendären Hustensaft mischte.

Nimm sie für ein Wundelixier, riet ihr die Stimme, die sie manchmal hörte.

Vielleicht, antwortete sie.

Normalerweise half ihr die Natur. Heute jedoch musste sie sich bewusst konzentrieren, um die Düsterkeit ihrer Vision abzuschütteln. Träume sind Schäume, hatte Tessa immer gesagt. Dennoch wollten der Feuervogel und der Rabe einfach nicht verblassen.

Irgendwann wuchs der goldene Ball der Sonne über die fernen Ausläufer der Schwäbischen Alb. Leontine spürte Wärme im Gesicht und fühlte sich als Kind der Erde.

Am Waldrand stand ein Fuchs, beobachtete sie und verschwand dann zwischen den Bäumen. Gegen Mittag machte sich Leontine auf den Heimweg, stieg steil bergab und kam an ihrem Gartentor an.

Am Brunnen lehnte Matthis und schöpfte in aller Ruhe Wasser. Er trug sein speckiges braunes Lederwams, hatte die Ärmel aufgekrempelt und ließ einen Eimer mit Hilfe der Seilwinde in den Brunnen gleiten. Sein Haar reflektierte das Sonnenlicht.

Leontines mühsam erkämpfte Gelassenheit zerrann wie Schnee im April. Sie vergaß zu atmen und schaffte es nicht einmal mehr, ihre Füße zu heben, geschweige denn ihren Garten zu betreten. Stattdessen gaffte sie Matthis sprachlos an.

Als er sie bemerkte, stahl sich ein schiefes Grinsen in sein Gesicht. Greif rannte schwanzwedelnd an den Zaun und begrüßte sie mit begeistertem Gebell.

Unbeholfen schob sich Leontine durchs Gartentor und verstrubbelte sein zottiges Fell. Auf diese Weise konnte sie ihr heißes Gesicht abwenden, bevor Matthis die falschen Schlüsse zog.

»Gut, dass du kommst«, rief er. »Kannst du mir mal helfen? Ich habe mich mit dem Eimer übernommen.«

Leontine trat näher und stolperte über ihren Rocksaum.

Matthis zog eine Augenbraue hoch, sprach dann aber weiter, als sei nichts geschehen. »Brenna hat wohl vergessen, dass ich nur eine Hand habe. Vielleicht will sie auch, dass ich mich blamiere.«

Der Blick, den er ihr sandte, war unglaublich blau.

»Du kannst den Mund zumachen. Ich bin kein Geist, auch wenn ich wie einer aussehe.«

Leontine bekämpfte ihre Verlegenheit und rang nach Fassung. Diesmal schien Matthis ohne seine Entourage gekommen zu sein. Sein Grauschimmel Herakles zupfte im Obstgarten bedächtig an den ersten Grashalmen. Als Leontine für ihn den Eimer aus dem Brunnen zog und auf den Boden stellte, schwappte ihr das Wasser auf die Stiefel. »Hier, bitte«, sagte sie schüchtern.

Matthis trug den Eimer zur Tür und setzte ihn auf der Schwelle ab. »Woher deine plötzliche Scheu?«, fragte er heiter. »Schließlich ist das dein Brunnen und deine Quelle. Auf die war deine Mutter sicher besonders stolz.«

»Ach, nichts«, wehrte Leontine ab.

»Gaspard geht es gut«, sagte Matthis nachdenklich. »Ich danke dir für deine Pflege.«

Leontine war froh, über etwas anderes reden zu können. »Wir hatten ein paar schlimme Tage, aber er wird wieder. Er ist hart im Nehmen, dein Gefolgsmann.« Sie schlug sich die Hand vor den Mund wegen des unbedachten Worts. »Verzeih bitte.« Weil Matthis nicht von Adel war, stand ihm diese Bezeichnung gar nicht zu.

Er ignorierte ihren Einwurf. »Er ist ein Fahrender«, sagte er. »Manouches werden seine Leute in Frankreich genannt. Sie haben neun Leben wie die Katzen. Ich denke, ich lasse ihn noch eine Weile bei dir.«

Das hatte Leontine noch gefehlt. »Ich kann doch nicht haufenweise alte Weiber und halbwüchsige Jungen beherbergen.«

»Man kann sich seine Freunde nicht immer aussuchen.« Matthis zwinkerte ihr zu. »Gaspard aber wird dir für immer treu ergeben sein, weil du ihm sein Leben gerettet hast. Leute seiner Abstammung sind da eigen.«

Leontine wagte die Flucht nach vorn. »Warum bist du gekommen?«

»Um nach euch zu sehen. Wie ich gehört habe, werden gerade jede Menge Höfe in der Gegend abgefackelt. Außerdem hat jemand einen gedungenen Mörder auf dich angesetzt.« Matthis verschränkte seine Arme. »Vielleicht bist du ja deshalb so ängstlich.«

Leontine schlug sich mit der Hand vor die Brust. »Ich habe keine Angst. Nicht vor Mördern und Feuer.«

»Aber vielleicht vor dem Leben oder vor dir selbst.«

»Nein«, sagte Leontine empört.

»Und warum zittern deine Hände, wenn du den Eimer füllst? Beinahe hättest du ihn fallen lassen. Vielleicht fürchtest du dich ja vor mir?«

»Auf keinen Fall«, sagte Leontine standhaft und stemmte die Hände in die Hüften.

»Das solltest du aber.«

Der Kerl verwirrte sie, vor allem, wenn er zielsicher den Nagel auf den Kopf traf. »Bild dir nur nichts ein! Und dreh mir nicht das Wort im Mund herum!«

Matthis legte den Kopf in den Nacken und lachte schallend. »Ich glaube, dass du anders bist als das verschreckte Häschen, das eben vor mir stand.«

»Wie denn?«

Er betrachtete Leontine von oben herab. »Du bist eine scharfe Klinge. Wenn man nicht aufpasst, schneidet man sich an dir.«

Ihre Wut verpuffte und ließ sie müde zurück. »Warum besuchst du mich dann?«

»Du fasziniert mich irgendwie.« Matthis trat einen Schritt auf Leontine zu und stemmte seinen linken Arm gegen die Wand. Er war ihr so nah, dass sie seinen Atem auf ihrem Gesicht spürte. »Wie du weißt, habe ich nur eine Hand. Dennoch folgen mir viele Männer in den Kampf. Gefolgsleute nanntest du sie eben.«

Leontine schluckte nervös. Durch die Türritzen drang Bratenduft. Wie hatte Brenna es bloß geschafft, ein Stück Frischfleisch zu ergattern? Sie schnupperte. Huhn roch anders.

»Wie, glaubst du, habe ich das erreicht?«, fragte Matthis.

»Weil du alle Probleme einfach weglachst?«, riet Leontine auf gut Glück.

»Ja, manchmal gebe ich den Hofnarren, was immer gut ankommt.« Eine Spur Mutwillen schwang in seiner Stimme mit. »Aber nein. Irgendwann ist mir klar geworden, dass ich besser als alle anderen sein muss. Skrupelloser, schlauer, stärker, schneller. Ich musste sie alle übertreffen. Vor allem aber musste ich lernen zu töten.«

Leontine bekreuzigte sich. »Und was ist mit deiner ewigen Seligkeit?«, fragte sie.

»Ach, daher weht der Wind.« Matthis pfiff respektlos durch die Zähne. »Hat unsere liebe Mutter Kirche dir Angst gemacht?«

Leontine biss sich auf die Lippe.

»Glaub mir«, sagte er verbissen. »Auch wenn dein Herz bei meinem Anblick schneller schlägt. Mit einem wie mir willst du dich nicht einlassen.« Er stupste den Hund mit der Stiefelspitze an. »Komm, Greif, du Schwerenöter. Mal schauen, ob das alte Weib, das uns da drinnen so schnöde belauscht, einen Knochen für dich hat.« Auf sein Kommando rappelte sich der Hund auf und gähnte leise.

Auf der anderen Seite der Tür krachte ein Schemel zu Boden. Sie hörten Brenna fluchen wie einen Kesselflicker.

Matthis bot Leontine den Arm und führte sie über die Schwelle. »Lass uns eintreten in dein Schloss, meine Schöne.«

Der köstliche Duft stammte von einem Ragout, das auf dem Feuer vor sich hin köchelte. Brenna eilte zu ihrem Topf, hielt sich die schmerzende Seite und ignorierte sie.

»Und das ist …?«, fragte Leontine misstrauisch.

»Ein waschechter Feldhase in Liebesnöten.« Matthis schmunzelte. »Da werden sie leichtsinnig, oder sagen wir besser: zutraulich. Der da lief mir quasi über den Weg. Und da ich Braten so mag …«

»Aber Wildern ist doch verboten«, wandte Leontine ein.

»Mir nicht.« Matthis schob Gaspard auf der Bank ein Stück zur Seite und setzte sich.

Leontine nahm ihm gegenüber auf einem Schemel Platz. Am liebsten hätte sie ihre Einwände geäußert. Man hatte Herzog Ulrich zwar abgesetzt, doch die Jagd war auch unter habsburgischer Herrschaft ein Privileg des Adels geblieben. Auf keinen Fall durften sich einfache Leute an einem Feldhasen vergreifen, wenn es auf württembergischer Gemarkung noch nicht einmal erlaubt war, die Krähenschwärme aus den Weinbergen an Rems und Neckar zu vertreiben.

»Leontine will halt alles immer recht machen.« Brenna stellte den köstlich duftenden Topf auf den Tisch und tat ihnen auf. Sie schlug Gaspard auf die Hand, der seinen Zeigefinger in die Soße tunkte und ableckte.

Auch nach nahezu einer Woche konnte Leontine den Jungen nicht richtig einschätzen. Er sprach wenig. Dennoch schien seinen schwarzen Augen nichts zu entgehen.

Das Ragout roch so gut, dass sie ihre Zweifel überwand und kräftig zulangte. Brenna hatte das Fleisch mit reichlich Zwiebeln sowie einigen Pfefferkörnern aus Tessas letzter Lieferung gewürzt und so lange geschmort, bis es auf der Zunge zerging.

»Ich wusste gar nicht, dass du so gut kochen kannst«, sagte Leontine.

»Ich auch nicht«, brummte die alte Frau.

»Lecker.« Matthis wischte den Teller mit einer Scheibe Brot sauber und zwinkerte Leontine zu. »Wenn bei euch so gut gegessen wird, schaue ich öfter vorbei.«

»Gott bewahre«, erwiderte Brenna gallig.

Gemeinsam trugen die Frauen das Geschirr ab, füllten die Becher erneut und setzten sich wieder an den Tisch. Draußen legte sich blaue Dämmerung über das Land, doch drinnen prasselte das Feuer im Herd und erfüllte den Raum mit seiner Wärme.

Matthis lehnte sich zurück. »Um auf unser Gespräch zurückzukommen … Vielleicht haben es die Ziehkinder ehemaliger Scharfrichter so an sich, dass sie der Obrigkeit nach dem Mund reden. Sitzt nicht dein kleiner Bruder im Esslinger Kerker fest?«

Leontine runzelte die Stirn. Matthis musste sich nach ihrer Familie erkundigt haben.

»Ja, Cyrian wird verdächtigt, einen Brand im Warenlager des Kaufmanns Scheuflin gelegt zu haben. Zuerst wollte man ihn für die Brandstiftungen im Umland verantwortlich machen …«

»Tatsächlich?«, fragte Matthis. »Ist er ein solcher Feuerteufel, dass man ihm solche Schandtaten zutraut?«

»Er zündelt manchmal ein wenig.« Warum hatte sie nur das Gefühl, Cyrian vor ihm in Schutz nehmen zu müssen?

»So ist das also«, sagte Matthis. »Er ist der Sündenbock, den die Obrigkeit einsperrt, wenn sie die wahren Schuldigen nicht finden kann.«

»Meine Eltern kümmern sich um seine Freilassung«, entgegnete Leontine störrisch. »Meine Mutter ist eine angesehene Kauffrau, und mein Vater hat Esslingen 1519 bei der Belagerung durch Herzog Ulrich mitverteidigt. Da wird man sie schon anhören.«

»Wenn ihnen das mal gelingt.« Matthis ließ seinen Blick durch die Runde schweifen. »Der Rat lässt Corentin vor allem spüren, dass er niemals dazugehören wird. Habenichtse wie wir kümmern sich am besten selbst um ihre Rechte.«

Eine Weile saßen sie schweigend neben dem prasselnden Feuer. Leontine hing ihren Gedanken nach und fragte sich, warum sie Matthis abwechselnd abscheulich und anziehend fand.

»Langweilige Bande«, sagte Gaspard in die Stille hinein und zauberte gleich darauf ein Kartendeck hervor.

Nachdem er die letzte Woche über durchgängig geschwiegen hatte, wunderte sich Leontine, dass er fast akzentfrei Deutsch sprach.

Als er die Karten fächerförmig auf dem Tisch ausbreitete, fiel ihr zweifelnder Blick auf Motive wie einen Zauberer, eine Magierin, einen Eremiten, die Erde, den Tod. Andere Bilder zeigten Kelche, Schwerter, Stäbe und Münzen. Die Karten waren Zunder, der ihre Gabe anheizte und zum Brennen brachte. Sie sangen von Liebe und Tod.

»*Tarocchi*«, erklärte Gaspard. »Sie spielen es in Italien. Wir sagen Tarot. Ich habe es von einer *strega* aus Napoli.«

Leontine verstand ihn mühelos, auch wenn ihm das H zu

Beginn eines Wortes und manchmal ein E am Ende nicht über die Lippen ging.
»Es ist gefährlich«, sagte sie. »Du solltest es verstecken. Ich könnte es direkt in die Flammen werfen.« Die Bilder erweckten ihre Träume zum Leben. Sie musste sich zwingen, nicht nach ihnen zu greifen.
»Sicher nicht. Es ist kostbar.« Gaspard schenkte ihr ein provozierendes Grinsen, sammelte das Deck ein und ließ die Karten geschickt durch seine Finger wirbeln.
Leontines ungutes Gefühl verstärkte sich.
»Was kann man damit tun?« Brennas Stimme brannte vor Neugier.
»Die Zukunft voraussagen«, erklärte Matthis, während Gaspard die Karten mit der Bildseite nach unten auslegte.
»Leontine soll zuerst ziehen«, sagte Gaspard. »Für mich. Ich will wissen, wer ich bin.«
»Also gut.« Sie griff zu, zog eine Karte und drehte sie um. Sie zeigte einen Narren, der Flöte spielte.
Gaspard lachte entzückt auf. »Das bin ich.«
»Was sonst?«, kommentierte Matthis. »Zieh für dich selbst, Leo.«
»Ich weiß nicht«, antwortete sie zögernd.
»Es ist ein Spiel. Mach der Löwin in deinem Namen alle Ehre.«
»Das ist alles andere als ein Spiel.«
Gaspard mischte das Deck erneut. Diesmal jedoch ließ Leontine ihre Hand eine Zeit lang darüber schweben. Ihre Fingerspitzen prickelten, bevor sie eine Karte anhob. Entsetzt starrte sie auf ein nacktes, glücklich vereintes Paar in der Art von Adam und Eva. Welche Peinlichkeit!
»›Les Amoureux‹. ›Die Liebenden‹. Du bist verliebt, Leontine.« Gaspard klatschte vor Begeisterung in die Hände, während sie unter Matthis' interessiertem Blick bis über beide Ohren errötete.
»Pah«, sagte Brenna.
»Und zu guter Letzt für mich.« Matthis beugte sich vor.

»Zieh selbst«, sagte Leontine.

»Nein, du«, sagte er sanft. Seine Augen bannten sie.

»Sie ist Wachs in deiner Hand.« Gaspards Bemerkung brachte ihm eine Kopfnuss von Matthis ein und ließ Leontine noch tiefer erröten.

Vorsichtig hielt sie eine Karte zwischen Daumen und Zeigefinger, traute sich aber nicht, das Bild aufzudecken. Als ihre Gabe erwachte, tat sich die Tür zu einem Land voller wispernder Schatten auf.

Entschlossen legte sie das Bild auf den Tisch und schlug die Hand vor den Mund. Die Karte zeigte einen Mann, der kopfüber am Galgen hing.

»›Le Pendu‹«, sagte Gaspard.

Matthis lachte, wenn auch zu laut, und trank einen großen Schluck Wein. »Ein Prosit auf mein Schicksal«, sagte er spöttisch.

Nicht einmal Brenna fiel ein galliger Kommentar ein.

20

Sie mussten minutenlang geschwiegen haben, bis Leontine der Geruch auffiel, der bitter und schwer im Raum hing. Sie schnupperte und nieste.

Seltsam, dachte sie. Xaver, Grits Mann, hatte doch erst letzte Woche nach dem Dach und dem Rauchabzug gesehen.

»Es riecht nach Unheil«, sagte Brenna düster.

»Nein, nach ... *le feu*.« Gaspard sprang auf und öffnete die Tür.

Obwohl es um diese Zeit stockfinster sein sollte, leuchtete der Himmel in einem rostigen Rot. Ruß und Rauch erschwerten das Atmen.

»Feuer!« Er rannte ins Freie.

Matthis folgte ihm, so schnell er konnte. Leontine und Brenna schlossen sich ihnen an, nachdem sie die Tiere ins Haus gesperrt hatten. Sie liefen ein gutes Stück ins Tal hinunter und dann geradeaus auf den Qualm zu, der ihnen das Atmen erschwerte.

Das brennende Haus lag nahe dem Söflinger Pfleghof in Wäldenbronn an der einzigen Straße, die das Tal durchschnitt. Leontine blieb ein Stück von der Brandstelle entfernt stehen. Hitze legte sich auf ihre Stirn und ihre Hände.

Die Flammen züngelten aus dem Dachstuhl und den Fenstern, fraßen sich durch Fachwerkwände und Gebälk und loderten zum Himmel. Stillschweigend reichten Männer und Frauen Eimer um Eimer weiter, bis der Vorderste das Wasser in die Flammen leerte. Matthis und Gaspard reihten sich weit vorn in die Eimerkette ein und halfen nach Kräften beim Löschen. Doch egal, wie schnell sie arbeiteten, das Wasser verdampfte, sobald es auf das Feuer traf.

Ein Tropfen auf dem heißen Stein, dachte Leontine. Sie kannte den Hausbesitzer vom Sehen. Er war ein junger Bauer, der sich im Pfleghof ein Zubrot zu seinem schmalen Einkommen verdiente. Seine Frau hatte die Arme um drei kleine Kinder gelegt, die sich weinend an ihren Röcken festhielten, und starrte schweigend in die Flammen.

»Hast du gehört?«, rief Brenna. »Es sollen noch zwei weitere Kinder im Haus sein. Für sie kommt jede Hilfe zu spät.« Plötzlich schien es Leontine, als habe sie im Inneren des Hauses jemanden schreien gehört.

Das darf nicht wahr sein, dachte sie entsetzt und löste sich gleichzeitig mit Matthis aus der Menge.

»Folgt mir jemand in das Haus?«, rief er. Da er den Lederhandschuh an seinem Armstumpf trug, fiel niemand seine Behinderung auf.

Die anderen Helfer schwiegen tatenlos und warfen einander betretene Blicke zu. Leontine jedoch stand bereits an seiner Seite, als er noch nicht einmal zu Ende gesprochen hatte.

»Du?«, fragte Matthis. »Warum überrascht mich das nicht?«

Er griff nach einem Eimer und goss ihnen beiden einen Schwall eiskaltes Wasser über den Kopf. Leontine hatte das Gefühl zu ertrinken.

»Zieh dir einen Zipfel deines Kopftuchs vor Mund und Nase!«, riet ihr Matthis. »Warm wird dir gleich von allein.«

Hand in Hand rannten sie auf den Eingang zu und kletterten über einige Balken hinweg ins Innere des Hauses. Im Erdgeschoss war das Vieh untergebracht gewesen, das von sich aus den Weg ins Freie gefunden hatte.

»Atme tief ein!« Matthis hielt Leontine an der Schulter fest. »Und halte den Atem an. Die meisten Menschen sterben am Rauch.« Er ließ sie allein zurück und bahnte sich über die schwelende Stiege den Weg zu den Wohnräumen im ersten Stock, wo Flammen aus allen Ecken loderten.

Leontine musste allen Mut zusammennehmen, um Matthis Schritt für Schritt zu folgen. Sie hustete krampfhaft im Rauch, als ihr ein rußbeschmierter Riese entgegenkam, der direkt der Hölle entstiegen zu sein schien.

Es war Matthis. Er trug ein etwa vierjähriges Mädchen auf dem Arm, das Leontine aus blauen Augen anstarrte. Seine Zopfenden kokelten vor sich hin.

»Da drinnen ist noch ein Säugling!«, rief Matthis. »Beeil dich!«

Leontine stürzte in die von Qualm, erfüllte Kammer und riss das kleine Wesen aus der Wiege. Der Atem, den sie in ihre Lungen zwang, war von Rauch gesättigt und erfüllte sie mit Schwindel. Mühsam hielt sie sich auf den Beinen. Ich muss es nur noch abwärts schaffen, Schritt für Schritt, dachte sie.

Die Balken der Stiege brachen unter ihren Füßen weg, und doch, irgendwann stolperte sie ins Freie, wo sie nach frischer Nachtluft rang.

Matthis stand am Zaun zum Nachbargrundstück. An seine Hose klammerte sich das Mädchen mit den Zöpfen und hustete sich die Seele aus dem Leib.

Kaum hatte die Mutter der Kinder Leontine erblickt, stürzte sie mit einem Schrei auf sie zu und entriss ihr das Bündel. Sie schaute dem Säugling ins Gesicht und verharrte schweigend.

Leontine nahm ihre verbliebene Kraft zusammen, trat näher und schob das Tuch zur Seite, das das Kind einhüllte. Sein kleines Gesicht war blau angelaufen und starr, seine Augen geschlossen. Es war tot. Sie hatte es schon gewusst, als sie mit ihm die Treppe hinabgestiegen war.

»Dein Kind ist zu den Engeln gegangen«, sagte sie. »Die Kleinen sind da gut aufgehoben, glaub mir.«

»Hex!«, rief die Mutter hasserfüllt. »Du hast mein Kind verwünscht und unseren Hof dazu. Mach, dass du fortkommst.«

Leontine fuhr zurück, als hätte die Frau sie geschlagen. Die anderen Helfer in der Eimerkette starrten sie vorwurfsvoll an, als trüge sie allein die Schuld am Tod des Säuglings oder gar am Brand und allem Unheil. Nur das kleine Mädchen, das Matthis gerettet hatte, griff schüchtern nach ihrer Hand.

»Nicht, Lisle!« Die Bäuerin riss die Kleine fort, als hätte Leontine Aussatz.

»Bedankt euch lieber bei uns«, fuhr Matthis aufgebracht dazwischen. »Schließlich haben wir euch ein Kind lebendig zurückgebracht.«

»Ihr seid nicht von hier!«, rief der Bauer. »Am besten, ihr trollt euch.«

Leontines Füße waren schwer wie Blei. Sie stand da wie festgefroren.

»Komm!« Matthis griff sanft nach ihrer Schulter und führte sie fort von dem brennenden Haus, in dem ein Balken zu Boden krachte.

Brenna folgte ihnen langsam. Sie vollführte eine Geste, deren Bedeutung Leontine lieber gar nicht wissen wollte. Gaspard jedoch blieb an einem Wegestein an der Straße stehen, in den jemand eine Handvoll Zeichen geritzt hatte. Er wies Matthis darauf hin, der sich auf ein Knie sinken ließ, das Geschreibsel mit ernster Miene betrachtete und dann kopfschüttelnd aufstand.

Die letzte Stunde hatte ihren Tribut gefordert. Als sie an ihrem Garten ankam, war Leontine so erschöpft, dass Brenna sie stützen musste. Ihr Kopftuch und ihr Rock waren angesengt. Ihre Haare stanken nach Horn und hatten die Schere bitter nötig. Aber der Vorwurf der Bäuerin wog schwerer.

Tränen setzten sich wie ein kratziger Klumpen in ihrem Hals fest. Immer wieder ließen die Menschen sie ihre Einsamkeit spüren. Dabei hatte sie doch nur helfen wollen.

Matthis fing sie noch im Garten ab und zog sie zwischen den Obstbäumen in seine Arme. Die Nacht war hereingebrochen. Unter den Sternen trieben neblig graue Schwaden.

»Das Kind ist tot.« Leontine schluchzte untröstlich.

»Daran trägst nicht du die Schuld, Leo.« Matthis strich ihr sanft die Haare aus der Stirn.

Sein Gesicht war rußverschmiert. Dennoch hatte Leontine ihn nie schöner gefunden. Seine scharfen Wangenknochen, die flammenden blauen Augen, sie prägte sich seine Züge für immer ein.

»Es grenzt an ein Wunder, dass das Mädchen überlebt hat«, sagte er. »Der Säugling war schon in der Wiege erstickt. Wahrscheinlich macht sich die Mutter die größten Vorwürfe, weil sie die beiden in Panik zurückgelassen hat.«

»Sie hat recht mit dem, was sie über mich behauptet.« Leontine spürte, wie sich ihre größte Angst in ihr regte. Sie stand allein zwischen den Welten.

»Was auch immer du sein magst. Ich finde es schön, dass es dich gibt.« Matthis' linke Hand legte sich an ihr Gesicht und brachte ihr Herz zum Glühen. »Ich werde eine Weile untertauchen müssen«, sagte er. »Bis die Wogen sich geglättet haben. Wegen des Geldtransports.«

Ein Abschied, dachte sie. Ohne ihn würde die Welt leer sein.

»Ich lasse dir Gaspard da. Er wird dich mit seinem Leben beschützen. Aber du solltest dir überlegen, ob du nicht zu deinen Eltern in die Stadt zurückkehrst. Bei Corentin bist du in Sicherheit.«

Er löste sich von ihr, holte Greif aus dem Haus, bestieg sein Pferd und ritt davon.

21

Am Tag darauf klopfte es gegen Mittag im Haus am Rossmarkt an der Eingangstür. Corentin öffnete, verwundert über die Heftigkeit der Gebärde.
»Barbara?«
Im Hof stand die älteste Tochter des ehemaligen Stuttgarter Scharfrichters. Sie trug ihren jüngsten Sohn auf der Hüfte und hatte ihr Kopftuch tief in die Stirn gezogen.
»Kann ich dich sprechen?« Entschlossen trat Barbara ein.
»Natürlich. Folge mir.« Corentin ging ihr voran in Richtung des Saals.
Martha trat aus der Küche und warf ihnen einen misstrauischen Blick zu.
»Wein, bitte«, sagte Corentin kurz angebunden.
Martha nickte und wandte sich ab, während der kleine Joschi an ihr vorbeihuschte, »Papa, Papa« rief und auf Corentin zustolperte. Er fing ihn auf und staunte über das Vertrauen, das ihm das Kind entgegenbrachte.
Barbara folgte Corentin in den Saal, wo sie sich mit Wein und Gebäck bewirten ließen. Kaum hatten sie Platz genommen, entdeckte Joschi Barbaras Sohn, nahm sogar seinen Daumen aus dem Mund und strahlte seinen Altersgenossen erfreut an.
»Ist das dein Jüngster?«, fragte Barbara. »Der sieht dir gar nicht ähnlich. Was für ein hübsches Kind.«
Corentin wunderte sich über den Besitzerstolz, der sich in ihm regte. »Er gleicht Tessa und meinem Schwiegervater.«
Die Jungen strampelten sich zeitgleich auf den Boden.
»Tomm!« Joschi nahm Barbaras Sprössling bei der Hand und führte ihn durch den Raum. Gemeinsam blieben sie vor dem Bild mit der Anbetung der Heiligen Drei Könige stehen.
»Tönig«, erklärte Joschi ernst.
»Die haben sich ja schnell angefreundet«, kommentierte Corentin.

»Du irrst dich«, entgegnete Barbara streng. »Sie können niemals Freunde sein. Berthold ist unehrlich. Er wird irgendwann den Beruf des Scharfrichters ausüben.«

Corentin grinste schief. »Auch mir haftet der Zustand der Unehrlichkeit an wie ein schlechter Geruch.«

»Dir vielleicht. Aber für deine Kinder wird dein niedriger Stand irgendwann nur noch eine Erinnerung sein. Bei Tessas beträchtlichem Vermögen kneift die Obrigkeit schon mal ein Auge zu.«

Corentin nickte. »Vielleicht hast du recht.« Möglicherweise hatten seine fünf Kinder wirklich eine Chance, dem Alptraum seiner Herkunft zu entrinnen. Der kleine Berthold war deutlich schlechter dran.

Durstig trank Barbara einen großen Schluck Wein und brach dann einen Wecken in zwei Teile, für sich und das Kind.

Corentin nahm an, dass sie von Kaltental aus zu Fuß gekommen war und eine stundenlange Wanderung auf der Straße von Cannstatt hinter sich hatte. Dort, dachte er beiläufig, hat sich vor einer guten Woche der Überfall auf den Geldtransport ereignet.

»Warum bist du gekommen?«, fragte er. »Doch nicht aus Spaß.«

»Ich bin in Esslingen, um meine jüngere Schwester zu besuchen. Lisbeth«, erklärte Barbara.

Corentin nickte. »... die mit dem Esslinger Scharfrichter verheiratet ist«, vollendete er.

»Aber das ist nicht alles.« Barbara neigte sich über den Tisch und stützte ihre Ellenbogen auf. »Glaub ja nicht, dass es mir leichtfällt, bei dir aufzuschlagen, schließlich bleibt bei mir daheim die Wäsche liegen.«

Sie machte eine Pause, in der Corentin erneut auffiel, wie erschöpft sie aussah.

»Vater hat dir letztens nicht ganz die Wahrheit gesagt«, fuhr sie schließlich fort. »Wir wissen, wer im Moment der größte Raubritter zwischen Stuttgart und der Alb ist. Er scheint seinen Schwerpunkt in unsere Gegend verlagert zu haben und ist somit auch für den Hinterhalt verantwortlich, in den vor acht Tagen der Geldtransport geraten ist.«

»Wer ist es?«, fragte Corentin.

Barbara betrachtete ihn aus Hechts goldbraunen Falkenaugen, die sie an ihren kleinen Sohn vererbt hatte. »Ich komme mir vor wie eine Verräterin. Aber ich muss dir doch die Wahrheit sagen, wenn er in der Gegend lichterloh die Höfe abfackeln lässt.« Trotzig wischte sie sich die Tränen aus ihren Augenwinkeln. »Für mich war er ein lustiger kleiner Bruder, immer für einen Spaß zu haben und schrecklich verfressen.«

In Corentin keimte ein Verdacht. Diese Information, das ahnte er, würde ihn um seinen mühsam erkämpften Seelenfrieden bringen.

»Für Vater ist er noch immer der Sohn, den er nie hatte«, fuhr Barbara fort. »Deshalb konnte er ihn einfach nicht verraten. Du kennst ihn.«

»Matthis.« Es tat weh, den Namen auszusprechen. Corentin tat es dennoch. »Aber wie kann das sein?«

Tessa trat in den Raum. Sie trug ihr grünes Kleid, dessen Schnürmieder sich über ihrem schwangeren Leib spannte. »Barbara. Lange nicht gesehen!«

Die beiden Frauen begrüßten sich überschwänglich mit einer Umarmung und lachten, weil ihnen dabei ihre Bäuche im Wege waren.

»Solange wir es noch können«, kommentierte Barbara, während sich Tessa setzte und ein Glas Wein auf ex trank.

»Spracht ihr von unserem Matthis?«, fragte sie und zog den kleinen Joschi auf ihren Schoß.

Ihre Bemerkung traf den Nagel auf den Kopf. Die Grenze zwischen Scharfrichtern und Verbrechern war haarscharf gezeichnet. Zweimal hatte Corentin den kleinen Dieb gerettet. Dann jedoch hatte er sich aus der Verantwortung gestohlen und den Jungen sich selbst überlassen.

Joschi strampelte sich von Tessas Schoß, um ein zweites Mal mit Berthold auf Entdeckungsreise zu gehen.

»Matthis ist ein Raubritter«, fuhr Barbara fort. »Er nennt sich Ohnefurcht.«

Corentin runzelte die Stirn. »Den Namen habe ich schon gehört. Mir war sogar bekannt, dass er nur eine Hand hat. Aber dass sich dahinter mein Matthis verbirgt ...«

»Eine Hand weniger zu haben ist ja auch partout nicht selten. Sogar der Götz von Berlichingen glänzt damit.« Tessa goss Wein in Corentins Glas, während Barbara weitersprach. »Matthis ist uns als zwölfjähriger Bengel abgehauen, nachdem Vater ihm wenig schonend beigebracht hat, dass er mit seiner fehlenden Hand kein Scharfrichter werden kann. Er ahnte nicht, wie heftig ihn das treffen würde. Vater macht sich seitdem große Vorwürfe.«

»Die Maßregelung der kleinen Diebe.« Corentin nickte. Jeder Scharfrichter bedauerte die Hinrichtung von Unschuldigen. Was Hecht Matthis und seinem Bruder antun musste, hatte ihm über die Jahre hinweg zugesetzt.

»Wie ist aus dem Jungen ein Raubritter geworden?«, fragte er leise.

»Keine Ahnung«, sagte Barbara. »Wir wissen nur, dass er einige Jahre später als Erbe des alten Krafft von Helfenstein auftrat.«

»He!« Tessa warf Berthold und Joschi einen beunruhigten Blick zu. Die beiden waren dabei, einen Turm aus zwei aufeinandergestapelten Schemeln zu erklimmen, um das Bild mit den Heiligen Drei Königen zu erreichen. Sie stand auf, klemmte sich die Buben unter die Arme und lieferte Berthold bei seiner Mutter ab. Joschi drückte sie auf Corentins Schoß.

»Dieser Krafft entstammte einer verarmten Nebenlinie der Grafen von Helfenstein und war ein gefürchteter Raubritter«, berichtete Barbara. »Matthis hat ihn beerbt und versteckt sich, wenn er keine Handelszüge ausplündert, auf seinen Burgen auf der Alb.«

Flink drehte sich der kleine Joschi auf Corentins Schoß und zog ihn an seinem Bart.

»Wenn er nicht gerade Geldtransporte in unserer Gegend

überfällt«, sagte Corentin nachdenklich und löste die vorwitzigen kleinen Hände.
»... oder armen Bauern ihre Höfe abbrennt«, vollendete Barbara.
»Seid ihr euch bei den Brandstiftungen sicher?«, fragte Tessa.
Barbara zögerte. »Nun, das nicht. Aber er ist schlicht der Einzige, der über genügend Männer verfügt und sich zudem zeitgleich in der Gegend aufgehalten hat.«
»Das duldet keinen Aufschub.« Corentin hatte genug gehört. Er stand auf und wandte sich zur Tür. »Ich muss diese Information sofort dem Esslinger Rat zukommen lassen.« Er trat in den Gang, wo er unerwartet mit der Bäuerin Hedwig zusammenstieß, die sich eilig an ihm vorbeischlängelte.

Hedwig und Jerg bauten ihren Hof in Liebersbronn wieder auf und übernachteten mehrmals pro Woche in ihrer provisorischen Unterkunft hoch über dem Neckartal. Sie hatten nur ihren Jüngsten bei sich und die drei Älteren bis auf Weiteres bei Tessa gelassen. Die Bäuerin wirkte erhitzt und kurzatmig, als sei sie den Hang hinabgerannt.

Corentin folgte ihr zurück in die Stube.

Tessa stand auf, um Hedwig mit einem Becher Wein zu versorgen. »Was ist geschehen?«

Hedwig trank einen Schluck. »Es hat auch in Wäldenbronn gebrannt«, sagte sie. »In Leontines Nachbarschaft.«

Die Nachricht ließ Corentin aufhorchen. Er würde seine Pläne verschieben und sich um seine Älteste kümmern müssen.

»Das ist noch nicht alles.« Gequält blickte Hedwig von einem zum anderen. »Ich bin hier heut wohl die Unglücksbotin. Es tut mir leid. Aber die Leute bezichtigen Leo der Hexerei.«

22

»Ein Mädle.« Brenna legte der Bäuerin Grit ihre neugeborene Tochter in die Arme.

Die Wöchnerin nahm das frisch gewickelte Kind stolz entgegen, um es den anderen Frauen zu präsentieren, die zuhauf die Gebärstube in dem Haus am Hegensberg bevölkerten. Die Mutter, zwei Schwestern und eine Nachbarin. Sie alle hatten Grit unterstützt. Das kräftige Kind auf die Welt zu bringen, war ein hartes Stück Arbeit für sie alle gewesen.

Leontine strich sich ihre verschwitzten Haare aus dem Gesicht. Der Brand lag zwei Tage zurück. Ihre angesengten Haarspitzen hatte Gaspard mit überraschender Geschicklichkeit geschnitten, doch der schreckliche Verdacht der Hexerei hing noch immer an ihr. Jederzeit konnte eine Abordnung des Esslinger Rates vor ihrer Tür stehen, um sie zurück in die Stadt zu beordern.

Gut, dass wenigstens Grits Niederkunft glatt verlaufen ist, dachte sie.

»Ein Mariele ist uns gerad recht«, erwiderte die zahnlose Großmutter, die während der Geburt seelenruhig am Feuer gesessen hatte. »Wir haben gar nix gegen die kleine Kröt und eh zu viele Mannsbilder. Und wir hoffen, dass du …«, sie zeigte mit ihrem knotigen Finger auf Leontine, »… weiter bei uns bleibst.«

»Meinst du mich?«, fragte Leontine ungläubig.

»Jawohl, dich«, wiederholte die Alte. »Es hat sich rumgesprochen, was in Wäldenbronn geschehen ist.«

Grits Schwestern und ihre Mutter umringten sie. Die Älteste drückte Leontine einen Becher Wein in die Hand, aus dem sie einen Schluck trank.

»Das Feuer«, sagte eine der jüngeren Frauen.

»Wir sind nicht einig mit der Anna.«

Leontine ging auf, dass sie von der Bäuerin sprachen, die

sie als Hexe beschuldigt hatte. »Ich danke euch«, flüsterte sie. »Ich hab ihr Kind nicht verwünscht.«

»Du bist ja auch gar keine Hex«, stellte die Großmutter fest. »Du bist eine, die mehr sieht als andere.«

»Wir brauchen eine wie dich«, fügte Grits Schwester hinzu.

»… eine, die den Reigen bei den alten Festen anführt wie Theophila«, vollendete die andere Schwester. »Eine Mittlerin, damit die Kinder nicht ausbleiben und der Hagel nicht in den Wengert fährt.«

Leontine bekreuzigte sich hastig, woran wiederum niemand Anstoß nahm. »Wisst ihr etwas über die Brandstifter?«, fragte sie.

»Nein«, antwortete die zahnlose Alte etwas zu schnell. »Aber wir sind alle gute Christenmenschen.«

»Wir gehen fromm und gottesfürchtig in die Kirche nach Obertürkheim«, beteuerte auch die Mutter der Wöchnerin würdevoll.

Das württembergische Dorf Hegensberg lag zwischen den Esslinger Weilern Kennenburg und Liebersbronn fast auf der Höhe des Schurwalds. Seine Einwohner waren den Esslingern spinnefeind und besuchten sogar Gotteshäuser, die auf Württemberger Gemarkung lagen. Die Abneigung beruhte auf Gegenseitigkeit.

Brenna lachte. »Aber zu Walpurgis springt ihr über die Feuer, geradeso wie die Esslinger Weiber.«

»Ich hoff, du hast dich verändert, Hex vom Schurwald«, entgegnete die Großmutter schroff.

»Ein wenig«, sagte Brenna bescheiden.

Leontine stutzte beim letzten Satz, hakte aber nicht nach.

Kurze Zeit später riefen die Frauen die wartenden Männer mitsamt dem stolzen Vater ins Haus und feierten das Neugeborene bei einer Mahlzeit aus Brot, Wurst und Selbstgebranntem. Danach machten sich Leontine, Brenna und Gaspard in der Dämmerung an den Abstieg.

Nach dem Zuspruch der Frauen fühlte sich Leontine beschwingt wie schon lange nicht mehr. So sorglos wie Gaspard, der beim Gehen gut gelaunt vor sich hin pfiff.

»Du hast Freunde gefunden«, sagte Brenna.

»Freundinnen«, korrigierte Leontine. »Ich muss nur noch wissen, wovon sie sprechen.«

Gaspard blieb an ihrer Seite und lauschte schweigend. Manchmal vergaß Leontine, dass er da war. »Es ist nicht einfach, ich selbst zu sein«, sagte sie vorsichtig. »… wo ich so überhaupt nicht mutig bin.«

»*Petite lâche*«, sagte Gaspard nachsichtig.

»Angst hilft dir auch nicht weiter«, riet ihr Brenna. »Und darum ist es richtig, wenn ich dir erzähle, was du wissen musst. Du hast eine natürliche Begabung als Heilerin. Belogen hast du mich auch, denn die Geisterwelt siehst du sehr wohl.«

»Ich sehe viel zu viel«, gestand Leontine unglücklich.

»So ein Hexenkram.« Gaspard verdrehte die Augen zum Himmel.

Leontine stieß ihn lachend in die Seite und kicherte noch, als sie über die frühlingsgrünen Wiesen ins Tal hinabstiegen. In Zukunft, das nahm sie sich fest vor, würde sie sich selbst nicht mehr verleugnen und ihre Bestimmung als Heilerin finden. Vielleicht half ihr das geheime Wissen ja, ihre wankelmütige Gabe in Schach zu halten.

Bei ihrer Ankunft lag das Quellental in blauer Dämmerung. Während Leontine und Gaspard den Ofen anheizten, griff Brenna nach einem Spaten und fing an, unter der Eberesche zu graben. Sie kehrte mit einer lehmbeschmierten Truhe zurück, die sie auf Leontines Tisch abstellte.

»Du kehrst uns mal den Rücken, Räuberbrut.«

Gaspard verzog sich maulend nach draußen, während Leontine herantrat und allen Mut zusammennahm.

Brenna sah sie beschwörend an. »Wenn das hier den Raum verlässt, Leo, steht mein erbärmliches Leben auf Messers Schneide. Deins aber auch.«

»Woher wusstest du, wo du die Truhe findest?«, fragte Leontine leise.

»Ich wusste gar nichts.« Brenna öffnete das rostige Scharnier. »Irgendwo mussten die Utensilien ja versteckt sein, und eine Eberesche ist immer gut.«

»Welche Utensilien?«

»Wart's ab.« Brenna klappte den Deckel auf und legte einige Gegenstände auf den Tisch. Es handelte sich um einen Kelch aus angelaufenem Silber, einen Stab aus poliertem Holz, einen Dolch, dessen Blatt in Wellen auslief, und einen geschnitzten Holzteller.

Leontines Handflächen prickelten, als sie nach dem Dolch griff. »Was soll das sein?«

»Die heiligen Werkzeuge deiner Mutter«, erklärte Brenna. »Theophila war eine ebenso fromme Christin wie die anderen Frauen auch. Aber sie war noch weit mehr. Der Dolch ist eine Athame. Er gehört zum Element Luft. Der Kelch steht für das Wasser, die Scheibe für die Erde und der Stab für das Feuer, den freien Willen. Sie hat sie bei den Festen benutzt, von denen die Frauen gesprochen haben.«

»Welche Feste?« Vorsichtig legte Leontine den Dolch auf den Tisch. Es schien ihr, als würde Theophila im Hintergrund Beschwörungen raunen.

»Ostara«, sagte Brenna. »Glaub ja nicht, dass die Christen die Ersten waren, die Ostern feierten. Walpurgis ist das Maifest. Früher hieß es Beltaine.«

»Maibäume stellt man doch überall auf«, sagte Leontine verwundert. »Und Maifeuer macht man auch.«

»Ja.« Brenna lachte. »Aber glaub mir, über die anderen Rituale will die Kirche nicht so genau Bescheid wissen. An Johanni kommt die Sonnwende, dann folgen die Erntefeste, das letzte davon Allerheiligen, wenn der Schleier zwischen den Welten so dünn ist, dass uns die Toten besuchen. Die Kirche duldet diese Tage und drückt beide Augen zu, weil sie die einfachen Bauern sonst verprellen würde. Das Christfest liegt haarscharf neben der alten Wintersonnwende.«

Brenna begann, die Gegenstände mit einem weichen Lappen abzuwischen und zu polieren.

»Findest du das nicht heidnisch?«, fragte Leontine.

»Die Welt ist groß genug für die alten Götter und die neuen.«

»Welche Götter?«, fragte Leontine leise.

»Die Frauen haben die große Göttin nicht vergessen«, sagte Brenna. »Heute bist du ihr in drei Gestalten begegnet, die den Lebensaltern entsprechen. Die Alte war die Großmutter, die Mutter ...«

»... war Grit, wer sonst?«, vollendete Leontine.

Brenna nickte. »Die Jungfrau bist du selbst. Die Alten dienten der Göttin und ihrem Gefährten, dem gehörnten Gott, bei den Jahrzeitfesten. Die Göttin der Erde heißt Alateivia, die des Todes Aericura. Am besten vergisst du die Namen gleich wieder.«

»Und der Teufel?« Leontines Stimme senkte sich zu einem Flüstern.

Brenna tippte sich an ihre Stirn. »Der existiert allein hier drinnen. Er ist eine praktische Erfindung, um die Leute in Schach zu halten.«

»Meinst du wirklich, dass die Bauern Menschen wie mich schätzen?«, fragte Leontine.

»Aber ja. Theophila und ihre Ahninnen waren Priesterinnen aus einem uralten Geschlecht.«

»Sonst hat man mich immer ausgegrenzt«, erklärte Leontine leise.

Brenna griff nach ihrer Hand. »Sei stolz auf das, was du im Spiegel siehst ... auf dein Gesicht und die Dinge, die die Geisterwelt dir zeigt.«

»Ich würde es so gern schaffen.«

»Was denn?«, fragte Brenna.

»Mich nie wieder zu fürchten«, antwortete Leontine leise.

Unvermittelt klopfte es an der Tür. Brenna raffte die Gegenstände mit fliegenden Fingern zusammen, packte sie wieder in die Truhe und stürzte damit in die Speisekammer.

Leontine eilte zum Eingang. »Vater?«

Mit Corentin hatte sie überhaupt nicht gerechnet. Als er

eintrat, stieß er sich den Kopf am oberen Rahmenholz und brachte einen Schwall kalte Nachtluft mit. Draußen schnaubte Ariel. Andreas saß auf dem Kutschbock des Wagens und hob grüßend die Hand.

»Es ist lange her, dass ich hier war.« Corentin warf einen missbilligenden Blick auf Brenna und Gaspard, der sich lautlos hinter ihm in den Raum geschoben hatte.

Leontine ahnte, was ihr Vater sagen würde. Nein, dachte sie verzweifelt. Ich brauche noch Zeit, um die zu werden, die ich sein kann. »Aber –«

Corentins Ton duldete keinen Widerspruch. »Es hat in der Nachbarschaft gebrannt. Pack deine Sachen und deinen Kater! Du kommst mit uns nach Hause.«

23

Drei Tage später betrat Tessa entschlossen den Stoffmarkt im Kauf- und Steuerhaus. Sie musste dringend mit Ägidius Marchthaler sprechen. Zweimal hatte er sie vor seiner Haustür von seinen Dienstboten abwimmeln lassen.

Diesmal entkommst du mir nicht, Ägi, du Verräter, dachte sie grimmig und drückte sich verstohlen die Hand ins Kreuz. Die Schwangerschaft wurde ihr zunehmend lästig. Ihr Bauch wuchs, und ihre Knöchel wollten sich kaum noch in ihre Stiefel zwängen lassen. Am liebsten hätte sie für Leontine und sich Stoff für feine Sommerroben bestellt.

Wenn ich wieder meine Figur habe, dachte sie sehnsüchtig.

Voll war es hier oben und ziemlich warm. Tessa fächelte sich mit ihrem Taschentuch Luft zu. Die Kundinnen drängten sich um Tische voller farbenprächtiger Seidenballen, prüften ihre Beschaffenheit zwischen Daumen und Zeigefinger und lauschten den Erklärungen der Händler, die ihnen das Beste und Teuerste schmackhaft machen wollten.

Tessa stellte sich ans Ende der Schlange, die sich vor dem renommierten Geschäft von Ägidius Marchthaler gebildet hatte, und wartete. Ihre Gedanken wanderten zu Leontine, von der sie sich soeben im Streit verabschiedet hatte. Das Mädchen bestand doch tatsächlich darauf, trotz des Verdachts auf Hexerei in Peter Riexingers Apotheke zur Arbeit anzutreten.

Wie unfassbar dumm, sich dem Gerede der Öffentlichkeit preiszugeben, dachte Tessa.

Außerdem hatte Leontine im Quellental heimlich einen unwürdigen Umgang gepflegt. Da war dieser Junge Gaspard, dem seine Vergangenheit als Beutelschneider aus den dunklen Augen sprach. Er hatte Leontine unbedingt nach Esslingen begleiten wollen und ließ sich nicht fortschicken. Und dann das abgerissene Kräuterweib, von dem ihr Corentin erzählt hatte. Leontine ließ sie doch tatsächlich weiter in ihrem Haus nach dem Rechten sehen.

Tessa biss sich auf die Lippen und ärgerte sich, die Kontrolle über ihre drei Ältesten verloren zu haben. Heute geht es um Cyrian, dachte sie, legte sich die Hand in den Rücken, richtete sich auf und stand endlich ihrem Jugendfreund gegenüber.

»Ich grüße dich«, sagte sie.

Ägidius Marchthaler war mit den Jahren immer beleibter und kurzatmiger geworden. Seine Haare standen zu Berge. Sein besticktes Wams spannte sich über seinem stetig wachsenden Bauch.

Wenigstens das haben wir gemeinsam, dachte Tessa.

»Herzlich willkommen«, sagte Ägidius und deutete stolz auf sein Stoffangebot. »Du willst sicher Sommergewänder bestellen. Schau dich um. Ich habe gestern eine Lieferung von venezianischen Seidenstoffen erhalten, allerbeste Qualität. Darunter ist eine leichte Moiréseide in Hellgrün, die vorzüglich zu deinen Augen passen würde.«

»Ich bin nicht aus modischen Gründen gekommen«, sagte Tessa leise.

»Ich weiß. Komm!« Und dann tat Ägidius etwas Unerhörtes. Er übergab sein Geschäft seinem Gesellen, folgte Tessa über die steile Treppe ins Erdgeschoss, trat mit ihr auf den Marktplatz hinaus und griff nach ihrem Arm. »Lass uns den Weg zum Fluss nehmen.«

Sie liefen ein Stück am Rossneckar entlang und setzten sich schließlich auf zwei Felsblöcke. Es war warm und sonnig. Zu ihren Füßen blühten violette Hornveilchen, die betörend dufteten.

»Du bist fast so schwerfällig wie ich«, sagte Ägidius leise.

»Ich muss mit dir über Cyrian reden. Oder eigentlich über Ambrosius.«

»Ich weiß.« Ägidius' Nase sprach von einer Neigung zu Wein oder Stärkerem.

Zum ersten Mal fragte sich Tessa, ob Ägi, der als Kandidat für das Bürgermeisteramt gehandelt wurde, glücklich war.

»Ich glaube, Ambrosius und Friedrich haben sich Cyrians Schandtat nur ausgedacht.«

»Das war mir von Anfang an klar.« Ägidius öffnete ein paar Knöpfe an seinem Wams.

»Wie bitte?« Tessa riss die Augen auf.

»Sie hassen Cyrian, weil er stark, geschickt und tapfer ist.«

»Aus Neid?« Das konnte Tessa kaum glauben. Ihr zweiter Sohn hatte in der Schule oft Hiebe kassiert, weil er partout nicht lesen lernen wollte.

»So könnte man es nennen.«

»Aber dann muss man sie dazu bringen, die Wahrheit zu sagen. Man kann Cyrian doch nicht im Kerker schmoren lassen, weil man ihm seine Kraft nicht gönnt.«

Ägidius nickte bekräftigend. »Ich arbeite schon einige Zeit an einem Geständnis ihrerseits, aber die beiden sind inzwischen so in ihrem Lügennetz verstrickt, dass es schwer ist, sie daraus zu lösen. Zumal Margarete mich nicht unterstützt.«

»Wieso denn das?« Tessa setzte sich zurück.

»Es sollte dir doch bekannt sein, dass unsere Ehe nicht glücklich ist.« Er betrachtete sie abgeklärt von der Seite.

»Hmm«, sagte Tessa. »Was heißt bekannt sein?«

Es war nur so ein unbestimmtes Gefühl und die Tatsache, dass es in ihrer Ehe bei einem einzigen Kind geblieben war. Den weiteren möglichen Grund zog sie lieber nicht in Betracht, oder etwa doch? Sie gab einen erschrockenen Laut von sich.

»Ich liebe Männer«, sagte Ägidius schlicht. »Das gestehe ich dir nur, weil du, abgesehen von deinem schweigsamen Rüpel von Ehemann, die vertrauenswürdigste Person auf Erden bist.«

Tessa schwieg geschockt ob so viel Aufrichtigkeit. Um von Ägidius' verbotenen Neigungen abzulenken, hatte sie im Prozess gegen Hofstätter ihre eigene Vergewaltigung gestanden.

»Ich bin damals in Teufels Küche geraten«, sagte sie. »Aber

dann habe ich gedacht, diese Neigung …«, das Wort ließ sie wie ein junges Mädchen erröteten, »… würde sich mit der Zeit legen.«

»Glaub mir, ich habe alles versucht, von kalten Wassergüssen bis zu einer Pilgerreise. Es hat nichts genutzt. Margarete und ich stehen uns fern.«

»Und als Ersatz liebt sie Ambrosius über alles«, sagte Tessa.

»Verwöhnter kleiner Geck, der er ist.«

»Sie lässt ihm viel zu viel durchgehen«, bestätigte Ägidius.

»Zwischen die beiden passt kein Blatt Papier.«

»Geschweige denn du«, kommentierte Tessa müde. Margarete hatte Ambrosius also gedeckt. »Wenn man ihr das unterstellt, bezichtigt man sie der Lüge. Du musst mit Marx reden. Er hat sich verändert, glaube mir.«

»Auch das ist mir bekannt«, sagte Ägidius. »Aber das ist nicht alles, Tessa. Irgendetwas geht in der Stadt vor. Es hat mit den Bränden zu tun.«

»Der Verdacht gegen Leontine«, sagte Tessa erschöpft.

»Nicht nur.«

Bevor sie aufbrachen, saßen sie noch eine Weile im Uferdickicht, schleuderten Kiesel über die schimmernde Wasserfläche und schreckten einige Enten auf, die entrüstet ins Wasser glitten und davonschwammen. Vertieft in ihr Gespräch entfernten sie sich schließlich.

Nachdem Tessa mit dem sodomitischen Stoffhändler gegangen war, löste sich ein Schatten aus dem Unterholz. Im Laufe der fünfzehn Jahre seines Lebens hatte Gaspard gelernt, völlig lautlos zu agieren, und war, wie er sich stolz eingestand, wenn nicht zum besten, so doch zum skrupellosesten Kundschafter zwischen Paris und Mailand geworden. Wenn es hart auf hart kam, war er bereit, Widerlingen ohne mit der Wimper zu zucken ein Messer in den Rücken zu stoßen.

Er suchte sich einen sicheren Platz am Fluss, strich sich seine schwarzen Haarsträhnen aus dem Gesicht und ordnete seine Erkenntnisse. Gib acht auf sie, hatte Matthis ihm aufgetragen. Das würde er ohnehin tun, weil Leontine ein unschuldiger Engel auf Erden war. Da er Ungerechtigkeit über alles hasste, hatte auch ihr Bruder Cyrian etwas gut bei ihm.

Ambrosius Marchthaler hieß also das Bürschchen, das die Schuld an seinem Unglück trug. Diesen Namen würde er sich merken.

Nachdenklich ging Gaspard seiner Wege.

24

»Du könntest meine Warzen besprechen.« Der kleine Kobold mit den abstehenden Ohren stand vor dem Ladentisch der Apotheke und kicherte, als sei ihm ein besonders guter Spaß gelungen.

Leontine zog die Stirn kraus und beugte sich zu ihm hinab. »Vertraust du mir denn? Zeig mal her!«

Der Junge wurde käsebleich. Dann jedoch legte er entschlossen seine rechte Hand auf den Tisch, die tatsächlich vor Warzen nur so strotzte. Es gab kaum einen Fleck, der nicht von dem Übel befallen war.

Ich bin eine Mutprobe für ihn, dachte Leontine spöttisch. Wahrscheinlich warten seine Kumpane in der Gasse vor dem Geschäft und halten sich vor Lachen die Seite.

Beinahe wäre sie der Versuchung erlegen, hätte die raue Hand mit den abgekauten Nägeln ergriffen und ihr Glück versucht. Schließlich wusste sie inzwischen erheblich besser über Magie und ihre Sehergabe Bescheid.

»Lass das lieber sein, Leontine!« Peter Riexinger trat aus dem Hinterzimmer, packte den Lausebengel und beförderte ihn unsanft vor die Tür. »Denk an den Verdacht der Hexerei. Zu leicht bleibt etwas an dir hängen.« Er nickte ihr zu und kehrte zu seinem Destilliergefäß zurück.

Riexinger war ein Mann von fünfzig Jahren, bärtig, glatzköpfig und verlässlich. Tessa hielt große Stücke auf ihn. In seiner Jugend hatte er sich Hoffnung auf die Hand von Leontines Tante Veronika gemacht, die mit dem Arzt Johannes Gessner verheiratet war und in Basel lebte.

Leontine stand allein im Laden und atmete tief durch.

Gut so, dachte sie, nicht einmal die Lehrjungen haben den Vorfall mit den Warzen mitgekriegt. Ihr Herzklopfen legte sich, während sie die Kerzen und Seifen sortierte, die das Sortiment vervollständigten.

Seit einer Woche lebte sie nun schon wieder in Esslingen. Während Brenna weiterhin auf das Haus im Quellental achtgab, hatte sich Gaspard nicht ausreden lassen, sie zu begleiten. Tagsüber ging er seine eigenen Wege. Nachts schlief er auf der Küchenbank. Corentin konnte sich nicht beschweren, weil er gleich nach ihrer Heimkehr zu einem Auftrag für den Esslinger Rat aufgebrochen war.

Ansonsten hatte sich im Haus am Rossmarkt wenig verändert. Leontine spielte mit ihrem jüngsten Bruder Joschi, stritt sich erbittert mit Tessa, hütete Hedwigs Kinder, genoss die Ofenwärme, ihr breites Himmelbett, Marthas liebevoll zubereitete Speisen und den warmen Badezuber.

Und dennoch. Da ihre Gabe ein Teil von ihr zu werden versprach, hätte sie gern mehr darüber erfahren. Außerdem sehnte sie sich nach Matthis, der ihr unwiederbringlich verloren schien. Also hatte sie sich in Trotz und Unbeugsamkeit geübt, bis Tessa ihr schließlich erlaubte, ihre Arbeit in der Apotheke wieder aufzunehmen. Verziehen hatte Leontine ihr die Bemerkung, sie würde nicht zu ihrer Familie gehören, ohnehin nicht. Daran zu denken fühlte sich an wie ein Stein im Schuh. Aber wenigstens ließ Tessa sie mit Herzogin Sabinas Angebot in Ruhe.

Aus diesen Gründen war die Arbeit in der Apotheke genau das, was Leontine brauchte. Meister Riexinger hatte sie mit offenen Armen empfangen. Der Verdacht auf Hexerei, der in der Stadt wie ein Lauffeuer umging, mochte ihn als Freigeist sogar noch dazu angespornt haben.

Genüsslich strich sie über den abgenutzten Ladentisch und freute sich an den bauchigen Gefäßen in den Regalen, dem muffigen Duft getrockneter Kräuter und der Süße der Latwerge, von der sie hin und wieder ein Stück probierte. Alles in allem ließen sich die Leute gern von ihr beraten.

Ich lerne aus jeder Begegnung, dachte sie und schob ihre Angst vor der ewigen Verdammnis entschlossen beiseite. Wenn sie aus dem Herzen handelte, verbanden sich ihr Wissen und ihre Intuition zu einer beglückenden Sicherheit, die den

Patienten zugutekam. Sie verkaufte Arzneien gegen Durchfall und Erkältung, erkannte, ob ein schlimmer Husten sich in den Bronchien festgesetzt hatte, und sagte einer jungen Händlergattin mit Morgenübelkeit ihre Schwangerschaft auf den Kopf zu. Obwohl Riexinger sie vor ihrem Leichtsinn gewarnt hatte, schwelgte sie danach im Hochgefühl.

Ich werde eine Heilerin, dachte sie. Und zwar eine richtige, die von innen heraus leuchtet.

In diesem Augenblick betrat ein verwachsener kleiner Mann im Gelehrtentalar die Apotheke. Er zog sein Barett ab und ließ seine dunklen Augen über die Ladeneinrichtung schweifen. Obwohl er nicht älter als Mitte dreißig sein konnte, war er beinahe kahlköpfig.

»Was für ein freundlicher Frühlingstag da draußen«, sagte er. Sein schweizerischer Zungenschlag klang, als steckten ihm die Worte im Hals fest.

»Was kann ich für Euch tun?«, fragte Leontine.

Der Mann verbeugte sich galant. »Wie erfreulich, dass mein alter Freund Riexinger, dieser Hagestolz, eine so bezaubernde Ladenhilfe beschäftigt.« Seine geringe Körpergröße schien sein Selbstbewusstsein nicht im Geringsten zu tangieren. »Ihr dürft mich gern zu ihm führen. Wahrscheinlich hockt er in seiner Alchemistenküche und lässt als Nächstes die Apotheke explodieren.«

Leontine konnte sich ein Grinsen nicht verkneifen und ging ihm ins Hinterzimmer voran.

»Lächeln solltet Ihr öfter«, kommentierte der Kunde munter. »Eure Grübchen sind überaus charmant.«

»Theophrastus.« Peter Riexinger begrüßte den Fremden mit einer Umarmung und reichlich Schulterklopfen. »Was führt dich zu mir?«

»Neben der gemeinsamen Leidenschaft für die Alchemie wollte ich dir meine allerneueste Errungenschaft nicht vorenthalten.« Triumphierend zog Theophrastus eine Glasphiole aus den Falten seines Talars und überreichte sie Riexinger.

»Was hast du uns da mitgebracht?«, fragte Riexinger.

»Laudanum«, erklärte Theophrastus stolz. »Ich habe die Essenz aus Opium und Alkohol selbst zusammengepanscht. Es stillt starke Schmerzen und sorgt für reichlich Schlaf und seliges Vergessen. Ich dachte, man könnte es in deiner Apotheke ausprobieren. An Attraktionen mangelt es dir ja nicht, darunter die zauberhafte Ladenfee, die du dir da leistest.«

Leontine errötete bis über beide Ohren.

»Ja, tatsächlich.« Riexinger nahm sie bei der Hand. »Auf unser Wiedersehen müssen wir einen heben, Theophrastus. Auf geht's in die Küche, Leontine. Dort bewahre ich einen Selbstgebrannten auf, der seinesgleichen sucht.«

In Riexingers Privaträumen führte seine Schwester Friedelind seit dem Tod ihres Mannes ein eisernes Regiment. Ihre schlichte schwarze Kleidung betonte nicht nur ihren Witwenstatus, sondern auch ihre protestantische Gesinnung. Leontine mochte sie trotz ihrer dauerhaft schlechten Laune.

Griesgrämig goss Friede in der Küche Birnenschnaps in vier Gläser und verteilte sie. »Ach herrje, der Theophrastus«, sagte sie gallig. »Dann krieg ich den Peter in den nächsten Tagen kaum noch aus dem Wirtshaus und überhaupt nicht mehr aus seinem Alchemistenkeller.« Sie zog ihre Haube zurecht, die ohnehin perfekt auf ihrem Scheitel saß.

»Meine liebe Friedelind, ich grüße dich.« Theophrastus besänftigte sie durch einen freundschaftlichen Kuss auf die Wange, für den er sich auf die Zehenspitzen stellen musste. »Vielleicht erfindet Peter ja statt der Panaceia ein Allheilmittel gegen Miesepetrigkeit? Trinken wir auf uns und das Laudanum!« Er prostete Leontine zu. »Würdet Ihr mir Euren Namen verraten, meine Schöne?«

»Das ist meine Helferin Leontine von Absberg«, kam ihr Riexinger zuvor. »Die Enkeltochter meines ehemaligen Lehrmeisters Matthieu Berthier. Leontine, vor dir steht der Berühmteste seiner Zunft zwischen Oberdeutschland und der Schweiz. Es handelt sich um meinen alten Kumpan bei Streichen aller Art, Theophrastus Bombast von Hohenheim, seines Zeichens Medicus, Wundarzt, Alchemist und Lehrer unmündiger Medizinstudenten, denen er die Lehre des Galenus vorzuenthalten droht.«

Theophrastus hob belehrend seinen Zeigefinger. »Galen war ein Scharlatan, der den Studenten die Anatomie von Schweinen vermittelt hat. Das nutzt Metzgern mehr als Medizinern. Und seine Säftelehre ist einfach ungenügend. Statt seinen Lehren habe ich aber ein Werk von Avicenna im Basler Feuer verbrannt, das nicht minder überholt ist. Meinen bombastischen Namen werde ich übrigens demnächst ablegen.«

Er zog zum Spaß mehrfach die Augenbrauen hoch, was so albern wirkte, dass Leontine sich in die Hand prustete. Hastig trank sie ihr Glas leer. Der Birnenschnaps kratzte in ihrem Hals und ließ sie husten. Riexinger goss sogleich nach.

»Was haltet ihr von ›Paracelsus‹?«, fragte Theophrastus. »Das bezeichnet meinen schweizerischen Geburtsort Einsiedeln in den Sprachen der Antike. Latinograekisch. Da hört man sogar seine Armseligkeit nicht mehr durch.« Er rülpste leise.

»Klingt gebildet«, stimmte Leontine ihm zu. Das zweite Glas Birnenschnaps floss erheblich leichter und ließ Wärme durch ihre Adern pulsieren. Darum fühlte sie sich ein wenig benebelt. »Dann soll ich Euch also Paracelsus nennen?«

Theophrastus beziehungsweise Paracelsus zwinkerte ihr zu. »Einer muss ja mal damit anfangen.«

Er verstand es vorzüglich, sie zu unterhalten. Als Arzt hatte er so ziemlich jede oberdeutsche und schweizerische Stadt bereist, überall vermögende Patienten behandelt und mit unzähligen Leuten aus den haarsträubendsten Gründen Streit angefangen, wodurch sein Aufenthalt nie von Dauer gewesen war.

»Zuletzt musste ich Basel verlassen«, berichtete er. »Dort hatte ich medizinische Vorlesungen in deutscher Sprache gehalten, aber dafür, mein liebes Kind, ist die Welt noch nicht reif.«

Leontine nippte mittlerweile an ihrem vierten Birnenschnaps, kicherte zu viel und fragte sich, ob sie den Weg nach Hause noch finden würde.

»Ich interessiere mich für die Gestalten dieser Welt«, erläuterte Paracelsus. »Die Bahnen der Sterne, die Welt der Stoffe und der Alchemie, die Wirkung des Quecksilbers, mit dem man die Franzosenkrankheit besiegen kann, Kräuter, Mineralien und so manches mehr. Was, mein Kind, macht den strahlenden Kern Eures Wesens aus?«

Riexinger übernahm erneut die Antwort. »Leontine von Absberg ist etwas Besonderes.« Mit einem Anflug von Besitzerstolz ließ er seine Hand auf ihrem Arm ruhen. »Was die Beratung von Kranken angeht, beweist sie eine bewundernswerte Intuition. Leo ist eine Heilerin der alten Schule. Sie sieht mehr als du und ich.«

Leontine erschrak.

»Wie könnt Ihr Euch bei Diagnosen sicher sein, wenn Ihr niemals Medizin studiert habt?«, fragte Paracelsus neugierig.

Sollte sie ihm wirklich von den Dingen erzählen, die sie selbst nicht verstand? Der Birnenschnaps machte sie mitteilsam. »Sicher bin ich ja oft gar nicht, aber manchmal sehe ich die Dinge, wie sie sind. Das ist …«

»… beängstigend«, vollendete Friede mitfühlend.

»Auch meine Mutter Theophila war schon so«, sagte Leontine. »Man verdächtigt mich ohnehin schon der Hexerei.«

Friede drückte ihre Hand. »Kein Wort wird diesen Raum verlassen.«

»Auf keinen Fall«, bestätigte Paracelsus. »Für mich steht außer Frage, dass es zwischen Himmel und Erde mehr Dinge gibt, als wir mit unseren fünf Sinnen wahrnehmen können. Wenn Ihr mein Interesse nicht als aufdringlich empfindet … was genau seht Ihr, das wir nicht sehen?« Während Paracelsus einem nach dem anderen einen verschwörerischen Blick zuwarf, wackelte er wieder mit den Augenbrauen. »Das kann ich auch mit den Ohren«, sagte er dann.

Vielleicht war es diese Bemerkung, die Leontine dazu brachte, ihm zu vertrauen, vielleicht der Birnenschnaps, jedenfalls sammelte sie ihre Gedanken und setzte zu einer Erklärung an.

»Es gibt zwei Seiten der Welt. Eine, die alle sehen, und eine, die den meisten Menschen verborgen bleibt.«

»Vorsicht …«, Friede unterbrach sie, um das Küchenfenster zu schließen, »… falls die Wände Ohren haben.«

»Leider gehöre ich zu den wenigen Menschen, die manchmal durch den Vorhang sehen können, der die beiden Wirklichkeiten trennt«, fuhr Leontine fort. »Ich tanze auf der Schwelle. Glaubt mir, das ist kein Vergnügen.« Sie stellte fest, dass ihre Zuhörer gebannt an ihren Lippen hingen. »Der Blick in die Zukunft ist unzuverlässig. Ich sehe, was kranken Menschen fehlt, und selten, ob und wann der Tod bevorsteht.«

Friede schlug sich die Hand vor den Mund. »Man hat früher gemunkelt, Theophila könne das.«

»Das war sicher so. Manchmal sehe ich auch die Wahrheit über die Menschen hinter ihren Lügen.«

Paracelsus nickte. »Es gibt Dinge auf Erden und im Himmel … Du bist also hellsichtig und noch einiges mehr. Verfügst du auch über Fähigkeiten als Heilerin?«

»Ich weiß nicht«, beteuerte Leontine. »Wenn ich es mir aussuchen könnte, wäre ich nichts lieber als ein normales Mädchen. Aber ich sehe sogar den Nix auf den Schaufeln der Mühle am Neckar sitzen und winken.«

Paracelsus lachte. »Heben wir unser Glas auf den Nix!«

In diesem Augenblick klopfte es an der Tür. Sie fuhren zusammen, als hätte man sie bei etwas Verbotenem ertappt.

»Du musst aufpassen«, warnte Friede. »Auch die Protestanten werden Andersartige gnadenlos verfolgen. Martin Luther spricht sich dafür aus, Zauberer hart zu bestrafen.«

Leontine blickte sich unruhig um.

»Leo!«, rief jemand durch die verschlossene Tür. »Bist du überhaupt noch da? Mutter schickt mich.«

»Es ist Andreas«, sagte Leontine. »Der soll mich sicher nach Hause begleiten.« Sie griff nach ihrem Mantel, verabschiedete sich von ihren Freunden und trat auf die Gasse hinaus, wo ihr Bruder sie kopfschüttelnd erwartete.

»Hast du die Zeit vergessen? Die Apotheke ist zu, und du

versumpfst irgendwo da drinnen.« Er schnupperte verächtlich. »Wie viel Schnaps hast du getrunken?«
»Ein Gläschen zu viel dürfte es wohl gewesen sein.« Leontine lachte hemmungslos über seinen starren Blick.
»Grade gehen kannst du auch nicht mehr.« Andreas schloss ihren Mantel und zog sie am Arm hinter sich her. »Ein Mädchen sollte sich, verdammt noch mal, nicht zu nachtschlafender Zeit in der Stadt herumtreiben.«
Die Gasse zwischen Steuerhaus und Spital war wie leer gefegt. Am Himmel glitzerten unzählige Sterne. Leontine konnte nach den ersten Schritten eine Spur klarer denken und befreite sich aus Andreas' anmaßendem Griff. »Nicht so unsanft, Brüderchen. Weißt du überhaupt, wem ich heute begegnet bin?«
»Einem Menschen, der Riexinger gnadenlos von seinem Vorrat an Birnenschnaps befreit?«
Sie lachte. »Unter Umständen auch das. Er stellt aus Opium Tinkturen her, die gegen Schmerzen helfen.«
»Und gegen Nervensägen von Schwestern? Er soll mir eine Flasche verkaufen.«
Leontine boxte Andreas in die Seite. »Sicher nicht. Er heißt Theophrastus Bombast von Hohenheim.«
»Was?« Andreas blieb stehen und starrte sie mit großen Augen an. »Der große Arzt und Alchemist?«
»Scheint so. Er macht Station in Esslingen.«
Langsam wurde ihr von dem vielen Schnaps auf nüchternen Magen mulmig. Am Spital kämpfte sie gegen Magendrücken an und hätte beinahe nicht bemerkt, dass Andreas seine Schritte beschleunigte. Über die Agnesbrücke querten sie den Neckarkanal, der auch als Kloake von allerlei Handwerksbetrieben genutzt wurde. Sie waren den Geruch ja gewöhnt, aber heute verstärkte er Leontines Übelkeit.
»He, was ist?«, protestierte sie, als Andreas sie in eine Mauernische zog.
Er legte seinen Finger auf seine Lippen und lauschte angestrengt.

»Was?«

Andreas sprang vor und zog jemanden am Arm zu sich heran. Es war Gaspard, der sich mit Armen und Beinen wehrte.

»Warum verfolgst du uns?«

Gaspard starrte Andreas voller Verachtung an und spuckte in den Staub.

»Antworte!«, stieß Andreas hervor.

»Ich geb acht auf Leontine«, sagte Gaspard mit aufreizender Langsamkeit. »Und damit auch auf dich, *conard*, der nichts kann außer Bücher lesen.«

Die beiden reckten die Köpfe wie Kampfhähne, die sich gleich an die Gurgel springen würden.

»Mutter hätte dich am liebsten fortgeschickt«, meinte Andreas. »Sie sagt, du seist ein Gauner oder Schlimmeres. Aber Leontine ist ja für dich eingetreten.«

Gaspard warf seinen Kopf in den Nacken. »Deine Mutter sollte nachdenken«, sagte er. »Dann weiß sie, was sie an mir hat, und wird einen Teufel tun. Denn schließlich sitzt dein Bruder im Kerker, und Leontine wollen sie als Hexe anklagen.«

Leontine stellte sich zwischen die Jungen. Ihr war noch immer schwindlig, aber hier musste sie eingreifen, um Andreas Einhalt zu gebieten.

»Halt dich zurück!« Sie legte ihrem Bruder die Hand auf den Arm. »Gaspard ist mein Freund.«

»Sie hat mir mein Leben gerettet«, bekräftigte dieser. »Darum werde ich sie immer beschützen.«

Andreas gab nach. »Also gut. Aber dann schleich wenigstens nicht hinter uns her.«

Beinahe einträchtig legten sie das letzte Stück bis zum Wagner'schen Anwesen zurück. Leontine spürte die Sicherheit, die von ihren Beschützern ausging. Nur mit Matthis hätte sie sich noch wohler gefühlt. Wo mochte er nur stecken? Würde sie ihn jemals wiedersehen?

Vielleicht machte ihre Trunkenheit sie mutiger als sonst.

Am heimischen Tor angekommen, traute sie sich zu fragen: »Was denkt ihr, bin ich wirklich eine Hexe?«

»*Bien sûr, oui*«, stellte Gaspard fest. »Aber es macht mir nichts aus.«

Leontine lachte traurig.

Andreas verdrehte die Augen. »Wie dumm kann man sein? Nein, Leo, ich glaube sowieso nicht an solche Dinge. Aber wenn dich einer beschuldigen würde, dann müsste er dir neben einer bösen Tat die böse Absicht nachweisen. *Maleficum maleficare*. Du bist gar nicht in der Lage, einen Schadenszauber auszusprechen, weil du immer das Beste für alle willst. Du bist einfach erhaben über solch einen Verdacht.«

»Lateinisches Geschwafel«, urteilte Gaspard. »Denkt lieber darüber nach, wie ihr euren Bruder befreit. Der sitzt im Kerker, wo es nicht mit rechten Dingen zugeht.«

»Wie meinst du das?« Andreas zog Gaspard in den Innenhof.

Leontine wollte ihnen folgen, als eine Frau aus dem Schatten neben dem Tor trat und ihre Kapuze zurückstreifte. Leontine schrak zusammen. Die Wirkung des Alkohols verflog, sodass sie wieder halbwegs klar denken konnte.

»Ich muss dich sprechen«, flüsterte die Frau.

Leontine musterte sie angestrengt. Es war dieselbe, die Matthis im Quellental so erschreckt hatte, dass sie geflohen war. Sowohl ihre als auch Matthis' Reaktion waren Leontine völlig unverständlich gewesen.

»Komm!« Sie zog sie in eine Nische. In Sichtweite ragte die Stadtmauer als rabenschwarze Barriere in den Himmel.

»Wie lautet dein Name?«, fragte Leontine.

Schon beim letzten Mal hatte die Fremde ihren Kummer nicht verbergen können. Nun wirkte sie noch verhärmter. Sie musste einmal hübsch gewesen sein. Ihr Gesicht war schmal, ihre ordentlich aufgesteckten Flechten hatten die Farbe von reifem Korn.

»Man nennt mich Lisbeth. Ich bin die Frau des Scharfrichters.«

»Ich habe keine Berührungsängste mit Unehrlichen«, sagte Leontine. »Mein Ziehvater war selbst Scharfrichter in Hall.«
»Ich weiß«, erwiderte Lisbeth. »Meine Familie ist mit Corentin Wagner gut bekannt. Mein Vater ist der ehemalige Stuttgarter Scharfrichter Berthold Hecht. Letztens war sogar meine Schwester bei euch.«
Kurz entschlossen griff Leontine nach Lisbeths Hand. »Dann sind wir ja Freundinnen.«
Lisbeth lächelte schüchtern. »Ich brauche deinen Rat. Es ist ... so schwer.« Ihre Hände kreuzten sich auf ihrem Bauch.
In Leontine erwachte eine finstere Vorahnung.
»Ich bin schwanger. Es ist mein Zweites. Ich hatte ... einen kleinen Sohn. Er hat ihn totgeschüttelt, weil er ihn mit seinem Geschrei nicht schlafen ließ. Alles meine Schuld, weil ich das Kind nicht beruhigen konnte. Das sagt er jedenfalls.« Lisbeths Augen waren trocken und rot gerändert, als hätte sie keine Tränen mehr.
»Wer?«
»Mein Mann. Deshalb darf dieses hier gar nicht erst zur Welt kommen«, vollendete Lisbeth.
Leontine hatte mit Brenna schon über Schwangerschaftsabbrüche gesprochen, die notwendig wurden, um zu verhindern, dass ledige Mütter sich selbst oder ihre Kinder im Neckar ertränkten. Neben Kräutern und Pilzen, die einen Abort einleiteten, gab es auch eine unsagbar brutale mechanische Methode, über die sie lieber gar nicht erst nachdenken wollte.
Leontine hatte das Gefühl, sich aufzulösen.
»Wie weit bist du?«, flüsterte sie.
»Im vierten oder fünften Monat«, entgegnete Lisbeth leise. »Du sollst mir nur erklären, wie ich es loswerden kann. Den Rest erledige ich dann schon selbst.«
Leontine kämpfte mit sich. »Ich kann nicht«, gestand sie schließlich ein. »Es geht nicht gegen dich. Aber ich darf nicht in Verdacht geraten, Schadenszauber zu wirken. Sie halten mich sowieso schon für eine Hexe.«
»Klar«, sagte Lisbeth resigniert.

»Warum hast du deiner Schwester Barbara nicht gesagt, wie schlecht es dir geht?«

»Er hat gedroht, dass er mich totschlägt, wenn ich ihn verrate.«

Leontine schlug die Hand vor den Mund. »Geh zu Brenna ins Quellental. Sie weiß sicher Rat.«

Lisbeths Enttäuschung stand greifbar zwischen ihnen. Sie hüllte sich in ihr Tuch und huschte lautlos davon.

Betroffen wandte sich Leontine ab und kehrte in die Wärme und Sicherheit ihres wohlhabenden Elternhauses zurück. Durch ihre Gabe wusste sie, dass sie Lisbeth wiedersehen würde. Es war noch nicht vorbei.

Oh Mist, dachte sie. Rutersberger war also der Mörder seines eigenen Kindes. Hatte er nicht auch im Kerker das Sagen, wo Cyrian einsaß und sich nicht wehren konnte?

Sie zog die Tür auf und trat in den Gang, der nach Braten duftete. Warum nur hatte sie feige gekniffen, als es darauf angekommen war?

25

Die Nacht gehörte Gaspard. Als der Mond untergegangen war, ließ er lautlos die Tür hinter sich ins Schloss fallen und kletterte auf die Außenmauer des Anwesens am Rossmarkt. Geschmeidig sprang er auf das Kopfsteinpflaster und blickte in die spiegelnden Augen von Leontines schwarz-weißem Kater, der ebenso neun Leben hatte wie Menschen, in deren Adern das Blut der Fahrenden floss.

»*Mon ami*, Wind«, sagte er und strich ihm über sein gesträubtes Fell. Anders als menschliche Jäger waren Mäusejäger überall willkommen.

Gaspard verstand sich meisterhaft darauf, im »Schwarzen Adler« unsichtbar zu werden und die Gespräche der Saufköpfe zu belauschen. Es gab die Huren, die Mitläufer, die Ratsherren auf Abwegen, die Menschen mit den finsteren Träumen, und es gab die grundbösen Schurken, zu denen der Esslinger Scharfrichter gehörte. Gaspard zockte sie alle gnadenlos beim Kartenspiel ab. Je mehr Schnaps floss, desto mehr Unrat wurde an Land gespült.

In diesem Fall führten einige einflussreiche Leute etwas im Schilde gegen Leontine und ihre Familie. Was es war, hatte er noch nicht herausgebracht. Anlass zum Neid boten die Wagners genug. Da war die aufbrausende Tessa, die sich immer zu viel aufbürdete, eine Händlerin, der man ihren Erfolg nicht gönnte. Da war dieser Corentin, der sich auf die Suche nach den Brandstiftern gemacht hatte, und der neunmalkluge Andreas. Vielleicht gab es ja auch Leute, die neidisch auf seine Bildung waren? Gaspard aber ging es um Cyrian, der im Kerker schmachtete, ausgeliefert diesem Kretin von Henker.

Er schlich sich lautlos an das Ende der Webergasse, versteckte sich in einem Durchgang und wartete. Es dauerte nicht lange, bis sich eine Tür öffnete und ein fetter Junge auf die Gasse trat, der sich eine Kapuze über den Kopf zog.

Gaspard konnte sein Glück kaum fassen. Ambrosius Marchthaler, dachte er triumphierend und verschmolz mit den Schatten, als Ambrosius an ihm vorbeihuschte. Er folgte ihm von Nische zu Nische, bis Ambrosius an einem der vorderen Häuser der Straße zum Stehen kam und Steine an einen hölzernen Fensterladen warf.

Wenig später erschien ein kleiner Junge mit verstrubbelten Haaren in der Tür. »Was willst du?«, fragte er verschlafen. »Wenn meine Großmutter mich erwischt, zieht sie mir das Fell über die Ohren.«

»Komm mit zum Ufer, ich muss mit dir reden!«

Die beiden Jungen rannten über den Marktplatz und polterten unterhalb der Doppeltürme der Stadtkirche den Weg zum Ufer des Rossneckars hinab. Gaspard stoppte seine schnellen Schritte gerade noch früh genug, um nicht in sie hineinzulaufen. Er stand vor einer Art kleinem Tor und wurde eins mit der Wand.

»Mein Vater hat gemerkt, dass etwas gespielt wird«, sagte Ambrosius. »Er steigt mir immer mehr aufs Dach.«

Das hätte der sodomitische Stoffhändler schon viel früher tun sollen, fand Gaspard.

»Meinem ist das sowieso klar«, sagte der kleinere Junge. »Ich glaube, er wusste von Anfang an, dass wir es waren, die aus Versehen unser Stofflager angezündet haben.«

»*Du* warst es. Mit deiner blöden Kerze«, stellte Ambrosius klar. »Meiner weiß es auch. Meine Eltern streiten sich heftig meinetwegen. Aber können wir es zugeben?«

»Auf keinen Fall«, rief der kleinere Junge entsetzt. »Wir müssen weiter lügen. Sonst hauen sie uns noch die Finger ab, oder was steht auf Meineid? Und das andere?«

»Das darf niemals jemand herausfinden.«

Gaspard hatte genug gehört. Er schlich den Hang hinauf zum Friedhof unterhalb der Stadtkirche und wartete zwischen den Grabsteinen auf die beiden Unruhestifter, die kurz darauf erschienen.

Seltsamerweise trollten sie sich nicht wieder in ihre Betten, sondern klopften an das gewaltige Tor des großen Hauses, das unterhalb der Kirche lag.

Der Zehnthof, dachte Gaspard, Wohnstatt der Pfaffen der Stadtkirche, die er allesamt verachtete, verweichlicht, wie sie waren.

Jemand öffnete und drückte Ambrosius einen Beutel in die Hand.

Judaslohn, dachte Gaspard. Er erhaschte einen Blick auf einen dunklen Kopf, der im Nu wieder im Innern des Gebäudes verschwand.

Für heute hatte er genug gesehen. Es vollends zu durchblicken würde noch mindestens eine weitere Nacht in Anspruch nehmen, eher länger. Gedankenversunken schlich er zum Haus zurück, stahl sich durch die Seitentür hinein, wickelte sich in seinen Mantel und legte sich auf die Küchenbank. Er erwachte kurze Zeit später, als eine Frau am Herd zu hantieren begann, setzte sich auf und hielt sich den schmerzenden Kopf.

»Grüß dich, Gaspard«, sagte die Frau heiter und rührte im Brei, den sie selbst angesetzt hatte.

Es war Leontines Mutter Tessa. Auf ihrer Hüfte hockte das zappelige Kleinkind. Ihre Schwangerschaft war weit fortgeschritten.

Gaspard wunderte sich, denn normalerweise verließen sich wohlgeborene Damen in der Küche auf Dienstboten und lieferten ihren Nachwuchs freiwillig bei der Amme ab. Tessa war auf sich gestellt, weil ihr Ehemann sich am Tag nach Leontines Rückkehr auf die Suche nach den Brandstiftern gemacht hatte. Anscheinend gab es eine Spur, was Gaspard aus verschiedenen Gründen bezweifelte.

Todmüde nach der durchwachten Nacht stand er auf und spülte sich mit einem Schluck verdünntem Wein den pelzigen Geschmack aus dem Mund. Danach schob er sich wieder auf die Bank und beobachtete Tessa misstrauisch. Er war noch nie allein mit ihr gewesen. Doch es kam noch schlimmer.

»Halt mal«, sagte sie, drückte ihm das Kleinkind auf den Schoß und goss ihnen beiden heißen Würzwein ein.

Gaspard nippte an seinem Wein, verbrannte sich den Mund und wappnete sich für die Fragen, die auf diesen Anfang unausweichlich folgen würden. Anders als Leontine würde sich ihre Mutter diese Gelegenheit niemals entgehen lassen.

»Erzähl mir von dir«, sagte Tessa sanft.

»Was möchtet Ihr wissen?«

»Deinen Namen, deine Herkunft, wovon du träumst, warum du meine Tochter kennst.«

Gaspard verkniff sich ein Grinsen. »*Mon nom* ... mein Name ist Gaspard, sonst nichts.«

Tessa unterdrückte ein Lachen. »Also, Monsieur Gaspard, sonst nichts. Woher kommst du?«

Weil er nichts zu verlieren hatte, beschloss er, ihr die Wahrheit zu sagen. »*Mes parents*, meine Eltern, waren Fahrende. Taschenspieler, Gaukler, Bärenführer, Wahrsager. Wir waren unterwegs in Sud de la France. Mein Volksstamm nennt sich Manouches. Er kommt von weit her.« Seine Muttersprache war ihm nach und nach abhandengekommen, was er daran gemerkt hatte, dass ihm der Name des Bären nicht mehr einfallen wollte.

»Tatsächlich?«

Es überraschte Gaspard nicht, dass die Gewürzhändlerin Französisch verstand. Sicher hatte sie die eine oder andere Reise gemacht.

»Meine Mutter kam aus Carcassonne«, erzählte Tessa.

»Meine Familie ist in einen Hinterhalt von Räubern geraten«, berichtete Gaspard weiter. »Sie kamen alle um. Nur ich versteckte mich unter einem Wagen und schlug mich nach Norden durch.« Dass er als halb verhungertes Bettelkind in Straßburg auf Matthis getroffen war, ging sie nichts an. Sein Dienstherr durfte unter keinen Umständen erwähnt werden.

Nacheinander drängten sich die Köchin und eine zierliche Magd in die Küche, die höchstens zwölf Sommer zählte und verstohlen in ihre Hand gähnte.

Die Alte stemmte ihre knotigen Hände in die Hüften. »Du

solltest lieber schlafen, anstatt deine kostbare Zeit in der Küche zu verplempern, Tessa«, grantelte sie.
»Nimmst du mal, Stella?« Tessa nahm Gaspard das Kind ab und drückte es der jungen Magd in die Arme. »Die Amme hat Husten und schläft aus. Besser, Joschi steckt sich nicht an.« Während sich die beiden Frauen um das Morgenmahl und das Kind kümmerten, setzte sie ihre Fragen fort. »Wie hast du meine Tochter kennengelernt?«
Gaspard fühlte sich bis aufs Hemd ausgezogen. Er war auf der Hut. Ein falsches Wort von ihm, und Tessa würde ihn mit dem Überfall auf den Geldtransport in Verbindung bringen.
»Ich war ... schwer krank.«
»Ach wirklich? Was war es denn?«
»Husten. Fieber, Lunge.« Etwas Besseres fiel ihm auf die Schnelle nicht ein. Es war klar, dass Tessa seine Lüge sofort durchschaute. »Leo hat mich gesund gepflegt und seither ...«
»... fühlst du dich ihr verpflichtet?«
Gaspard nickte zögernd.
»Aber du liebst meine Tochter nicht? Ihr seid mehr, nun ja, freundschaftlich verbunden?«
Wieder nickte er.
»Gut«, schloss Tessa.
Niemals würde er jemandem seine wahren Gefühle gegenüber Leontine gestehen. Dieses ungläubige Erstaunen, als er erkannt hatte, dass sie sogar dann selbstlos handelte, wenn sie vor Angst beinahe umkam. Leontine war eine Kostbarkeit, die er beschützen würde wie den Kern seiner eigenen Seele, eine Magierin wider Willen. Doch sie gehörte Matthis.
Leontine trat in die Küche, gefolgt von ihrem Bruder Andreas. Ihre dunklen Haare fielen ihr in offenen Wellen über den Rücken. Manchmal fragte sich Gaspard, wie sie sich anfühlen mochten.
Leontine füllte zwei Schalen mit Brei und stellte eine vor Gaspard ab. »Einen Besseren findest du in ganz Württemberg nicht.«
Honig, dachte Gaspard und fing an zu essen.

Neben ihm nahm Andreas Platz und versenkte seine Nase in einem Buch. Die kleine Magd musterte ihn aus ihren hellgrünen Augen.

Ein seltsames Gefühl war zu spüren, das Gaspard mit Beklemmung erfüllte, weil ihm nicht zu trauen war.

Paix, dachte er, Frieden.

26

Über Esslingen erwachte ein weiterer blauer Frühlingstag. Leontine hatte schlecht geschlafen, weil die Begegnung mit Lisbeth ihr wie ein Alpdruck auf der Seele lag. Deshalb war sie vor Sonnenaufgang aufgestanden, hatte mit den anderen Familienmitgliedern und Gaspard gefrühstückt und flocht sich neben der Waschschüssel im kleinen Kabinett im Erdgeschoss die Haare, als es an der Haustür klopfte.

»Wer besucht uns denn schon so früh?«, ließ sich Tessa ungehalten aus der Küche vernehmen. Joschi plärrte.

»Ich mach auf.« Leontine lief zur Tür und zog sie auf.

»Leontine.«

Vor ihr stand der Kaplan Nikolaus Seiler. Es war das erste Mal, dass sie ihm nach dem Mordanschlag auf den Esslinger Höhen begegnete. In seinen Augen stand ein seltsamer Hunger.

Siedend heiß wurde Leontine bewusst, dass sie mit ihren halb offenen Haaren und dem nachlässig geschnürten Mieder wohl kaum ein standesgemäßes Bild abgab.

»Grüß Euch Gott, Herr Kaplan Seiler«, sagte sie befangen und fand es befremdlich, dass sie sich mit jemandem unterhielt, der sie am liebsten tot sehen würde.

Seiler zeichnete eine nachlässige Segensgebärde über sie. »Ist deine Mutter zu Hause? Ich würde ihr gern meine Aufwartung machen.«

»In der Küche.« Leontine trat beiseite, um ihn vorbeizulassen. Sie zog es vor, sich in ihrem Zimmer fertig zu richten.

Kurz darauf hüllte sie sich in ihren Mantel und lief so schnell sie konnte durch die Morgenfrische zur Apotheke, die die Riexingers soeben aufsperrten. Beide wirkten übernächtigt und verkatert. Wahrscheinlich hatte sich der Abend mit Paracelsus noch bis in die Nacht hingezogen.

Leontine ging mit Feuereifer an die Arbeit. Heute teilte sie sich ihre Aufgaben mit dem Gehilfen und den beiden Lehrjungen, von denen der eine durch Meister Riexinger zum Seifekochen verdonnert worden war, weshalb er als Ladenhilfe ausfiel. Zu dritt bewältigten sie den Ansturm nur mit Mühe, der ab dem späten Vormittag einsetzte und einfach nicht enden wollte. Die Kunden gaben einander die Klinke in die Hand. Leontine war das recht so, weil es sie sowohl von Lisbeth als auch vom Kaplan Seiler ablenkte, der ihr Angst einjagte.

Die Welle ebbte erst ab, als die Sonne am frühen Nachmittag hinter den Dächern der Häuser verschwand. Leontine hockte sich auf einen Schemel und zog erleichtert die Schuhe von ihren geschwollenen Füßen. Sie war allein im Laden, weil Friede die Lehrjungen und den Gehilfen zu Tisch gebeten hatte. Nur Peter Riexinger selbst rumorte im Hinterzimmer.

In diesem Augenblick betrat eine ältere Frau die Apotheke. Es war die Witwe des verstorbenen Zunftmeisters der Weingärtner, Elsbeth Rauch, die Leontine gegenüber kein Misstrauen hegte. Ihr Gesicht war schmal, die Augen lagen tief in den Höhlen.

»Grüß dich Gott, Leo«, sagte Elsbeth leise. »Ich bräuchte eine Arznei gegen Leibdrücken von dir.«

»Wie äußert sich dein Unwohlsein denn?«, fragte Leontine. Vielleicht hatte die Rauchin ja zu viel gegessen und suchte Linderung bei Völlegefühl, Sodbrennen und Blähungen.

»Es ist schlimm und plagt mich, trotz unseres guten Trollingers, auch nachts. Ich hab schon die anderen Wengerterfrauen gefragt, aber keine wusste Rat.« Elsbeth seufzte leise und deutete auf ihren Magen.

»Ich könnte dir unsere Essenz aus Engelwurz mitgeben.«

Die Arznei enthielt Extrakte aus Angelikawurzel, Schöllkraut, Mariendistel und Kamille und leistete gute Dienste bei Magendrücken aller Art. Leontine holte ein Fläschchen aus einer Schublade, drückte es Elsbeth in die Hand und zählte, während diese sich schlurfend zur Tür bewegte, ein paar Geldstücke in die Kasse.

»Halt, du bekommst noch Wechselgeld!«, rief ihr Leontine hinterher.

Elsbeth drehte sich mühsam um, kam zurück und nahm das Geld entgegen. Bei der Berührung ihrer Hand erstarrte Leontine. Elsbeths Finger stießen die Tür zu ihren Visionen weit auf. Sie gaben ihr das Gefühl zu fallen.

Oh mein Gott, dachte sie, die Frau ist ernstlich krank. Da wuchs etwas in ihr, das da überhaupt nicht hingehörte. Sie sah in Elsbeths freundliche blaue Augen und erblickte den Tod. In wenigen Monaten würde die Rauchin ihrem Schöpfer gegenübertreten. Leontine vergaß zu atmen.

»Alles in Ordnung, Leontine?«, fragte Elsbeth. »Ich glaub auch ned, dass du eine Hex bist. Du bist eine Heilerin.«

»Schon gut.« Leontine starrte sie fassungslos an. Warum hatte sie nicht bemerkt, wie eingefallen Elsbeths Gesicht war? Ihre Schmerzen mussten weit stärker sein, als sie zugab.

»Warte«, sagte Leontine tonlos. »Ich … muss etwas mit Peter Riexinger besprechen.« Sie lief ins Hinterzimmer und atmete tief durch.

Riexinger schaute irritiert von seinem Destillierkolben auf. »Was ist los?«

»Ich brauche ein starkes Schmerzmittel«, flüsterte sie. »Die Witwe Rauch ist schwer krank. Opium oder so etwas.«

Peter wischte sich die Hände an seinem Wams ab. »Bist du dir sicher? Pass auf, was du redest.«

Leontine nickte aufgeregt. »Sie ist vom Tod gezeichnet.« Tränen traten in ihre Augen. Zu Beginn ihrer Zeit im Quelltental hatte sie bei der jungen Magd Mechtel etwas Ähnliches erlebt. Aber die hatte immerhin noch gute vier Jahre zu leben.

»Natürlich habe ich Opiumessenz«, sagte Riexinger flüsternd.

»Dieses Laudanum von Dr. Paracelsus«, schlug Leontine vor.

Riexinger nickte nachdenklich und holte die Phiole aus seinem Vorrat. »Theophrastus will uns sowieso einige Flaschen zur Probe dalassen«, sagte er. »Es gibt Krankheiten, bei denen wir nur die Schmerzen lindern können. Lass sie angemessen dafür bezahlen und sag ihr, dass sie dreimal täglich zwanzig Tropfen mit reichlich Wasser einnehmen soll. Sie kann die Dosis steigern, wenn es nicht reichen sollte. Ich stelle Paracelsus selbst an, damit er für uns nachbraut.«

Leontine tat, was er ihr gesagt hatte, und atmete auf, als Elsbeth den Laden verließ.

Peter Riexinger trat auf sie zu. »Das ist dir nicht zum ersten Mal passiert«, sagte er.

Sie nickte traurig.

»Es ist eine schwere Bürde, die auch deine Mutter getragen hat.«

»Ich bin eine Todesbotin«, stellte Leontine fest. »So wie sie.«

»Nein. Sie war eine weise Frau, so wie du«, antwortete Riexinger. »Du hast der Witwe Rauch hoffentlich nicht die Wahrheit gesagt?«

Sie verneinte.

»Hör mir gut zu, Leontine.« Peter Riexinger sah sie aufmerksam an. »Die Frau wird mit dem Elixier weniger Schmerzen haben und viel schlafen. Aber du musst vorsichtig und bewusst handeln, wenn du Visionen hast.«

»Sonst hetze ich Euch die Kirche auf den Hals«, ergänzte sie bitter.

»Friede und ich haben uns nach den Vorfällen im Winter bewusst dafür entschieden, dich wieder zu beschäftigen«, sagte Riexinger eindringlich. »Dennoch geht von deinen Fähigkeiten Gefahr für uns alle aus. Die Situation eben hast du ausgezeichnet bewältigt. Versuche das bitte auch in Zukunft zu tun.«

Leontine biss sich auf die Unterlippe. Sie konnte sich selbst nicht entgehen. Was würde Riexinger sagen, wenn er erfuhr, dass eine andere Frau sie gestern um einen Schwangerschaftsabbruch gebeten hatte?

Weil ihre Hände zitterten, zog sie sich eine Zeit lang in die Küche zurück. Danach arbeitete sie weiter, als sei nichts geschehen. Zum Angelusläuten zog sie die Eingangstür hinter sich zu und wunderte sich nicht, als sich aus einer Nische ein Schatten löste und an ihre Seite trat. Gaspard.

»Wie war dein Tag?«, fragte sie.

»Ich denk nach«, sagte er und schubste mit seiner Stiefelspitze einen Stein aus dem Weg. »Es ist wie beim Schach. Dein Gegner macht Züge, und du weißt nicht, was sie bedeuten.« Leontine wunderte sich über das komische Zeug, das er redete.

»Es ist, als ob du eine Schlinge um den Hals hast, die dein Gegner langsam zuzieht.« Er machte eine anschauliche Bewegung mit seiner rechten Hand. »Dein Vater würde wissen, wovon ich spreche.«

»Corentin vermutet hinter jedem Baum einen Ränkeschmied. Aber ich nicht.« Leontine hätte diesen Tag am liebsten ungeschehen gemacht.

»Dieser Kaplan, der heute deine Mutter besucht hat, dem ist nicht zu trauen. Er hat zwei Gesichter.«

»Kaplan Seiler meinst du? Er war früher unser Beichtvater.« Leontine wusste, dass ihre Gabe sich auch darin äußerte, Menschen richtig einschätzen zu können. Außerdem hatte Seiler einen Meuchelmörder auf sie angesetzt. »Er ist eine Gefahr für mich«, schloss sie.

»Diese Stadt ist ein Schlangennest«, ergänzte Gaspard. »Die Schlangen haben schon Cyrian. Jetzt wollen sie auch dich.«

»Aber weshalb nur?« Leontine erfasste eine finstere Vorahnung.

Je ne sais pas«, sagte Gaspard grimmig. »Deine Mutter ist eine reiche Frau. Vielleicht hat sie Neider. Sie hat einen Mann aus der Gosse geheiratet. Vielleicht will jemand das nicht.«

27

Von der Burg Reußenstein aus öffnete sich der Blick weit über die Ebene. Hier oben war Corentin allein mit dem Wind und den Raben. Im Tal unter dem Albtrauf lag spielzeugklein die Ortschaft Wiesensteig. Vor etwa hundert Jahren war die Burg in den Besitz des Grafengeschlechts der Helfensteiner gekommen, die von hier aus den Neidlinger Albaufstieg kontrollierten. Vielleicht hatte Matthis Ohnefurcht, der Erbe ihres wenig rühmlichen Abkömmlings Krafft von Helfenstein, ja Zuflucht in der Höhenburg gefunden. In der Esslinger Gegend hatte man ihn seit dem Überfall auf den Habsburger Geldtransport jedenfalls nicht mehr gesehen.

Corentin pflockte Fuchs an, versorgte ihn mit einem Hafersack und machte sich zu Fuß an den Aufstieg. Weiße Wolken fegten über den Himmel, getrieben vom böigen Wind, der seinen Mantel blähte und ihn frösteln ließ. Die Stunde des Jägers war gekommen.

Seit ihm Barbara berichtet hatte, dass aus seinem Schützling ein Raubritter der übelsten Sorte geworden war, wusste er, dass er ihn zur Strecke bringen musste. Die Erkenntnis schmerzte ihn wie ein Dorn im Fleisch. Dazu kamen die Brandstiftungen. Es gab nichts Schlimmeres als Mordbrennerei.

Mehrmals hatte er Matthis das Leben gerettet. Zum ersten Mal, als er sich geweigert hatte, ihn und seinen älteren Bruder auf dem Stuttgarter Wilhelmsplatz zu köpfen. Und dann gut ein Jahr später, als er ihn beim Klauen erwischt hatte.

Ich hätte ihn verrecken lassen oder der Obrigkeit übergeben können, dachte Corentin verbittert. Er hatte es nicht getan. Vielleicht wog die Last der Verantwortung deshalb so schwer.

Seine Suche wurde durch die Einwilligung seines Dienstherrn, des Habsburger Obervogts Dietrich Späth, legitimiert. Ehemals ein Gefolgsmann Herzog Ulrichs von Württemberg, hatte sich Späth von dem Tyrannen distanziert, nachdem dieser des Mordes an seinem Freund und Stallmeister Hans von Hutten für schuldig befunden worden war. Endgültig zerschnitten hatte Späth das Band, als er Ulrichs Gemahlin Sabina geholfen hatte, nach München zu ihren Brüdern, den Herzögen von Bayern, zu entkommen. Noch heute schützte er Sabina und ihre Tochter in ihrem Exil im Stadtschloss von Urach.

Späth hatte sich leicht überzeugen lassen. Um Sabina hatte Corentin bei seinem Besuch jedoch einen Bogen gemacht und jede Begegnung vermieden. Leontine, dachte er. Sie hatte im Quellental äußerst merkwürdige Freunde gefunden, die zumindest Tessa nicht geheuer waren.

Würde seine Tochter je begreifen, welche Chance sich ihr bot, wenn sie in den Dienst der ehemaligen Herzogin von Württemberg trat? Dann öffneten sich ihr vielleicht doch noch jene herrschaftlichen Kreise, zu denen Sabina trotz ihrer misslichen Lage Zutritt hatte.

Corentin hatte seine Nachforschungen in der Umgebung der Reichsstadt begonnen, doch als er sich bei den Brandopfern umhörte, war er zum zweiten Mal auf eine Mauer des Schweigens gestoßen. Da er Matthis nicht für einen Wohltäter hielt, der seine Beute mit den Armen teilte, musste es etwas anderes geben, was die Leute auf seine Seite zog.

Corentin stieg die steile Treppe zur Burg hinauf und trat ein. Der Torwächter nickte nur. Im Burghof herrschte verschlafene Stille. Einige Schafe grasten friedlich auf einem Stück Grünland am Tor. Drei Soldaten der Burgbesatzung saßen im Windschatten der Mauer und putzten ihre Waffen.

Verstohlen blickte Corentin sich um. Eine Räuberbande, die hier Unterschlupf gefunden hatte, wäre unübersehbar. Ihre Mitglieder würden lärmen, saufen, huren und Karten spielen. Keine Spur davon, dachte er.

Am Brunnen schöpfte eine alte Frau einen Eimer Wasser. Corentin erkundigte sich bei ihr, ob der Kastellan zu sprechen sei.

»Ich schau mal, was ich für Euch tun kann, Herr.« Diensteifrig eilte sie mit klappernden Pantinen in Richtung des Palas und kehrte mit einem betagten Mann zurück, der sich durch seinen Lederharnisch als Soldat zu erkennen gab.

»Womit kann ich Euch dienen?«, fragte der Kastellan.

»Ich bin auf der Suche nach Matthis Ohnefurcht«, antwortete Corentin ohne großes Vorgeplänkel.

Der Kastellan wurde bleich. »Dann kommt am besten mit ins Haus.«

Corentin folgte den beiden ins Innere der Burg, wo er sich an der großen Tafel einen Becher Wein einschenken ließ. Die Alte, bei der es sich sicher um die Gattin des Kastellans handelte, zog sich in die Küche zurück.

»Bei Euch herrscht erholsame Ruhe«, merkte Corentin an.

»Wie Ihr wisst, bewachen meine Landsknechte und ich im Auftrag der Helfensteiner den Albaufstieg bei Neidlingen«, erklärte der Kastellan. »Es ist eine Nebenstrecke, auf der wenig Betrieb herrscht. Die dunklen Zeiten machen scheint's eine Pause.«

»Eher einen Bogen rund um Eure abgelegene Burg«, schränkte Corentin ein.

»Gebe Gott, dass es so bleiben möge«, wünschte sich der Kastellan.

»Ich bin im Auftrag Dietrich Späths von Urach auf der Suche nach Matthis Ohnefurcht und seiner Räuberbande«, erklärte Corentin.

Der Kastellan nickte zustimmend. »Es wird Zeit, dass man den Raubrittern das Handwerk legt. Der Absberger, der Götz von Berlichingen. Sie alle haben sich nicht mit Ruhm bekleckert.«

»Was könnt Ihr mir über Matthis berichten?«, fragte Corentin.

Der Kastellan überlegte sichtlich, was er ihm mitteilen sollte. »Nicht allzu viel, Herr. Matthis Ohnefurcht war plötzlich da, hat sich beim alten Krafft von Helfenstein beliebt gemacht und sein Erbe angetreten.«

Corentin nippte nachdenklich an seinem Wein und fragte sich, wie sein Schützling das geschafft haben konnte. Der Wein war so sauer, dass es ihm den Mund zusammenzog. »Man macht ihn für einen Überfall auf einen Geldtransport der Habsburger verantwortlich. Aber ich suche ihn, weil er verdächtigt wird, die Brände im Raum Esslingen gelegt zu haben.«

Der Kastellan nickte. »Mordbrennerei der übelsten Sorte also. Das ist sonst nicht seine Art.«

»Habt Ihr eine Ahnung, wo er sich aufhalten könnte?«

Der Kastellan strich sich über seinen weißen Bart. »Schwer zu sagen, Herr. In unserer Gegend steckt er nicht. Das wäre mir nicht verborgen geblieben, denn er reist nur selten allein. Auch nicht auf bewirtschafteten Burgen, sondern eher im Verborgenen in Ruinen und versteckten Bauerngütern. Vielleicht solltet Ihr es in der Gegend rund um Göppingen versuchen. Es gibt da einige halb verfallene Stauferburgen, die ihm Zuflucht gewähren könnten.«

Corentin nickte grimmig. Dabei würde er auf die Hilfe von Lenz Schwarzhans und weiterer Bewaffneter zurückgreifen müssen.

Die Gattin des Kastellans kam mit einem Tablett in den Raum, stellte es auf den Tisch und schnitt einen großen Schinken nebst einem Holzofenbrot in Scheiben. »Die Menschen munkeln Dinge über diesen Matthis.« Sie belegte ein Brot für Corentin. »Er soll über alle Maßen mutig, ja tollkühn sein. Kennt Ihr ihn?«

»Entfernt.« Corentin hatte Schwierigkeiten, diese Informationen mit dem naseweisen Dreikäsehoch in Verbindung zu bringen, den er vor so langer Zeit getroffen hatte.

»Er scheint die Todesgefahr zu suchen«, sagte die Frau. »Man sagt, er habe Zauberkugeln besprechen lassen, die immer treffen. Er selbst aber werde nie getroffen.«

»Nur Katzen und Fahrende haben neun Leben«, ergänzte der Kastellan. »Und du spar dir dein dummes Geschwätz, alte Vettel.«

Corentin dachte an den Jungen, der seit Kurzem auf seiner Küchenbank in Esslingen schlief, eine von Leontines Errungenschaften. In ihm floss mit Sicherheit ein Tropfen Vagentenblut.

»Die Frauen lieben Matthis«, berichtete die Frau weiter.

»Tatsächlich?«, fragte Corentin verwundert. »Trotz seiner fehlenden Hand?«

»Oh ja«, bestätigte sie mit vehementem Kopfnicken. »Damen jeden Alters tritt er äußerst ritterlich gegenüber. Die armen Schlucker halten große Stücke auf ihn, weil er sich nicht lumpen lässt. Er teilt freigebig seine Beute, wenn die Leute hungern, und hat so manchem reichen Bauern schon einmal aus Spaß Schafe abgejagt und sie nach Gutdünken weiterverteilt.«

Corentin nickte. Die Armut der Menschen auf der Alb war sprichwörtlich, sodass sie sich aus Verzweiflung an Verbrecher halten mochten. Der reiche Bauer, dem solches widerfuhr, freute sich wohl weniger darüber.

»Ach Alte …« Der Kastellan wischte die Bemerkungen seiner Frau mit einer Handbewegung weg. »Das sind doch nur Sagen und Legenden.«

Die Frau goss Wein in einen Becher und nahm einen großen Schluck. »Aber ein Körnchen Wahrheit steckt in jeder Lüge und jeder Legende«, beharrte sie. »Du wirst doch wohl nicht abstreiten, Konrad, dass die Menschen Matthis Ohnefurcht lieben.«

»Er ist ein Mordbrenner«, sagte Corentin düster. »Darum suchen wir ihn.«

»Mordbrennerei? Das hat der gar nicht nötig. Aber …«, die Frau beugte sich ein Stück vor und musterte Corentin aus ihren überraschend klaren Augen, »… manche munkeln, Matthis stünde in einem Pakt mit dem Teufel.«

28

Es war Sonntag. Weiße Wolken trieben über den Himmel. Darunter kräuselte sich der Neckar im Wind wie eine silbrig braune Schlange. Leontine saß im Dickicht und blickte auf den Fluss hinaus, über den gemächlich ein Kahn gen Cannstatt trieb. Ein Stück abwärts spannte sich die Brücke mit ihren Türmen und ihrer Kapelle darüber. Einige Fischer ließen ihr Boot zu Wasser, um auf Aaljagd zu gehen. Gaspard stand am Ufer und beobachtete das Treiben aufmerksam.

Heute Morgen hatte Pfarrer Balthasar Sattler während seiner Predigt in der Stadtkirche gegen die Protestanten und die gottlose Hexenbrut gewettert. Leontine war schon während seiner Ausführungen flau geworden. Am liebsten hätte sie sich in ihr Bett verkrochen. Nach dem Gottesdienst hatten einige Esslinger Bürger darauf verzichtet, die Familie Wagner zu grüßen. Margarete Marchthaler hatte sich demonstrativ abgewandt.

»Die beruhigen sich schon wieder«, hatte Tessa mit vorgeschobener Munterkeit kommentiert.

Leontine jedoch zitterten die Hände, wenn sie an die unverhohlene Ablehnung dachte, die ihnen entgegengeschlagen war. Aus all diesen Gründen brauchte sie dringend Abstand. Sie wollte einfach in der Betrachtung der Wolkengebilde versinken und an Matthis denken.

In der Nacht hatte sie vom Feuervogel geträumt, der sich mit flammenden Schwingen in den Himmel erhob. Er war so schillernd und schön gewesen, ein Sinnbild der Freiheit.

Sie genoss die Wärme auf der Haut, den Wind im Gesicht, das Glitzern der Sonne auf den Wellen. Sogar der Nix nahm Rücksicht auf sie und blieb in den Wasserfluten verborgen. Stellvertretend kam Gaspard und hockte sich neben sie ins Ufergras.

»Ich hab gehört, was geschehen ist«, sagte er leise. »Du

musst aufpassen. Die Leute schmieden Ränke gegen deine Familie. Die Schlinge kann sich schneller zuziehen, als du denkst.«

Leontine nickte widerwillig. »Ausgerechnet jetzt ist mein Vater nicht da.« Mehr denn je sehnte sie sich nach Schutz. Corentin, der sich immer wie ein Bollwerk gegen jede Art von Bedrohung gestellt hatte, war auf Verbrecherjagd. Auch Andreas fehlte ihnen mit seiner klaren Einschätzung der Lage. Er weilte in Tübingen, wo er sein Studium vorbereiten musste.

»Wenn das Rat oder die Kirche dich wegen Hexerei anklagen, kann auch dein Henkervater nichts ausrichten«, urteilte Gaspard.

»Der Rat«, verbesserte Leontine, holte ein Stück Kuchen aus ihrem Beutel, teilte es mit Gaspard und zerkrümelte den Rest für die Enten, die sich in Scharen im Uferbereich tummelten.

»Da kommt jemand.« Gaspard schnellte hoch. Ein Messer blitzte in seiner Hand, das er verschwinden ließ, als er sah, um wen es sich handelte.

Es war Lisbeth. Sie bahnte sich ihren Weg durch das Gebüsch und setzte sich neben Leontine ans Ufer. Ihre Haube leuchtete weiß in der Sonne.

Während sich Gaspard diskret zurückzog, betrachtete Leontine Lisbeth verstohlen von der Seite. Nagendes Schuldgefühl quälte sie. Vor drei Tagen hatte sie die Henkersfrau zu Brenna geschickt und damit die Verantwortung von sich geschoben.

»Warst du im Quellental?«, fragte sie leise.

»Ja, aber Brenna sagt, ich sei zu weit. Die Gefahr für mich sei zu groß. Sie selbst will sich die Hände nicht schmutzig machen.« Unter ihrem rechten Auge schillerte ein bläulicher Bluterguss.

»Und was machst du nun?«, fragte Leontine.

»Ich weiß es nicht«, sagte Lisbeth so hoffnungslos, dass Leontine unwillkürlich nach ihrer zartknochigen Hand griff.

Hätte sie es doch besser nicht getan! Die Bilder ihrer Vision waren diffus und strotzten vor Gewalt. Lisbeths Leben stand auf Messers Schneide und war dabei eng mit Leontines eigenem verflochten. Sie ließ die Hand fallen, als hätte sie sich verbrannt.

»Du siehst Dinge«, schloss Lisbeth. »Über mich?«

Leontine nickte widerwillig. »Erzähl es bloß nicht weiter ...«

»Was für welche?«

»Du bist in Gefahr«, sagte sie. »Inwiefern, kann ich nicht sagen.«

»Ich wüsste da schon ein paar Möglichkeiten.« Lisbeths blaue Augen glitzerten vor bitterem Spott. »Mein Mann sagt, er schlägt mich tot, wenn ich ihm nicht zu Willen bin. Ich plane, mein Kind loszuwerden. Wenn das nicht klappt, bleiben mir immer noch diese kühlen Fluten da.« Sie deutete auf den Fluss.

Leontine spürte die Verzweiflung, die in Lisbeths Stimme durchklang. »Das wirst du nicht tun! Denk an dein Seelenheil!«

»Du weißt gar nicht, wovon ich rede.«

»Man verdächtigt mich als Hexe«, stellte Leontine klar. »Warum verlässt du deinen Mann nicht und gehst zu deinem Vater zurück?«

Lisbeth legte sich die Hand auf den Bauch. »Glaub mir, das habe ich versucht. Aber ich bin nicht einmal bis Cannstatt gekommen. In Untertürkheim hat mich die Stadtwache eingeholt und wieder nach Hause geschleppt. Mein Mann ist mit Blessing befreundet. Seine Henkersknechte fürchten ihn und tun alles, was er verlangt.«

»Er gehört in die Schranken gewiesen«, sagte Leontine.

Lisbeth schleuderte einen Kieselstein aufs Wasser hinaus, der sofort unterging. »Wir sind unehrlich«, erwiderte sie. »Solange wir unserer Arbeit nachgehen, interessieren sich die Bürger nicht für uns. Ob mein Mann mich schlägt, ist ohnehin seine Sache.«

Leontine fasste einen Entschluss. »Steh auf! Du kommst mit zu mir. Versuch, ein Stück hinter uns zu bleiben, damit wir kein Aufsehen erregen.« Sie winkte Gaspard heran und setzte sich in Bewegung.

Hoffnungslos, wie sie war, folgte ihr Lisbeth durch die Innenstadt bis zum Rossmarkt. Die Menschen, die am Sonntagnachmittag unterwegs waren, beachteten sie nicht.

»Hältst du das für eine gute Idee?«, fragte Gaspard zweifelnd.

»Und ob.« Leontine stieß entschlossen die Haustür auf und ließ beide ein. Im Gang stolperten sie über Hedwigs ältere Kinder, die Fangen spielten.

Sie setzte Lisbeth, die sich scheu umsah, auf die Küchenbank und versorgte sie mit Kuchen und Wein. Es war an ihr, Tessa die Erlaubnis abzuringen, Lisbeth mindestens bis zum Montagmorgen zu beherbergen. Danach würde man weitersehen.

Wie erwartet fand sie ihre Mutter im Kontor, wo sie dabei war, die Bücher ihres Gewürzhandels zu überprüfen. Ihr Rock bauschte sich um ihre Füße.

»Wir haben einen Gast«, sagte Leontine leise. »Eine neue Freundin von mir.«

»Aber Leontine.« Tessa strich sich eine hellbraune Locke aus dem Gesicht. »Du kannst doch nicht alle möglichen Leute einsammeln wie Blumen oder Federn.«

»Es ist Lisbeth, Barbaras Schwester«, erklärte Leontine. »Sie ist schwanger wie du. Ihr Mann schlägt sie.«

»Was?« Tessa rauschte ihr voran in die Küche, wo sie sich auf die Bank neben Lisbeth schob und sie durch eine Umarmung willkommen hieß. Während die junge Frau ihr flüsternd ihre Geschichte erzählte, kümmerten sich die Mägde ums Abendessen.

Leontine nahm erleichtert am Ofen Platz und zog Wind auf ihren Schoß, der sich ausnahmsweise in der Küche herumdrückte. Sie vergrub ihre Nase in seinem weichen Fell und entspannte sich langsam. Vielleicht kam die Welt ja doch wieder in Ordnung. Wie es wohl wäre, als anerkannte Heilerin in dieser Stadt zu leben? Sehnsüchtig wünschte sie sich, einfach sie selbst sein zu dürfen.

Der Abend brach herein. Viel zu schnell brachte die Amme Joschi in die Küche, der verschlafen seine Arme nach Tessa ausstreckte. Martha scheuchte Gaspard zum Wasserholen auf den Vorplatz hinaus. Hedwigs Gören drängten sich lachend um den Tisch, bewarfen sich mit den Löffeln und warteten darauf, dass die Mägde die Suppe auftrugen.

Da trat Gaspard in den Raum. Seine schwarzen Augen flackerten. »Madame …« Er wandte sich an Tessa. »Ihr müsst sofort kommen. Da sind Leute im Hof.«

»Ich kümmere mich gerade um den Kleinen.«

»Beeilt Euch!«

Leontine erschrak, als es mit aller Macht an der Haustür klopfte. Von draußen klang das Raunen vieler Stimmen ins Haus. Fackelschein stand leuchtend in den Fenstern.

»Was ist das?«, fragte die junge Magd Stella ängstlich.

»Gilt das mir?« Lisbeth sah sich nach einer Fluchtmöglichkeit um.

»Nein, es geht um Leontine«, sagte Gaspard. »Du musst sofort weg.«

»Ich …?« Trotz der Nähe des Ofens wurden Leontines Hände und Füße eiskalt.

Würdevoll stand Tessa auf, strich ihre Röcke glatt und reichte Joschi an die Amme weiter. »Also gut! Dann wappnen wir uns. Kommst du mit, Beutelschneider? Wenn ich mich nicht täusche, bist du der einzige Mann im Haus. Ihr andern rührt euch nicht vom Fleck.«

Gaspard nickte knapp und folgte Tessa, die ihm kerzengerade voranging.

»Dieses Mal lasse ich mir mein Kind nicht wegnehmen«, sagte sie entschlossen.

Leontine blieb auf ihrem Schemel am Feuer sitzen und knetete ihre Hände im Schoß.

Rufe drangen von draußen herein. »Komm raus, Hexe!«

Wie hasserfüllt die Stimme klang! Sie konnte in ihr Zimmer rennen und sich unter ihrem Bett verkriechen oder aber der Gefahr ins Auge sehen.

»Leo, nicht!«, sagte Lisbeth leise.

»Doch.« Entschlossen stand Leontine auf und folgte Tessa und Gaspard zur Tür, ohne irgendetwas zu fühlen, nicht einmal Angst. Ihr Herz war genauso dumpf und taub wie ihr Körper.

Während sich Gaspard wachsam an die Hauswand stellte, verharrte Tessa mit untergeschlagenen Armen im Durchgang. Leontine lugte ihr verstohlen über die Schulter.

Tiefe Dunkelheit hatte sich über Esslingen gesenkt. Im Hof drängte sich eine große Gruppe von Bürgern. Viele trugen Fackeln, die ihren lodernden Schein verbreiteten und rußig flackerten. In dem aufgestachelten Mob erkannte sie Stadtwächter, brave Handwerker und sogar einige Pfaffen. Die Leute johlten und buhten sie aus.

»Wagnerhure, gib die Hexe raus!«

Leontine bemerkte den Chorherrn Nikolaus Seiler, der in vorderster Front stand und einen Blick in ihre Richtung sandte.

»Da ist sie!«, rief er triumphierend.

Entschlossen trat Leontine einen Schritt vor und stellte sich neben Tessa.

»Geh ins Haus«, murmelte diese.

Alles war seltsam unwirklich.

»Welche Vorwürfe erhebt Ihr gegen meine Tochter?«, rief Tessa in die Runde.

»Du bist nicht viel besser, Henkershure. Aber deine Tochter ist eine Hexe und steht mit dem Bösen im Bunde!«, rief ein Stadtwächter in Helm und Harnisch.

Tessa ballte die Fäuste. »Habt Ihr irgendwelche Beweise für diese impertinente Behauptung?« Ihre Stimme gellte über den Hof.

Aus der Gruppe löste sich eine Frau mit zerrauften Haaren. Als Leontine sie erkannte, setzte ihr Herz einen Schlag aus. Es war die Bäuerin Anna aus dem Quellental, die sie mit wirrem Blick musterte. »Sie hat mein Kind verhext, sodass das Feuer es sich hat holen können.«

»Dein Haus ist abgebrannt!«, rief Tessa mit glasklarer Stimme. »Dein Kind ist am Rauch erstickt.«

»Schon vorher hatt ich nicht genügend Milch. Und meine Kuh auch nicht. Das war Schadenszauber. Und warum konnt der Mann mein Mädle retten, aber die Leontine mein Kleinstes nicht?«

»Welcher Mann?«, murmelte Tessa ratlos.

Diesen Moment nutzte der Chorherr Seiler, um sich aus der Gruppe zu lösen und an ihnen vorbei ins Haus zu stürmen.

»Nein!«, schrie Tessa.

Gaspard hängte sich an seine Fersen, doch Seiler polterte so eilig die Treppe hinauf, dass er ihn nicht einholen konnte. Flugs war er wieder da, lieferte sich ein Handgemenge mit Gaspard und streckte triumphierend einen Tonbecher in die Höhe. Die Menge wurde still. »Dieses Corpus Delicti habe ich unter dem Bett der Hexe gefunden. Ein Sakrileg sondergleichen!«

Leontine hatte den Becher noch nie gesehen. »Das ist nicht von mir.«

»Schau hinein!«, sagte er.

Der Becher war mit einer rötlichen Flüssigkeit gefüllt, in der ein Stück Brot schwamm. Es roch säuerlich.

»Was ist das?«, fragte Leontine.

»Ha!«, schrie Seiler in die Menge. »Sie will ihre eigenen Schandtaten nicht mehr kennen. Das da, Leontine von Absberg, ist eine geweihte Hostie, die in Blut schwimmt.«

Ein Seufzer ging durch die Menge.

»Das ist Betrug.« Tessa stemmte ihre Hände in die Hüften. »Ihr habt mich vor drei Tagen besucht und vorgeschoben, wieder mein Beichtvater sein zu wollen. Die Gelegenheit habt Ihr genutzt, um Leontine dieses … Ding da … unterzuschieben.« Aufgebracht schlug sie Seiler den Becher aus der Hand, der auf dem Boden zerschellte. Die Hostie blieb in einer blutigen Pfütze liegen.

Schweigen senkte sich über die Menge. Selbst Gaspard schien vor Schreck erstarrt zu sein.

»Das wollte ich nicht«, sagte Tessa betroffen.

»Da sieht man Eure Ehrfurcht vor dem allerheiligsten Sakrament, Wagnerin.« Kaplan Seiler sah seltsam zufrieden aus, als hätte sein Schurkenstreich nicht besser laufen können. »Wir nehmen die Hexe mit und sperren sie in den Turm«, sagte er triumphierend und griff nach Leontines Arm. »Morgen folgt eine Anhörung durch den Rat. Wenn sie dann noch immer nicht gesteht, werde ich mich selbst um ihre peinliche Befragung kümmern.«

Da drängten sich drei Männer durch die Menge. Leontine erkannte den Apotheker Peter Riexinger, den Arzt Paracelsus und Ägidius Marchthaler, der beschwichtigend seine Arme hob. Schweigen senkte sich über die Menge.

Sie fasste Mut. Ihre Freunde würden für sie sprechen.

»Immer mit der Ruhe«, sagte Marchthaler. »Nichts ist bewiesen. Die Anschuldigungen wiegen zu schwer, als dass sie zwischen Tür und Angel entschieden werden könnten. Leontine von Absberg muss dem Kaplan Seiler nicht in den Kerker folgen, bis sie eine offizielle Anklageschrift des Esslinger Rates erhält.«

»… was sicher nicht vor morgen früh der Fall sein wird, wenn überhaupt«, ergänzte Peter Riexinger, während sich Paracelsus bückte und die undefinierbare Masse in Augenschein nahm, in die sich die Hostie verwandelt hatte.

»Eine Hostie ist das nicht, jedenfalls keine geweihte«, sagte er in die Menge hinein. »Es scheint sich vielmehr um ein aufgeweichtes Stück Brot zu handeln, das jemand zum Vergären in Wein gelegt hat.« Er tunkte einen Finger in die Flüssigkeit und roch daran. »Blut ist das nämlich auch keins. Habt Ihr Euch geekelt, Herr Kaplan Seiler, oder konntet Ihr auf die Schnelle keins besorgen?«

»Es ist eine Hostie«, beharrte Seiler. »Ich habe sie soeben unter Leontines Bett gefunden. Sie soll sicher zu zauberischen Zwecken benutzt werden bei diesen Hexenfesten, zu denen das Mädchen auf einem Ziegenbock ausfliegt, um sich mit ihrem höllischen Liebhaber zu vergnügen.«

Leontine rang fassungslos nach Atem.

»Für mich sieht das eher nach einem leicht durchschaubaren Betrugsversuch aus«, sagte Paracelsus und wischte die Überreste des Brotstückchens mit angewidertem Gesicht auf eine Tonscherbe. »Leontine von Absberg ist einer der reinsten und unschuldigsten Menschen auf Gottes Erde.«

»Vertraut auf das Urteil des berühmten Arztes Paracelsus«, rief der Apotheker in die Menge.

Die Menschen schauten ihn verständnislos an. Statt sich zu beruhigen, stampften sie so hitzig mit den Füßen auf wie eine Bullenherde, die gleich losstürmen wollte.

Unglücklicherweise dürsten sie nach meinem Blut, dachte Leontine. Noch immer hatte Seiler sie so fest am Arm gepackt, dass sie sich nicht losreißen konnte.

»Warum hasst Ihr mich so?«, fragte sie leise.

Eine Sekunde lang flackerte die Wahrheit in Seilers Augen auf. »Ich hasse Euch nicht, ich will Euch retten«, sagte er.

»Endlich verstehe ich Euch besser.« Leontine setzte alles auf eine Karte. »Ihr glaubt, mich zu lieben.« Nicht oft sagte sie den Menschen auf den Kopf zu, was sie über sie wusste. »Ich irre mich nicht.«

Entsetzen spiegelte sich in Seilers Blick, bevor er sie mit angewidertem Gesichtsausdruck freiließ. Leontine rieb sich erleichtert den Arm.

»Geht nach Hause!«, rief Marchthaler in die Menge. »Der Rat wird sich morgen mit der Anklage beschäftigen.«

Unwillig trollte sich einer nach dem andern vom Hof. Tessa folgte ihnen und legte eigenhändig den Riegel vor das Tor, um die Außenwelt zumindest für diese Nacht auszusperren.

»Das hätte ich schon heute Nachmittag tun sollen«, sagte sie grimmig.

»Wer konnte denn mit so etwas rechnen?« Leontines Stimme war schwach, ihre Knie weich wie Butter.

»Niemand«, gab Tessa zurück. »Wir haben großes Glück gehabt.«

»Wann kommt Corentin zurück, Tessa?«, fragte Marchthaler. »Es ist sicher besser, du bleibst nicht ohne Schutz.«

»Ich weiß es nicht. Er jagt noch immer diesem Matthis hinterher.«

»Wem?« Leontines entsetzter Blick traf sich mit Gaspards.

»Matthis Ohnefurcht ist ein Raubritter. Lisbeth kennt ihn«, sagte Tessa. Sie schöpfte einen Eimer Wasser und schwemmte den roten Fleck, den das weingetränkte Brot hinterlassen hatte, in einem Schwall von ihrer Treppe. »Er soll für die Brände verantwortlich sein.«

»Sicher nicht«, sagte Gaspard leise.

»Was weißt du denn darüber, Beutelschneider?«, rief Tessa.

»Nichts«, wehrte Gaspard ab.

Natürlich musste er abstreiten, Matthis zu kennen. Leontine nahm an, dass er noch in dieser Nacht die Stadt verlassen würde, um seinen Dienstherrn zu warnen.

Matthis, dachte sie. Sie wusste, dass er ein Räuber war. Aber ein brutaler Mordbrenner? Nein, das passte nicht zu ihm.

»Kommt alle mit ins Haus«, schlug Marchthaler vor. »Auch Ihr, Paracelsus, und du, Peter. Es gibt viel zu besprechen.«

Leontine folgte ihnen langsam. Man hatte sie als Hexe beschuldigt, ihr falsche Beweise untergeschoben. Und dann noch diese Anschuldigung gegenüber Matthis. Es war, als bewege sie sich durch einen Traum, in dem ihr bewusst war, dass sie träumte. Vielleicht schaffte sie es deshalb, aufrecht stehen zu bleiben und Tessa zu stützen, die sich stöhnend die Hand auf den Bauch legte.

»Ich habe Vorwehen«, sagte sie leise. »Es soll bloß niemand merken. Ich kann mir doch vor den Leuten keine Schwäche erlauben.«

Leontine spürte deutlich, dass Tessas Schwangerschaft nicht normal verlief. »Es ist viel zu früh. Du musst dich schonen, Mutter.«

»Woher soll ich denn die Zeit dafür nehmen?« Tessa hielt unter einer weiteren Wehe inne.

In der Küche herrschte erstickende Wärme, weil Martha

alle Fensterläden geschlossen und den Ofen angeheizt hatte. Außerdem hatte sie gemeinsam mit den Mägden die Vorratskammer geplündert. Lisbeth half ihnen dabei, Brot, Wein und vier gebratene Hühner aufzutragen. Als sich alle um den Tisch versammelt und ihre Teller gefüllt hatten, erhob sich Ägidius Marchthaler und klopfte mit einem Löffel an seinen Becher.

»Er ist der Vater dieses *conards* Ambrosius«, raunte Gaspard Leontine zu, der neben ihr Platz genommen hatte.

»Er hat mir soeben das Leben gerettet«, sagte sie, »… weil er so ziemlich der einzige anständige Mensch in der papistischen Fraktion im Rat ist.«

»*J'espère*«, gab Gaspard zweifelnd zurück. »Hoffen wir es.«

Marchthaler wartete, bis die Tischrunde schwieg. »Ihr fragt euch bestimmt, wie es weitergehen soll«, begann er.

»Den Fortgang dieser heiklen Sache muss man gut durchdenken«, sagte Paracelsus, der an einem Hühnerbein kaute.

»Bevor sie das Mädchen doch noch in den Kerker stecken und diesem Monstrum überlassen.«

Schlagartig wurde Leontine die Realität bewusst, die nicht die ihre zu sein schien. Ihr Leben war in Gefahr. Hastig trank sie einen Schluck Wein gegen die Furcht.

»Genau deshalb, meine lieben Freunde, müssen wir planvoll agieren«, sagte Marchthaler.

»Was schlägst du vor?«, fragte Peter Riexinger.

»Eben haben wir das Aufbegehren eines ebenso angstvollen wie mächtigen Mobs erlebt«, erläuterte Paracelsus. »Die Kirche hat sich in Gestalt dieses Kaplans in die erste Reihe gestellt. Eine Anklage wegen Hexerei wird aber immer von weltlichen Gerichten verhandelt.«

»Für diese bedarf es zunächst eines Antrags«, fuhr Marchthaler fort. »Am morgigen Montag werde ich während der Ratssitzung diesen Antrag stellen und danach dafür sorgen, dass er abgeschmettert wird und es nicht zur Anklage kommt.« Er schenkte Leontine ein schiefes Lächeln. »Das bin ich dir und deiner Familie schuldig, Tessa.«

»Für so durchtrieben hätte ich Euch gar nicht gehalten«, sagte Paracelsus. »Alle Achtung.«

»Wie wollt Ihr das erreichen?«, fragte Leontine.

»Dabei, mein liebes Kind, werde ich mir nicht nur Bürgermeister Holdermanns besonnene Art zunutze machen, sondern auch den Streit, der den Rat ohnehin spaltet.«

»Die Differenzen zwischen Protestanten und Altgläubigen?«, fragte Tessa.

»Genau, meine Liebe«, sagte Marchthaler grimmig. »Der Mob ist von der papistischen Fraktion in Gestalt dieses fanatischen Kaplans Seiler aufgehetzt worden. Wenn sich die Protestanten gegen seine betrügerischen Vorwürfe wehren, stärken sie damit nur ihre Position.«

»Aber du stehst doch wie Margarete aufseiten der Papisten«, wandte Tessa ein.

»Morgen nicht, meine Liebe«, sagte Marchthaler munter. »Gemeinsam werden wir die Anschuldigungen abschmettern, sodass es nicht einmal zu einer Anklage kommt. Damit wären die Vorwürfe hoffentlich vom Tisch.«

»Nun«, sagte Paracelsus, »das ist ja alles schön und gut, aber unser kleines Problem ...«, er deutete auf Leontine, »sitzt dort.«

Das Mitgefühl in den Augen ihrer Gäste fühlte sich für sie an wie ein Schlag in die Magengrube.

»Es wäre durchaus besser, Leontine«, fuhr Paracelsus fort, »... wenn du für kurze Zeit, zumindest bis sich die Aufregung gelegt hat, das Weite suchen würdest.«

»Zu deiner eigenen Sicherheit«, stimmte ihm Marchthaler zu. »So schade es sein mag ... für dich ist in diesen Tagen in Esslingen kein Bleiben mehr.«

Alle schwiegen betreten. Leontine fühlte sich, als hätte man sie auf einer windigen Ebene ausgesetzt.

»Sie geht zu Herzogin Sabina ins Stadtschloss Urach«, verfügte Tessa.

Leontine widersprach nicht.

Es war so geschehen, wie es Ägidius Marchthaler kühl und umsichtig geplant hatte. In der Ratssitzung war der Antrag, Leontine von Absberg wegen Hexerei anzuklagen, mit genau einer Gegenstimme abgeschmettert worden. Am folgenden Dienstag saß sie neben ihm auf dem Kutschbock seines Pferdewagens, der, beladen mit einer Fuhre Stoffballen, durchs Obertor auf die Straße in Richtung Geislingen rumpelte. Auf ihrem Schoß hielt sie ihren Kater, der immer wieder vom Wagen springen wollte.

»Wie praktisch, dass mich diese Ladung ohnehin zu Herzogin Sabina führt«, sagte Marchthaler. »Trotz ihrer ständig leeren Kasse verzichtet sie nicht auf eine standesgemäße Sommergarderobe für sich und ihre Tochter.« Er zwinkerte Leontine zu und schnalzte mit der Zunge. Die Pferde trabten an.

»Denk dran, was Tessa gesagt hat. Bevor ich mich verabschiede, soll ich auch deine Maße nehmen, damit du als Kaufmannstochter ordentlich Staat machst. Ich lasse dir die Kleider dann schicken.«

»Ich danke dir, Onkel Ägi«, sagte Leontine und meinte nicht nur ihre Ausstattung. Marchthaler war für sie mehr als ein Risiko eingegangen, zuletzt, als er die Henkersfrau Lisbeth zwischen den Stoffballen der Ladung sicher verpackt und durch die Kontrolle im Tor geschmuggelt hatte, denn ohne sie wäre Leontine nirgendwohin gegangen. Die Vorstellung, dass Lisbeth mit ihr gemeinsam ein neues Leben beginnen würde, tröstete sie irgendwie.

Es war reichlich Verkehr auf der Reichsstraße nach Ulm. Leontine starrte mit brennenden Augen in die Ferne, wo die Hügel am Horizont verschwammen. Zweimal hatte sie Tessa bereits nach Augsburg zum Handelshaus Fugger begleitet, dabei von der Straße aus die Dreikaiserberge bestaunt, die sich wie Zuckerhüte aus der Ebene vor Geislingen erhoben, und den anstrengenden Albaufstieg hinter sich gebracht. Heute würde sie ihr Weg auf unbekanntes Terrain in Richtung Tübingen führen.

Die Räder drehten sich. Der Wagen gewann gemächlich an

Tempo. Auf dem freien Feld hinter Oberesslingen wartete ein Reiter und winkte ihr zu. Es war Gaspard.

»Könntest du bitte anhalten?«, bat Leontine.

Marchthaler tat, was sie verlangte, und stellte sich taub, während Gaspard sein schwarzes Pony herantraben ließ. Er saß im Sattel, als sei er darin geboren.

»Ich dachte, du seist schon fort«, sagte Leontine beklommen.

»Ich bin auf dem Weg«, antwortete Gaspard und drückte ihr ein Päckchen in die Hand. »Ich hole sie mir zurück, wenn ich dich in Urach besuche.«

Geschickt wendete er sein Pferd und stob davon. Bei ihrem nächsten Halt wickelte Leontine das Päckchen aus. Es war das Tarotspiel, aus dem sie für Matthis, sich selbst und Gaspard die Zukunft gelesen hatte. Im böigen Wind fächerten sich die Karten auf und drohten davonzufliegen wie Vogelfedern. Leontine raffte sie mit fliegenden Fingern zusammen und presste sie an ihr Herz.

29

Cyrian hatte schon lange gewusst, dass Felix Gruber sterben würde. Wochenlang hatte sein Zellengenosse im Fieber geglüht und sinnloses Zeug gefaselt. Doch das war nicht alles. In seinen Fieberattacken hatte er seine Glaubensgenossen einen nach dem andern preisgegeben. Die Namen setzten sich in Cyrians Kopf fest, als trügen sie Widerhaken. Der Zuberhans, Leonhard Luz, Zunftmeister der Weingärtner, Hans Feigenbutz, Johann Fleiner, Stephan Böhmerlin, der kleine Frans, Sohn vom Großen, die alte Wilhelmine, die Häberles. Ja, auch die Brandopfer aus Liebersbronn waren dabei gewesen. Sie hatten sich getroffen, gemeinsam die Bibel gelesen und das Abendmahl gefeiert, das ihnen gleichberechtigte Gemeinschaft bedeutete. Einige hatten den Frieden beschworen, zu dem die Bibel sie verpflichtete. Andere hatten einen Umsturz herbeigesehnt, nach dem endlich das wahre Reich Gottes aufgerichtet werden konnte. Manche Wiedertäufer waren vor einem Jahr aus Esslingen vertrieben worden. Unbelehrbare wie Stephan Böhmerlin hatte man hingerichtet und unter dem Galgen begraben. Andere lebten insgeheim noch immer in der Stadt, ihren Filialdörfern oder den württembergischen Gemeinden Hegensberg und Uhlbach.

Die Namen waren Felix Gruber aus dem Mund gerutscht. Kurz darauf hatte er sich die Lunge aus dem Leib gehustet. Jeden Morgen starrten die Decken, in die Cyrian ihn gewickelt hatte, vor Blut, das irgendwann bräunlich auftrocknete und die Stoffe steif werden ließ. Er wusste, dass er Gruber mit Tessas Lebensmitteln und Decken am Leben hielt. Schon lange hatte er seinem kranken Zellengenossen die Pritsche überlassen und schlief selbst auf dem Steinboden.

Ein neuer Morgen schien klar und hell durch die Fensterluke hoch oben in der Mauer. Die Wände dünsteten Kälte aus, die Cyrian frösteln ließ. Als er auf und ab hüpfte, um seine steifen Glieder zu lockern, stand ihm sein Atem weiß vor dem Gesicht. Dann wandte er sich Gruber zu. Dessen Atem ging flach und unruhig, aber seine Stirn war weniger heiß als gestern Abend. Cyrian zog die Decke um ihn fest, als er unvermittelt die Augen öffnete.

»Ich danke dir«, sagte Felix Gruber feierlich.

»Wofür?« Cyrian setzte sich auf den schmalen Rand der Pritsche. Nach dem sinnlosen Gebrabbel waren das Grubers erste vernünftige Worte seit Wochen. Vielleicht wurde er ja doch wieder gesund. Cyrian hätte es sich nicht eingestanden, aber er grauste sich davor, allein im Kerker zurückzubleiben.

»Ich habe geplaudert, oder?« Grubers Stimme war nur ein Flüstern. Mit seiner Knochenhand griff er nach Cyrians.

»Wie meinst du das?«, fragte dieser misstrauisch.

»Ich habe im Fieber die Menschen verraten, die mir etwas bedeuten«, antwortete Gruber. »Die Hoffnungsvollen, die dachten, dass die neue Lehre ihr Leben verändern könnte. Die glaubten, dass die Freiheit …« Ein Hustenanfall unterbrach seinen Redefluss.

»… für alle gilt«, vollendete Cyrian nachdenklich. Nur nicht für ihn.

Gruber zog ihn näher zu sich heran. Seine Hand war kalt und schweißig. Sein Atem stank nach Krankheit. »Und du hast …?«

»… nichts gesagt«, ergänzte Cyrian.

Er hatte nicht geredet, obwohl sie ihn dreimal verhört und darauf gepocht hatten, dass er ihnen die Namen der Wiedertäufer verriet. Noch hatten sie ihn nicht gefoltert. Der Henker Rutersberger hatte mit einer schwarzen Ledermaske im Gesicht neben der Tür gestanden und ihn in Ruhe gelassen. Dennoch war sich Cyrian der Gefahr bewusst gewesen, die von ihm ausging.

»Du bist ein Held«, sagte Gruber. Ein Lächeln stahl sich auf seine schmalen Lippen. »Und was tust du jetzt?«

Cyrian rätselte, was er meinen könnte, bis es ihm aufging. »Ich werde auch in Zukunft niemanden verraten.«

»Ich danke dir, mein Freund«, sagte Gruber. Dieses selige, komplett idiotische Grinsen leuchtete weiter auf seinem Gesicht, als er wieder in die Bewusstlosigkeit entglitt.

»Felix?«, fragte Cyrian heiser. »Nicht!«

Doch Gruber konnte ihn nicht mehr hören. Während draußen die Sonne aufstieg und ihre Lichtfinger durch den Fensterschlitz streckte, wurde sein Atem flacher und flacher. Als sich gegen Mittag eine Gruppe frecher Spatzen auf der Gasse um einen Haufen Krümel stritt, setzte er aus.

Cyrian ließ seine Finger über Grubers Mund gleiten und spürte seinem letzten Hauch nach. Nichts mehr. Sein Gesicht erstarrte im Tod. Da schloss er ihm die Augen, faltete seine Hände und betete ein halbwegs frommes Vaterunser. Gruber war frei, er nicht.

Siedend heiß fiel Cyrian das Versprechen ein, das er ihm gegeben hatte. Wenn es hart auf hart kam, würde er es niemals halten können.

30

»Freifräulein Leontine von Absberg!«
Der Lakai klopfte mit seinem Stab dreimal auf den Parkettboden. Leontines Mund war trocken und ihre Füße schwer wie Blei. Entschlossen strich sie ihr Kleid glatt und trat in den Empfangssaal des Uracher Schlosses, in dem ihre erste Begegnung mit Herzogin Sabina und ihrer Tochter stattfinden sollte.

Nachdem sie die Nacht in einem Gasthaus verbracht hatten, war sie mit Ägidius Marchthaler und Lisbeth vor einer guten Stunde angekommen. Das Residenzschloss beeindruckte sie. Der imposante Bau lag am Mauerring der Stadt Urach, die sich in ihrem Talkessel tapfer gegen dunkelgrün bewaldete Hügel behauptete. Da das Schloss aus allen Nähten platzte, hatte Corentin für sie ein kleines Fachwerkhaus nahe der Mühle gemietet, das über drei Zimmer im Erdgeschoss und eine Kammer im Dachgeschoss verfügte. Es lag in Blicknähe zum Schloss.

Als Herzogin Sabinas Einladung sie erreicht hatte, war Leontine dabei gewesen, sich in ihren neuen Räumen einzurichten und den Kater auf Entdeckungsreise zu schicken. Sie hatte Lisbeth das Auspacken überlassen, war über den Schlosshof geeilt und ein bisschen außer Atem im ersten Stock angekommen.

Der Empfangssaal war so prächtig, dass Leontine sich scheu umsah. Ein Vorfahr Herzog Ulrichs hatte ihn mit Palmen und bunten Wappen ausmalen lassen, unter denen der Wahlspruch *Attempto – Ich wage es* stand.

»Nur nicht so schüchtern! Tretet einfach näher«, sagte Herzogin Sabina, die in einem Lehnstuhl an einem der Fenster saß.

»Damit meint sie, dass wir nicht beißen, auch wenn wir so aussehen.« Ein junges Mädchen sprang auf und tänzelte leichtfüßig auf Leontine zu.

Anna von Württemberg trug ein gelbes Brokatkleid mit Lochstickerei, das Ägidius Marchthalers Herz höherschlagen lassen würde. Sie hatte brandrote Haare.

»Wie hübsch du bist! Gell, Mutter, mit dem Fräulein von Absberg können wir richtig Staat machen. Beim nächsten Ball wird sie die Tänzer an sich ziehen wie die Kerze die Motten.« Annas Gesicht wurde von einem spitzbübischen Grinsen erhellt. Sie war so zierlich und anmutig, dass Leontine sich in ihrer Gegenwart wie ein Bauerntrampel fühlte.

Während sie heimlich über ihre Fluchtmöglichkeiten nachgrübelte, trat sie näher und fiel vor der Dame im Sessel in einen ungeschickten Hofknicks. Anna versteckte ein Kichern in ihrer geöffneten Hand, als ihre Mutter gelassen aufstand, Leontine am Arm stützte und auf die Füße zog.

Herzogin Sabina war einige Jahre älter als Tessa. Sie wirkte würdevoll in ihrem schlichten schwarzen Kleid.

»Herzlich willkommen, meine Liebe«, sagte sie. »Wir sind hier unter uns. Auf solche Förmlichkeiten wie den Hofknicks darfst du in Zukunft gern verzichten.«

»Setz dich doch«, sagte Anna. »Und verzeih mein Benehmen. Mutter verzweifelt noch an mir.«

Sie goss Rotwein in drei venezianische Gläser und reichte eines davon an Leontine weiter. Auf dem Tisch stand eine Schale mit Gebäck.

Leontines Magen knurrte. Hungrig schielte sie auf die Teller, die Anna füllte. Dankend nahm sie einen in Empfang und aß kleine Bröckchen Blätterteig, wobei sie inständig hoffte, sich nicht zu verschlucken.

»Ich freue mich so, dass du endlich gekommen bist«, fuhr Anna fort. »Ich war nämlich in den letzten Monaten, seit der Hochzeit meiner lieben Freundin, der Freifrau von Birkenfeld, ein bissel einsam.« Sie zog einen niedlichen Schmollmund.

Leontine riss verwundert die Augen auf. Konnte es sein, dass diese Damen von allerhöchster Herkunft auf sie gewartet hatten? Fest nahm sie sich vor, ihnen so freundlich wie möglich zu begegnen.

»Ich danke Euch.« Sie nippte an dem Wein und schenkte Anna ein Lächeln.

»Ich kannte deinen Vater«, sagte Herzogin Sabina.

»Mein Ziehvater Corentin Wagner ist ein Gefolgsmann Dietrich Späths«, erwiderte Leontine schüchtern. Als Höfling konnte sie ihn sich gar nicht vorstellen.

»Es geht nicht um unseren getreuen Corentin«, erwiderte die Herzogin, »… den tapfersten und ehrenhaftesten Krieger auf Gottes Erde. Ich meine deinen leiblichen Vater.«

»Jona von Absberg?«, fragte Leontine überrascht.

In den letzten Monaten war sie in Theophilas Fußstapfen getreten und hatte kaum einen Gedanken an ihren Vater verschwendet. Auch ihre Zieheltern schwiegen sich über ihn aus.

»Oh ja«, sagte Anna. »Er muss ein begnadeter Sänger und Musiker gewesen sein.«

»Jedem Instrument entlockte er die schönsten Töne«, ergänzte Herzogin Sabina. »Seine Laute nannte er seine Geliebte. Allerdings nur, bis er deine Mutter kennenlernte, über die am Hof zu Stuttgart die wildesten Gerüchte kursierten.«

»Und die romantischsten.« Anna seufzte tief auf.

Leontine wusste nicht, ob sie sich geschmeichelt fühlen sollte. Die Liebe ihrer Eltern hatte ein tragisches Ende gefunden.

»Du gleichst ihm«, meinte Sabina.

»Ich bin gar nicht musikalisch.«

»Jona hat ein Attentat auf meinen Gemahl verübt«, fügte Sabina sanft hinzu. »Nachdem er zunächst sein treuer Freund gewesen war und sich dann aus nachvollziehbaren Gründen von ihm zurückgezogen hatte.«

Leontine betrachtete sie mit offenem Mund. In den folgenden Wochen sollte sie lernen, dass die Herzogin ihre Gedanken immer freimütig aussprach. Jegliche Ressentiments schien sie nach den demütigenden Jahren ihrer Ehe hinter sich gelassen zu haben. Schon vor dem Mord an Hans von Hutten hatte ihr Gemahl sie misshandelt. Nach der Geburt der beiden Kinder Anna und Christoph durfte sie sich aus der

Stuttgarter Residenz nach Urach zurückziehen und ergriff 1516 die Flucht zu ihren Brüdern, den Herzögen von Bayern. Im selben Jahr setzte Kaiser Maximilian seinen ehemaligen Günstling Ulrich in die Acht, was diesen nicht davon abhielt, 1519 Reutlingen sowie Esslingen zu überfallen und sein eigenes Herzogtum in Schutt und Asche zu legen.

»Mein Vater Jona war sehr mutig. Dafür hat man ihn hingerichtet.« Man hatte ihn geköpft, wie es seiner hohen Geburt angemessen gewesen war. Wie immer drängte Leontine die Bilder, die vor ihrem inneren Auge entstanden, entschlossen zur Seite, weil sie dabei Corentin vor sich sah.

»… was mir auch nach dieser langen Zeit noch leidtut«, kommentierte Sabina, ehe sie das Thema wechselte. »Sag, wie geht es deiner Ziehmutter Tessa und deiner Tante Veronika?«

Leontine gab bereitwillig Auskunft. »Meine Ziehmutter ist wieder schwanger. Ansonsten ist sie guter Dinge.« In Wahrheit sorgte sie sich um Tessa, die unter ihrer komplizierten Schwangerschaft litt. »Von meiner Tante Veronika hören wir selten etwas. Ihr Mann Johannes Gessner und sie führen in Basel eine Apotheke. Sie hat einen Sohn und eine Tochter, die ich beide noch nie gesehen habe.«

»Dr. Gessner hatte dem Herzog Urfehde geschworen, was beinhaltet, dass ihm die Rückkehr nach Württemberg verwehrt ist«, sagte Sabina. »Ich schätze ihn sehr. Er hat Anna auf die Welt geholfen.«

Leontine nickte. Davon hatte sie gehört. Ebenso wie vom Besuch der Herzogin in Esslingen, die sich vor dem Reichskammergericht vergeblich für eine Übergabe des Herzogtums an ihren minderjährigen Sohn Christoph ausgesprochen hatte.

»Also sind unsere Familien aufs Engste miteinander verbunden«, schloss Anna. »Außerdem bist du mit einem Raubritter verbandelt, was dir etwas Verwegenes verleiht.«

Entgeistert fragte sich Leontine, wie die Prinzessin von Matthis erfahren haben konnte. Dann ging ihr auf, dass sie Hans Thomas von Absberg meinen musste. Ihren gewalttätigen Onkel hatte sie über den Ereignissen der letzten Zeit aus dem Blick verloren.

»Ja.« Sie nickte bestätigend. »Er hält mir noch immer Einkünfte aus meinem Erbe vor. Andererseits ist bei ihm wohl auch nicht mehr viel zu holen.«

Anna streckte sich wie eine Katze. »Ärgert dich das nicht? Du wirkst so gelassen.«

»Ich hatte in den letzten Wochen wenig Zeit, um über ihn nachzudenken«, erwiderte Leontine. Nicht, nachdem sie ihre Gedanken nur noch an Matthis verschwendet hatte.

»Ich möchte alles über dich wissen«, sagte Anna.

Was durfte sie ihr erzählen, ohne preiszugeben, dass sie den Tod voraussehen und mit Geistern sprechen konnte? »Ich habe einige Wochen im Haus meiner leiblichen Mutter verbracht, um mich mit der Heilkunst zu beschäftigen«, sagte sie. »Schon vorher hatte ich in unserer Stadtapotheke ausgeholfen.«

Anna betrachtete sie staunend. »Gearbeitet im wahrsten Sinne des Wortes?«, fragte sie. »Ha, nun hab ich dir das erste Lächeln abgerungen.«

»Tatsächlich?« Leontine errötete.

»Dann bist du also kräuterkundig?« Sabina beugte sich vor. »Die Pflanzen, die Gott uns in seiner Gnade als Arznei geschenkt hat, sind auch meine Leidenschaft.«

»Vielleicht«, sagte Leontine unbestimmt und setzte in einem Anfall von Übermut alles auf eine Karte. »Aber dann hat man mich als Hexe verdächtigt.«

Annas braune Augen weiteten sich. »Hui«, sagte sie. »Nun wissen wir ja, warum du dein freies, ungebundenes Leben aufgegeben hast, um unser langweiliges zu teilen.«

Du weißt gar nichts, dachte Leontine. Das Lächeln in ihrem Gesicht gefror zu einer Maske.

»Du hast ja schon einiges erlebt, liebe Leontine«, kommentierte Sabina. »Aber wenn du nicht gottesfürchtig wärst, hätte dein Ziehvater nicht für dich gesprochen. Wir müssen aufeinander achtgeben.«

Dankbar registrierte Leontine, dass Sabina nicht genauer

nachfragte. Welcher Teufel hatte sie geritten, den beiden von den falschen Anschuldigungen gegen sie zu erzählen?

Aus Gewohnheit stellte sie das Geschirr zusammen und fegte die Krümel mit der Hand auf das Tablett, doch Herzogin Sabina hob mahnend ihren Zeigefinger. »Halte inne! Es ist löblich, dass du so umsichtig bist, meine Liebe. Man merkt, dass du in einem Haushalt mit einigen Geschwistern aufgewachsen bist. Aber diese hausfraulichen Pflichten schicken sich nicht für ein Freifräulein.«

»Ich dachte, ich sei für solche Dinge zuständig«, bemerkte Leontine leise.

Anna lachte. »Da irrst du dich. Das machen unsere Kammerkätzchen. Die Hausmädchen der Haushofmeisterin«, fügte sie erklärend hinzu.

Die Audienz war zu Ende. Anna begleitete Leontine noch zur Tür. »Du willst dich sicher frisch machen und ein wenig im Schloss umsehen. Heute Nachmittag treffen wir uns mit dem Stoffhändler Ägidius Marchthaler, um unsere neue Sommergarderobe auszusuchen und zu bestellen. Beehre uns doch dabei.« Sie zwinkerte Leontine zu. »Neue Kleider kann man immer gebrauchen.«

Sie durchschritten den mit Wandbildern ausgemalten Saal. Allesamt zeigten sie Palmen und Wappen hochwohlgeborener Ahnen der Württemberger.

»Schön, nicht?« Anna drehte sich einmal um sich selbst. »Der Raum wurde zur Zeit meiner Stiefgroßmutter Herzogin Barbara Gonzaga gestaltet. Er zeigt den Stammbaum meines Stiefgroßvaters Eberhard im Barte mitsamt seiner verrückten Großmutter Henriette von Mömpelgard. Aber eines muss ich dir noch im Vertrauen sagen.« Sie winkte Leontine zu sich heran. »Meine Mutter hat eben von Jonas Attentat auf Herzog Ulrich berichtet. Weißt du, was ich mich manchmal frage?«

Leontine nahm Annas leichten Zitronenduft wahr, als sie ihr ins Ohr flüsterte: »Was wäre geschehen, wenn dein Vater meinen getötet hätte?«

31

»Habe ich schon einen Sonnenbrand?«, fragte Anna von Württemberg. »Es fängt ganz harmlos an. Zuerst werde ich rosa, dann rot wie ein gesottener Krebs, und dann beginne ich mich zu schälen.« Sie schob ihren eleganten Strohhut zurück und zog ihre Nase kraus.

Leontine legte den Krauseminzeschössling beiseite, den sie einpflanzen wollte. »Du bist immer noch schön blass.«

Anna hackte wie besessen auf die Erde ein. Dann richtete sie sich auf. »Ich schwör dir, das bleibt nicht so. Ich werde rot wie Klatschmohn, wenn ich die Sonne nur von Ferne sehe. Du hast das Problem ja nicht ...«

»Ich werde in der Sonne so braun wie das Bauernweib, das ich bin«, erwiderte Leontine lächelnd. »Aber wenn man etwas erleben will, muss man nun einmal vor die Tür gehen.«

»Auch wenn man dabei zur Wühlmaus wird. Oder zum Maulwurf.« Anna legte ihre Hand vor den Mund und kicherte.

Es war ein warmer Frühlingstag. Weiße Wolken zogen über den Himmel wie eine Herde wolliger Schafe. Herzogin Sabina hatte ihnen nach langem Hin und Her erlaubt, nahe der Schlossmauer am Ufer des Flüsschens Erms einen Garten anzulegen. Nachdem der Gärtner das Stückle umgegraben und die Erde mit Pferdemist angereichert hatte, waren sie heute darangegangen, es zu bepflanzen. Selten hatte Leontine etwas so viel Spaß gemacht. Der kleine Garten erinnerte sie an Theophilas Grundstück im Quellental, das Brenna nun allein bewirtschaftete.

Während Anna die Erde krümelig harkte, zog Leontine Furchen und legte Samenkörner hinein. Lupinen, Ringelblumen und Löwenmaul. Ihr Blumengarten würde im Sommer ein kunterbuntes Paradies sein. Sie putzte zufrieden ihre erdigen Finger an einem Grasfleck ab.

»Leo lächelt«, stellte Anna fest. »Vielleicht gleichen sich unsere Säfte und Kräfte ja doch noch aus. Aus der leichtherzigen, geschwätzigen Anna und der schwerblütigen Leo wird nach alchemistischer Destillation, Verschmelzung und Purgatorium irgendwo in der Mitte die vollkommene Frau.«
»Wir sind richtig, so wie wir sind«, entgegnete Leontine. »Mehr dürfen wir uns gar nicht wünschen. Warum eigentlich Fegefeuer?«
Anna hüpfte heran und drückte ihre Schulter. »Weil uns das sowieso erwartet, du Schäfchen. Vielleicht ja schon bald.«
Unverhofft hatte Leontine in der temperamentvollen Prinzessin von Württemberg eine Freundin gefunden. Sie ergänzten sich so perfekt, wie es nur Gegensätze konnten.

Die letzten Tage waren mit Beschäftigungen ausgefüllt gewesen, die Leontine sonst bestenfalls als Zeitvertreib betrachtet hätte. Morgens nahmen sie Tanzstunden, gingen Sprach- und Mathematikstudien nach oder lasen in der Bibel. Nachmittags pflegten sie mit Herzogin Sabina sowie dem knorrigen, aber gutmütigen Dietrich Späth Konversation zu machen und zu malen oder zu sticken. Am Sonntag wohnten sie gemeinsam dem Gottesdienst in der nahe gelegenen Stiftskirche St. Amandus bei. Abends zog sich Leontine in ihr Häuschen zurück, außer am letzten Samstag, als Herzogin Sabina einige Niederadelige aus der Umgebung zum Tanz eingeladen hatte. Beinahe hätte sie sich, schüchtern, wie sie war, schweigend in eine Ecke verzogen. Doch Anna hatte sie mit ihrem losen Mundwerk gerettet und auf die Tanzfläche gezerrt, wo sie mit dem jungen Heinrich von Westerstetten ins Gespräch gekommen war, der ihr den Abend über den Hof gemacht hatte.

Einträchtig pflanzten Leontine und Anna noch einige Minze- und Thymianschösslinge ein und setzten sich dann an die sonnenwarme Mauer ins Gras. Anna zog ihre Knie an.
»Warst du schon einmal verliebt?«
Goldschwarze Hummeln summten hektisch um das Blütenkleid einer verwilderten Forsythie herum.

Leontine spürte, wie sie errötete. »Was heißt schon verliebt?« Ein Marienkäfer hatte sich auf ihr Kleid verirrt. Sorgsam setzte sie ihn auf einen Grashalm, wo er seine kleinen Flügel ausbreitete und in den sonnigen Nachmittag flog.

Anna stieß einen Schrei aus. »Du warst! Ach, wenn ich doch aus meinem Gefängnis ausbrechen könnte! Sag, wer ist er, wie heißt er, wie sieht er aus?«

»Seinen Namen kann ich dir nicht verraten«, sagte Leontine. Manchmal dachte sie, sie habe die Begegnung mit Matthis nur geträumt. Vielleicht wurde er ja wieder realer, wenn sie ihn in Worte fasste.

»Ein Geheimnis? Noch wunderbarer.« Anna seufzte. »Ein wenig wirst du mir doch erzählen können.«

»Er ist groß«, sagte Leontine.

»Wenigstens etwas«, kommentierte Anna.

»Er ist blond, breitschultrig und hübsch.«

»Schneidig also«, sagte Anna. »Dann schauen ihm wohl die Frauen hinterher. Leg ihm, wenn du daran denkst, Wermut unters Bett. Das fördert die Treue. Ist er denn tapfer?«

Leontine dachte an das brennende Haus. »Aber sicher. Regelrecht tollkühn.«

»Ein Ritter?«

Das Lachen blieb Leontine im Halse stecken. »Das weniger. Er ist ein – Feuervogel.« Möglicherweise würde er sie mit sich in die Flammen ziehen.

»Werdet ihr euch wiedersehen?«

»Ich weiß nicht.«

Ihre Gabe erwachte wie ein Prickeln, eine Frische in der Luft, reines Quellwasser, das sie berauschte. Ihr Geist war gleichzeitig benommen und klar, als sei sie aus der Zeit gefallen.

»Doch, werden wir«, schickte sie hinterher, denn für einen Lidschlag hatte sich der Schleier gelüftet, der über der Zukunft lag. Freude erfüllte sie.

Der Zauber hielt an. Über den Setzlingen tanzten durchsichtige Blütenelfen. Und da, war das nicht ein kleiner brauner Gnom mit spitzen Zähnen, der in einer Mauerritze verschwand? Als Kind hatte sie sich mit solchen Wesen unterhalten, bis Tessa ihr klarmachte, dass sie es besser unterließ. Sie fragte sich, ob sie ihre Sprache noch verstehen würde.

»Ach, eine junge Liebe ist doch etwas Schönes.« Anna lehnte sich an die Mauer und seufzte. »Mich werden sie sicher an einen zahnlosen alten Löwen von Grafen verheiraten.«

Leontine kehrte mit einem Ruck in die Gegenwart zurück. »Freu dich. Dann wirst du im Handumdrehen eine reiche Witwe und bereist die ganze Welt.«

»Ach was.« Anna machte eine wegwerfende Handbewegung. »Dann wartet schon der Nächste, an den sie mich gewinnbringend verschachern können. Meine Onkel Wilhelm und Ludwig in München werden schon eine kluge Auswahl treffen, auf dass ich ihnen nicht in die Parade fahre. Sie müssen genau ausklamüsern, wem sie mich geben, damit meine Kinder keine Erbansprüche in Württemberg oder im Bayerischen anmelden können. Und ich schwör dir, auch den Truchsessen von Waldburg, die die Habsburger als Stellvertreter ins Stuttgarter Schloss gesetzt haben, bereitet dieses Problem schlaflose Nächte.«

»Wenigstens das kann mir nicht passieren«, sagte Leontine. »Als adliges Faustpfand bin ich wertlos.«

»Mein Bruder Christoph und ich«, erzählte Anna, »wir waren schon als kleine Kinder so eine Art Geiseln. Meine Mutter floh allein nach München, weil sie dachte, dass Herzog Ulrich sie in Stuttgart in eine Kammer sperren will, wie es Eberhard im Barte mit meinem verrückten Großvater Heinrich auf der Festung Urach getan hatte.«

Leontine gruselte sich. »Dieses Monstrum! Ulrich, Herzog und Henker von Württemberg.«

Anna nickte. »Uns ließ sie in Nürtingen bei Tante Elisabeth von Brandenburg. Eines Tages hat unser Vater uns abgeholt, auf die Festung Hohentübingen verfrachtet und sofort das Weite gesucht. Stell dir vor, zwei kleine Kinder ganz allein zwischen Steinmauern und Soldaten in voller Rüstung. Ich glaube, Herzog Ulrich hat nie das Wort an mich gerichtet. Ich habe mich immer vor ihm gefürchtet, und dabei sehe ich ihm so ähnlich.«

Alle Munterkeit war aus Annas Stimme verschwunden. Sie zog ihr Schultertuch enger, als würde sie frieren. »Ich erzähle dir diese Dinge nur, weil ich dir vertraue.«

Leontine nickte und drückte Annas Hand. »Und dein Bruder?«

»Der weilt in Innsbruck am habsburgischen Hof. Da haben sie ihn am besten unter Kontrolle. Mutter hat sich die Augen ausgeheult deswegen.« Anna machte eine kurze Pause. »Tja, es ist kein reines Vergnügen, eine abgesetzte Prinzessin zu sein.«

Leontine legte den Arm um ihre Freundin. »Ich bin immer für dich da«, versprach sie. »Besonders, wenn du traurig bist.«

»Ich weiß.« Anna stand auf, ordnete ihre Röcke und trat an den Fluss heran, der sich rund um die Schlossmauer zu weitläufigen Seen verbreiterte.

»Sieh mal, sie bringen die Birken für den Maientag herein.«

Leontine schaute ihr über die Schulter. »Stimmt ja, der April geht zu Ende.«

Am anderen Ufer trug eine Gruppe Halbwüchsiger in Kniehosen Bündel von Birkenreisig aus dem Wald. Einer winkte ihnen verstohlen zu und kassierte eine Kopfnuss von einem weißhaarigen Alten. Ihnen folgten drei weitere Männer, die einen frisch geschlagenen Baum hinter sich herschleiften. Sein Laub leuchtete hellgrün in der Sonne.

»Wie immer haben sie die schönste Birke ausgesucht und gefällt. Freyas Baum«, sagte Anna. »Warst du schon mal beim Maientanz?«

Leontine dachte an Brennas Göttinnen aus alter Zeit und fragte sich, ob die Feste auf der Alb so wild wie die auf dem Schurwald waren. »Dafür müsste ich aufs Land gehen.«

»Ich würde so gern einmal. Sie huldigen der Liebe.« Annas Stimme war heiser vor Sehnsucht. Sie beschattete ihre Augen und richtete sie wieder auf den Weg. »Da kommt noch jemand. Eine Frau mit weißer Haube. Ich glaube, es ist deine Zofe.«

Lisbeth näherte sich eilig und fiel vor Anna in einen perfekten Hofknicks. Sie hatte sich in den beiden Wochen, die sie schon in Urach weilten, gut eingelebt und Leontines gesamte Haushaltsführung und die Wäsche übernommen. Sie hatte Lisbeth als junge Witwe vorgestellt, was ihre Schwangerschaft erklärte und womit sich weitere Fragen erübrigten.

Lisbeth grüßte die Prinzessin ehrerbietig und wandte sich dann an Leontine. »Euer Vater ist gekommen und will Euch sprechen, Freifräulein. Kommt Ihr bitte?«

Corentin saß in dem kleinen Wohnraum ihres Hauses am Tisch. Er trug noch seine Reitstiefel, sein Umhang war staubig. Wahrscheinlich hatte er Fuchs eben in den Stallungen untergebracht und war sofort zu ihr gekommen.

Leontine trat ein und ließ die Tür sachte ins Schloss gleiten. Obwohl sie ihren Ziehvater liebte, stand so viel Unausgesprochenes zwischen ihnen, dass sie sich ihm nur befangen nähern konnte.

»Weshalb ist Lisbeth bei dir?« Corentin wirkte müde. Sein Gesicht war hager, unter seinen blauen Augen lagen dunkle Schatten. »Ich finde ihre Gegenwart … verwunderlich.«

Leontine fiel ein, dass er die junge Frau als Kind im Hause Berthold Hechts kennengelernt haben musste. Corentin hatte ein gutes Gedächtnis für Gesichter. Sie entschied sich, nahe an der Wahrheit zu bleiben.

»Sie musste Esslingen verlassen.«

»Und da entführst du sie einfach nach Urach?«, wunderte sich Corentin.

»Jawohl«, sagte Leontine und reichte ihm einen Becher Burgunder. »Man soll immer das Richtige tun. Das habt ihr uns doch beigebracht.«

Lisbeths Anwesenheit schien damit geklärt. Jedenfalls fragte Corentin nicht weiter nach.

»Setz dich zu mir«, bat er stattdessen. »Und erzähl mir,

was geschehen ist. Ich kenne bisher nur Tessas Version der Geschichte.«

»Sie haben mich als Hexe verdächtigt«, sagte Leontine leise.

»Ich weiß. Mich interessiert, was dieser Unterstellung vorangegangen ist.«

Anders als Tessa, die immer alles besser wusste, unterbrach er sie nicht. Stockend berichtete sie von ihrer Zeit im Quellental, dem Brand, Brenna und Gaspard, kam in Fluss, als sie die Arbeit in der Apotheke schilderte, und schloss bei dem wütenden Mob in ihrem Hof. Die Begegnung mit Matthis ließ sie ebenso aus wie Brennas Nähe zur Magie.

Corentin schenkte ihr einen nachdenklichen Blick. Sein Gesicht gab nicht preis, was er wirklich dachte. »Wir hätten dir nie erlauben dürfen, allein im Quellental zu leben.«

»Doch«, sagte Leontine fest. »Ich habe mich da gefunden. Und meine Freunde wirken zwar seltsam, sind aber anständige Leute.«

»Das Risiko war zu groß.«

Leontine wechselte das Thema. »Du darfst Tessa nicht mehr so lange allein lassen«, beschwor sie Corentin. »Gaspard sagt, dass gegen unsere Familie eine Intrige gesponnen wird. Außerdem läuft ihre Schwangerschaft gar nicht gut.«

Er nickte. »Ich werde Dietrich Späth um weitere freie Tage bitten.«

»Bis zur Geburt des Kindes und danach«, sagte Leontine bestimmt. »Und vergiss nicht, dass Cyrian noch immer im Kerker festsitzt.«

Corentin nickte widerwillig. »Aber vorher jage ich die Mordbrenner und führe sie ihrer gerechten Strafe zu.«

Es fühlte sich an wie ein Schlag in die Magengrube. Leontines Herz schlug ihr bis in die Kehle. Gegen die Trockenheit im Hals trank sie etwas Wein und verschluckte sich prompt. Corentin klopfte ihr beiläufig den Rücken.

Er ist mein Vater, der einzige, den ich habe, dachte sie. Mein anderer ist tot.

»Ich hab gehört, du suchst diesen Matthis. Berthold Hechts Ziehsohn.«

»Oh ja«, bestätigte Corentin. »Jemand sollte die Menschheit von der Geißel befreien, zu der er geworden ist.« Er war leicht zu durchschauen, seine Seele so klar wie Wasser.

»Er hat dich enttäuscht«, sagte Leontine. »Und das, wo er mal so etwas wie dein erstgeborener Sohn war. Im Grunde ärgerst du dich, ihn im Stich gelassen zu haben.«

»Du bist mir unheimlich.«

»Ich mir auch«, erwiderte sie.

Corentin nahm ihre Hand, eine Geste, deren Vertraulichkeit Leontine erschreckte. Während ihrer Kindheit war Tessa in ihrer Familie für die Wärme zuständig gewesen, Corentin dagegen für den Schutz. Gerade jetzt, da die Dinge in Fluss kamen, sah sie sich gezwungen, ihn zu belügen.

»Ich wünsche mir, dass du diejenige sein darfst, die du bist«, sagte Corentin langsam.

Er weiß es, dachte Leontine. Er weiß, dass ich Dinge sehe, und es macht ihm keine Angst.

»Ich bin hier glücklich«, erklärte sie. »Anna ist ein Schatz. Meine Ängste und mein Widerwillen waren unbegründet. Aber Matthis ist nicht …« Sie zögerte. »Er mag ein Raubritter sein, aber er ist nicht für die Brände verantwortlich.«

Mit einem Schlag verwandelte sich Corentin wieder in einen erbarmungslosen Jäger. »Woher willst du das wissen?«, fragte er wachsam. »Kennst du ihn?«

»Ich rate nur«, sagte sie kleinlaut.

Sein Misstrauen blieb. Er öffnete den Mund, um sie weiter auszufragen, als im Schlosshof ein Tumult losbrach. Maultiere schrien, Stallburschen lachten und redeten wild durcheinander.

Leontine kam die Unterbrechung recht. Sie sprang auf, raffte ihre Röcke und näherte sich der Attraktion, die inzwischen auch eine Reihe Küchenhilfen und Knechte angezogen hatte.

Unter den ausladenden Zweigen eines Kastanienbaums war soeben ein Maultierkarren zum Stehen gekommen, von dessen Sitz ein korpulenter kleiner Mann kletterte. Recht behände, wenn man bedachte, dass er ziemlich kurze Beine hatte, die er missmutig streckte, während er die Stallburschen dazu verdonnerte, eine schwere Truhe von der Ladefläche des Wagens zu wuchten.

»Dr. Paracelsus.« Leontine begrüßte ihn mit einer Umarmung.

»Ein wenig von oben herab«, sagte er pikiert. »Aber so ist es nun mal, wenn man großartige junge Damen kennt.«

»Ich hatte gar nicht mit Euch gerechnet«, rief sie aufgeregt. »Sagt, was zieht Euch her?«

Paracelsus' dunkle Augen forschten in ihrem Gesicht. »Du siehst gut aus, scheinst dich nach dem Vorfall in Esslingen erholt zu haben. Mein Aufenthalt in Urach dient medizinischen Gründen. Obervogt Dietrich Späth wird von Gliederreißen geplagt, dem ich mit meinen alchemistischen Arkana beizukommen versuche. Ja, sogar ich muss hin und wieder etwas für meine leere Börse tun.«

Corentin war Leontine in den Hof gefolgt und beobachtete ihr Treffen aufmerksam. Sie erinnerte sich an die Gebote der Höflichkeit.

»Mein Vater, Corentin Wagner«, stellte sie ihn vor. »Und das hier ist Dr. Theophrastus Bombast von Hohenheim, genannt Paracelsus, einer meiner Retter.«

Die beiden Männer begrüßten einander mit Handschlag.

»Ihr also seid der Gemahl der ebenso schönen wie tapferen Tessa Wagner«, stellte Paracelsus fest, der Corentin kaum bis zur Brust reichte. »Ein besonderer Mann für eine bemerkenswerte Frau und ein Krieger durch und durch.«

Corentin grinste. »Ich habe schon von Euch gehört, Dr. Paracelsus. Ihr wisst Worte zu setzen.«

Der kleine Mann lachte geschmeichelt. »Mein Ruf eilt mir voran. Das bleibt nicht aus bei den Skandalen, die ich wie eine Schleifspur hinter mir herziehe.«

Gemeinsam wandten sie sich dem Hauptbau des Schlosses zu, wobei Paracelsus ununterbrochen redete. Als sie am Portal angekommen waren, hatte er Corentin so weit, dass dieser ihm von seinen Anatomiekenntnissen erzählte, die er in seiner Zeit als Scharfrichter und bei seiner Tätigkeit als Feldscher erworben hatte. Danach versanken sie tief in Fachgesprächen über Amputationen und Aderpressen.

Trotz seiner neuen Bekanntschaft verabschiedete sich Corentin noch am selben Abend, um seine Jagd fortzusetzen. Leontine blieb mit düsteren Ahnungen zurück. Mehr als je zuvor hing Matthis' Schicksal in der Schwebe.

Entschlossen drängte sie ihre Ängste zurück und verbrachte ein paar unbeschwerte Frühlingstage mit Anna. Dass Paracelsus dabei immer wieder ihre Gesellschaft suchte, fand sie ihrer guten Freundschaft geschuldet.

Zwei Tage vor Walpurgis holte er sie an einem milden Nachmittag zu einem Spaziergang zum Uracher Wasserfall ab. Sie wanderten geraume Zeit an einem Bach entlang, der munter über Steine und Felsen sprang. Ringsum grünten die Bäume. Auf den Grasstreifen am Waldrand wuchsen Kerbel und violettes Wiesenschaumkraut.

Bevor sie in den Wald traten, zog Paracelsus sein Barett vom Kopf und wischte sich mit einem weißen Tuch den Schweiß von der Stirn. »Du fragst dich sicher, warum ich dich allein sprechen will.«

Leontine nickte. »Es ziemt sich eigentlich nicht.«

Er lachte mit einer Spur Bitterkeit in der Stimme. »Ich alter Hagestolz stelle keine Bedrohung deiner Tugend dar. Außerdem bin ich Arzt, was beinahe einem Pfaffen gleichkommt.«

»Das entspricht nicht der Wahrheit«, stellte Leontine richtig. »Ihr habt mich quasi entführt.« Paracelsus hatte sie handstreichartig aus ihrem Haus geholt, sodass nicht einmal Lisbeth, geschweige denn Anna oder Sabina etwas davon mitgekriegt hatten.

»Ich weiß.« Er lachte siegesgewiss. »Ich gebe mich normalerweise nicht mit Frauen ab, aber bei dir mache ich eine Ausnahme.«

Der Pfad zum Wasserfall führte sie durch einen maigrünen Wald, dessen Boden mit weißen Buschwindröschen gesprenkelt war.

»Wir geben ein lustiges Paar ab«, sagte Paracelsus. »Du groß und aufrecht wie eine Pappel und ich ein verwachsener Zwerg an deiner Seite.«

»Ihr seid etwas Besonderes«, sagte Leontine leise, zog ihren leichten Lederschuh aus und schüttelte das Steinchen heraus, das sie gequält hatte.

»Wie du weißt, stamme ich aus der Schweiz«, erzählte Paracelsus.

»Was nicht zu überhören ist.«

»Ich bin nahe des Klosters Einsiedeln an der Teufelsbrücke geboren, die Tausende Pilger auf dem Jakobsweg Tag für Tag überschreiten. Mein Vater war Arzt, ein adeliger Bastard derer von Hohenheim. Meine Mutter aber war eine Leibeigene des Klosters, eine Gotteshausfrau.«

»Was?«, fragte Leontine überrascht.

»Ich erzähle dir das nur, um dir klarzumachen, dass deine ungewöhnliche Abstammung keine Ausnahme darstellt.«

»Ihr seid sehr einsam«, vermutete sie.

»Du bist wirklich hellsichtig«, gab Paracelsus nachdenklich zurück. »Gesegnet mit einer Wahrheitsschau über andere Menschen, die es dir nicht leicht macht. Du liegst richtig. Weder Ruhm noch Skandale ließen mich geselliger werden. Du aber solltest vorsichtiger sein, bevor du den Menschen ihren Charakter auf den Kopf zusagst.«

Sie folgten dem Weg bergauf, bis sie den Wasserfall erreichten, der in leuchtend weißen Kaskaden in die Tiefe stürzte.

»Was weißt du über Magie?«, rief Paracelsus, um das Rauschen zu übertönen.

Leontine erschrak so heftig, dass sie ihn am Ärmel packte und zurück in den Wald zog. »Nicht so laut!«

Paracelsus grinste. Manchmal hatte sie den Verdacht, dass

er sie mit Absicht provozierte. »Magie ist eine Gabe der Natur. Es ist also nicht schlimm, wenn Bäume, Wasser, Steine und die dazugehörigen Naturgeister uns belauschen. Dann fühlen sie sich ernst genommen. Also, was sagt dir das Wort?«

»Ein wenig.« Leontine dachte an Brenna, die im Quellental die Nächte durchgeredet hatte. Finsteres Zeug, das sie bis in ihre Träume verfolgte. Manches hatte sie gar nicht erst wissen wollen, anderes hatte sich ihr eingeprägt und strebte an ihr Bewusstsein.

»Das glaube ich dir nicht.« Paracelsus fuhr fort. »Es blieb nicht aus, dass ich mich neben meiner Tätigkeit als Wundarzt, Medicus und Alchemist mit den magischen Künsten vertraut machte. Ich bin kundig in der Astrologie, der Vorhersage durch Karten, Handlinien oder die Eingeweide von Tieren. Ferner übe ich mich in der Spiegel- und Runenmagie, auch wenn ich mich auf diesen Gebieten keinen Fachmann nennen würde.«

Leontine bohrte ihre Schuhspitze in den vermoosten Waldboden. »Warum erzählt Ihr mir das alles?«

»Damit du dir ins Gedächtnis rufst, dass du mich immer fragen kannst, wenn dir deine Gabe über den Kopf zu wachsen droht. Ich durchblicke diese Dinge sicher besser als du oder deine sogenannten Freunde.«

An mangelndem Selbstbewusstsein leidet er jedenfalls nicht, dachte Leontine.

»Vor einigen Wochen hat man mich der Magie verdächtigt«, sagte sie langsam. »Ich habe es knapp überlebt.«

»Falsch.« Paracelsus' kurzer Zeigefinger wackelte vor ihrem Gesicht hin und her. »Man hat dich nicht der Magie, sondern des Schadenszaubers verdächtigt. Aber du wolltest niemandem Übles und hast keinem Menschen einen Fluch auf den Hals gehetzt, oder?«

Leontine riss ihre Augen auf. »Gewiss nicht.«

»Na also.«

Sie gingen nebeneinander zurück, wobei Paracelsus seine Hände auf dem Rücken kreuzte. Eine modrige Blätterschicht vom letzten Jahr dämpfte ihre Schritte.

»Magie ist nicht von Grund auf böse. Das merke dir bitte. Es kommt immer auf die Absicht an, mit der man sie nutzt. Im Hauptberuf bin ich natürlich ein Arzt beider Künste und ein Alchemist, der alles daransetzt, den roten Löwen zu finden, was in keinster Weise einfach ist.«

»Ich weiß«, sagte Leontine.

Peter und Friede Riexinger hatten versucht, ihr den Prozess der Gewinnung heilender Quintessenzen zu erklären, doch beim roten Löwen, der edelsten aller Essenzen aus dem sonnengebundenen Edelmetall Gold, mussten sie passen.

»Du könntest bei mir viel lernen«, sagte Paracelsus leise.

»Ihr wünscht, dass ich Eure Schülerin werde?«, fragte sie überrascht.

»Nun, das wäre zu viel gesagt. Ich hatte Adepten. Einige von ihnen haben die Nähe zu mir mit dem Scheiterhaufen bezahlt, und du bist noch dazu eine Frau. Aber wenn du dich auf mich einlassen würdest, könnte ich dein geheimer Ratgeber sein.«

»Warum?«

»Weil ich glaube, dass du eine besondere Heilerin werden würdest. Eine Ärztin, die ich, wenn sie ein Mann wäre, einen ›Spiritualis‹ nennen würde.«

Sie verließen den dichten Wald und wanderten auf Urach zu.

»Was bedeutet das?«, fragte Leontine.

Paracelsus betrachtete sie von der Seite. »Unsere Dottoressa Spirituala heilt mit der Magie der Sterne und gebietet mit Hilfe der Naturgeister, Undinen, Elfen, Sylphiden, Feuersalamander und Zwerge über die Elemente. Sie versteht intuitiv, was Pflanzen und Tiere ihr sagen wollen, und versucht, ihre Patienten in Einklang mit der ihnen innewohnenden Harmonie zu bringen.«

»Euer Universum kann ich niemals lernen.«

»Meinst du?«, fragte Paracelsus spöttisch.

Sie erreichten Urach und durchschritten das Stadttor. Auf der anderen Seite herrschte die Geschäftigkeit einer Stadt an einem freundlichen Spätnachmittag. Paracelsus bediente sich an einem Marktstand mit einem verschrumpelten Apfel und warf der Marktfrau ein Geldstück zu. Er biss hinein und bedachte Leontine mit einem listigen Blick.

»Du hast mich missverstanden, Leontine, oder vielleicht habe ich mich auch falsch ausgedrückt. Was du lernen musst, sind nur Äußerlichkeiten, der Feinschliff sozusagen. Das Wesentliche hast du bereits in dir: Die Magierin nimmt ihre Weisheit vom Himmel.«

32

Paracelsus verlor keine Zeit. Nachdem Leontine sein Ansinnen nicht von vornherein abgelehnt hatte, brachte er ihr noch am selben Abend einen wackligen Stapel Schriften vorbei, hinter dem er beinahe verschwand. Er sah aus wie ein Bücherturm auf Beinen, was perfekt zu seinem Gelehrtendasein passte.

»Eigene Spitzenwerke und zweifelhaftes Fremdes«, sagte er und knallte ihr den Stapel auf den Tisch.

Als sich die Dämmerung über Urach senkte, blätterte Leontine abwechselnd in einem Buch über Anatomie und einem über Sternenkunde. Beide waren auf Lateinisch verfasst, das sie Wort für Wort übersetzen musste, sollte sie sich je mit dem Gedanken tragen, sie lesen zu wollen. Tessa hatte sie einige Jahre von einer ehemaligen Nonne des Dominikanerinnenklosters in der Sprache unterrichten lassen, aber Leontine war nicht weit gekommen. Anstatt sich weiter mit diesem schwierigen Unterfangen zu beschäftigen, las sie den Titel auf dem goldgeprägten Einband von Paracelsus' Werk.

»Von den natürlichen Dingen. Elf Traktate vom Ursprung, Ursachen und Kur einzelner Krankheiten.«

Zum Glück hatte er seine eigenen Schriften auf Deutsch verfasst. Seufzend klappte Leontine das Buch auf und versuchte, sich darin zu vertiefen.

Ein Klopfen an der Tür unterbrach ihre halbherzigen Anstrengungen. Leontine öffnete.

Draußen stand eine aufgeregt hin und her tänzelnde Anna. »Ich muss dir unbedingt etwas zeigen.« Ihre braunen Augen blitzten, die Kerze in ihrer Hand flackerte. »Komm sofort mit! Du musst keine Angst haben.«

Leontine warf sich ihr Schultertuch über und folgte ihrer Freundin argwöhnisch in den Schlosshof und den herzoglichen Wohntrakt. Als sie ihre Gemächer erreicht hatten, legte

Anna ihren Finger auf die Lippen, drückte auf die Klinke und schob die Tür nach innen auf.

»Tatatadamm! Die große Überraschung.«

Leontine wurde von einem unguten Gefühl erfasst. »Was ist hier los?«

Drinnen herrschte Dunkelheit. Dichte Vorhänge sperrten den lichten Frühlingsabend aus. Im Hintergrund verbreitete eine Wachskerze ihren Schein.

»Schau dich um!«

Der Tisch war mit einem schwarzen Tuch aus Samt verkleidet, auf dem eine Kristallkugel stand. Ihre Oberfläche leuchtete in sattem Schwarz. Ein Lichtpunkt reflektierte den Kerzenschein.

Leontine schluckte nervös. Brenna hatte sie vor der Zukunftsschau gewarnt. Die Hexe vom Schurwald nutzte, wenn es sich nicht umgehen ließ, eine randvoll mit Wasser gefüllte Schale. Normalerweise verzichtete sie aber darauf. Die Zukunft sei ein gefährliches Niemandsland, von dem man besser die Finger lasse. Wer wusste das besser als Leontine, die alles tat, um ungewollte Visionen zu vermeiden?

»Lass das lieber. Das ist gefährlich.«

»Aber nicht doch, du Schäfchen. Meine frühere Hofdame, das Fräulein von Birkenfeld, war recht gut darin.« Anna lachte. »Komm näher! Vorsicht, tritt nicht auf mein Schutzamulett!«

Leontine erkannte einen fünfzackigen Stern auf dem Parkett, der den Tisch einschloss. »Du hast ein Pentagramm gezeichnet?«, fragte sie fassungslos.

Anna nickte. »Aus Kreide. Ich muss uns ja schützen.«

»Weißt du auch, dass man es niemals mit der Spitze nach unten drehen darf? Du darfst nicht einmal daran denken. Wenn es auf dem Boden liegt, weiß man nicht, in welcher Richtung es gedacht ist.«

»Ich bin ja nicht blöd.« Anna verdrehte die Augen. »Ich hetze uns doch keine Dämonen auf den Hals. Du hältst mich wohl für eine Anfängerin in Sachen Magie. Aber ich sehe schon, ganz neu sind dir diese Dinge auch nicht.« Sie betrat das Pentagramm, ohne zu zögern, ging einen Schritt auf die Kristallkugel zu und versenkte ihren Blick in der spiegelglatten Oberfläche.

Leontine wurde schwindlig. Die Kugel übte einen starken Sog auf sie aus, der sie, wenn sie sich näher heranwagte, unweigerlich in seinen Bann ziehen würde. Mit unabsehbaren Folgen.

»Ich sehe einen Gemahl für dich, Leo.« Anna kicherte. »Er heißt Heinrich von Westerstetten und ist ein schnuckeliges Kerlchen. Aber er wächst noch.«

Leontine runzelte die Stirn. Westerstetten? Das war doch der halbwegs freundliche junge Mann, der sie auf Herzogin Sabinas Gesellschaft angesprochen hatte.

»Komm raus, Anna, ich bitte dich inständig!«

»Oder ... nein.« Anna fuhr fort, als hätte sie nichts gehört. »Ich sehe einen blonden Ritter, der dich auf seinem Streitross entführt und mit dir in den Sonnenuntergang reitet. Und für mich? Da bleibt es wie immer rabenschwarz. Nichts, *niente*, *finito*, Feierabend.«

Sie deckte die Kugel ab, trat mit einem Schritt über den Rand des Pentagramms und zündete in einem großen Messingleuchter einige weitere Kerzen an. Dann füllte sie zwei Gläser mit Portwein und reichte eines an Leontine weiter. Der Zauber war gebrochen. »Warum fürchtest du dich so? Das ist nicht mehr als eine harmlose Spielerei.«

»Für mich nicht.« Der Portwein war klebrig süß und brannte in Leontines Hals. »Du musst vorsichtig sein, wenn du dich mit solchen Dingen abgibst.«

»Dafür habe ich ja das Pentagramm gezeichnet.« Anna lachte. »Keine Sorge, ich wische die Kreide nachher selbst weg. Dann kriegen nicht einmal die Kammerkätzchen etwas davon mit. Aber ich würde zu gern wissen, was du weißt. Man munkelt, deine Mutter sei eine Seherin gewesen.«

Es klirrte unangenehm, als Leontine ihr Glas auf der Kommode abstellte. »Ich bin kräuterkundig. Du siehst ja, wohin mich das geführt hat«, sagte sie ausweichend.

»Zu mir«, sagte Anna. »Was an sich schon mal nichts Schlechtes ist. Eins ist allerdings seltsam. Wenn ich in die Kugel schaue, sehe ich manchmal Bilder von Menschen aufblitzen. Aber über mich offenbart das blöde Ding nie auch nur die kleinste Kleinigkeit. Weißt du, was das zu bedeuten hat?«

Leontine ahnte, dass das nicht gut war. »Keine Ahnung«, sagte sie und nahm sich vor, niemals nach Annas Hand zu greifen.

»Du verrätst mir weniger, als ich erhofft hatte.« Anna sah sie schmollend an. »Aber weißt du was? Eins kann ich dir über die Zukunft verraten. Übermorgen gehen wir zum Maientanz und feiern in Saus und Braus. Ich habe den Stallmeister und seinen Sohn gebeten, uns zu begleiten.«

33

»Namen. Wir wollen Namen, mein Junge.«
»Ich weiß keine«, sagte Cyrian. »Vergesst nicht, dass ich dumm bin. Der Lehrer kann euch das bestätigen.«

Sie hatten ihn frühmorgens zum Verhör abholen lassen und setzten ihm seither mit vereinten Kräften zu, der Richter Gerber und der Kaplan Seiler, dem Leontine in letzter Minute entkommen war. Cyrian hatte gejubelt, als er von Ägidius Marchthalers Coup gehört hatte. Rutersbergers Frau war zeitgleich mit Leo verschwunden, was des Scharfrichters Laune nicht verbessert hatte. Auch Gerber sah aus, als würde er gleich platzen. Das Weiße in seinen Augen war gerötet. Cyrian empfand Genugtuung.

»Lasst gut sein, Herr Richter.« Nikolaus Seiler neigte sich vor und fixierte Cyrian. »Du weißt sicher nicht einmal, worum es uns geht.«

»Sicher nicht, beschränkt, wie ich bin«, antwortete er.

Nachdem die Henkersknechte Grubers Leiche stillschweigend in einen Sack genäht und fortgebracht hatten, war er allein in seiner Zelle zurückgeblieben. Er hatte zwar geahnt, dass er sich ohne seinen penetranten Zellengenossen einsam fühlen würde. Nicht aber, dass es so schlimm werden würde. Tessa war fortgeblieben, hatte jedoch Fresspakete schicken lassen. Cyrian vermutete, dass sie ihr den Zutritt zu ihm verweigerten, um ihn weichzuklopfen. Also lag er stundenlang auf seiner Pritsche, knabberte an einem Ende Räucherwurst, starrte an die Decke und dachte sich die besten Ausflüchte aus. Wer vor einer Kerkerhaft noch kein Lügner und Verbrecher gewesen war, wurde es währenddessen mit Sicherheit.

»Du hast dir doch gewiss etwas gemerkt«, sagte Gerber.

»Wie sollte ich?«, antwortete Cyrian kalt.

»Wiedertäufer sind diejenigen unter den Protestanten, die die Kindstaufe verweigern«, erklärte Seiler feierlich.

Cyrian riss die Augen auf. »Nein, wirklich?«, sagte er und hoffte, dass die Richter den spöttischen Unterton nicht bemerkten.

Bevor Seiler fortfuhr, kratzte er sich ausgiebig. Cyrian sah, dass sein Hals mit blutigen Pusteln übersät war. »Sie lehnen die Eucharistie und die Gegenwart Christi im heiligen Brot ab. Stattdessen feiern sie fröhlich Mahl miteinander. Von Gleich zu Gleich. Die Obrigkeit und der Kaiser gelten ihnen nicht als von Gott eingesetzt. Sie werden uns, auch dich, mein Junge, bis aufs Blut bekämpfen, um ihren Glauben durchzusetzen. Und pass nur auf. Dabei werden sie sich mit den gottlosen Hexen zusammentun, die dem Satan huldigen. Diese Verschwörung plant nichts weniger als einen Umsturz der gottgewollten Ordnung. Deshalb ist es rechtens, sie mit Stumpf und Stiel auszurotten.« Er ballte seine Faust.

»Aber das habt Ihr doch schon im letzten Jahr getan«, wandte Cyrian unschuldig ein. »Sind Euch dabei etwa einige durch die Lappen gegangen?«

Rutersberger, der neben der Tür gewartet hatte, trat näher und schlug ihm mit voller Wucht ins Gesicht. »Unverschämtes Früchtchen.«

Cyrian taumelte zur Seite und rieb sich seine brennende Wange. Besser, er hielt das Maul.

»Felix Gruber …«, begann Seiler geduldig von Neuem, »… steckte wochenlang mit dir in einer Zelle. Wir wissen, dass er immer wieder versucht hat, simple Seelen von seinem Glauben zu überzeugen. Ist ihm das bei dir etwa gelungen?«

Cyrian beherrschte sich mühsam. Letztlich würde er noch der Ketzerei verdächtigt und endete auf dem Scheiterhaufen. Er musste weiter den Idioten spielen, der sich keine Namen merken konnte.

»Nein«, schrie er.

Gerber fuhr in mildem Ton fort, eine Finte, die ihm Cyrian nicht abkaufte. »Gruber hatte Fieber. Im Wahn mögen ihm einige Namen über die Lippen gekommen sein.«

»Ich hab mir nichts gemerkt.« Cyrian blieb bei seiner Behauptung, doch jetzt hatte er zum ersten Mal Angst.

»Unser kleiner Brandstifter ist verstockt«, sagte Seiler.

»Vielleicht kann er sich ja wirklich nicht erinnern.« Gerber trank einen Schluck Wein.

»Das wird sich bald herausstellen.« Nikolaus Seiler kratzte eine weitere Pustel auf. Ein rotes Rinnsal rann ihm den Hals hinab in den Hemdkragen.

Cyrians Magen rumpelte unangenehm gegen seine Rippen. Gruber hatte die Namen der anderen Wiedertäufer genannt. Sie hatten sich seinem Gedächtnis unauslöschlich eingeprägt. Solange es ging, würde er dichthalten. Doch er war kein Held. Irgendwann würden sie ihm aus dem Mund purzeln, einer nach dem anderen, und er würde nichts anderes spüren als Erleichterung.

Seiler musterte ihn kalt. »Ich übergebe dich, Cyrian Wagner, hiermit dem Scharfrichter Rutersberger zur peinlichen Befragung. Da wird man dann sehen, wie tapfer du wirklich bist.«

34

Nebel lag über dem Quellental. Die Luft war so feucht, dass sie sich in Tropfen auf Gaspards Stirn setzte und alle Geräusche verschluckte. Matthis hatte nur gelacht, als er von der Bedrohung durch Corentin erfahren hatte. Daraufhin war Gaspard umgehend nach Esslingen zurückgekehrt.

Geruhsam führte er sein Pferd die abschüssige Straße entlang. Auf dem Wegestein nahe der Brandruine standen noch immer die Gaunerzinken, die keine waren. Jemand hatte sie in den Stein geritzt, aber wenn es weiter so regnete, würden Moos und Algen sie unkenntlich machen.

Nicht mehr meine Sache, dachte Gaspard. Er ließ die bebaute Gegend nahe des Söflinger Pfleghofs hinter sich und trat in die Einsamkeit des Quellentals ein. Wolken ballten sich dunkelgrau über Leontines Haus.

Ihm stockte der Atem, als er das umgekehrte Pentagramm auf ihrer Tür erkannte. Der obere Sternenstrahl, sonst als Zeichen des Menschen und seines Geistes an der Spitze platziert, wies zur Erde. Als Kind fahrender Gaukler kannte er sich mit den Symbolen weißer und schwarzer Magie hinlänglich aus. Drehte man den Fünfstern, das uralte Symbol für Schutz, in sein Gegenteil um, zeigte man seine Bereitschaft, Bündnisse mit Dämonen einzugehen, die sich ihrer gehorsamen Diener unter den Menschen zu bedienen wussten.

»*Merde!*«, schrie Gaspard außer sich vor Zorn und trat die Tür auf.

Drinnen roch es nach Mandragora, der Alraune, die unter dem Galgenbaum aus dem Samen der Erhängten wuchs und ein mächtiges Artefakt der schwarzen Magie abgab. Wer sein Galgenmännchen mit Nadeln spickte, konnte sicher sein, dass sein Feind an genau diesen Stellen Schwären entwickelte. Er hatte es gewusst.

»Brenna!«

An die Finsternis musste er sich erst gewöhnen. Sie hatte die Fenster vernagelt, sodass nur blasse Speere aus Tageslicht auf den schmutzigen Boden fielen.

Gaspard tappte weiter in den Raum, vorbei an der mit Asche verstopften Feuerstelle bis hin zum Bett, auf dem die Hexe lag und ihren Rausch ausschlief. Er verzog das Gesicht. Sie roch nicht nach Schnaps, sondern nach dem Zeug, das sich die Kundigen aus Bilsenkraut, Lattich, Alraune und Tollkirsche zusammenpanschten. Mit Hilfe dieser Tränke gingen sie nachts auf die Reise, verließen ihren Körper und besuchten die Sphären außerhalb der Welt.

Er hatte es geahnt. Sie war keine Lichte, sie war genauso stockfinster wie die Dinge, mit denen sie sich umgab.

»Steh auf! Verflucht, *à diable*!« Voller Wut riss Gaspard die Bretter von den Fenstern.

Graues Licht sickerte herein, in dem er das Ausmaß der Zerstörung erkannte. Schmutz, Blut, Knochen und Federreste eines kürzlich geschlachteten Huhns bedeckten den Boden. Auf dem Tisch lagen frisch gegossene schwarze Kerzen aus Talg und Zutaten, die er sich gar nicht erst ausmalen wollte. Mit einem Mal fühlte er sich zu Tode erschöpft.

»Wach auf!«

Er rüttelte Brenna an der Schulter, hörte nicht auf damit, bis sie sich widerwillig aufrappelte. Sofort zerrte er sie von der Bettstelle und übergoss sie mit dem Rest Wasser aus dem Eimer.

»Was willst du, Räuberbrut?« Brenna prustete, spuckte aus und musterte Gaspard aus blutunterlaufenen Augen. Ihre Haare hatten sich in eine filzige Matte verwandelt. Eine Laus lief ihr über den Hals.

Er goss das restliche Wasser in einen Becher und reichte es ihr. »Trink!«

Zögernd gehorchte sie, setzte sich auf einen Stuhl und legte die Hände vors Gesicht.

»Was hast du dir nur dabei gedacht?«, fragte Gaspard.

Das Pentagramm! Siedend heiß fiel ihm ein, dass es noch

immer für alle sichtbar auf dem Türblatt prangte. Er rannte aus dem Haus, schöpfte einen Eimer Wasser und schrubbte fieberhaft an dem Unheilszeichen herum, das sich in das Holz gefressen zu haben schien. Falls Leontine je wieder hier leben wollte, musste sie ihr Haus einer umfangreichen Reinigung unterziehen. Das galt auch für ihn, wollte er nicht als Dämonenfutter enden.

Er pflückte einige Stängel frischen Salbei im seltsam heil wirkenden Garten und streute die Blätter auf die Schwelle und ins Innere des Hauses. Drinnen hörte er Brenna stöhnen. Er spürte Genugtuung. Sollte sie nur leiden für das, was sie angerichtet hatte.

Als er es nicht länger vermeiden konnte, trat er ein und setzte sich ihr gegenüber.

»Hast du nicht ein Schlückle Wein für mich? Ich hab so einen schlechten Geschmack«, bat Brenna.

»Ich hab nichts außer Wasser«, sagte Gaspard. »Geh zum Brunnen.«

»Warum ist es hier so hell?« Sie blinzelte schmerzhaft ins Licht.

»Weil sich anständige Leut nicht in der Finsternis verstecken.«

Brenna überraschte ihn, indem sie irre zu lachen begann. Es gab Verrückte, und es gab Hexen. Bisher hatte Gaspard nicht gewusst, dass sich beides in einer Person vereinen konnte.

Fluchend stand er auf, um noch mehr Wasser zu holen, das sich die Hexe hinter die Binde goss, bis sie beinahe platzte. Danach schien sie halbwegs wieder die Alte zu sein. Gaspard blieb aber auf der Hut.

»Was sollte das?«, wiederholte er seine Frage.

»Ich konnte doch die Dinge nicht ungesühnt lassen«, sagte Brenna. »Dafür musste man den einen oder anderen kundigen Fluch aussprechen.«

Dass sie dazu in der Lage war, sah er ja.

»Welche Dinge?«, fragte er mit einer düsteren Vorahnung.

»Die Lügen, die diese Bäuerin aufgetischt hat, um Leo anzuschwärzen, und die Anklage von Nikolaus Seiler«, sagte Brenna langsam und blickte Gaspard beifallheischend an. »Die Leo ist keine Hex. Trotzdem hat er ihr einen Mörder geschickt.«

»*Non*«, antwortete er trocken. »Die Hex bist ja auch schon du. Du hast ihm wirklich Flüche auf den Hals gehetzt? Ist dir nicht klar, dass er jetzt Gründe hat, dich und Leontine anzuklagen?«

»Das sollen sie mir erst einmal nachweisen. Und Leo ist fort.«

Gaspard nickte, widerwillig beeindruckt von ihrem Schneid. »Und – *le pentacle*?«

Brenna griff mit ihrer Klauenhand nach seiner. Unter ihren Fingernägeln steckte reichlich Dreck. »Ich hab Hilfe braucht.«

Gaspard lief es über den Rücken wie Spinnenbeine. »Du hast einen Dämon …? Oder hat er dich?«

»Ich hab den Kontrakt vor Jahren mit Blut unterschrieben«, erzählte Brenna beiläufig. »Aber dann erhielt ich die Aufgabe, das Mädle seiner Bestimmung zuzuführen. Sie ist eine weiße Hex wie ihre Mutter, ob sie will oder nicht. Außer sie entscheidet sich anders.« Sie warf ihm einen listigen Blick zu.

»Niemals«, sagte Gaspard.

»Und dann hab ich beschlossen, das Dunkel zu verstecken, das ich in mir trag, und der Kleinen alles beizubringen, was ich über die lichte Seite weiß. Aber nun sehn ich mich so nach ihr, dass ich nachts nimmer schlafen kann. Meine Seele ist voll von ihrer Liebe.«

Gaspard nickte nachdenklich. Die Alte schien die Wahrheit zu sprechen. »Kannst du den Kontrakt nicht lösen?«

Brenna lachte keckernd. »Geht nimmer«, sagte sie. »Ich brenne in der Hölle, aber ich hatte meine Rache. Das war es mir wert.«

Plötzlich war da ein Abgrund in ihren Augen. Sie hatte allein im finsteren Schurwald gelebt. Vielleicht hatte sie Familie gehabt. Gaspard wusste aus den Erzählungen seiner Räuberkumpane, dass das Land vor Jahren durch marodierende Banden von Schweizer Landsknechten verheert worden war, die kaum einen Stein auf dem anderen gelassen hatten.

»Was hat man dir angetan, Brenna?«

»Das willst du gar nicht wissen, Räuberbrut. Also, was soll ich machen, dass du mir meine Ruh lässt?«

Jamais, dachte er. Solange Brenna in Leontines Nähe war, würde er einen Blick auf sie haben müssen. Seine Gebärde fasste alles zusammen. »Bring es in Ordnung, von den Flüchen bis zu dem Chaos hier drin«, sagte er leise. »*Il faut le réparer. Mettre en ordre, tout.*« Er schnupperte. »Am besten fang bei dir selbst an.«

35

Der Vollmond stand wie eine riesige blutrote Scheibe über dem Horizont. Leontine spürte seinen Zauber und hätte am liebsten ihre Hände nach ihm ausgestreckt. Sie stand mit Anna an der Hügelkante des Jusenbergs und schaute in die Ferne. Hier oben schienen sie dem Mond und den Sternen näher als der Erde zu sein. Der Himmel über der Ebene war tiefblau, im Westen zeugten noch einige rosenfarbige und schwarze Streifen von der untergegangenen Sonne.

Der kreuzbrave Tanz um den Maibaum in Urach hatte Anna nicht genügt. Nein, sie wollte unbedingt aufs Land reiten, wo man das Fest so urtümlich wie in alter Zeit beging. Leontine war das gar nicht recht, vor allem, weil sich soeben ihr Beschützer verabschiedet hatte. Der Stallmeister, ein besonnener Mann, hatte sein Pferd gewendet und war in Richtung des Dorfes Kohlberg verschwunden. Geblieben war nur sein etwas debiler Sohn, der auf ihre drei Pferde aufzupassen hatte und sie später zurück nach Urach begleiten würde.

»Vertrau mir, das wird wunderbar«, sagte Anna zuversichtlich. Sie griff nach ihrem Rocksaum, drehte sich im Kreis und lachte übermütig.

»Warten wir es ab.« Leontine beobachtete, wie sich rund um einen imposanten Holzstapel Burschen und Mädchen, Bauern und Hirten aus den umliegenden Dörfern versammelten. Ihre abschätzigen Blicke trafen sie wie Nadelstiche. »Wir sind fremd hier«, murmelte sie.

Zumindest Anna gehörte nicht hierher. Sie schon eher. Diese unheimliche Vertrautheit war auch der Grund, warum sie am liebsten wieder verschwunden wäre.

Feuer erwachten auf den umliegenden Hügeln, nah und fern.

»Wie Blumen«, sagte Anna. »Als ob die Feuer den Himmel grüßen.«

Auch auf dem Jusenberg war der Moment gekommen. Ein Schäferbursche hielt ein brennendes Scheit an den Holzstapel, der knisternd Feuer fing. Es rauchte, als die Flammen die letzte Feuchtigkeit im Holz verdampfen ließen.

Leontine fühlte sich an den Brand im Quellental erinnert und trat einen Schritt zurück. Musik setzte ein. Sie unterschied schrille Flötenklänge, Schalmeien, ein paar Dudelsäcke und Trommelschläge, die ihr in die Beine fuhren. Ich kenne das, dachte sie unbehaglich.

»Es ist wie das Leben«, sagte Anna träumerisch.

Während die Flammen sich durch den Holzstapel fraßen und meterhoch in den Himmel schlugen, formierten sich die Gäste zum Reigen. Ein Mädchen griff nach Leontines Hand und zog sie mit hinein. An ihrer Seite tanzte Anna. Dann kam ein junger Mann mit einem braunen Lockenkopf.

Der Kreis schloss sich. Wohl fünfzig Menschen bewegten sich in gemessenen Wiegeschritten um das Feuer herum. Die Flammen malten Schatten und tanzende Lichter auf die Gestalten der Tänzer. Kurz dachte Leontine, sie habe zwischen ihnen Gaspards schmales Gesicht aufblitzen sehen.

Der Tanz wurde wilder und ausgelassener. Das Gleichmaß der Schritte versetzte Leontine in Trance. Feuergeister erwachten, die aus den Flammen zum Himmel fuhren.

Es sind nur Funken, dachte sie, aber das stimmte nicht. Mit einem Schlag spürte sie den Frühling, die aufsteigenden Säfte der Bäume, die Brunst der Tiere, die sich vermehren würden. Das Leben selbst wollte sich entfalten und blühen, und ihre klopfenden Schritte waren der Pulsschlag der Erde.

Leontine wurde klar, dass der Maientanz nichts mit der heiligen Walpurga zu tun hatte. Oh nein, er stammte aus uralten Zeiten und war dem Leben und der Liebe selbst geweiht. Die Musik wurde schneller und ausgelassener, die Schritte der Tänzer beschleunigten sich im Takt dazu.

Leontine tanzte durch einen schillernden, wirbelnden Traum, bis die Musik aussetzte und der Gesang anhub, der nur von einer einzelnen Trommel begleitet wurde. Die Stimme war tief und klagend und dabei unendlich süß wie der Gesang der ersten Amsel im Vorfrühling.

Leontine sah, dass die Sängerin von Tänzer zu Tänzer schritt und jedem einen Trank aus einer Schale anbot. Sie trug ein grünes Kleid. Ihre weißen Haare bauschten sich wie eine Wolke. Beunruhigt beobachtete Leontine, dass die meisten Tänzer von dem Gebräu kosteten. Schließlich erreichte die Sängerin Anna.

»Nicht«, sagte Leontine leise, aber die Prinzessin schob ihre Hand beiseite und trank einen großen Schluck.

»Spielverderberin«, murmelte sie.

Dann stand die Priesterin vor Leontine und senkte ihre Augen in ihre Seele. »Ich grüße dich, Tochter der Theophila, Retterin der Brenna«, sagte sie und hielt ihr die Schale entgegen.

Obwohl die Worte Leontine schaudern ließen, konnte sie nicht widerstehen. Sie nahm das Gefäß in beide Hände und trank. Es schmeckte nach Wein, Honig, Pfeffer und den modrigen Kräutern, die die Seele fliegen ließen. Den Rest aus der Schale goss die Frau in die auflodernden Flammen.

Nicht nur Leontine selbst fühlte sich benommen und wie aus der Welt gefallen. Annas Augen schimmerten verräterisch, während ihr die Flammenhaare über die Schultern fielen und der Junge an ihrer Seite weiterhin ihre Hand hielt.

»Es ist noch lange nicht zu Ende«, sagte er. »Es kommt noch der gehörnte Gott.«

Die Priesterin griff nach einem mit Birkenlaub und roten Bändern bekränzten Stab. Ihre Augen waren schillernde Opale, in denen sich das Feuer spiegelte. Schweigen senkte sich über die Menge, als sie dreimal auf den Boden klopfte.

»Ich beschwöre die Kraft der Erde und die Fruchtbarkeit der Äcker und Weinberge«, sagte sie mit fester Stimme. »Wald und Feld, Blumen, Kräuter, Korn und Wein sollen blühen und gedeihen. Dann wird die Nachkommenschaft der Tiere und Menschen in diesem Sommerjahr zahlreich wie die Sterne sein.«

Sie hob den Stab über ihren Kopf, um ihn mit einem Ruck zur Erde zu senken. »Wer ist in diesem Jahr die Maienbraut, Sinnbild der Erde?«, fragte sie in die Stille hinein. »Das entscheidet der Gott des Waldes, Sinnbild der Sonne.«

Das Feuer loderte riesig und hell, während die Trommel im Takt von Leontines Herzschlag einsetzte. Nach wenigen Sekunden sprang ein Mann in den Kreis, oder nein, ein Wesen des Waldes in einem braunen Lederumhang. Sie schrie leise auf und schlug die Hand vor den Mund. Er trug ein Hirschgeweih, das Gesicht darunter war schwarz bemalt. Seine Kraft vereinte den brünstigen Hirsch, den Leitwolf, die springende Forelle und den unaufhaltsam durch den Wald rennenden Eber. Der Gott stampfte mit den Füßen und fiel, während die anderen Instrumente ohrenbetäubend einsetzten, in einen ekstatischen Tanz.

Hinter ihm drängte sich eine Horde bemalter Männer in den Kreis, die Kohlestückchen hervorholten und die jungen Frauen mit schwarzen Strichen auf der Stirn kennzeichneten. Eine nach der anderen. Alte und Junge ließen sie aus.

»Nicht, Anna!«, rief Leontine, doch es war zu spät. Der Tänzer malte der Prinzessin einen Kohlestrich zwischen die feinen rötlichen Brauen.

Anna lachte triumphierend, während der Junge an ihrer Seite seine Finger mit den ihren verflocht.

Dann stand der Mann vor Leontine. Sie machte eine abwehrende Geste, woraufhin er sie in Ruhe ließ.

Währenddessen sprang der Gott des Waldes von einer Frau zur anderen und begutachtete sie. Einige zog er aus der Umklammerung ihres Tanzpartners, nahm sie in Augenschein, schüttelte übertrieben den Kopf und schob sie zurück in den Kreis, was den Umstehenden jedes Mal Gelächter entlockte.

Leontines Herz flatterte. Unaufhaltsam kam der Mann näher, bis er Anna erreichte. Als er sie ansah, glitt ein Ausdruck der Hochachtung über sein geschwärztes Gesicht. Er warf ihr eine Kusshand zu und stand mit dem nächsten Schritt vor Leontine. Seine blauen Augen blitzten.

»Komm«, sagte er und zog sie an seine Seite.
Mit der linken Hand.
Er roch nach Schweiß und Moschus. Seine Hand war schwielig und hielt sie fest, als wollte er sie nie wieder loslassen. Der gehörnte Gott hatte sie, die schüchterne Leontine von Absberg, auserwählt, um in dieser Nacht, in der die Tore zur Anderwelt weit offen standen, an ihre Seite zu treten. Wilde Freude durchströmte sie, als ihr aufging, wer er sein musste. In diesem Moment wäre sie ihm bis ans Ende der Welt gefolgt.

Die Umstehenden applaudierten johlend, während die Priesterin mit den weißen Haaren auf Leontine zukam, ihr eine Krone aus Birkenblättern auf den Kopf setzte und den umkränzten Stab in die Hand drückte. Er fühlte sich seltsam vertraut an.

»Die Maienbraut!« Ihre Stimme übertönte die schrille Musik. »Es gibt keine bessere Wahl.«

Die Menge trat zurück und bildete eine Gasse. Der gehörnte Gott zog Leontine mitten hinein.

»Was nun?«, fragte sie.

»Wir springen gemeinsam über das Feuer und führen die Gruppe an«, sagte Matthis. »Halt den Stab gut fest. Es bringt Unglück, wenn er dir hineinfällt.«

Das Maifeuer war mittlerweile zu einem orange leuchtenden Gluthaufen zusammengefallen, der Leontine immer noch riesig erschien. Dennoch. Mit Matthis an ihrer Seite hatte sie keine Angst.

Während sie den Stab fest umklammerte, nahmen sie Anlauf, wurden schneller, hoben ab und flogen über die Flammen.

Wie Feuervögel oder Sternschnuppen, dachte Leontine. Sie zweifelte nicht daran, dass sie sich in den Himmel erheben konnten. Dann aber verließ sie ihre Kraft, ihr Sprung war zu kurz.

Hätte Matthis sie nicht noch ein Stück mit sich gezogen, wäre sie in die Glut gestürzt. So aber prallte sie hart auf den

Boden und rollte sich über ihre Schulter ab. Den Stock hatte sie dabei keine Sekunde lang losgelassen.

Matthis half ihr hoch und klopfte ihr die Asche vom Kleid. »Gut gemacht«, sagte er. »Das war es. Für uns ist dieser alberne Mummenschanz zu Ende.«

Hinter ihnen sprangen die nächsten Paare jubelnd über das Feuer, wobei manch einer in die Asche trat und sich die Schuhsohlen versengte. Dennoch lachten die Menschen erlöst, wenn sie auf der anderen Seite ankamen. Die ersten Pärchen verschwanden im Wald.

»Aber Anna?«

»Was hast du dir dabei gedacht, hier mit der Prinzessin von Württemberg aufzukreuzen?« Eilig zog sich Matthis das Geweih vom Kopf, rollte es in den Lederumhang und legte die gesamte Verkleidung in einer Ecke des Tanzplatzes ab.

»Das war ihre eigene Idee«, sagte Leontine.

»Ach ja? Dann lass ihr ihre Freude! Vielleicht hat sie nie wieder so viel Spaß wie heute. Gaspard wird ihr Geleitschutz geben.«

»Gaspard?«

»Glaubst du, ich lasse mich allein hier blicken? Wo denkst du hin? Hier sind auch noch andere von uns.« Sein Blick glitt über Leontine, abschätzend, prüfend. »Was willst du? Ich kann dich nach Urach zurückbringen, in Sicherheit. Oder aber du bleibst bei mir, wie es das Spiel vorgibt.«

Er irrt sich, dachte sie. Um ein Spiel handelte es sich weder beim Maientanz noch bei ihrem Treffen. »Ich will bei dir sein.«

Erst später wurde Leontine klar, dass sie durch diese Entscheidung eine Schwelle überschritten hatte.

Matthis zog sie mit einer siegesgewissen Gebärde an sich, küsste ihren Scheitel und führte sie über den abschüssigen Zugangsweg steil bergab. Sie rannten, stolperten über ihre Füße und lachten über sich selbst, bis sie auf halber Höhe die Wiese erreichten, auf der die Pferde grasten. Hier wartete Greif, den Kopf auf seine Vorderläufe gelegt. Als er Leontine erkannte, erhob er sich, streckte sich gründlich, trottete steifbeinig auf sie zu und leckte ihre Hand.

Matthis griff nach Herakles' Zügel, schwang sich in den Sattel und zog Leontine vor sich aufs Pferd. Dann sprengten sie den Hang hinab mitten in die laue Frühlingsnacht.

36

Der Vollmond leuchtete bleich über den Hängen, den Obstwiesen und Schlehdornhecken am Waldrand, die in weißem Blütenschaum standen. Sie ritten eine Weile an ihnen entlang, bis Matthis das Pferd auf einen Karrenweg in den Wald lenkte. Finsternis umfing sie.

Eigentlich hätte Leontine Angst haben müssen, stattdessen erfüllte sie reine Lebenslust. Nie zuvor hatte sie sich sicherer gefühlt als mit dem Raubritter in ihrem Rücken und dem Wolfshund an ihrer Seite.

Allmählich gewöhnten sich ihre Augen an das Zwielicht. Ganze Felder von blühendem Waldmeister schimmerten auf dem Grund und erfüllten die Nacht mit betörender Süße. An einer Wegkreuzung zog Matthis das Pferd auf einen Schleichweg ins Unterholz, dem sie folgten, bis sie eine Lichtung erreichten, auf der eine Hütte lag.

»Wir sind da.«

Leontine glitt aus dem Sattel ins Gras und schaute sich um. Im Mondlicht sah die Gegend verwunschen aus, als befinde sich hier der Zugang zu einem Elfenhügel. Der Boden schwankte unter ihr. Leontine wusste, dass heute die Tore zur Anderwelt geöffnet waren. Stand da nicht ein Wesen mit durchsichtigen Flügeln vor der schwarzen Baumreihe? Verklang sein Lachen nicht in den Geräuschen der Nacht? Nein, nur ein Fuchs hielt während der Jagd inne und betrachtete sie aus schimmernden Spiegelaugen.

Leontine entschied sich, ihre Gabe zu ignorieren und sich auf Matthis zu konzentrieren. Diese Nacht gehörte ihnen allein. Dieses Glück ist zu groß, als dass ich es ertragen könnte, dachte sie.

»Was ist das hier?«, fragte sie. Ihre Hand lag in Greifs Nacken.

»Ein Schlupfwinkel«, sagte Matthis, nachdem er Herakles

versorgt hatte.»Eine Jagdhütte des Helfensteiners, lange nicht genutzt. Ich dachte, dass du die Nacht sicher nicht so gern auf dem Waldboden verbringen würdest. Dazu ist es im Mai noch zu kalt.«

Hitze überflutete Leontines Gesicht. Matthis schien ihre Verlegenheit nicht zu bemerken, oder er übersah sie mit Absicht. Nachdem sie eingetreten waren, öffnete er die Fensterläden und zündete ein Feuer an. In seiner Satteltasche fanden sich eine Flasche Wein und ein Laib Brot. Er goss den Wein in zwei angelaufene Zinnbecher.

Leontine stellte fest, dass sie noch immer den verwelkten Kranz aus Birkenblättern trug, und ließ ihn an seinem Platz. Heute Nacht wollte sie die Maienkönigin sein oder die Elfenprinzessin, je nach dem Grad der eigenen Hellsichtigkeit.

»Das habe ich mir erträumt«, sagte Matthis.

»Was denn?«, fragte Leontine.

»Mit dir allein zu sein.« Seine Augen standen blau in seinem rußigen Gesicht.

»Du bist immer noch mehr als ein bisschen schwarz.«

Sie lachten und versuchten gemeinsam, die Mischung aus Ruß und Fett aus seinem Gesicht zu entfernen, die ihn in den gehörnten Gott verwandelt hatte. Es klappte, bis auf ein paar spärliche Reste, die in seinen Mundwinkeln zurückblieben.

Sie tranken sich zu. Der Wein schmeckte süß und kräftig.

»Warum haben sie dich ausgewählt? Für die Rolle dieses urtümlichen Gottes?«, fragte Leontine.

»Sie finden mich wohl passend«, sagte Matthis selbstbewusst. »Außerdem stehe ich gut mit ihnen. Sie profitieren von meinen Geschäften.«

Sie nickte, wider Willen beeindruckt. »Wie heißt sie?«

»Wer?«

»Die Priesterin.«

»Du meinst Jolanta.« Matthis schenkte ihr ein schiefes Grinsen. »Sie besitzt die größte Schafherde zwischen Neuffen und den Stauferbergen und kommandiert liebend gern ihre Schäferknechte herum. Aber bei solchen Festen zeigt sich, dass sie wie du ist, kleine Hexe. Da verzaubert sie alles mit ihrer Magie.«

Mit einem Schritt war er an ihrer Seite und strich ihr die Haare aus dem Gesicht. Seine Fingerspitzen glühten auf ihrer Haut.

»Wen verzaubere ich?«, flüsterte Leontine.

»Mich«, sagte er. »In dieser Nacht feiern die Paare die Vereinigung von Himmel und Erde. Die Kinder, die dabei gezeugt werden, ziehen das Glück an.«

Der Maimond erhitzte das Blut aller Lebewesen. Leontines Herz klopfte schneller. Matthis zog sie hoch, küsste sie versuchsweise auf die Wange und dann forschend auf den Mund. Sie roch Rauch an ihm, Schweiß, Leder und den Duft des nächtlichen Waldes. Sein Kuss wurde immer fordernder. Schließlich öffnete er ihr den Mund und erforschte sein Inneres mit seiner Zunge. Sie keuchte auf. Es gab nichts, was je süßer geschmeckt hätte.

»Ich zwinge dich zu nichts«, raunte er in ihre Haare. »Wenn du nicht willst, übernachten wir einfach. Ich bringe dich morgen sicher zurück nach Urach. Aber wenn du mich willst, glaube ich nicht, dass ich mich zurückhalten kann. Es gibt einen Nebenraum mit einem Bett. Ich möchte dich ganz betrachten.«

Sie hatte die Wahl. »Ja«, sagte sie.

Matthis verlor keine Zeit. Auf dem Weg zur Tür hörten sie nicht auf, sich zu küssen. Sein Atem lag heiß auf ihrem Gesicht. Dann drängte er sie in das kleine Schlafzimmer, setzte sie auf den Rand der Pritsche, die mit einem muffigen Strohsack bedeckt war.

»Es tut mir leid«, sagte er. »Du hast ein Himmelbett mit seidenen Laken verdient. Zumindest ist es breit genug … für zwei.«

Matthis legte sie auf das Bett, kämpfte mit dem Schnürverschluss ihres Mieders, bis sie ihm lachend half, und entblößte ihre Brüste. Er verlor sich in ihrem Anblick, fand sie anscheinend nicht zu groß, wie sie immer gedacht hatte, und berührte versonnen ihre Spitzen mit seiner linken Hand. Leontines Brustwarzen zogen sich zusammen. Ein Prickeln rieselte über sie hinweg.

»Weißt du, wie es sich anfühlt, wenn man ein Mädchen am liebsten ausziehen würde und sie nichts davon ahnt, unschuldiges Lamm, das sie ist?«

Leontine staunte ihn sprachlos an.

»So ging es mir mit dir von Anfang an. Am liebsten hätte ich dich an dem Tag, als wir neben der Quelle saßen, ins Wintergras geworfen. Ich habe mir selbst nicht mehr getraut.« Seine Stimme war heiser, voller Verlangen. »Kannst du deinen Rock selbst ausziehen? Ich bräuchte für die Haken und Ösen beide Hände.«

Sie richtete sich auf, löste die Verschlüsse und streifte nach kurzem Zögern Mieder, Rock und Unterrock sowie ihr leinenes Hemd ab.

»Bleib stehen!«, sagte Matthis bewundernd. »Weißt du, dass du wunderschön bist mit deinen vollen Brüsten, der schmalen Taille und den langen Beinen? Du könntest die Mätresse eines Königs sein.«

»Ich werde die Geliebte des Königs der Diebe«, sagte Leontine leise.

Matthis schluckte nervös.

»Aber eines wünsche ich mir auch von dir. Zieh den Handschuh aus, den du an deinem Armstumpf trägst.«

Widerwillig gehorchte er ihr, legte das ausgestopfte Lederding mit zusammengebissenen Zähnen ab und streckte ihr provozierend seinen Stumpf entgegen, der ihn seltsam nackt erscheinen ließ.

»Niemand kriegt mich sonst so zu sehen«, sagte er. »Ich gebe mich in deine Hände.«

Hinter dem stolzen Raubritter versteckte sich noch immer das verlassene Kind, der kleine Dieb, der in Stuttgart allein um sein Überleben gekämpft hatte.

Deshalb liebe ich dich, Matthis, dachte Leontine. Gestehen würde sie ihm das niemals, weshalb eine kleine Lüge fällig war.

»Sogar ohne das zweite Gesicht erkenne ich, dass du Angst hast«, sagte sie. »Dabei sehe ich nichts als einen gut aussehenden Mann.«

Sie nahm den Anblick des Stumpfes in sich auf, der vom Tragen der Prothese gerötet war. Seine breite Brust, die muskelbepackten Arme, die schulterlangen Haare.

»Hör auf damit«, brummte Matthis, streckte entschlossen seine linke Hand aus und zog Leontine mit sich auf das Bett.

Viel später lagen sie nebeneinander auf der Seite.

»Ist es immer so?«, fragte sie.

»Du meinst das Blut? Ja, schon. Aber das versickert im Strohsack.«

»Nein«, sagte sie. »Ist es immer so gut? Paracelsus könnte das sicher aus der Sicht der Alchemisten erklären.«

»Das mit uns ist etwas Besonderes«, sagte Matthis. »Es kann auch erheblich alltäglicher sein, Männer drängen danach, besonders, wenn sie es eine Weile nicht getan haben. Ich allerdings nicht.«

»Tatsächlich? Der große Matthis Ohnefurcht spart sich auf.« Sie lachte glockenhell.

»Das ist nicht lustig«, erwiderte er streng. »Auch wenn ich so aussehen mag – ich hure nicht herum. Zu schnell fängt man sich dabei die Franzosenkrankheit ein. Für Frauen ist es oft nur eine Last. Das glaube ich zumindest.«

»Und bei mir?« Sie steckte ihre eiskalten Füße zwischen seine Beine. Ihr Körper glühte auf, als er sie wieder berührte.

»Du brauchst noch etwas Unterweisung, aber stille Wasser sind tief.«

Er legte sich auf den Rücken, die Arme unter dem Kopf verschränkt. Draußen graute der Morgen, die Vögel sangen.

»Der Mann, der dich der Hexerei verdächtigt hat, lebt nur noch auf Abruf.« Er sagte das, als sei Seilers Tod ein Geschenk, das er Leontine bei Gelegenheit zu Füßen legen wollte.

»Hat Gaspard dir davon erzählt?«, fragte sie. »Das hätte er dir verschweigen sollen.«

»Diesen Nikolaus Seiler wird seine gerechte Strafe ereilen«, sagte Matthis kalt. »Entweder durch mich oder durch die Umstände, die sich gegen ihn verschwören werden.«

»Lass ihn«, bat Leontine. »Er wird irgendwann über seine eigenen Missetaten stolpern.«

»Gaspard berichtete mir auch, dass Corentin mich als Brandstifter sucht«, sagte Matthis beiläufig, als würde ihn das nichts angehen.

Leontine ahnte, dass das Gegenteil der Fall war. Sie nickte traurig.

»Du musst mir glauben, dass ich mit den Feuern nichts zu tun habe.«

»Aber Vater denkt das«, sagte sie.

»Warum sollte ich mir die Hände schmutzig machen, wenn sich auf leichtere Weise Geld verdienen lässt?« Er sann nach. »Vielleicht interessiert ihn ja, dass die Gaunerzinken auf dem Wegstein im Quellertal gefälscht sind.«

»Was bedeutet das?«

»Dass jemand die Mordbrennerei Fahrenden und Gaunern in die Schuhe schieben will und dafür Phantasiezeichen malt.«

Leontine kam eine Idee. »Schick Gaspard! Er kann Vater diese Information überbringen.«

»Vielleicht«, sagte er, wandte sich ihr zu und fuhr langsam mit dem Zeigefinger über ihr Gesicht, von der Stirn abwärts über ihre Lippen bis zum Kinn. »Corentin wird schon zur Vernunft kommen. Außerdem hatte ich meine Rache bereits. Seine Tochter steht auf meiner Seite. Vielleicht ergattere ich noch mehr seiner Schätze.« Er hob seine linke Hand, ballte sie zur Faust und öffnete dann langsam seine Finger. »Auch wenn es nur eine ist. Die Fäden laufen genau hier zusammen.«

In diesem Moment verstand Leontine, warum so viele Menschen Matthis fürchteten.

37

Gaspard hatte demonstrativ seine Füße auf den Tisch gelegt und kippelte auf seinem Stuhl vor und zurück. Von den Sohlen seiner verschlammten Reitstiefel tropfte es sachte auf die hölzerne Tischplatte. Der Kater räkelte sich auf seinem Schoß.
Leontine, die soeben durch die Tür getreten war, verschränkte die Arme über der Brust. »Runter da! Aber ein bisschen plötzlich!«
»Reg dich doch nicht so auf!« Gaspard spuckte einen Klumpen Rotz auf den Boden, bei dessen Anblick ihr schlecht wurde. »Du hast mir überhaupt nichts zu befehlen.«
»Schnell«, sagte sie leise.
Wind fauchte und landete mit einem Satz auf dem Boden, während Gaspard seine Beine betont langsam vom Tisch zog, seine kotigen Stiefel darunter verstaute und sein Gesicht hinter einer Maske aus Eis verschwinden ließ.
Auf keinen Fall würde Leontine ihm sein schlechtes Benehmen durchgehen lassen. Schließlich hatte sie fünfzehn Jahre Übung darin, ihre Brüder auf ihren Platz zu verweisen.
»Geh raus und komm mit sauberen Schuhen zurück!«, befahl sie in einem Ton, der keinerlei Widerspruch duldete.
Maulend machte sich Gaspard davon.
Leontines Gedanken weilten noch bei Matthis, der sie pünktlich zur Öffnung der Tore nach Urach zurückgebracht hatte. Noch immer spürte sie seine Hände auf ihrem Körper und seine Lippen auf ihrem Mund. Vielleicht war er ja ein Elfenkönig, der sie in seinen privaten Elfenhügel verschleppt hatte?
Entschlossen versuchte sie, sich auf ihre Stube zu konzentrieren, in der Gaspards Stiefel schmutzige Abdrücke hinterlassen hatten. Sie seufzte und wischte Tisch und Boden sauber, denn Lisbeth war nicht da. Sie hatte befunden, dass die Arbeit

als Zofe ihr nicht genügte, und half zusätzlich in der Schlossküche aus, die die Bediensteten »Hölle« nannten.

Wenn Leontine ehrlich zu sich selbst war, quälte sie ihr schlechtes Gewissen. Gaspard wusste, dass sie die Nacht mit Matthis verbracht hatte, und kam damit nicht zurecht. Es war nicht auszuschließen, dass er ein bisschen zu viel für sie empfand. Sie nahm sich vor, ihm versöhnlich zu begegnen.

Als er mit halbwegs sauberen Stiefeln zurückkehrte, deckte sie den Tisch mit Brot, Butter, Schinken und einem Krug verdünntem Wein. Gaspard setzte sich, belegte einen Kanten doppelt, kaute, schluckte und schwieg sie muffelig an.

»Hast du die Prinzessin sicher nach Urach gebracht?«, fragte Leontine und nippte an ihrem Glas.

Noch bevor er antworten konnte, klopfte es an der Tür. Anna schlüpfte in den Raum.

»Wenn man vom Teufel spricht«, sagte Gaspard. »Das kann sie dir dann ja selbst erzählen.«

Anna musterte Gaspard feindselig. »Steht dieser respektlose Schnösel wirklich in deinen Diensten, Leo?«

Leontine nickte herausfordernd.

»Scheint so«, sagte Gaspard düster. Seine Augen sandten schwarze Blitze in Annas Richtung.

»Frag lieber nicht, was gestern Nacht passiert ist«, sagte Anna. »Er wurde handgreiflich gegen mich.«

»Sie wollte nicht mitgehen«, erläuterte Gaspard kalt. »Ich hab sie aus den Armen dieses Schäferburschen zerren müssen, damit sie noch vor Mitternacht zu Hause ist.«

»Der unfreiwillige Retter meiner Tugend«, sagte Anna spöttisch und wandte sich Leontine zu. »Ich konnte gerade noch verhindern, dass er mich über den Rücken meines Pferdes wirft. Aber das hätte der Hänfling wahrscheinlich sowieso nicht fertiggebracht. Nun ja ... vielleicht war Will doch ein wenig unter meiner Würde.«

»Will?«, wiederholte Leontine.

»Der Schäferbursche. Er ist der Enkel dieser Priesterin

Jolanta«, erklärte Anna. »Mutter möchte uns beide sprechen. Sie erwartet uns mit Dietrich Späth im Empfangszimmer.« So schnell hatte sich Leontine noch nie gewaschen und in ein frisches Gewand geworfen. Kurze Zeit später überquerten sie gemeinsam den Schlosshof.

»Keine Angst, sie sind uns nicht auf die Schliche gekommen.« Anna schenkte ihr einen prüfenden Blick. »Deine Lippen sind ein bisschen geschwollen. Sag, ist es bei einem Kuss geblieben?«

Wie viel durfte sie ihr verraten? Leontine zögerte kurz und trat dann die Flucht nach vorn an. Wenn jemand ihr Vertrauen verdiente, dann war es Anna.

»Ich kannte den gehörnten Gott.«

Annas Fuß stockte. Sie blieb stehen, um Leontine prüfend anzusehen. »Nein! Du meinst, unter dem Ruß versteckte sich dein blonder Ritter? Ich sag ja immer, es gibt keine Zufälle. Du musst mir alles erzählen.«

»Später«, wehrte Leontine ab, während Anna entschlossen die Treppe in Angriff nahm.

»Bringen wir es hinter uns. Schnell, ich platze vor Neugier.«

Herzogin Sabina und Dietrich Späth erwarteten sie im Empfangssaal im ersten Stock. Zu Leontines Überraschung saß auch Paracelsus in ihrem Kreis und nippte an einem Glas Portwein.

Sabina stand auf und begrüßte die Mädchen herzlich. »Meine Lieben. Habt ihr den Maiabend gut hinter euch gebracht? Ihr seht wunderschön aus. Wie so ein Fest die Jugend aufblühen lässt, nicht wahr, Dietrich?«

Wenn die Herzogin in Dietrich Späths Nähe war, wirkte sie gelöst und heiter. Der Obervogt, ein kräftiger Mann mit grauen Schläfen, nickte zwar, vertiefte sich aber sofort wieder in das Gespräch mit seinem Arzt. Leontine hatte sich schon mehrfach gefragt, ob Sabina mit ihrem Retter mehr verband als eine Freundschaft. Aber immer wenn sie Anna zur Rede stellen wollte, legte diese den Finger an die Lippen und warnte sie davor, Gerüchte in die Welt zu setzen, denn Dietrich Späth war gebunden. Er war mit Agatha von Neipperg verheiratet, die derzeit nicht in Urach lebte.

»Setzt euch doch.« Sabina versorgte sie mit Wein und weißen Brötchen. »Sicher seid ihr noch etwas müde von der gestrigen Festivität. Hat die Uracher Jugend sich gut amüsiert?«

Anna nickte ungeniert.

Nach der Mahlzeit rückte Herzogin Sabina mit dem Grund für ihre morgendliche Einladung heraus.

»Meine Lieben«, sagte sie und lächelte erwartungsvoll, »es gibt eine Neuigkeit, die vor allem für Leontine bedeutend ist.«

»Spann uns doch nicht länger auf die Folter, Mutter«, sagte Anna.

»Heinrich von Westerstetten hat um Leontines Hand angehalten.«

Leontine klappte ihren Mund auf und wieder zu. Totenstille breitete sich aus. Paracelsus, der mit Dietrich Späth in ein angeregtes Gespräch vertieft gewesen war, starrte sie entgeistert an.

»Das ist ja fabelhaft«, sagte Anna mit rauer Stimme.

»Entschuldigt mich. Ich muss ins Freie. Der Wein ...«

Leontine ließ die Tür hinter sich ins Schloss fallen, eilte die Treppe hinab und hetzte über den Hof. Schwer atmend blieb sie vor ihrem Haus stehen.

Matthis, dachte sie. Sein Name schnitt ihr ins Herz und schmeckte nach Verlust. Dieser Heinrich von Westerstetten hatte auf dem Fest Herzogin Sabinas mit ihr getanzt. Er war freundlich und zuvorkommend gewesen, aber sie konnte sich kaum noch an sein Gesicht erinnern. Krampfhaft versuchte sie, ihre Gedanken zu sortieren.

Anna, die ihr gefolgt war, holte sie ein. »Wenn du nicht willst, musst du diesen jungen Schnösel nicht heiraten. Mutter freut sich nur so. Sie spielt gern Amor mit Pfeil und Bogen.«

Leontine war fassungslos, aber nicht traurig. Stattdessen erfüllte sie ein rasender Zorn. »Aber wie kann er *mich* meinen? Die Hexe von Esslingen.«

»Das will ich nie wieder von dir hören«, sagte Anna bestimmt. »Du bist ein äußerst ansehnliches Mädchen. Außerdem hat deine Familie eine erkleckliche Mitgift für dich springen lassen, die die Familie Westerstetten gut gebrauchen kann. Selbst wenn es mit deiner Tugend seit gestern ein wenig, nun ja, hapert. Warum, glaubst du, schlagen sich so viele Niederadelige als Raubritter durch? Sie sind pleite.«

Tessa hatte sie verkauft? Leontine kam sich plötzlich vor wie auf dem Viehmarkt. Sie war verletzt, obwohl sie sich klarzumachen versuchte, dass eine üppige Mitgift ihr nur Vorteile bringen konnte.

Siedend heiß fiel ihr ein, dass sie nicht mehr unberührt war. Ob diese unwichtige Tatsache in der Hochzeitsnacht wohl eine Rolle spielte?

Nein und nochmals nein, dachte sie. Sie würde sich nicht davon abhalten lassen, bei ihrem Verlöbnis ein Wörtchen mitzureden.

»Mach dir nichts vor«, sagte Anna abgeklärt. »So läuft das nun einmal. Das ist der erste Antrag, der eingeht. Wir warten noch einige ab und schlagen für dich das Allerbeste heraus.«

Das bedeutet zumindest einen Aufschub, dachte Leontine mit einem Anflug von Erleichterung.

Anna schubste sie entschlossen durch die Tür. »Trübsal blasen nutzt nichts. Pläne schmieden hingegen schon …« Sie hielt inne. »Was wird denn hier gespielt?«

Lisbeth und Gaspard saßen über den Tarotkarten, die auf dem Tisch zu einem Kreuz ausgelegt waren. Lisbeth sprang auf und nahm Leontine in die Arme. »Was ist denn mit dir los?«, fragte sie.

»Ach, sie soll nur heiraten«, antwortete Anna an ihrer Stelle. »Aber da ist das letzte Wort noch nicht gesprochen. Ich will sie auch gar nicht so schnell loswerden.« Sie beugte sich über das Deck. »Ich wusste gar nicht, dass du Wahrsagekarten hast, Leo.«

»Es sind auch nicht ihre, sondern meine«, brummte Gaspard.

»Hätte ich mir denken können«, gab Anna feindselig zurück. Sie legte bittend die Hände zusammen, eine Geste, die sie schelmisch und kindlich zugleich wirken ließ. »Würdet ihr mir die Karten legen?«

Um Himmels willen, dachte Leontine. Sie wusste selbst nicht, warum es ihr so widerstrebte, sich mit Annas Zukunft auseinanderzusetzen.

»Ich kann die Bilder nicht deuten«, wehrte Gaspard ab.

»Ich auch nicht«, schob Leontine hinterher. »Lassen wir es lieber bleiben.«

»Leontine benötigt keinen Krimskrams, um in die Zukunft zu sehen«, erklärte Gaspard, während Anna fragend die Brauen hochzog.

Leontine aber blieb fest und klaubte die Karten zusammen. »Heute passiert hier nichts dergleichen«, sagte sie und verstaute das Deck in ihrer Truhe.

»Ein andermal, Leo?« Anna schenkte ihr ein charmantes Lächeln.

»Vielleicht«, gab Leontine zurück. Sie nahm sich vor, die Tarotkarten beizeiten ins Feuer zu werfen. »Ich kann dir deine Zukunft auch so verraten. Anders als ich wirst du, eingefädelt von Ihrer Hoheit, der Herzogin, bald heiraten, nämlich … einen wunderschönen jungen Grafen, der dich weit fortbringt, dahin, wo du nicht länger fürchten musst, Herzog Ulrich könne seine Rückkehr planen.«

Gaspard verdrehte die Augen zur Decke. »*Mon Dieu*«, sagte er.

»Das denkst du dir doch nur aus, Leo«, sagte Anna enttäuscht.

Leontine schaute sie fest an. »Glaub mir, Anna. Deine Bestimmung erwartet dich noch früh genug.«

Annas Zukunft war gefährliches Terrain. Die Kristallkugel fiel Leontine ein, in der die Prinzessin niemals Bilder ihres Schicksals sah.

Manchmal ruft Gott einen Engel vor der Zeit zu sich, dachte sie plötzlich schaudernd. Sie beide, die Prinzessin und das Hexenkind, hatten es so gut miteinander getroffen, dass Leontine sich wünschte, es möge immer so bleiben.

Gaspard erhob sich und warf ihnen der Reihe nach einen herausfordernden Blick zu, der viel zu erwachsen für seine jungen Jahre wirkte. Lisbeth versteckte ein Lächeln hinter ihrer vorgehaltenen Hand.

»Ganz schön frech«, sagte Anna. »Ein kleiner Provokateur.«

»Was hast du vor?«, fragte Leontine an Gaspard gewandt. Sie fühlte sich deutlich wohler, wenn er in der Nähe war.

»Ich gehe meine eigenen Wege und bin dir keine Rechenschaft schuldig«, sagte er nachdenklich und verließ den Raum.

38

Im Kerker brannte ein Feuer, das rabenschwarz zur Decke rußte. Die grob gemauerten Sandsteinwände dünsteten Angstschweiß aus. Cyrian zwang seine Augen, sich auf die Apparatur der Waag zu richten, die sich unheilvoll vor ihm aufbaute. Sie bestand aus einem großen Fleischerhaken, einer Winde und einem Seil, mit dem der Scharfrichter Rutersberger ihm die Hände auf den Rücken band. Nichts hatte Cyrian je so viel Angst eingeflößt wie dieses Ding da.

Die letzten peinlichen Befragungen hatte Rutersberger damit verbracht, ihm genussvoll zu schildern, wie die Folter ablaufen würde. Viele Verdächtige knickten schon ein, wenn man ihnen die Folterwerkzeuge nur zeigte. Nicht so Cyrian, der Ausbund an Verstocktheit. Er hatte nur zugehört und stoisch geschwiegen. Aber die Waag fürchtete er, weil sie ihm die Arme aus den Schultergelenken reißen würde.

»Du hast es nicht anders gewollt.« Rutersberger fuhr ihm sanft mit seinen schmutzigen Fingern durchs Gesicht.

Da Cyrian gefesselt war, konnte er sie nicht beiseitestoßen. Also beschränkte er sich darauf, dem Scharfrichter ins Gesicht zu spucken, der mit einem Schlag seines Handrückens antwortete.

Cyrians Kopf wurde zur Seite geschleudert. Ihm wurde schwindlig, aber er verlor nicht das Bewusstsein, wie er gehofft hatte. Stattdessen hängte Rutersberger das Seil, mit dem seine Hände gebunden waren, in den Haken ein und drehte die Winde, die ihn langsam zur Decke zog. Cyrians Schultergelenke brannten, als seine Arme sich waagerecht nach hinten ausrichteten. Er wappnete sich gegen den Schmerz, der sich noch steigern würde.

»Gestehst du deine Brandstiftung im Warenlager des Kaufmanns Scheuflin?«, fragte Rutersberger. »Oder bist du endlich bereit, uns ein paar Namen von Wiedertäufern zu verraten?«

Cyrian wurde der Antwort enthoben, weil er gellend schreien musste. Währenddessen zog ihn Rutersberger unaufhörlich nach oben, drehte die Winde erbarmungslos Stück für Stück. Es quietschte, aber Cyrians Schreie waren lauter.
Seine Eltern hatten ihn im Stich gelassen. Sein Vater war früher selbst so ein Scheusal gewesen, das anderen Leuten die Arme aus den Gelenken brach. Cyrian konnte nicht aufhören zu schreien. Wer schrie, verriet keine Namen.
Seltsamerweise pausierte der Scharfrichter nicht, um ihn auszufragen, sondern fuhr gnadenlos fort, ihn zur Decke zu ziehen.
»Das Heldendasein hast du dir sicher anders vorgestellt.« Rutersberger drehte die Seilwinde unaufhaltsam weiter.
Cyrian stand in Flammen vor Schmerzen. Seine Arme hingen beinahe in der Senkrechten, die Sehnen in seinen Schultergelenken standen kurz vor dem Zerreißen. Warum hörte Rutersberger nicht auf? Sagte ihm denn niemand, dass er Schluss machen musste? Folteropfer sollte man nicht umbringen, wenn man Geständnisse von ihnen erwartete.
Der Schmerz steigerte sich ins Unermessliche, als sein rechter Arm aus dem Gelenk sprang. Cyrian floh sich in Bewusstlosigkeit, die ihn aufnahm wie ein kühles dunkles Meer, in dem nichts weiter wichtig war, als dass es ihn in Richtung des Todes spülte.
Er erwachte mit einem Schlag. Die Schmerzen quälten ihn noch immer, vor allem, weil er in einem Sack steckte und direkt auf seinem ausgekugelten Arm lag. Zwei Henkersknechte rissen ihn hoch.
»Wohin mit ihm?«, fragte der eine.
»Wie besprochen«, antwortete Rutersberger knapp.
Als Cyrian auf sich aufmerksam machen wollte, stellte er fest, dass sein Mund geknebelt und seine Füße gefesselt waren. Obwohl er vor Schmerz beinahe umkam, machte ihn die Situation neugierig.
Sie trugen ihn die Treppe hinauf aus dem Kerkertor auf die Straße. Die Schmerzen wurden zu gleißenden Blitzen, als sie

ihn auf einen Karren schleuderten, der sich langsam in Bewegung setzte. Als er wieder zu sich kam, drangen gemurmelte Wortfetzen an sein Ohr.

»Geht er damit nicht zu weit?«

»Der Junge muss verschwinden. Es ist ein Befehl.«

Todesangst griff nach seinem Herzen. Rutersberger war ein Kinderquäler. Weil Cyrian das wusste und es im Ernstfall weitererzählen konnte, wollte der Scharfrichter sich seiner entledigen.

Sein ausgekugelter Arm pochte. Cyrian spürte, dass er sich nass machte. Der Karren schaukelte zuerst über Kopfsteinpflaster und dann über ein offenes, frisch gepflügtes Feld.

»Das Grab ist schon ausgehoben«, sagte der eine Henkersknecht. »Fass mal vorn an.«

Sie zerrten den Leichensack von der Ladefläche und schleuderten ihn mit Schwung in eine Grube. Weitab des Friedhofs, irgendwo vor der Stadtmauer, wo ihn Jesus am Jüngsten Tag sicher vergessen würde.

Beim Aufprall wurde Cyrian wieder bewusstlos. Er erwachte erst, als Erde auf ihn prasselte, Brocken und Schollen, eine nach der anderen. Resigniert gab er auf und hieß den Tod willkommen. Er würde ersticken, aber dann wäre es wenigstens vorbei.

Schwere lastete auf ihm, ein modriger Geruch setzte sich in seine Nase. Angewidert dachte er an die Regenwürmer, die sich an ihm gütlich tun würden.

Schließlich war das Grab zugeschaufelt. Cyrian blieb zurück, auf ihm das Gewicht der Erde. Die Luft wurde ihm knapp.

Haushalten, dachte er. Vielleicht konnte er sich dann noch einmal an seine Lieben erinnern. Felix Gruber, Leontine, Andreas, seine Mutter, die so rührend besorgt um ihn gewesen war und ihn doch nicht hatte retten können. Der kleine Joschi, sein Vater, der ihn keines Blickes gewürdigt hatte.

Er versuchte zu atmen, hatte aber nur die staubigen Falten des Sacks im Mund. Vorbei.

An dem Ort, an den er entglitt, gab es keine Schmerzen mehr. Dort fühlte er sich aufgehoben, alles war gut. Darum reagierte er ungehalten, als ihn jemand zurückholte. Eilige Hände schaufelten das Erdreich von ihm herunter. Jemand zog ihn mühsam aus der Grube, fluchte in einer fremden Sprache und legte ihn auf dem Feld ab.

Luft, dachte Cyrian. Sein Arm protestierte, doch seine Lungen weiteten sich erleichtert.

»*Merde*«, sagte sein Retter, als er den Leichensack aufriss und ihm den Knebel aus dem Mund zog. »Du bist Cyrian, Leontines Bruder?«

Er sprach ihre Namen seltsam aus. Cyrian schaffte es nicht einmal mehr, zu nicken, sondern sah den schwarzhaarigen Jungen nur mit großen Augen an, der sich daranmachte, seine Fußfesseln zu lösen.

»Du siehst aus wie dein Vater.«

Er wollte ihm sagen, dass er sich diese Auskunft sonst wohin stecken konnte, brachte aber nur ein Krächzen heraus. Sein Arm war inzwischen taub vor Schmerzen.

Nachdenklich richtete der fremde Junge seine Augen auf Cyrians Schultergelenk. »Wer hat dir das angetan? Lisbeths Mann? *Espèce de porc. Putain bordel de merde.*« Seine entschlossene Hand griff nach ihm und zog ihn auf die Füße. Wieder wurde ihm schwarz vor Augen. Die Beine knickten unter ihm weg.

»Dein Arm ist ausgekugelt, nicht dein Fuß«, bemerkte der Junge herzlos, während er ihn stützte.

Gierig sog Cyrian die frische Nachtluft ein. Sie standen auf den Feldern nahe dem Neckar bei Oberesslingen, gar nicht weit von dem Ort, an dem ihn Rutersberger in den Fluss gestoßen hatte. »Ich will nach Hause«, sagte er.

»Keine gute Idee.« Der Fremde grinste ihn mit weißen Zähnen an. »Da holen sie dich gleich morgen wieder ab, wegen Flucht aus dem Kerker.«

Irgendetwas hakte an den Gedankengängen des Jungen, aber Cyrian war zu erschöpft, um es herauszufinden.

Gemeinsam humpelten sie zum Fluss hinunter, wo sein Retter ein Tuch benetzte und ihm ins Gesicht drückte. Dann reichte er ihm seine Fellflasche, die mit Wein gefüllt war. Dankbar trank Cyrian ein paar Schlucke. »Was soll ich sonst tun?«
»Komm mit mir«, sagte der Junge lockend, reichte ihm seine schmale braune Hand und zog ihn mit erstaunlicher Kraft auf die Füße.
Cyrian stützte seinen Arm, der höllisch wehtat. »Was machst du eigentlich hier?«
Das Lachen des Fremden war gleichzeitig übermütig und bitter. »Hab die Henkersknechte beobachtet, wie sie mit dir rauskamen. Dachte, ich würde einen Toten ausbuddeln, aber du bist verdammt lebendig. Also schlagen wir ihnen ein Schnippchen. *Voilà.*« In seiner Stimme klang ein fremdländischer Akzent durch, den Cyrian nicht zuordnen konnte. »Ich bin Gaspard. Meine Freunde sind tapfere Raubritter. Ihr Anführer kümmert sich um deinen Arm. Aber erst einmal verpassen wir dir eine Schiene, damit du den Ritt überstehst, ohne vom Pferd zu kippen. Und dann schütten wir das Grab zu.«

39

Der Boden stand voller Waldmeister. Leontine hob vorsichtig einen Fuß vor den anderen, um die zarte Blütenpracht nicht zu zertreten, und lauschte Paracelsus, der unaufhörlich palaverte. Sie seufzte. Wenn er etwas erreichen wollte, konnte er wirklich hartnäckig sein. Im Moment bestand seine Mission darin, ihre Heirat zu verhindern.

»Hängt mir etwa ein nörgeliges Eheweib im Nacken, das immer nur Ansprüche stellt?«, fragte Paracelsus. In der Wärme des schönen Frühlingstages wischte er sich den Schweiß von der Glatze.

Leontine lachte. »Ihr würdet einen zuvorkommenden Ehemann abgeben, der seinem Weib jeden Wunsch von den Lippen abliest.«

Seiner überragenden Klugheit zum Trotz ging Paracelsus jeder Sinn für sanften Spott ab. »Wer sollte sein Leben schon mit mir teilen wollen? Die Streitlust meiner Mitmenschen zwingt mich zu unaufhörlicher Wanderschaft. Aber hier geht es um dich. Werde dir klar, was dein wahrer Wille ist.«

»Das weiß ich schon«, sagte Leontine leise. Es war einfach. Sie wollte Heilerin werden und mit Matthis zusammen sein, ob mit oder ohne Eheabrede.

»Eine feste Stimme, klare Augen, ein unbeugsamer Wille. Die Sterne meinen es gut mit dir, kleine Dottoressa Spirituala.«

Es war früh am Morgen. Der Meister und seine Schülerin hatten sich vom Weg aus seitwärts ins Unterholz geschlagen, wo es nicht nur überwältigend nach Maikräutern roch, sondern auch schon etwas zum Sammeln gab. Über ihren Köpfen spannten die Buchen und Eichen des Mischwalds ihre grünenden Zweige aus, die Leontine an das Gewölbe einer Kathedrale erinnerten. Vögel schmetterten ihr Frühlingslied in den blauen Himmel.

Zwei Wochen waren seit dem Maifest und dem unerwarteten Heiratsantrag dieses Heinrich von Westerstetten vergangen. Wieder und wieder hatte Leontine die Nacht mit Matthis und alles, was ihr vorangegangen war, nacherlebt. Auf keinen Fall würde sie einen anderen Mann heiraten, egal, ob er einen Adelstitel mitbrachte oder nicht.

Sie konzentrierte sich auf Paracelsus' Ausführungen, der ihr seine Signaturenlehre der Pflanzen und natürlichen Dinge näherzubringen versuchte. In den Tagen zuvor hatte er ihr sein alchemistisches Weltbild erklärt, in dem alles mit allem zusammenhing. Das Große war wie das Kleine von Geist durchströmt. Der Kosmos spiegelte sich im Körper des Menschen, ebenso wie die Planeten seine Organe abbildeten. Die Elemente Feuer, Wasser, Luft und Erde entsprachen den Prinzipien Sulfur, Merkur und Sal, aus denen der Mensch bestand. Wenn sie durch eine Krankheit in ein Ungleichgewicht gerieten, bedurfte es einer Behandlung, bei der Gleiches auf Gleiches einwirkte.

Leontine gab sich ehrlich Mühe, bezweifelte aber, das komplizierte Gedankengebäude durchblickt zu haben, geschweige denn sich im Ernstfall daran erinnern zu können.

»Wenn du hellsichtig bist«, sagte Paracelsus, »zeigen dir die Pflanzen selbst, wozu sie dienen. Eine Walnuss ähnelt einem menschlichen Gehirn.«

»Keine Ahnung, woher auch?«, entgegnete Leontine schnippisch.

»Ich schon.« Paracelsus lachte. Natürlich war er schon bei einer Leichenöffnung dabei gewesen. »Darum ist ihr Genuss gut für unsere Fähigkeit zu denken.«

»Das sagt man auch dem Salbei nach«, ergänzte Leontine. Er sollte nur nicht meinen, sie sei eine Anfängerin in der Kräuterkunde.

»Der Holunder ist der Hüter der Schwelle.« Paracelsus deutete auf einen Busch, der noch in Knospe stand. »Wer unter ihm einschläft, schaut in die Anderwelt und hält mit den Schwarzelben ein Schwätzchen.«

Um zu viel zu sehen, brauchte Leontine keinen Holunder.

Daheim im Quellental wuchs einer neben dem Hauseingang.
»Verzichtet lieber darauf.«

Die Elementarwesen machten sich ihre Hellsichtigkeit zunutze und trieben Schabernack mit ihr. Aus dem Augenwinkel entdeckte sie einen Blütenelf, der auf dem Bauch lag und Paracelsus' Ausführungen lauschte, seinen Kopf in die Hände geschmiegt. Als Leontine blinzelte, winkte er ihr zu.

»Die Tropfen auf dem Frauenmantel sind reine Magie«, fuhr Paracelsus fort. »Aber worum geht es uns, kleine Dottoressa Spirituala?«

»Ums Arcanum«, entgegnete Leontine gehorsam. »Ums innere Wesen der Pflanze, das dem Geist des Menschen entspricht. Man gewinnt es durch Destillieren.«

Paracelsus nickte zufrieden. »Was weißt du vom Johanniskraut, mein Kind?«

»Es blüht um den längsten Tag des Jahres herum. Dann, wenn die Kraft der Sonne am stärksten ist.«

»Genau. Darum hüllt es sich in seine leuchtend goldene Farbe und seinen Strahlenkranz aus Blütenblättern.«

»Es lässt sich ein gutes Wundöl daraus gewinnen«, fügte Leontine hinzu. »Ein rotes, wie Ihr natürlich wisst. Und es heilt die Dunkelheit der Seele.« Ein besseres Mittel gegen die Melancholie kannten selbst die Riexingers nicht.

Paracelsus nickte zufrieden. »Ein guter Arzt weiß nicht, er schaut«, sagte er.

Leontine nickte. Manches hatte sie so verinnerlicht, dass sie den Unterschied zwischen Wissen und Schauen nicht mehr benennen konnte.

Da bemerkte sie auf dem Waldweg einen Reiter in einem schwarzen Mantel, der sie unbewegt beobachtete. Er saß auf einem Grauschimmel und führte eine kleine braune Stute am Zügel.

»Ich muss gehen«, sagte sie und eilte davon.

Paracelsus folgte ihr, so schnell er es mit seinen kurzen Beinen konnte.

Als sie aus dem Wald trat, schob Matthis seine schwarze

Kapuze zurück und schenkte ihr ein strahlendes Lächeln. Sein Haar leuchtete in der Sonne. Leontines Hände zitterten. Verschämt putzte sie sie an ihrem Rock ab, während sich Matthis, dieser unverschämte Kerl, köstlich über ihren neuerlichen Anfall von Schüchternheit amüsierte.

Sie betrachteten einander schweigend, bis sich Paracelsus aus dem Unterholz hervorgearbeitet hatte. Die Notwendigkeit, ihn vorzustellen, enthob Leontine ihrer glühenden Verlegenheit.

»Dr. Theophrastus Bombast von Hohenheim«, sagte sie.

»Auch Paracelsus genannt«, vollendete dieser, während er Matthis aufmerksam musterte.

»Mein Lehrmeister«, erläuterte Leontine.

»Darf ich Euch auch nach Eurem Namen fragen?« Paracelsus störte sich nicht daran, dass Herakles unruhig tänzelte und ihm fast auf die Füße trat.

»Der tut hier nichts zur Sache«, wehrte Matthis ab.

»Ich sehe schon«, erwiderte Paracelsus. »Ihr seid der Grund, warum sich Leontine heute so schnell ablenken lässt. Sagt mir, unter welchem Sternzeichen seid Ihr geboren?«

Matthis legte seinen Kopf in den Nacken und lachte. »Wenn ich das wüsste.«

»Ihr kennt nicht Tag und Stunde Eurer Geburt?«, fragte Paracelsus verwundert. »Nun, vielleicht kann ich Euch weiterhelfen. So wie Ihr ausseht und Euch gebärdet, ist Euer Geburtsherrscher die Sonne. Vielleicht seid Ihr im Löwen geboren. Duldet Ihr Silber auf Eurer Haut?«

Matthis betrachtete ihn verwundert. »Darüber habe ich mir noch keinerlei Gedanken gemacht. Seht her, Doktor!« Herausfordernd streckte er Paracelsus seinen Armstumpf mit dem Lederhandschuh entgegen. »Ich wäre Euch dankbar, könntet Ihr mir ein Mittel gegen einen Schmerz in einem Daumen verordnen, der schon zwanzig Jahre verrottet ist.«

Paracelsus runzelte die Stirn. »Phantomschmerzen bei Sonnengeborenen stellen mich vor eine echte Herausforderung.«

Leontine trat an die zierliche Stute heran, um ihr den Hals

zu tätscheln. Das Pferd musterte sie aus aufmerksamen braunen Augen und knabberte an ihrer Hand.
»Sie ist für dich, Leo«, sagte Matthis leise. »Ein Geschenk von mir. Ihr Name ist Bertha.«
Wilde Freude durchströmte Leontine. Als Städterin hatte sie noch nie ein eigenes Pferd besessen und war dementsprechend eine mäßige Reiterin.
»Darf ich?« Sie überließ ihren Korb Paracelsus, lächelte ihn abbitteheischend an und saß auf.
Während Leontine und Matthis wendeten und davonritten, blieb Paracelsus allein auf dem Weg zurück.
»Geh nur, Kind«, sagte er, ihnen nachblickend. »Aber verbrenn dich nicht an ihm.«

Sie ritten im Schritt nebeneinanderher.
Leontine brach als Erste das befangene Schweigen. »Wohin führt uns der Weg?«
»Dahin, wo ich dich ungestraft ins Gras legen kann.« Matthis lachte, als sie errötete. »Nein, ernsthaft. Wir werden eine Weile unterwegs sein. Was dann kommt, bestimmen wir selbst.«
Es war früher Vormittag, als sie nahe Urach aufbrachen. Zuerst im Schritt und dann im sanften Trab durchquerten sie ein weites Tal und erreichten nachmittags ihr Ziel, eine Höhle, halb am Hang gelegen, deren Eingang einem klaffenden Maul ähnelte. Nachdem sie die Pferde versorgt hatten, machten sie sich Hand in Hand daran, den Ort zu erkunden.
»Wo sind wir?«, fragte Leontine ehrfürchtig.
»Am Eingang zur Unterwelt.« Matthis entzündete eine Fackel, in deren Licht sie in die Finsternis der hallenden Räume traten. »Sie verschluckt dich und speit dich bei Bedarf wieder aus.«
Der Feuerschein glitt über Wände aus Kalkstein, raue Felsvorsprünge und einen unterirdischen Bach, dessen Lauf sie lange Zeit abwärts folgten. Der Grund war mit Geröll bedeckt. Einige Male wäre Leontine beinahe ausgeglitten, wenn

Matthis sie nicht gehalten hätte. Es roch nach Moder und der wasserumspülten Reinheit des steinernen Bachbetts.

Leontines Gabe meldete sich als Raunen in ihrem Kopf, dem sie nicht stattgab, sonst hätte sie es neben Blumenelfen, Nixen und Geistern noch mit Zwergen aus dem Bauch der Erde zu tun bekommen.

Matthis half ihr über eine Spalte im Untergrund hinweg.

»An deiner Seite habe ich keine Angst«, sagte sie standhaft.

»Das solltest du aber«, gab er zurück. »Schließlich bin ich bei meinem ersten Aufenthalt hier beinahe gestorben.«

Die Höhle öffnete sich zu einem von der Natur gebauten Dom. Auf seinem Grund weitete sich der Bach zu einem Tümpel, an dessen Ufer sie Platz nahmen und Matthis' mitgebrachte Vorräte auspackten. Durch eine Öffnung in der Decke sickerte schwacher Lichtschein herein, in dem sie einander als graue Schemen erkannten.

»Sind wir hier, damit du mir davon erzählen kannst?«, fragte Leontine.

Matthis nickte. »Außer dir weiß bisher niemand, dass hier meine zweite Geburt stattgefunden hat.« Er versorgte sie mit Wein, Brot und Wurst. »Dir ist bekannt, dass ich einige Jahre meiner Kindheit im Haus Berthold Hechts verbracht habe?«

Leontine biss in ein Stück Räucherwurst, das ihr irgendwie bekannt vorkam. Hatte sie es nicht erst heute Morgen in ihrer Vorratslade gesehen?

»Als er mir eröffnete, dass ich ihm in seinem Handwerk nicht nachfolgen könne, bin ich abgehauen. Zu Tode gekränkt zwar, wie nur ein Zwölfjähriger es sein kann, aber doch schlau genug, um Hechts Pferd, eine lammfromme Stute, mitgehen zu lassen.«

»Der geborene Dieb«, kommentierte Leontine.

»Spotte nicht.« Matthis legte den Finger auf die Lippen. »Die Strafe folgt sonst auf dem Fuße.« Er küsste sie süß auf den Mund. »Wer, glaubst du, war meine Komplizin?«

»Lisbeth?« Leontine machte große Augen, als er nickte.

»Hechts Jüngste war immer meine Lieblingsschwester. Heute hat sie uns gedeckt.«

Leontine fragte sich insgeheim, wie Matthis es schaffte, sich die Menschen an seiner Seite gewogen zu machen.
Er strahlt wie die Sonne, dachte sie. Die Menschen wärmen sich an seiner Kühnheit. Nur Corentin nicht, der ihn bis zum bitteren Ende jagen würde.
»Ich ritt und ritt tränenblind die Straße in Richtung Ulm entlang und fand mich irgendwann auf der Albhochfläche wieder«, fuhr Matthis fort. »Bei einem Bauern klaute ich ein paar Eier und ein Huhn, das ich über dem Feuer briet, reiner Mundraub also. Doch nichts konnte die Leere in mir füllen. Ich fragte mich, wozu ich noch weiterleben sollte. Dann jedoch entdeckte ich die Höhle, die mir als rettende Zuflucht erschien. Ich betrat den Bauch der Erde, um eine einzige Nacht hier zu verbringen, und ging staunend tiefer und tiefer hinein. Wie du siehst, ist es nicht vollständig dunkel.«
»Und was geschah dann?«
»Ich verirrte mich heillos, undankbarer kleiner Narr, der ich war.« Er lachte über sich selbst. »Der Berg ist durchlöchert wie Käse, wahrscheinlich die gesamte Alb. Niemand hätte jemals meine Knochen gefunden.«
»Aber das ist ja furchtbar.«
Matthis rückte näher an sie heran und nahm sie in die Arme. »Zuerst war ich neugierig und fasziniert von den vielen Abzweigungen und den Räumen, die sich auftaten. Ich wollte sie alle entdecken.«
»Du warst ein Kind.« Leontine dachte an ihre Brüder. Cyrian hätte hier niemand aufhalten können.
»Das war ich nie. Als mir aufging, dass ich mich verlaufen hatte, war es schon lange zu spät. Gang für Gang lief ich ab, rannte schließlich und geriet mit jedem Schritt tiefer in diese unterirdische Welt. Seitlich taten sich Abgründe auf, von denen es weit ins Nichts hinabging. Mancher Gang verengte sich auch, sodass ich stecken blieb. Mit einem Mal war es stockfinster, sodass ich das Gefühl bekam, eine fremde Macht würde mich jagen. Ich verging vor Furcht.«
Plötzlich schienen sich die Wände um Leontine zu schlie-

ßen. Die Schatten wisperten Bedrohliches vor sich hin. An diesem Ort konnten Menschen sich selbst verlieren. »Aber wie hast du wieder herausgefunden?«

Matthis legte seinen Umhang um sie beide. An seiner Seite waren Kälte und Furcht auszuhalten. »Irgendwann habe ich meine Angst besiegt und mich auf den Boden gesetzt. An das sandige Gefühl kann ich mich noch gut erinnern. Mir wurde klar, dass ich nicht sterben wollte. Jedenfalls nicht sofort. Auf keinen Fall. Irgendwie muss ich meine Dämonen besiegt haben, wie genau, weiß ich nicht mehr. Dann habe ich mich zurückgekämpft, Schritt für Schritt, durch die Finsternis und Angst meiner Seele, bis ich genau hier ankam, wo wir sitzen.«

»Und dann?«

Ein Plätschern war zu hören, als ob jemand einen Stein in den Teich geworfen hätte.

»Ich fand heraus. Tränenüberströmt ließ ich mich auf den Waldboden fallen und krallte meine Finger ins Gras. Mein Pferd war weg, mein Gepäck und meine spärlichen Vorräte ebenfalls.«

»Kein guter Anfang«, urteilte Leontine.

»In der Tat. Aber mein Hasenherz hatte ich ebenfalls in der Höhle gelassen. Die Schäferin Jolanta fand mich und nahm mich mit. Kurz darauf wurde ich Teil der Bande des Helfensteiners, dem mein tollkühner Mut imponierte.«

»Wie hab ich mich in meinem Leben schon gefürchtet«, sagte Leontine. »Am meisten davor, mein Seelenheil zu verlieren. Hast du seither wirklich keine Angst mehr gehabt?«

»Niemals«, erwiderte Matthis gleichmütig. »Ich habe der Todesangst ins Auge geblickt, schlimmer kann es nicht kommen. Auch du musst die Furcht hinter dir lassen. Den Ansprüchen der Kirche wirst du niemals genügen.«

»Ich habe solche Angst vor der Hölle«, gestand sie. »Der Kaplan Seiler hat mir das eingetrichtert. Von wegen Zauberinnen und so. Er hat mir genüsslich Bilder gezeigt, auf denen Teufel arme Sünder mit glühenden Zangen zwicken. Dann hat er einen gedungenen Mörder auf mich angesetzt.«

»Ich sage ja, dem Mann wird kein langes Leben beschert sein.« Matthis half ihr auf. »Du frierst. Kehren wir ans Tageslicht zurück.«

Vor der Höhle erwartete sie ein milder, duftender Maiabend. Ihre Pferde kamen auf sie zu und schnupperten sie zur Begrüßung ab. Da es viel zu spät für eine Rückkehr nach Urach war, hatte Matthis vorgesorgt, um ihre Übernachtung zu organisieren. Im Schloss hatte er mit Lisbeth ausgemacht, dass sie Leontines Abwesenheit mit einem Aufenthalt in Esslingen entschuldigen würde. Deshalb konnten sie problemlos die Nacht in einem Gasthaus verbringen, in dem die Wirtsleute ihnen das beste Zimmer hergerichtet hatten. In der nahezu leeren Gaststube aßen sie gebackenen Schinken und Hammelbraten mit frischem Bauernbrot. Nichts hatte je besser geschmeckt.

Danach lag Leontine in den rauen Leinenlaken und wartete mit klopfendem Herzen auf Matthis, der sich an der Pumpe waschen gegangen war. Er trat ein, nackt, ein Leintuch um die Hüften. An seinem Armstumpf war der Handschuh befestigt.

»In dieser Nacht lege ich ihn nicht ab«, sagte er, bevor er zu ihr unter die Decke schlüpfte. »Ich habe heute genug von mir preisgegeben. Lass uns zu den angenehmeren Dingen kommen.«

In einer fließenden Bewegung wandte er sich ihr zu und küsste sie lange. Danach glitt seine linke Hand über sie hinweg, berührte staunend ihre Brüste und rieb die empfindliche Stelle zwischen ihren Beinen, wo sie zu verglühen drohte. Ein Tropfen Feuchtigkeit quoll aus ihrer Mitte. Sie seufzte leise, als er sich auf sie legte und in sie eindrang.

»Entschuldige.«

»Sag das nie wieder und halt dich nicht zurück. Nichts ist aufregender, als dass du mich willst«, sagte er und begann, sich in ihr zu bewegen. »Du sollst genauso empfinden wie ich.«

Immer wieder glitt er aus ihr heraus, streichelte sie da, wo sie es mochte, bis sich ihre Lust steigerte und sie sich selbst vergaß. Da war er wieder in ihr und stöhnte kurz nach ihr auf.

Gesättigt schliefen sie eine Weile, bevor Matthis sie mitten in der Nacht weckte und ihr Liebesspiel fortsetzte.

»Nicht«, sagte sie, als er sich auf sie legen wollte. Stattdessen setzte sie sich auf ihn und ritt ihn.

»Du bringst mich um den Verstand.« Er lachte siegesgewiss. Auf seiner Stirn glitzerten Schweißperlen.

»Genau das will ich«, sagte sie.

Danach schliefen sie bis zum Morgengrauen. Leontine erwachte vom überwältigenden Konzert der Vögel und ließ ihre Augen auf Matthis ruhen, der auf dem Bauch lag und so verletzlich wie ein Kind wirkte.

Traumverloren stand sie auf, um zum Fenster zu gehen. Über der Alb erwachte der Morgen. Die Kuppen der Hügel schauten geisterhaft aus einem weißen Nebelmeer.

Plötzlich erlebte sie einen Moment der Klarheit, der ihr Herz einen Schlag lang aussetzen ließ. Ein Unglück war geschehen oder würde geschehen, das sie nicht verhindern konnte. Tiefe Schatten legten sich über den blauen Himmel.

»Matthis.« Sie rüttelte ihn an der Schulter. »Wach auf!«

Er räkelte sich verschlafen. »Was ist los?«

»Ich muss nach Esslingen.«

Er drehte sich auf den Rücken. »Weshalb denn so plötzlich? Doch nicht, weil Lisbeth dich unter diesem Vorwand bei Herzogin Sabina verleugnet hat? Notlügen sollte man skrupellos gebrauchen. Oder ist dir schlecht? Der Hammelbraten gestern Abend war nicht mehr frisch.«

»Nein«, sagte Leontine. »Ich weiß nicht, weshalb, aber es ist so. Ich muss sofort nach Hause. Du hast selbst gesagt, dass ich an meine Fähigkeiten glauben soll.« Sie stieg in ihre Röcke und schloss mit fliegenden Fingern ihr Mieder.

»Ich begleite dich.« Matthis schwang seine langen Beine aus dem Bett und angelte nach seiner Kniehose. »Wenn wir uns beeilen, können wir heute Abend ankommen.«

Leontine hob verwundert den Blick. Er hatte kein zweites Mal nachgefragt, sondern vertraute ihr einfach.

40

Es war frühmorgens. Tessa saß auf der Küchenbank und fütterte Joschi mit Brotstückchen, die sie in Milch eingeweicht hatte. Ihr Bauch war mittlerweile so groß, dass der Kleine kaum noch Platz auf ihrem Schoß fand.

Tessa gähnte verstohlen. Ihre drei vorangegangenen Schwangerschaften waren keine solche Plage gewesen, nicht einmal die mit Cyrian, den sie mit den Füßen voran auf die Welt gebracht hatte. Nachdem die Übelkeit sich nach dem fünften Monat endlich gelegt hatte, litt sie unter Vorwehen, als ob der neue Erdenbewohner voller Tatendrang auf die Welt drängte. Zu allem Überfluss bekam Joschi Backenzähne und ließ sie nachts nicht schlafen.

Als der Teller leer war, übergab sie Joschi erleichtert der Amme, die ihn zum Anziehen ins Kinderzimmer entführte. Wenigstens musste er es nicht mehr mit der Nachkommenschaft der Häberles teilen, die zu ihren Eltern nach Liebersbronn zurückgekehrt war. Andererseits hatten Hedwigs Gören Leben ins Haus gebracht, das ohne Tessas ältere Kinder ungewohnt ruhig war. Sie stemmte sich hoch.

Corentin konzentrierte sich auf die Jagd nach dem Raubritter. Leontine weilte in Urach, Andreas hatte sich in Tübingen häuslich eingerichtet, und Cyrian … Immer wenn sie an ihn dachte, wurde Tessa von Hilflosigkeit überwältigt. Seit einigen Wochen verweigerte die Obrigkeit ihr sogar ihre Besuche bei ihm.

Erschöpft rieb sie sich die Augen, als Martha eintrat.

»Da ist Marx Scheuflin an der Tür«, sagte sie misstrauisch. »Er hat den Friedrich mitgebracht.«

Auf den Lausebengel waren sie seit Cyrians Inhaftierung allesamt nicht gut zu sprechen. Andererseits brachte sein Besuch vielleicht Bewegung in den Fall ihres Sohnes.

»Bitte ihn herein.«

Tessa ging Marx schwerfällig entgegen, dessen lange Gestalt im Gang aufragte. Er wirkte, als sei ihm dieser Besuch unglaublich peinlich. Friedrich stand an seiner Seite und betrachtete seine Schuhspitzen.

Tessa führte die beiden in die Stube und schenkte Wein ein. »Was hat euch zu mir geführt?«

»Friedrich möchte etwas mit dir besprechen, Tessa.« Marx schob seinen Sohn vor sich.

»Ist der Hauptmann Wagner da?« Besorgt ließ Friedrich seine braunen Augen durch den Raum schweifen. Als Tessa verneinte, reagierte er mit sichtlicher Erleichterung. »Ich möcht's ihm nicht so gern erzählen.«

»Spann uns nicht länger auf die Folter, Friedrich.« Erwartungsvoll faltete Tessa ihre Hände im Schoß.

Friedrichs Augen standen wie zwei Kohlestückchen in seinem bleichen Gesicht. Seine Haare waren zerzaust und sein Wams schief geknöpft, als hätte ihn seine Großmutter nicht mehr unter Kontrolle. Er brachte kein Wort heraus.

»Friedrich«, ermahnte ihn sein Vater. »Vom Schweigen wird es auch nicht besser.«

Tessa bemerkte Tränenspuren auf Friedrichs Wangen. Sie wappnete sich.

»Wir haben doch darüber gesprochen, dass man für begangenes Unrecht einzustehen hat«, sagte Marx ruhig.

Friedrich ließ den Kopf hängen. »Ich hab unser Warenlager selbst angezündet«, sagte er leise. »Unabsichtlich.«

»Erzähl weiter«, sagte Tessa. Ihr Mund war so trocken, dass sie kaum schlucken konnte.

»Ich hatte mich in der Nacht mit Ambrosius verabredet. Wir wollten uns im Warenlager treffen. Weil es so dunkel war, hatte ich eine Kerze auf einem Teller dabei.« Er schniefte und putzte sich die Nase an seinem Hemdsärmel, doch sein Gesichtsausdruck war wild entschlossen. »Als ich kam, sprang Ambrosius hinter einem Weinfass hervor.«

»Er hat sich einen Spaß daraus gemacht, dich zu erschrecken, woraufhin du das Nachtlicht fallen lassen hast«, schloss

Tessa. Feines Früchtchen, der Ambrosius. Sie konnte den Impuls, aufzuspringen und Friedrich zu ohrfeigen, gerade noch unterdrücken. »Wegen eines Bubenstreichs habt ihr Cyrian monatelang im Kerker schmoren lassen?«

Friedrich senkte seinen Kopf. »Verzeih bitte, Tante Tessa.« Tränen rannen über seine Wangen.

»Also gut.« Tessa stand auf. »Dann lasst uns schnell zum Richter Gerber gehen und Cyrian rausholen. Du kommst doch mit, Friedrich, oder?« Sie wandte sich schon zur Tür, als Marx sie einholte.

»Auch von mir gebührt dir Genugtuung, Tessa. Niemand könnte Friedrichs Schandtat mehr leidtun. Aber das ist nicht alles.«

Tessa sah ihn abwartend an. Was sollte sie heute noch erschüttern?

Marx fiel es sichtlich schwer, fortzufahren. »Die Buben haben für ihr Schweigen Geld vom Kaplan Seiler kassiert.«

»So ist das also.«

Der Beutelschneider Gaspard hatte vermutet, dass in dieser Stadt eine Intrige gegen ihre Familie gesponnen würde. Sie hatte seine Äußerungen als Unsinn abgetan. Eine Vorwehe überspülte sie. Als ihr Bauch sich verhärtete, spürte sie einen schneidenden Schmerz im unteren Rücken, der da nicht hingehörte.

Ich bin erst im siebten Monat, dachte sie beunruhigt. Dann aber ließ der Druck nach. Tessa konzentrierte sich auf das Wesentliche.

»Wir gehen sofort zum Richter«, sagte sie.

Gerber hatte seinen Amtsraum im Obergeschoss des Steuerhauses. Kaum zehn Minuten Weg trennten sie von Cyrians Befreiung. Tessa legte ihr Schultertuch um und schritt kräftig aus, ohne sich nach Marx' langer Gestalt und dem weinenden Jungen umzudrehen.

Mit wenigen Schritten hatte Marx sie eingeholt. »Wo ist dein Mann?«

»Auf der Jagd nach den Brandstiftern«, antwortete sie.

»Er sollte an deiner Seite sein.«
»Vielleicht ist es ganz gut, dass er nicht da ist.« Corentins Rache an Kaplan Seiler würde fürchterlich sein. Was hatte dessen Feindseligkeit ausgelöst? War es nur Leontine gewesen, die er als Hexe verurteilt sehen wollte, oder steckte mehr dahinter? Plötzlich war sie unglaublich erschöpft. Dankbar nahm sie Marx Scheuflins stützende Hand an.
»Was wird in der Stadt gespielt?«
Er zögerte, schien nicht zu wissen, wie er beginnen sollte. »Du musst wissen, dass ich mich aus allem Klatsch und Tratsch heraushalte. Das ist Weibergeschwätz, aber meine Mutter hat immer noch gute Kontakte zu den Gattinnen der Ratsherren.«
»Margarete Marchthaler?«, fragte Tessa.
Marx nickte. »Du hast dir in dieser Stadt Feinde gemacht, als du den Scharfrichter in dein Bett gelassen hast.«
»Und nicht dich?«, gab sie spöttisch zurück.
»Das habe ich nicht gesagt«, entgegnete Marx. »Sie hatten sittliche Bedenken gegen seinen Stand, doch du hast ihnen ins Gesicht gelacht und ihn zu einem der ihren gemacht.«
»Corentin hat die Stadt 1519 gegen Herzog Ulrich mitverteidigt«, sagte Tessa empört. »Da konntet ihr seine Fähigkeiten als Anführer gut gebrauchen.«
»Das war wohl so«, erwiderte Marx bedrückt.
»Als ob das nicht genug wäre.« Schon wieder drückte eine unsichtbare Faust mit aller Macht ihren Leib zusammen. »Mein Verhalten ist ein Affront gegen sie. Denn zusätzlich ist es mir gelungen, trotz meines unehrlichen Gatten jede Menge Geld anzuhäufen, indem ich Geschäfte mit einem Juden namens Meister Mosche machte, eine Reihe gesunder Kinder zu bekommen und friedlich, frei und froh mein Leben zu leben. Unverzeihlich und völlig anders als Margarete Marchthaler.«
Sie krümmte sich unter der Wehe zusammen, die, ebenso wie ihre Erkenntnisse, mehr schmerzte als erwartet.
»Geht es dir gut?«, fragte Marx.

»Nein«, sagte Tessa verbissen und nahm die Treppe ins Obergeschoss des Kaufhauses in Angriff.

Aus der Markthalle drangen die Stimmen der Händler hinauf. Tessa bat Marx, Ägidius vom Stoffmarkt im Obergeschoss zu holen, der immerhin der Vater des zweiten Übeltäters war. Mit dem Bengel Friedrich an ihrer Seite betrat sie das Amtszimmer des Richters.

Über einen Stapel Papiere gebeugt, saß Gerber an einem langen Tisch aus Eichenholz. Seine Augen weiteten sich, als er sie erkannte. »Ehrenwerte Gevatterin Wagner. Was kann ich für Euch tun?« Er war auf der Hut, was Tessa ihm nicht verdenken konnte.

»Wir haben den wahren Schuldigen für den Brand im Warenlager des Kaufmanns Marx Scheuflin entlarvt.« Sie hielt Friedrich fest, dem die Tränen über die Wangen liefen. Sollten sie nur, dachte sie. »Sein Sohn Friedrich hat gestanden, dass ihm in dieser Nacht eine Kerze zu Boden gefallen ist. Ich verlange Cyrians sofortige Freilassung!«

Gerber schob seine korpulente Gestalt aus dem Sessel. »Setzt Euch erst einmal, Gevatterin Wagner. Ihr seid ganz blass. Bedenkt Euren gesegneten Zustand.«

Er führte sie zu einer Sitzgelegenheit, schenkte ihr Wein ein und überreichte ihr den gefüllten Pokal. Tessa hatte plötzlich das Gefühl, dass etwas so falsch war, wie es nur sein konnte.

»Ich habe leider eine schlechte Nachricht für Euch«, sagte Gerber. »Glaubt mir, es fällt mir nicht leicht, sie Euch mitzuteilen.«

»Welche schlechte Nachricht?« Tessas ungute Vorahnung verstärkte sich, während Friedrich an ihrer Seite stand und dem Richter gebannt lauschte. Unsicher legte der Junge ihr seine Hand auf die Schulter.

Ich will Cyrian, dachte sie abwesend, als der Richter weitersprach, falsches salbungsvolles Mitleid in der Stimme.

»Es lohnt sich nicht, um den heißen Brei herumzureden«, sagte er. »Leider ist Euer Sohn Cyrian gestern im Kerker verstorben. Er hat sich wohl bei dem Schuhmacher Gruber mit

Lungenfieber angesteckt. Ein bedauernswerter Unglücksfall. Aber so ist das nun einmal. Kinder sterben. *Media vita in morte sumus.*«

Die Welt stürzte rund um Tessa zusammen, die Fenster barsten, die Wände schlossen sich um sie, während ein schriller Pfeifton in ihren Ohren alle Worte überlagerte, nur nicht den hilflosen Schrei, der von dem Jungen neben ihr ausging.

»Wo ist er?«, hörte sie eine Frau fragen. Atemlos, heiser. Die Frau würde Gerber die Augen auskratzen, wenn er nur ein falsches Wort sagte. Tessa wusste nicht, ob sie sie daran hindern sollte. Das geschieht nicht mir, dachte sie.

»Zeigt mir sein Grab!« Jetzt kreischte die Frau so unbeherrscht, dass es ihr in den Ohren gellte.

»Aber beruhigt Euch doch, Wagnerin«, beschwor Gerber sie. »Die Henkersknechte haben ihn auf freiem Feld verscharrt, wie es in solchen Fällen üblich ist. Das Grab wird kaum noch zu finden sein.«

Tessa ließ den Pokal fallen, der auf dem Boden zerschellte. Blutroter Wein verteilte sich auf den Holzbohlen.

Als die Welt aus den Fugen geriet, war sie allein. Eine winzige Ferse trat sie. Ein Schwall Wasser durchnässte ihren Rock. Sie glitt in rettende Bewusstlosigkeit ab und hörte die letzten Worte nicht mehr. Ebenso wenig bemerkte sie, dass Ägidius Marchthaler in den Raum trat, auf sie zustürzte und verhinderte, dass sie fiel.

41

Sie erreichten Esslingen am späten Nachmittag desselben Tages, überquerten die Brücke und durchritten die Pliensau, auf der sich die Menschen so dicht drängten, dass sie die Pferde am Zügel führen mussten. Matthis hatte die Eile nichts ausgemacht, um die Leontine ihn gebeten hatte, Herakles auch nicht, im Gegenteil. Sie selbst fühlte sich nach dem Ritt wund und zerschlagen.

Sie zog die Kapuze ihres schwarzen Mantels noch ein Stück tiefer ins Gesicht. Ich stehle mich in meine Stadt wie eine Diebin, dachte sie.

Bedrückt schaute sie sich um. Die Straßen erschienen ihr beengter als vor ihrem Aufenthalt in Urach, als ob sich die Fassaden in ihre Richtung neigten. Vielleicht war das Gefühl aber auch der Ahnung drohenden Unheils geschuldet, die zunahm, als sie sich ihrem Haus am Rossmarkt näherten.

Leontines Herz krampfte sich unruhig zusammen. Während sie sich alle möglichen Schreckensszenarien ausmalte, blieb Matthis seelenruhig an ihrer Seite, die Zügel um seine linke Hand geschlungen.

»Du musst umkehren«, sagte sie gepresst. »Sie suchen dich.« Insgeheim jedoch war sie heilfroh, dass er sich mit der ihm eigenen Dreistigkeit in die Stadt schmuggelte.

»Ich werde dich nicht alleinlassen«, sagte er. »Außerdem kennen mich hier die wenigsten Leute.«

»Und wenn mein Vater da ist?«

Diese Vorstellung entlockte ihm nur ein mutwilliges Lächeln. »Der sucht auf der Alb bei Münsingen nach mir.«

»Du lässt ihn beschatten?«, fragte sie fassungslos.

»Ja, was denn sonst? Schließlich will er mich hängen sehen.«

Am Gasthaus hatte er sich heute Morgen mit seinen Leuten ausgetauscht. Nun wusste sie, was dort besprochen worden war. Ich bin die Komplizin eines Verbrechers, dachte sie und riss sich zusammen. Anstatt sich über Matthis' Skrupellosigkeit aufzuregen, sollte sie sich besser auf ihre Heimkehr konzentrieren.

Die Hufe der Pferde klackten auf dem Kopfsteinpflaster, Berthas Flanke glänzte vor Schweiß. Rechts neben ihnen ragte düster das Schelztor auf, von dem aus sie die Abzweigung zum Rossmarkt nahmen und den Hof betraten. Während sich Matthis um die Pferde kümmerte, eilte Leontine zum Eingang.

Martha riss die Tür auf, als hätte sie im Gang auf sie gewartet. »Gut, dass du kommst.« Sie sah verweint aus.

Leontine nahm sie in den Arm, ihren grauhaarigen Kopf an ihrer Brust bergend. »Was ist los?« Sie musste sich überwinden zu fragen.

»Cyrian ist tot«, sagte Martha.

Leontine presste die Hand auf den Mund und spürte, wie ihr Herz entzweiriss. »Aber ...« Tränen traten in ihre Augen. Sie hatte seinen Tod nicht vorhergesehen. Ihre Gabe war ungenau, ein Fluch, der sie im Stich ließ, wenn es darauf ankam.

»Auch Tessa wird sterben«, fügte Martha hinzu. »Sie ist bei der Nachricht zusammengebrochen.«

»Wo ist sie?« Mühsam drängte Leontine ihr Entsetzen beiseite. Sie konnte später um ihre Familie trauern, die vor ihren Augen zu Staub zerfiel. Jetzt galt es, das Notwendige zu tun.

»In ihrem Bett in der Kammer.«

Auf der Treppe berichtete Martha ihr flüsternd von den Geschehnissen des Vormittags, die bei Tessa Wehen ausgelöst hatten. Seit Stunden ging die Geburt nicht mehr voran. Sie lag apathisch in ihrem Bett und wartete auf den Tod.

Leontine betrat hinter Martha das komfortabel eingerichtete Schlafzimmer mit den dicken Teppichen aus dem Orient, die das Geräusch ihrer Schritte dämpften. Am Tisch stand Friede Riexinger, mischte ihre Essenzen aus der Apotheke und nickte Leontine zu. Der Gebärstuhl, den die Nachbarinnen bei Bedarf unter sich austauschten, stand unbenutzt am Fenster.

Tessa lag bis zum Hals zugedeckt im Himmelbett. Ihr schönes Gesicht war schmal und bleich, die Nase spitz, ihre Augen halb geschlossen. Ihre Gestalt wirkte zerbrechlich und kindlich, nur ihr geschwollener Leib deutete auf ihren Zustand hin. Sie trug ein sauberes Leinenhemd, in dem man sie, wenn das hier übel endete, problemlos aufbahren konnte.

Leontine raffte ihre verbliebene Kraft zusammen. Noch war dieser Kampf nicht ausgefochten.

»Mutter?« Ohne Zögern griff sie nach Tessas Hand. Es war, als ob sie ein Tuch anhob, unter dem die Wahrheit verborgen lag. Der Tod war nah. Wenn Tessa weiter in Apathie verharrte, würden sie und ihr Kind über die Schwelle dämmern. Aber dieses Schicksal stand nicht fest wie das von Mechtel und der alten Weingärtnerin. Es gab einen Weg zurück, den man einschlagen konnte, so schmal er auch war.

»Wo ist die Hebamme?«, fragte Leontine.

»Sie ist wieder gegangen, nachdem die Wehen ausgeblieben waren«, entgegnete Friede traurig.

Leontine biss sich auf die Lippe. Frauen starben bei Geburten. Die Hebamme wollte nicht für Tessas Tod verantwortlich gemacht werden, schon gar nicht, wenn ein zornentbrannter Hauptmann Wagner sie zur Rede stellte.

Sie schluckte an der Last ihrer Trauer, beugte sich hinab und flüsterte in Tessas Ohr. »Ich bin da.«

Ein federleichter Gegendruck antwortete ihr. »Gut.« Tessas Stimme war nur ein Hauch. »Kümmerst du dich um Joschi, wenn ich tot bin? Ich gehe zu Cyrian. Ich konnte mich noch nicht einmal von ihm verabschieden.«

Bei diesen Worten schnürte sich Leontines Kehle zusammen. »Das würde er niemals gutheißen. Du musst am Leben bleiben.«

Ihre Ziehmutter würde Theophila nicht ersetzen können, geschweige denn Verständnis für ihre Gabe aufbringen. Und dennoch. In ihrer Kindheit war Tessa Leontines beste Freundin gewesen, hatte mit ihr gelacht und sie wieder ins Bett gebracht, wenn sie schlafwandelnd durchs Haus getaumelt war. Zärtlich und unbeugsam hatte Tessa sich für ihre Familie eingesetzt. So durfte es nicht zu Ende gehen. Es durfte nicht. Was sollte sie nur tun?

Die Idee überkam Leontine so plötzlich, dass sie unter ihrer Wucht in die Knie ging. Sie stürzte aus dem Raum, sprang die Treppe hinab und trat auf Matthis zu, der wartend an der Hauswand lehnte.

»Hol dir ein Pferd aus unserem Stall und reite wie der Teufel! Du musst Brenna aus dem Quellental holen, hörst du? Und sie muss ...«, Schweißtropfen rannen ihr über den Rücken, die Worte wollten ihr kaum über die Lippen, »... sie muss ein starkes Wehenmittel mitbringen.«

Brenna würde wissen, was gemeint war. Friede Riexinger kannte es auch. Es war so gefährlich, dass sie es in der Apotheke nicht führten.

Matthis drehte sich auf dem Fuße um und verschwand, bevor sie ihm zurufen konnte, er möge bleiben und die Dinge ihren Lauf nehmen lassen.

Schweren Herzens kehrte Leontine an ihren Platz zurück. Sie half Friede, Tessa Himbeerblättersud einzuflößen, von dem diese widerwillig ein paar Schlucke zu sich nahm. Danach legte sie sich in ihr Kissen zurück, um tränenblind zum Baldachin des Himmelbetts hinaufzustarren.

Dunkelheit und Stille senkten sich über die Stadt. Im Haus nahm der Abend seltsam verhalten seinen Lauf, als würden alle Bewohner auf Zehenspitzen gehen. Die Zeit verstrich zäh wie Sirup.

Dass Matthis mit Brenna zurückkehrte, hörte Leontine an einem Tumult im Gang.

»Lass mich los, elende Räuberbrut«, keifte die Alte lautstark. »Ich kann allein laufen.«

Die Tür flog auf. Matthis zerrte Brenna über die Schwelle. »Entschuldigt, dass ich erst jetzt komme. Aber ich musste das Weib erst in den Brunnen tunken«, sagte er.

Brenna sah verheerend aus. Ihre Augen waren blutunterlaufen, ihre grauen Haare verfilzt. Doch das Schlimmste war der finstere Schatten, der sie umgab. Leontine blinzelte, doch dadurch ließ sich die Dunkelheit nicht vertreiben.

»Leo«, sagte Brenna heiser und versuchte ein Lächeln. Friede Riexinger bekreuzigte sich in der Zimmerecke, wo Tessas Gebetspult mit ihrem Madonnenbild stand.

»Ich hab mich so nach dir gesehnt.«

»Der Frau geht kein guter Ruf voran«, wandte Friede ein.

Dämonen, dachte Leontine. Finstere, machtgierige Geister streckten ihre Hände nach Brenna aus. Oder lag es am Bilsenkraut, das sie durch ihre Träume fliegen ließ?

»Brenna ist eine ausgezeichnete Hebamme«, sagte sie, hoffend, dass diese sich zusammenriss. Sie war auf sie angewiesen.

»Mannsbilder raus!«, keifte Brenna in Matthis' Richtung, der schulterzuckend den Raum verließ.

Sie rieb sich die Hände. Die Dunkelheit lichtete sich ein wenig, als sie auf Friede Riexinger zuging und ihr ein Päckchen in die Hand drückte. »Mörsere das und misch es in Wein!«

Die Apothekerin packte mit spitzen Fingern die tödlichen Samen des Mutterkorns aus, eines Pilzes, der mit Vorliebe den Roggen befiel.

Verseuchtes Getreide war die Ursache des Antoniusfeuers, bei dem die Kranken zuerst in Raserei verfielen, bevor ihnen die Gliedmaßen abstarben und verfaulten. Es hatte schon Epidemien ausgelöst, bei denen Hunderte von Menschen gestorben waren. Und dennoch. Leontine kannte kein stärkeres Wehenmittel. Wenn man allerdings zu viel davon verabreichte, starben Mutter und Kind.

»Ich bin mir überhaupt nicht sicher mit der Dosierung«, sagte Friede.

»Mach einfach!« Brenna kümmerte sich nicht weiter um sie, sondern trat auf Tessa zu und nahm ihre Hand. »Ich hab gehört, was dir zugestoßen ist, Wagnerin. Es ist schlimm. Aber dein Jüngstes kann nichts dafür.« Vorsichtig strich sie die Bettdecke zurück und tastete Tessas Bauch ab. »Es ist sehr klein, liegt aber schon tief unten.«

»Ich bin erst im siebten Monat«, sagte Tessa leise. »Lass mich bitte sterben.«

»Das kannst du immer noch, wenn du dein Kind auf die Welt gebracht hast«, antwortete Brenna unbeugsam.

Tessa weinte schweigend. Tränen rannen aus ihren Augenwinkeln in ihr Kissen. »Ich spüre es gar nicht mehr. Es bewegt sich nicht.«

Brenna schluckte heftig, fand ihre Beherrschung aber sofort wieder. »Das tut nichts zur Sache. Hol deinen kleinen Bruder, Leo! Schnell.«

Warum war sie nicht selbst darauf gekommen? Immer zwei Stufen auf einmal nehmend, hastete Leontine die Treppe hinab und zog Joschi unter den entsetzten Blicken seiner Amme aus seinem Bettchen. Er greinte verschlafen, beruhigte sich auf ihrem Arm jedoch und wollte Pferd spielen, als sie mit ihm in den ersten Stock hinaufrannte.

»Mama, Bett!«, rief er bei Tessas Anblick erfreut, strampelte sich aus den Armen seiner Schwester frei und lief auf Tessa zu, die noch lauter weinte. Erschrocken blieb er auf halber Strecke stehen.

»Das ist nicht in Ordnung, das nicht«, schluchzte sie.

»Oh doch«, sagte Brenna streng. »Du hast außer deinem toten Sohn noch drei lebendige Kinder, und dein Ungeborenes kann nun wirklich nix dafür.«

Mit sanfter Gewalt zog sie Tessa zuerst in eine sitzende Position, dann auf den Bettrand.

»Und jetzt, Tessa, läufst du mit deiner Tochter auf und ab. Wir versuchen, die Geburt auf diese Weise in Gang zu bringen, und sparen uns erst einmal das Mutterkorn. Es würd dich bei deiner Zartheit zerreißen.«

»Nein«, sagte Tessa, aber da kam Joschi auf sie zugestolpert und barg seinen Kopf in ihrem Schoß. »Mama weint!«, rief er.

Als Tessa ihm seinen Schopf zerraufte und dann mit zusammengepressten Lippen aufstand, nickte Brenna zufrieden. »Du bist eine starke Frau, Wagnerin. Zeig es uns!«

»Es soll nur jemand wagen, etwas anderes zu behaupten.«

Tessa griff nach Leontines Arm. »Also, lass es uns versuchen, Leo!«

Entschlossen wanderten sie auf und ab, vom Fenster zur Tür und zurück zum Fenster, das in den finsteren Hof hinausging, ebenso wie Leontine es mit der Bäuerin Grit getan hatte.

»Merk dir das, Leo«, sagte Brenna zufrieden, »und du auch, Apothekerin, wenn du schon mal dabei bist. Nichts bringt die Wehen besser in Gang als herumlaufen. Hingelegt wird sich gar nicht, nur in den Gebärstuhl gesetzt, wenn es denn so weit ist.«

Leontine starrte sie verwundert an. Durch ihre Arbeit als Hebamme hatten sich die Schatten gelichtet, die Brenna umgaben. Ebenso wie in der Zeit im Quellental entließ die Finsternis sie aus ihren Klauen, wenn sie anderen Menschen half.

Plötzlich krümmte sich Tessa unter dem Ansturm einer heftigen Wehe zusammen. Geistesgegenwärtig griff Leontine nach ihrem Arm und stützte sie. Danach ging alles sehr schnell. Die Wehen kamen in immer kürzeren Abständen und steigerten sich so rapide, dass Tessa ihre Trauer um Cyrian vergaß.

Friede Riexinger hatte Joschi eben wieder zu Bett gebracht, als Tessa sich auf den Gebärstuhl setzte und ihre Füße auf die Stützen schob, um besser pressen zu können. Sie stöhnte unter der nächsten Wehe auf und blickte ihre Tochter wild an. Ihr Gesicht war gerötet.

»Es liegt an dir«, keuchte sie.

»Was denn?«, fragte Leontine.

»Dass ich dieses Kind doch gebären kann. Ich wusste nicht, dass du wirklich eine Heilerin bist.«

»Das schaffst du ganz allein«, sagte Leontine. Der Fortgang der Geburt war wohl weniger ihrem Einfluss als Tessas reiner Willenskraft und Brennas Tricksereien geschuldet.

»Du, Leo, bringst dein Geschwisterle jetzt auch zur Welt«, entschied Brenna. »Es ist so klein, dass es ganz leicht gehen wird.«

So kam es, dass nach wenigen weiteren Wehen ein winziges,

blau angelaufenes Mädchen in Leontines Hände glitt, kaum halb so groß wie das Kind der Hegensberger Bäuerin.

»Mein Gott«, sagte sie und legte ihr Schwesterchen auf Tessas Bauch. Das Kleine war still und starr.

»Es ist tot, oder?«, fragte Tessa leise. Nachdenklich ließ sie ihre Hand über das Köpfchen gleiten.

»Ich fürchte, ja«, sagte Friede.

Tessa stöhnte. Eine weitere Wehe floss über sie hinweg und ließ sie die Nachgeburt ausstoßen, die Brenna und Friede sorgfältig begutachteten.

»Vollständig, Gott sei's gelobt«, sagte Brenna.

Das Kind lag noch immer reglos auf Tessas Bauch und streckte seine dünnen Ärmchen von sich. Seine Augenlider sahen aus wie blaue Blütenblätter. Tessa streichelte es sanft.

»Kleines Menschenkind«, sagte sie wehmütig.

Bei diesen Worten bewegte sich das Neugeborene sachte und maunzte wie eine junge Katze.

Leontine jubelte laut, während Brenna einen Strohhalm aus ihrer Schürzentasche zog, mit dem sie dem Kind die Atemwege reinigte. »So schnell kann man sich irren, Leo.«

Danach atmete das winzige Wesen gierig ein, als wollte es unbedingt auf dieser Welt ankommen. Langsam wandelte sich seine Hautfarbe von Bleiblau in ein sattes Rosa. Sie durchtrennten die Nabelschnur, badeten das Kind und legten es warm eingewickelt in die Arme seiner Mutter.

»Hör mir zu, Tessa«, sagte Brenna. »Dein Kind ist noch nicht außer Gefahr. Dafür ist es viel zu klein und wiegt zu wenig. Du musst es gut warm halten und ihm kleine Portionen Muttermilch einflößen. Am besten überlässt du es keiner Amme, sondern stillst es selbst, wenn du dir nicht zu gut dafür bist.«

Tessa nickte entschlossen und legte ihre Hand auf den Kopf ihrer neugeborenen Tochter, der mit einem dichten Flaum bedeckt war. »Wer ist eigentlich der junge Mann, mit dem du gekommen bist, Leo? Der gut aussehende Blonde, der Brenna gebracht hat?«

Leontine spürte, wie sie flammend errötete. »Niemand, Mutter, niemand.«

Zum Glück hakte Tessa nicht weiter nach, weil ihr die Augen vor Erschöpfung zufielen. Die Frauen ließen sie schlafen und zogen sich zurück.

Leontine lud Brenna und Friede Riexinger in die Küche ein, wo Martha ein üppiges Nachtessen vorbereitet hatte. Es war noch nicht einmal Mitternacht. Alles in allem hatte die Geburt ihrer kleinen Schwester kaum vier Stunden gedauert. Matthis war nicht im Haus. Laut Martha hatte er sich in den Stall zurückgezogen, wo er auch schlafen wollte.

»Tessa wird einige Zeit brauchen, um sich zu erholen«, sagte Friede hoffnungsvoll, während sie Suppe an alle verteilte. »Sie hat gar nicht mehr vom Tod gesprochen.«

»Ihr Kind wird sie am Leben halten«, gab Brenna zurück. »Das ist so bei Müttern. Falls sie kein Fieber kriegt. Kriegt sie, Leo?«

»Nein.« Leontine blickte über ihre Schulter, als würde sie jemand belauschen.

»Du siehst tatsächlich, dass keine Lebensgefahr mehr besteht?«, fragte Friede zweifelnd.

Leontine nickte zögernd. Für den Moment hatten sie den Tod in sein Reich verbannt. Warum nur hatte sie in Bezug auf Cyrian rein gar nichts vorhergesehen?

Friede neigte verwundert den Kopf. »Aber Tessas Frage nach dem jungen Mann ist berechtigt. Lass uns an deinem Glück teilhaben!«

»Ich möchte nicht darüber sprechen«, wehrte Leontine ab.

»In deiner Situation solltest du darauf achten, mit wem du dich zeigst«, fuhr Friede fort. »Du solltest Klatsch und Tratsch keine Nahrung geben. Hoffentlich hat dich niemand gesehen.«

»Er ist nur ein guter Freund von mir.«

»Ha!«, machte Brenna hämisch.

Mit flammend rotem Kopf und klopfendem Herzen schob sich Leontine Löffel für Löffel in den Mund. Danach hielt sie nichts mehr im Haus.

Sie traf Matthis im Hof neben der Stalltür an, wo er, ein Bein locker aufgestellt, den klaren Nachthimmel betrachtete. Er trug nur sein Wams, Hemd und Kniehose, denn die Nacht war lau. Der Flieder duftete so kräftig, dass er sogar den modrigen Geruch des Stadtkanals überlagerte.

Als Leontine auf ihn zutrat, zog er sie in seine Arme. »Der Sternenhimmel gleicht einem Tuch aus Samt, über das jemand eine Schatzkiste voller Diamanten ausgeleert hat. Wenn du bei mir bleibst, schenke ich dir ein paar.« Seine Augen waren dunkelblaue Spiegel. In beiden stand ihr Bild.

»Ich will nur dich«, sagte sie.

»Alles in Ordnung mit deiner Mutter und dem Neugeborenen?«, fragte er.

Sie nickte. »Dank Brenna geht es ihnen gut.«

»Dann können wir uns ja angenehmeren Dingen zuwenden.« Sein Kuss traf ihre Lippen, erst vorsichtig, dann drängender.

Sein Mund schmeckte nach mehr, und seine Hände glitten voller Verlangen über ihren Rücken. Es fühlte sich seltsam an, Matthis im Hof ihres Elternhauses zu küssen, fast wie Diebstahl, aber Leontine dachte gar nicht daran, darauf zu verzichten.

»Wird es immer so sein?«, fragte sie atemlos.

»Was meinst du?«

»Gestohlene Zeit?«

»Ich bin der König der Diebe«, sagte Matthis leichthin. »Wir sollten genießen, was wir haben.«

Leontine fiel auf, dass er ihre Frage nicht beantwortet hatte. »Was tun wir als Nächstes?« Sie legte ihm die Hände in den Nacken.

»In dieser Stadt ist es zu gefährlich für dich«, sagte er. »Am besten, ich bringe dich so rasch wie möglich nach Urach zurück.«

»Aber Cyrian.« Leontine erbebte unter dem Ansturm des Schmerzes, den sie stundenlang zurückgedrängt hatte. »Er kann doch nicht am Lungenfieber erkranken und sterben, ohne dass Tessa davon erfährt. Und ich. Wozu habe ich meine Gabe, wenn ich nichts, aber auch gar nichts verhindern kann?« Die Tränen, die sie so lange zurückgehalten hatte, begannen zu fließen. »Ich muss das aufklären. Das bin ich Cyrian schuldig.« Matthis legte seine linke Hand auf ihre Schulter. »Vergiss nicht, dass eine Anklage gegen dich im Raum steht. Wenn du den Verleumdern zu nahe kommst, hat deine Mutter bald auch deinen Tod zu beklagen.«

Ihr kleiner Bruder war in diesem finsteren Kerkerloch verreckt, wo Leute wie Lisbeths Mann und der Kaplan Seiler das Sagen hatten. Leontine verging vor Angst, wenn sie nur daran dachte. »Ich sollte es trotzdem versuchen.«

»Wir reiten«, sagte Matthis eindringlich. »Überlass die Drecksarbeit Leuten, die sich damit auskennen, deinem Vater oder mir. Vergiss nicht, Lisbeth hat etwas gut bei mir. Ich bin ihr Bruder und habe nicht verhindert, dass sie geschlagen wird.«

Leontine schluckte. Besser, sie fragte nicht nach seinen Plänen.

»Wo steckt eigentlich Gaspard? Der hätte doch auf uns aufpassen sollen.«

»Verlass dich drauf, der wird schon wieder auftauchen.«

»Ich muss gehen.« Sie küsste ihn noch einmal.

»Denk dran! Morgen früh bei Sonnenaufgang.«

Sie löste sich, eilte über den Hof, trat durch die Tür in den Hausflur und erschrak beinahe zu Tode, als eine kräftige, klauenartige Hand sie in eine Nische zog.

In der Finsternis stand Brenna und bebte vor Zorn.

»Was soll das?« Leontine versuchte sich loszureißen, doch Brenna hielt sie wie mit Eisenklammern.

»Bist du verrückt geworden, dich mit Matthis Ohnefurcht einzulassen?«, zischte sie.

Leontine setzte zu einer gepfefferten Antwort an. Doch Brenna kam ihr zuvor.

»Küssen und schöntun. Wie vertraut ihr miteinander seid! Jetzt ist es passiert. Du bist ihm auf den Leim gegangen.«

Unter ihrer Schimpftirade stellte Leontine sich taub, wie sie es sonst bei Tessa tat. Aber im Gegensatz zu ihrer Ziehmutter ließ Brenna nicht locker.

»Du bist eine weiße Hex, ob du willst oder nicht. Maienkönigin, pah.« Sie spuckte auf den Boden. »Was in der Nacht passiert ist, hat schon die Runde gemacht. Ich hoffe nur, dass du die Folgen tragen kannst.« Sie ließ ihre Augen abschätzig über Leontine hinweggleiten. »Leo, bist du wirklich so blöd? Oben steht noch der Wein, in dem die Apothekerin das Mutterkorn gelöst hat. Du weißt, dass du damit eine frühe Schwangerschaft beenden kannst? Nichts wirkt zuverlässiger.«

Leontine erschrak zutiefst. Während sie mit Matthis zusammen gewesen war, hatte sie nicht einen Gedanken an die Konsequenzen verschwendet. Sie riss sich los, lief die Treppe hinauf und trat auf leisen Sohlen ins Geburtszimmer. Mutter und Kind lagen in tiefem Schlaf. Auf dem Tisch stand der Krug, halb voll mit Wein, daneben der Becher.

Wie von selbst streckte sie ihre Hand danach aus, doch dann hielt sie auf halbem Wege inne. Noch nie hatte sie ihre Gabe zu Hilfe genommen, um in ihre eigene Zukunft zu blicken. Zu tief hatte sich in ihr die Angst verankert, sie könne wie Theophila ihren eigenen Tod voraussehen. Was, wenn Brenna recht hatte? Die Kinder, die Gott und Göttin in der Maiennacht zeugten, galten als Boten des Glücks.

Leontine überkam das Bedürfnis, die Erinnerung an diese Nacht zu schützen. Leise schlich sie sich in ihr Zimmer, kuschelte sich ins Bett und legte die Hand auf ihren Bauch. Ein unruhiger Schlaf überfiel sie.

Am nächsten Morgen weckte sie ein Poltern an der Tür, auf das ein aufgebrachter Wortwechsel folgte. Es dämmerte. Benommen kämpfte sie sich aus dem Bett, streifte ihren Rock über und trat an den Treppenaufgang heran.

Im Gang stand der Kaplan Nikolaus Seiler, starrte mit brennenden Augen zu ihr empor und bekreuzigte sich. Unter seinem Blick fühlte sich Leontine nackt und schutzlos.

»Bleib oben, Leo, verschanz dich!«, hörte sie Marthas wachsame Stimme.

Nein, dachte sie. Sie würde nicht mehr vor ihrem Peiniger davonlaufen.

Stufe für Stufe schritt sie abwärts und stand dem Kaplan schließlich gegenüber, der sie wachsam musterte. Martha blockierte mit untergeschlagenen Armen die Küchentür.

»Gelobt und gepriesen seist Du, Herr, dass Du mir die Kraft gegeben hast, mich dem Bösen entgegenzustellen«, begann Seiler. »Und siehe da. Dank Deiner Gnade kommt die Hexe, um ihre unausweichliche Strafe aus der Hand der Kirche entgegenzunehmen.« Er streckte beide Arme nach Leontine aus, als wollte er sie an sich ziehen.

»Gar nichts nehme ich an.« Sie wunderte sich über die Festigkeit ihrer Stimme. Schließlich hatte der Mann einen Mordanschlag auf sie angezettelt. »Verlasst auf der Stelle unser Haus!«

»Nicht ohne dich, Teufelsbraut«, sagte Seiler entschlossen. »Dein Fluch hat mich getroffen!«

Erst jetzt fiel Leontine auf, dass seine Haut oberhalb des Priesterkragens von entzündeten Pusteln übersät war.

Blitzschnell griff er nach ihrem Handgelenk. »Du wirst mich in den Kerker begleiten und alles gestehen. Dann wird das Feuer dich reinigen, auf dass du vielleicht sogar der ewigen Verdammnis entgehst.«

Diesmal war es keine Angst, sondern unbändiger Zorn, der Leontine dazu brachte, das zu tun, was sie sich immer versagt hatte. Sie drang mit Macht in die Seele des Mannes ein, der vor ihr stand, und erkannte die Wahrheit über ihn. Man hatte ihn schon als kleines Kind misshandelt. Er war in ständiger Furcht vor der Strafe seines Gottes aufgewachsen, die wie ein flammendes Schwert über ihm hing. Jede Sünde hatte er mit den Schmerzen seines Körpers abgebüßt, bis diese ihm zu einem Ersatz für die Freuden des Leibes geworden waren. Noch nie war Leontine einem einsameren Menschen begegnet.

»Ich habe keinen Fluch auf Euch geschleudert«, sagte sie leise.

»Das haben andere Leute für dich erledigt, Leo«, fügte eine kalte Stimme hinzu. Mit einem Besen bewaffnet, schob sich Brenna vor die Köchin, die noch immer wie angewurzelt in der Küchentür stand.

»Wer bist du?« Seiler ließ Leontine mit einem Ruck frei. Brenna senkte den Besen, als wollte sie Seiler auf den Hof kehren. »Auf Flüche versteht sich Leo nicht, andere Leute hingegen schon«, sagte sie. »Und jetzt trollst du dich.«

Geschockt wich der Kaplan in Richtung der Tür zurück. Leontine wusste, dass er weniger vor Brennas Worten als vor der Macht floh, die ihr schonungslos seine Seele offenbart hatte.

»Verschwinde! Sonst geht's dir ans Leben.« Brenna hob den Besen. Ihre Haare standen zu Berge, ihre Augen funkelten.

Seiler drehte sich auf dem Absatz um und stürzte aus dem Haus, als sei der Teufel hinter ihm her, was, wie Leontine zugab, keine allzu abwegige Vorstellung war. Die Frauen beobachteten voller Genugtuung, wie er durch das Tor verschwand, das ihr Stallknecht an diesem Morgen viel zu früh geöffnet hatte. Leontine folgte ihm entschlossen und legte den Riegel vor.

»Achte in Zukunft darauf, dass es auch tagsüber geschlossen ist«, ermahnte sie den Mann, der betreten nickte.

Als Leontine sich umwandte, trat Matthis mit dem gesattelten Herakles am Zügel aus dem Stall.

»Wer hat sich wie ein Dieb in euer Haus geschlichen?«, fragte er misstrauisch.

»Niemand«, entgegnete sie. Hätte Matthis den Kaplan in die Finger gekriegt, wäre das für beide böse ausgegangen.

»Du kommst zu spät, Räuberbrut«, sagte Brenna dumpf. »Andere Leute haben deine Arbeit verrichtet.«

42

Corentin fütterte das knisternde Feuer mit trockenen Ästen. »Wenn ich in die Flammen schaue, sehe ich den Tod«, sagte er. In ihrem Lodern begegneten ihm die Verbrecher, die er hingerichtet hatte, ebenso wie die vielen Toten des Bauernkriegs als tanzende Skelette.

»Dann lass es«, gab Lenz zurück.

Sie lagerten in einer Schlucht, durch die sich ein plätschernder Bach wand. In Ufernähe schoben sich felsige Hügel in den Himmel. Es war so kalt, dass der Atem der Pferde weiß vor ihren Nüstern stand.

Lenz wickelte sich in seinen Mantel. »Du hast auch viel Gutes bewirkt. Schließlich hast du für den Schwäbischen Bund vor Weinsberg Bauern und Soldaten gleichermaßen zusammengeflickt.«

Corentin wandte den Blick ab. Bei seiner Arbeit als Feldscher hatte es ihn kaltgelassen, welcher Partei die Verletzten angehört hatten. In ihrer Verzweiflung waren sie einfach nur Menschen gewesen. »Wir haben die Seiten gewechselt, Lenz.«

»Erinnere mich nur daran«, gab dieser zurück.

Vor sechzehn Jahren war zumindest Lenz ein glühender Verfechter des Armen Konrad gewesen. Corentin hatte sich schon damals schwer mit der Entscheidung getan, wen oder was er unterstützen sollte. Seine Feindschaft gegen Herzog Ulrich hatte ihn auf die Seite des Schwäbischen Bundes geführt.

Einzig für die Gerechtigkeit lohnt es sich zu kämpfen, dachte er.

»Wir haben noch immer keine Spur von Matthis«, stellte er fest. »Es ist, als ob der Kerl gar nicht existierte.«

Lenz nickte nachdenklich. »Die Leute decken ihn und führen uns an der Nase herum. Es fragt sich nur, womit er sich ihre Gunst erkauft.« Er stocherte in der Glut. Funken stoben auf und explodierten unter dem Himmel.

»Das wüsstest du wohl gern?« Ein Fremder trat wie von Zauberhand in den Kreis des Feuers.

Alarmiert sprangen Corentin und Lenz auf, zogen ihre Schwerter und fluchten, als sie erkannten, dass es sich bei ihrem Neuzugang um einen braunhaarigen Schäfer handelte, kaum trocken hinter den Ohren und in einen Fellmantel gehüllt. Lenz setzte ihm seine Klinge an die Kehle.

Im Feuerschein verzog sich das Gesicht des Jungen vor Panik. »Ich habe euch nichts getan.«

Lenz senkte langsam sein Schwert. »Wie lautet dein Name? Was willst du? Und wer schickt dich?«

Der junge Mann hob beschwichtigend die Arme. »Ich heiße Will und habe eine Nachricht für dich, Corentin Wagner.«

»Boten leben gefährlich«, sagte Lenz.

Der Junge schluckte nervös.

»Setz dich und trink!«, lud ihn Corentin ein.

Mit einer geschmeidigen Bewegung hockte sich Will ans Feuer und nahm einen Schluck Wein aus ihrem Schlauch. »Es tut nichts zur Sache, wer mich schickt. Sagen wir, ein unerwarteter Freund. Aber die Botschaft, die ich dir bringe, solltest du ernst nehmen.«

»Rede!«, sagte Lenz.

Will sah Corentin ernst an.

»Du musst schnell nach Hause reiten. Dein Sohn Cyrian ist tot. Deshalb ist deine Frau viel zu früh niedergekommen. Ihr Leben und das des Kindes standen auf Messers Schneide.«

Gegen Abend des folgenden Tages kamen sie am Hornwerk in Oberesslingen an. Hier befand sich der Kerker, in dem Cyrian gestorben sein musste. Trauer senkte sich schwer auf Corentins Gemüt.

Nein, dachte er. Bevor er der Sache nachging, würde er nach Tessa sehen.

Am Rossmarkt angekommen, glitt er aus dem Sattel, trat durch die geöffnete Tür und nahm auf der Treppe immer zwei Stufen auf einmal.

Tessa saß mit einem Bündel im Arm auf dem Himmelbett und lächelte ihn traurig an.

Befangen schloss er sie und das neue Kind in die Arme.

»Vorsicht. Sie ist so klein!«, ermahnte Tessa ihn.

Er hatte eine zweite Tochter. Corentin senkte den Blick und fühlte nichts als Ehrfurcht. Das Mädchen hatte einen blonden Flaum auf dem Kopf und betrachtete ihn aus dunkelblauen Augen.

»Nimm sie ruhig.«

Sie wog fast nichts und passte in seine beiden Handflächen.

»Leg sie am besten in deine Armbeuge.«

Angesichts ihrer Winzigkeit versagte Corentin die Stimme.

»Sie ist zwei Monate zu früh geboren«, sagte Tessa. »Ich stille sie selbst und kämpfe um jeden Tropfen, den sie trinkt.«

»Wie heißt sie?«

»Ich dachte, ich warte mit dem Namen auf dich. Am übernächsten Sonntag tragen wir sie zur Taufe.«

Oh ja, das würden sie. Die Familie Wagner würde zeigen, dass sie sich von Schicksalsschlägen und Anfeindungen nicht in die Knie zwingen ließ.

In dieser Nacht schliefen sie zu dritt im großen Himmelbett, Tessa, Corentin und der kleine Joschi, dem es recht war, wenn es gemütlich zuging. Das Neugeborene lag fest gewickelt in der Wiege neben dem Bett.

Corentin fand keinen Schlaf. Er dachte an Cyrian, um dessen Tod es mehr als eine Ungereimtheit gab. Schwerer als der Verlust wog allerdings das Gefühl, etwas Wesentliches versäumt zu haben. Er hatte ihm nie gesagt, dass er ihn liebte.

Als der Säugling greinte, stand Corentin auf und nahm das winzige Wesen auf den Arm.

»Ich bin dein Vater, du«, stellte er sich unbeholfen vor.

Tessa regte sich. »Corentin.« Ihre Stimme klang weich und verschlafen. »Gib sie mir. Ich versuche, sie anzulegen.«

Er gab die Kleine an ihre Mutter weiter, die ihr Hemd öffnete und ihren Mund an ihre Brustwarze schob. Corentin beobachtete fasziniert, wie seine Tochter zu saugen begann.

»Sie macht das besser als heute Abend, die kleine Kämpferin.« Tessa sah ihn aus ihren meergrünen Augen an. Nie war sie schöner gewesen. »Unsere Großen hatten nicht viel von uns, weil wir unser Leben erst in den Griff kriegen mussten, du deine Stellung beim Schwäbischen Bund und ich mein Geschäft. Sie haben uns sicher vermisst. Mit den beiden Kleinen wurde uns eine zweite Chance geschenkt. Lass sie uns ergreifen!«

Am nächsten Morgen stieß Corentin die Tür zum Amtszimmer des Richters Gerber auf. Er fand diesen an seinem Schreibtisch vor einem Stapel Urkunden sitzend vor. Lenz, dem Cyrians Tod naheging, hatte er als Wache vor dem Ausgang postiert.

»Ihr?« Gerber hob ertappt den Kopf. Sein Gesicht lief tiefrot an, als hätte er etwas zu verbergen.

Corentin hielt sich nicht mit Erklärungen auf, packte Gerber am Kragen, drängte ihn gegen die Wand und zog ihn von den Füßen, um ihm zu zeigen, wer im Ernstfall der Stärkere war.

»Ihr vergesst Euch, Hauptmann Wagner«, sagte Gerber erstickt.

»Im Gegenteil. Das passt wohl eher auf Euch. Schließlich habt Ihr meinen Sohn Cyrian im Kerker verrecken lassen.«

Mit einem Ruck ließ er Gerber fallen, der zurück zu seinem Stuhl taumelte und ihm anbot, die Sache in allen Details zu besprechen.

»Trinkt mit mir!« Gerber goss sich einen Schluck Wein ein.

Corentin lehnte ab. Mit diesen Leuten würde er sich nicht mehr gemein machen.

»Wie Ihr wisst, ist der Kerker ein Ort schlechter Dämpfe und Miasmen«, erklärte Gerber. »Der Junge war mit dem schwer kranken Schuhmacher Gruber in einer Zelle. Er hat sich wohl angesteckt.«

»Aus welchem Grund war der Schuhmacher in Haft?«, fragte Corentin.

»Er war einer der Wiedertäufer aus dem Hainbachtal, die wir verbannt haben«, antwortete Gerber rechthaberisch. »Ihr müsst verstehen, dass diese Aufrührer unsere Stadt gefährden. Da sich das Pack wie Ungeziefer hält, muss man es mit Stumpf und Stiel ausrotten.«

So viel Leidenschaft hatte Corentin ihm gar nicht zugetraut. Er selbst hielt die religiösen Eiferer für harmlose Spinner. Der Rat hatte sie bereits im Jahr zuvor aus den Stadtmauern verbannt und dabei keine Gnade gekannt. Vielleicht steckten ja einige noch in den Ritzen wie Kellerasseln.

»Cyrian war also krank«, fuhr Corentin fort. »Warum habt Ihr nicht meiner Frau Bescheid gegeben, damit sie sich um ihn kümmert, oder ihn gleich nach Hause geschickt?«

Gerber rang die Hände, als würde er sie in Unschuld waschen. »Die Anklage der Brandstiftung hat sich erst neulich als nichtig herausgestellt.« Mehr und mehr wirkte er auf Corentin wie ein schmieriges Insekt. »Auf die Vorgänge im Kerker habe ich leider nur begrenzt Einfluss. Dort hat, wie Euch bekannt sein müsste, der Scharfrichter das Sagen.«

Aus dem Mann war nichts weiter herauszukriegen, vielleicht wusste er auch nichts. Corentin musste sich mit Rutersberger auseinandersetzen, der laut Berthold Hecht ein wahrer Meister seines Fachs war.

Lisbeth, dachte er. Noch mehr Versäumnisse seinerseits. Er wusste zwar, dass sie bei Leontine in Urach untergekommen war, aber nicht, weshalb sie ihren Mann verlassen hatte.

»Ich entschuldige mich für das, was Eurem Sohn geschehen ist, und für das Unglück, das Eure Frau getroffen hat.« Gerber rieb sich nervös die Wurstfinger.

So leicht würde Corentin ihn nicht davonkommen lassen. Die Zeiten, in denen er versucht hatte, sich der Esslinger Obrigkeit anzudienen, waren vorüber.

»Steckt Euch Eure billige Abbitte in den Arsch«, sagte er. »Wenn Euch eine Mitschuld am Tod meines Sohnes trifft, wird in Eurem Leben kein Stein auf dem anderen bleiben.«

Er wandte sich auf dem Absatz um, sammelte Lenz ein und

machte sich mit ihm auf den Weg zum Kerker in der Bastion am Hornwerk, wo sie Rutersberger in der Wachstube antrafen.

Corentin trat an den Tisch heran, an dem der Scharfrichter vor einem Humpen Wein saß. Er war ein unscheinbarer Mann mit grauen Augen und sandfarbenem Haar, der sie ehrerbietig begrüßte.

»Ihr seid der Vater des Wagnerbuben«, sagte er mit öliger Stimme. »Mein Beileid.«

Corentin betrachtete ihn nachdenklich. Rutersberger dünstete Gefahr aus. Er wusste um Corentins Herkunft und hasste ihn, weil es ihm gelungen war, sich aus der Unehrlichkeit zu befreien. Es gab Scharfrichter, denen ihr Beruf zuwider war. Es gab aber auch solche, die Lust am Töten empfanden. Sie genossen es, andere zu quälen, weil es ihnen ein Gefühl von Macht verschaffte. Was, wenn Rutersberger zur letzteren Sorte gehörte?

Corentin wurde schwindlig, als ihm aufging, dass er sein Kind unter Umständen einem Monstrum überlassen hatte.

»Warum ist mein Sohn gestorben?«

Rutersberger zeigte beim Lächeln eine Doppelreihe verfaulter Zähne. »Ihr müsstet doch wissen, wie es im Kerker zugeht. Da rafft einen schnell das Siechtum dahin. Der Junge starb von einem Tag auf den anderen.«

»Am Fieber stirbt man nicht plötzlich«, wandte Lenz ein. »Das dauert ein paar Tage, in denen Hilfe geholt werden kann.«

Rutersberger sah ihn mit einem Anflug geheuchelten Bedauerns an. »Ich konnte nichts tun, leider.«

Auf diese Weise war kein Schuldgeständnis aus ihm herauszulocken.

»Zeigt mir sein Grab, damit ich ihn umbetten lassen kann«, bat Corentin rau.

»Wie Ihr wünscht, Herr.« Rutersbergers Unterwürfigkeit wirkte wie reiner Hohn. »Aber dafür muss ich die Henkersknechte holen, die seinen Leichnam ... beseitigt haben.«

Lenz ballte die Fäuste. Corentin kämpfte seinen Zorn nieder, um dem Mann nicht ins Gesicht zu schlagen.

Zu fünft machten sie sich schließlich auf den Weg. Corentin und Lenz folgten Rutersberger und seinen beiden Löwen aufs offene Feld bei Oberesslingen hinaus, nicht weit von der Straße, auf der sie gestern stadteinwärts geritten waren. Die Apfelbäume in den Obstgärten blühten. Bauern machten sich mit Hacken über dem Rücken in ihre Gärten auf. Die Kopftücher der Frauen leuchteten weiß in der Sonne.

Corentin hatte keine Augen für den Frühlingstag. Seine Gedanken waren bei Cyrian, den man in ungeweihter Erde außerhalb der Mauer verscharrt hatte. Warum gerade hier? Der Richtplatz und die Grabstätte der Verbrecher lagen jenseits des Neckars auf der Pliensauhalde.

Während er sich fieberhaft fragte, was die Obrigkeit verschleiern wollte, suchten die Henkersknechte, ein Bärtiger mit gespaltenem Ohrläppchen und ein junger Rotschopf, erfolglos den Erdboden am Flussufer ab.

»Hier muss es gewesen sein.« Der Rothaarige blickte sich unruhig um. »Am Fluss stand ein Weidengebüsch. Wir haben einen kleinen Erdhügel aufgeschüttet. Ich begreife nicht, der muss doch noch da sein.« Zweifelnd betrachtete er den Grund, der viel zu festgetreten für ein frisch ausgehobenes Grab war.

»Das kann nicht sein«, sagte Lenz.

»Es ist weg«, entgegnete der Henkersknecht. Vielleicht hoffte er ja, seine Missetat hätte sich mit dem Grab in Wohlgefallen aufgelöst.

»Ein Tier?«, vermutete Rutersberger.

»Sicher nicht«, entgegnete Corentin. Mit wachsender Verzweiflung suchte er das Uferstück ab. Schmerz und Zorn vernebelten ihm die Sicht. Was sollte er Tessa erzählen, wenn sie Cyrians Grab nicht fanden?

»Hier!«, rief Lenz schließlich. Er war ein gutes Stück flussaufwärts gegangen, wo sich die nächsten Weiden am Ufer erhoben. Statt eines Hügels fanden sie eine locker mit Erdbrocken und Schollen gefüllte Grube. Sie war leer.

43

Draußen senkte sich ein milder Maiabend über Urach. Drinnen hatte Paracelsus die Karten des Tarotspiels im Schein der Kerze auf dem Tisch ausgebreitet. Heute Abend wollte er ihr Schicksal deuten.

Hinter Leontine lagen zwei harte Wochen, in denen sie sich in ihren kleinen Garten zurückgezogen und um Cyrian getrauert hatte. Auch wenn ihre Gedanken weit fort waren, sprießten die Kräuter und Blumen unter ihren Fingern, als hätten sie nur auf ihre Berührung gewartet. Doch Leontine hatte keine Freude daran. Ihre Gabe hatte sie bei Cyrians Tod vollständig im Stich gelassen. Auch ihre tastenden Versuche, über die Grenze hinweg mit ihm Kontakt aufzunehmen, waren gescheitert. Dazu kam, dass ihre Blutung noch immer nicht eingesetzt hatte. Sie hoffte inständig, dass es sich um eine schlichte Unpässlichkeit handelte.

Entschlossen drängte sie ihre Sorgen zur Seite und versuchte, sich auf Paracelsus' Ausführungen zu konzentrieren. Anna saß mit erwartungsvoll gefalteten Händen neben ihr, zwinkerte ihr von Zeit zu Zeit zu und hielt ausnahmsweise ihr Plappermaul. Auf ihrer Nase leuchteten ein paar brandneue Sommersprossen. Ihre braunen Augen glitzerten unternehmungslustig.

»Wie Euch bekannt sein dürfte, meine Damen ...«, Paracelsus deutete eine Verbeugung in ihre Richtung an, »... haben mich meine Wanderungen von Frankreich bis nach Litauen geführt. Überall saugte ich das Volkswissen nur so in mich ein. Ich folgte manchem Schäfer in seinen Karren und mancher Kräuterfrau in ihre Kate. Einem jeden lauschte ich hingerissen. Dass dabei nebenbei auch einige Kenntnisse über die Kunst der Divination herausgesprungen sind, versteht sich von selbst. Ein Großteil kam von den Menschen, die für sich und ihren Stamm den Namen Manouches gewählt haben.«

»Unser Gaspard ist einer von ihnen.« Anna seufzte zufrieden. »Endlich erfahre ich etwas über das Kartenspiel. Leontine hütet es eifersüchtig und lässt es mich noch nicht einmal berühren.«

»Das ist auch besser so«, ergänzte diese. Anna war so unbedacht und ging jedes Risiko ein.

»Sei doch nicht immer so ängstlich, Leo!«

»Ja, ja, die Wahrsagekunst«, fuhr Paracelsus fort. »Die Zukunft liegt vor uns wie ein offenes Buch, in dem wir selbst die Seiten umblättern dürfen. Es gibt nur wenige Scheidewege in unserem Leben, die vom Schicksal vorgegeben sind. Alles andere bestimmen wir durch unsere Entscheidungen ständig neu. Nehmt also die Karten nicht allzu ernst.«

Die Mädchen nickten gehorsam.

»Ein schönes Spiel besitzt dieser Gaspard«, fuhr Paracelsus nachdenklich fort. »Es wurde oft benutzt, wobei einiges vom Geist der Wahrsagerin in die Karten übergegangen ist. Ursprünglich kommen die Bilder aus dem alten Ägypten. Man munkelt, die dortige Priesterkaste habe ihr geheimes Wissen noch vor Hermes Trismegistos darin verborgen.«

Misstrauisch beäugte Leontine das Deck, das aufgefächert kaum auf ihren Tisch passte. Paracelsus wollte sich in dieser ersten Stunde damit begnügen, sie je drei Karten ziehen zu lassen, die ihren gegenwärtigen Standpunkt, den vor ihnen liegenden Weg und ihre Zukunftsaussichten kennzeichnen sollten.

»Nun, liebe Leontine, zieh deine Herzkarten.« Paracelsus nickte ihr zu.

Die Bilder erfüllten Leontine mit Furcht. »Ich habe vorab eine Frage«, sagte sie.

»Nur zu, mein Kind«, ermunterte sie Paracelsus.

»Vor einiger Zeit habe ich die Karte ›Der Gehängte‹ gezogen, für einen Freund.«

Anna starrte sie erschrocken an.

»Und jetzt willst du wissen, ob jemandem die Hinrichtung droht«, schloss Paracelsus, der viel zu scharfsinnig war.

Himmel, er hat Matthis gesehen, dachte Leontine. Was, wenn er eins und eins zusammenzählt?

»In der Tat besteht auch für diese unglückliche Fügung eine gewisse Wahrscheinlichkeit. Aber eigentlich steht sie für einen Neuanfang, zu dem jemand gezwungen wird. Er muss sein Leben neu ordnen. Was auch immer die Karte bedeuten mag. Erzählt den Menschen, die euch vertrauen, niemals, dass ihnen Unheil droht!«

Entschlossen senkte Leontine ihre Hand, zog drei Karten und deckte die erste auf.

»Aha«, sagte Paracelsus. »›Die Prinzessin der Kelche‹. Sie bezeichnet deine jetzige Situation.«

Leontine blinzelte. Das Bild stellte ein junges Mädchen mit einem Kelch und drei Forellen im Hintergrund dar.

»Sie ist eine liebevolle Heilerin, die ihren Weg begonnen hat«, sagte Paracelsus. »Besser könnte man dich nicht beschreiben. Dann kommen wir zur zweiten Karte.«

Leontine wendete das Blatt um. Das Bild zeigte das bärtige Antlitz des Teufels, der ihnen finster entgegenblickte. Ihr Herz setzte einen Schlag aus.

»Wird Leo etwa wieder als Hexe verdächtigt?«, fragte Anna entsetzt.

»Aber nein«, beschwichtigte Paracelsus. »Im Tarot steht ›Der Gehörnte‹ für die Befreiung von festgefahrenen Gewissheiten. Eine Veränderung steht dir bevor, Leontine. Der Weg jedoch wird steinig sein.«

Unversehens durchströmte Leontine eine Welle der Furcht. Dieses bedrohliche Gesicht! Sie hatte das Gefühl, es zu kennen. Vielleicht aus meinen Alpträumen, dachte sie.

»Gehe einfach hindurch«, riet ihr Paracelsus. »Und jetzt zur dritten Karte, die die Zukunft beschreibt. Es ist ›Die Hohepriesterin‹. Das spricht für sich.«

Anna lachte befreit. »Ich komme an die Reihe.« Sie rieb sich voller Vorfreude die Hände.

Paracelsus mischte erneut, legte die Karten aus und wartete, bis sie das erste Bild aufgedeckt hatte.

»Die Karte zeigt die ›Prinzessin der Stäbe‹«, sagte er dann. »Sie steht für eine unternehmungslustige junge Frau, die bereit ist, ihrem Leben voller Tatendrang eine neue Richtung zu geben. Was könnte besser zu Euch passen, Hoheit?« Er verbeugte sich galant in Annas Richtung.

Sie griff nach der zweiten Karte.

»Die ›Zehn der Schwerter‹«, sagte Paracelsus nachdenklich. Auf dem Bild bohrten sich zehn Waffen tief in den Körper eines Mannes, der in einer finsteren Landschaft auf dem Boden lag. Leontine lief es eiskalt über den Rücken.

»Nun sagt schon, was bedeutet das?«, fragte Anna begierig.

Paracelsus räusperte sich zu lange. »Die Karte steht für einen Neuanfang, eine neue Richtung, die Euer Leben einschlagen wird.«

»Mehr könnt Ihr mir nicht dazu sagen?«, fragte Anna.

»Sieht etwas düster aus.«

»Kommen wir zur dritten Karte«, sagte Paracelsus.

Mit einem triumphierenden Lächeln drehte Anna die letzte Karte um. Sie zeigte ein Bauwerk, in das der Blitz einschlug.

»›Der Turm‹«, sagte Paracelsus betroffen. »Er steht für das Ende eines bekannten Zustands.«

»Das ist ja wenig aufschlussreich, Herr Doktor. Da hätte ich Euch mehr zugetraut.« Anna stand auf und verabschiedete sich, weil sie von ihrer Mutter und Dietrich Spät zum Nachtmahl eingeladen worden war. »Sie planen meine Verheiratung. Vielleicht wird diese große Veränderung ja tatsächlich mein Exil beenden. Das wären nicht die schlechtesten Aussichten!«

Leontine begleitete sie noch bis zur Tür. »Ein Neuanfang. Da haben wir es.«

Anna schenkte ihr ein spöttisches Lächeln. »Oder es geht mir an den Kragen.«

Sie lachte eine Spur zu schrill und drückte Leontine an sich. »Alles Unsinn! Meine Mutter und ich sind nicht einmal mehr Spielbälle der Politik. Und mein Bruder ist dem habsburgischen Löwen schon in den Rachen gefallen.«

Während Anna zum Schlossportal huschte, kehrte Leon-

tine ins Haus zurück, wo Paracelsus noch immer über den Karten brütete. Sein kahler Schädel glänzte im Kerzenschein.
»Ihr habt Anna nicht die Wahrheit gesagt.«
»Nagel auf den Kopf getroffen, kleine Dottoressa Spirituala«, gab er zu. »Ich weigere mich ja, Karten negativ zu deuten, aber dieses Blatt ... schlechter hätte es unsere schneidige und sympathische Prinzessin kaum treffen können. ›Der Turm‹ ist kein gutes Omen. Er steht für Zerstörung, während die ›Zehn der Schwerter‹ Ende und Untergang bezeichnet. Du spürst die Gefahr, in der sie schwebt, oder? Aber nein, ich weigere mich, die Karten buchstäblich zu deuten.«

Leontines Herz krampfte sich zusammen. »Wenn es um Anna geht, habe ich immer so ein komisches Gefühl.« Entschlossen griff sie nach der Turm-Karte und versenkte sich in das Bild. Es zeigte ein Gebäude, in das ein gezackter goldgelber Blitz einschlug. Eine Gestalt mit langen Haaren stürzte aus einem weit oben gelegenen Fenster.

Ihre Gabe entzündete sich an dem Unheilszeichen. Wie hatte sie je ignorieren können, dass Anna Schlimmes drohte? Die Karte schien vor ihren Augen zu wachsen, bis sie ihr Gesichtsfeld einnahm. Dabei steigerten sich ihre Farben ins Unwirkliche. Der Blitz beleuchtete die schwarze Mauer. Die fallende Gestalt zeigte plötzlich Annas Gesicht. Ihre roten Haare flackerten wie eine Fackel im Wind, und ihre Glieder ähnelten denen einer zerbrochenen Puppe.

»Oh, Anna«, murmelte Leontine. »Ich muss auf dich achtgeben.«

»Manche Schicksalsschläge sind Bestimmung«, erwiderte Paracelsus düster. »Dann spricht man vom Ens Dei, der Vorsehung Gottes. Ihr kannst du dich nicht entgegenstellen.«

44

Der Schmerz in seinem ausgekugelten Arm brannte wie Feuer und brachte Cyrian schier um den Verstand. Stundenlang waren sie auf der Reichsstraße in Richtung des Albaufstiegs geritten, wobei er vor Gaspard auf dessen schwarzem Pony gesessen hatte. Einmal wäre er beinahe aus dem Sattel gekippt. Da hatte Gaspard einem Bauern seinen Karren abgekauft und ihn auf die Ladefläche verfrachtet. Der Wagen rumpelte über jeden Stein, aber Cyrian konnte auf dem Rücken liegen und in seine Träume abgleiten. Wenn er ausnahmsweise wach war, verloren sich seine Augen in einem Frühlingshimmel voller weißer Wolken. Im Dunkeln zählte er die Sterne. Die Freiheit hatte ihn wieder.

Den zweiten Teil der Nacht verbrachten sie in einer Scheune. Er fand keinen Schlaf, weil seine Schulter anschwoll und qualvoll pochte, als gehöre sie nicht zu ihm. Essen konnte er nichts, aber er trank Wein, der das Feuer, das in ihm wütete, nicht löschen konnte. Gegen Morgen war er sicher, dass er dem Tod entgegenging. Aber er überstand auch den nächsten Tag.

Es war finstere Nacht, als sie eine halb verfallene Burg auf einem Bergsporn erreichten, irgendwo auf der Alb. Menschen mit Fackeln liefen auf sie zu. Ruß und Rauch setzten sich in seine Nase. Überraschtes Geraune ertönte, das verstummte, als die Leute seiner gewahr wurden.

Er schrie auf, als sie ihn unsanft von der Ladefläche zerrten und in einer Kammer auf eine Pritsche legten. Danach verglühte er weiter im Fieber. In den seltenen Momenten, die ihn in die Wirklichkeit zurückwarfen, saß Gaspard an seinem Bett, flößte ihm Wein ein und wischte ihm die Schweißperlen vom Gesicht.

»Irgendjemand muss mir diesen Höllenarm einrenken«, zischte Cyrian. Er ahnte, dass er einen Fehler gemacht hatte. In Esslingen hätte Corentin das im Handumdrehen erledigt.

»Matthis ist nicht da«, vertröstete ihn Gaspard. »Aber er wird kommen.«

Statt des Raubritters drückte sich ein Riesenvieh von Hund durch die Tür, schlappte zu Cyrians Pritsche und legte sich davor auf den Boden. Hin und wieder stand das Tier auf, um ihm die Hand zu lecken. Cyrian hatte zu starke Schmerzen, um sich darüber zu freuen.

»Greif, du Mistvieh«, sagte Gaspard. »Das ist Matthis' Hund. Er scheint dich zu mögen.«

Matthis selbst erschien bei Sonnenuntergang. Noch im Reisemantel stürmte er in die Kammer und hielt vor Cyrians Bett inne. Er war groß und kräftig, mit schulterlangen Haaren und blitzblauen Augen. Greif stand auf und drückte seinen Kopf in seine Hand.

»Du bist Cyrian?« Gedankenverloren tätschelte Matthis den Hund.

Cyrian bestätigte das mit einem Nicken.

»Du siehst deinem Vater zum Verwechseln ähnlich.«

Was Matthis dann tat, überraschte Cyrian. Er wirbelte herum, griff Gaspard am Arm und schleifte ihn in den Nebenraum.

Cyrian spitzte die Ohren, um mitzubekommen, was da geredet wurde.

»Bist du von Sinnen, ihn herzubringen?«, rief Matthis. »Was hast du dir dabei gedacht?«

»Du hast gesagt, ich soll ein Auge auf ihn haben«, verteidigte sich Gaspard.

»Seine Mutter weint sich zu Hause die Augen aus. Aber wenn wir ihn freilassen, hetzt er uns Corentin und den Schwäbischen Bund auf den Hals.«

»Dieser Scharfrichter hat ihm zuerst den Arm ausgekugelt und ihn dann lebendig begraben lassen.«

Stille senkte sich über den Nebenraum, als ob Matthis die Nachricht erst einmal verdauen musste. Dann warf er die Tür hinter sich ins Schloss, sodass Gaspard ausgesperrt blieb, und kehrte an Cyrians Bett zurück.

»Du hast sicher mitgekriegt, was wir besprochen haben«, sagte er.

Cyrian rang sich ein Nicken ab. Der Gedanke an Tessa ging ihm durch Mark und Bein.

»Gaspard dachte, ich könnte dir deine Schulter richten«, sagte Matthis. »Dem ist aber nicht so. Deswegen.« Er hob seinen rechten Arm, an dem statt der Hand ein Eisenhaken hing.

Cyrian schluckte. Im Ernstfall war mit dem Raubritter trotz seiner Behinderung nicht zu spaßen.

»Aber ich werde jemanden holen, der das erledigt. Dann sehen wir weiter. Du musst dich noch etwas gedulden.«

Bevor Cyrian ein zustimmendes Wort hervorbringen konnte, sank er in die nächste Ohnmacht. Er erwachte im Laufe des folgenden Tages, weil ihn jemand vorsichtig an seiner gesunden Hand berührte. Es war eine Frau mit langen weißen Haaren. Sie roch nach den Kräutern des Waldes und ein wenig nach Schaf.

»Ich bin Heilerin. Mein Name ist Jolanta.«

»Cyrian«, flüsterte er heiser.

Matthis und Gaspard standen hinter Jolanta. Gaspards Gesicht war so weiß wie die frisch gekalkte Wand in seinem Rücken.

»Wir werden versuchen, deinen Arm einzurenken«, sagte Jolanta.

Cyrians Herz pochte ihm hart im Hals, als er nickte.

»Das wird nicht einfach, weil es schon lang her und dein Gelenk deshalb geschwollen ist. Beiß am besten auf das Holz!« Sie gab ihm ein Brett, das er sich entschlossen zwischen die Zähne schob. Dann legten sie zu dritt los.

Eine Feuergarbe durchfuhr Cyrian, als Jolanta seinen Arm anwinkelte und zurück in sein Gelenk beförderte. Sie keuchte, weil die Bewegung unglaublich viel Kraft erforderte, doch Cyrians Schrei übertönte sie mühelos. Das Holz hatte er, noch bevor der Arm ins Gelenk zurücksprang, in Panik auf den Boden gespuckt. Danach jedoch verebbte der Ansturm des Schmerzes, als würde eine schwere Last von ihm abfallen.

»Wie geht es dir?«, fragte Matthis.

»Besser«, sagte Cyrian erleichtert.

Jolanta reichte ihm eine Schale mit einer klaren Flüssigkeit, die nach einem Kräutergemisch roch. »Trink!«, forderte sie ihn auf.

Er tat, was sie verlangte, und sank gleich darauf in einen tiefen Schlaf. Widerwillig kehrte er nach Stunden zurück und stellte fest, dass der Schmerz auf ein erträgliches Maß gesunken war.

Gaspard saß rittlings auf einem Stuhl, hatte den Kopf auf die Lehne gelegt und schlief.

Cyrian freute sich, ihn zu sehen. Mein Retter, fast eine Art Freund, dachte er.

Beim nächsten Erwachen stellte er vorsichtig seine Füße auf den kalten Boden und schleppte sich zu einem Eimer, in den er sich erleichterte. Dann wartete er ab.

Gaspard trat ein und brachte ihm ein Tablett mit Suppe, die er gierig schlürfte. »Was willst du jetzt tun?«, fragte er.

»Auf Matthis warten«, sagte Cyrian, bevor er wieder eindöste.

Der Raubritter erschien, als die Sonne gegen Abend einen rotgoldenen Schein in das Westfenster warf. »Wie geht es dir?«

»Ich könnte ein Bad gebrauchen«, sagte Cyrian. Den Dreck von seiner Haut zu schrubben würde Tage in Anspruch nehmen.

Matthis legte den Kopf in den Nacken und lachte. »Später«, sagte er dann. »Lass uns zuerst über deine Zukunft sprechen. Du weißt sicher, wer ich bin.«

Als Cyrian verneinte, erzählte Matthis ihm eine lange Geschichte, die damit begann, dass Corentin sich geweigert hatte, ihn einen Kopf kürzer zu machen.

»Ich verdiene meinen Lebensunterhalt damit, Handelskarawanen auszurauben«, endete er. »Ehrliches Raubrittertum. Aber dein Vater denkt, dass ich die Brände im Neckartal gelegt habe, und jagt mich seither.«

»Und, habt Ihr?« Cyrian dachte nach. »Für die Brandstifter hat sich im Kerker niemand interessiert. Nur für die restlichen Wiedertäufer in Esslingen.«
»Tatsächlich? Hast du Namen verraten?«
»Nein«, sagte Cyrian entrüstet.
»Sie haben dich gefoltert, damit du die Namen rausrückst, und du hast geschwiegen? Das spricht für dich. Ich habe mich entschlossen, dich vor die Wahl zu stellen, ob du bleiben oder zurückkehren willst. Deiner Mutter geht es übrigens besser. Sie hat mit Leontines Hilfe ein kleines Mädchen zur Welt gebracht. Und deiner großen Schwester geht es ebenfalls nicht schlecht.«
»Woher kennt Ihr Leontine?«
»Das werde ich dir nicht sagen. Entscheide dich, was dein wahrer Wille ist, und teile ihn mir bald mit. Wenn du zurückgehst, werde ich meinen Schlupfwinkel ändern müssen.«
»Ich bleibe«, sagte Cyrian schnell. Die Versuchung, nach einer Freiheit abseits seines vorherbestimmten Lebenswegs zu greifen, war einfach zu groß.
»Warum?«, fragte Matthis verwundert.
»Weil ich kein Händler werden will«, antwortete Cyrian schlicht.
»Da siehst du also bei mir Möglichkeiten.« Matthis lachte. »Ich freue mich, Cyrian Wagner. Jetzt sind mir schon zwei ungeschliffene Diamanten aus deiner Familie in die Hand gefallen.«
Das stimmt nur bedingt, dachte Cyrian. In erster Linie diente er als Faustpfand gegen Corentin.
Am selben Abend sandte Matthis Gaspard zurück nach Esslingen.
Einige Tage später nahm er Cyrian auf einen Raubzug mit. Er führte ihn und vier seiner Männer an die Straße heran, die von Neidlingen aus die Alb querte, und hieß sie, in einem Gebüsch auf einem Hügel zu warten.
Matthis trug einen schwarzen Mantel und verbarg sein helles Haar unter einer Kapuze. »Du bleibst hier«, sagte er an Cyrian gewandt.

Als sich auf der Straße von ferne eine Karawane mit drei Ochsenkarren näherte, ritten die Männer mit ihren Streitrössern und Packpferden eilig den Hügel hinab ins Tal.

Cyrian war sich bewusst, dass Matthis ihn auf die Probe stellte. Gespannt beobachtete er von der Kuppe des Hügels, wie die Räuber schnell und effektiv auf die Handelskarawane zugaloppierten. Armbrustbolzen fällten die beiden bewaffneten Begleiter von ihren Pferden. Die Händler reagierten mit aufgeregtem Geschrei. Einer versuchte, den Ochsen Beine zu machen, die die Karren zogen. Doch es war zu spät. Präzise wie ein Uhrwerk umzingelten die Räuber die Wagen, lösten als Erstes die Zugtiere vom Gespann und trieben die überraschten Händler und ihre Knechte in den Wald. Dann luden sie die Ladung ab, verteilten sie auf ihren Packpferden und sammelten die Pferde der toten Söldner ein. Es dauerte nur wenige Minuten, bis die Männer wieder in Richtung der Hügelkuppe jagten, wo Matthis einen der erbeuteten Gäule Cyrian zuteilte.

Im Galopp ging es auf die Burg zurück. Die Hufe prasselten über die Zugbrücke. Im Burghof zügelte Matthis seinen Grauschimmel, ließ ihn im Schritt gehen und stieg ab.

Cyrian rutschte neben ihm aus dem Sattel seines neuen Braunen.

»Und?«, fragte Matthis. »Wie gefällt dir das Raubritterdasein?«

»Gut«, sagte Cyrian. »Aber wenn ich bei Euch bleiben soll, müsst Ihr meinen Eltern Bescheid geben.«

»Noch nicht«, sagte Matthis. Sein Ton duldete keine Widerrede.

45

Tessa hatte die Nachricht vom leeren Grab ihres Sohnes mit erstaunlichem Gleichmut aufgenommen. Seit ihr Corentin davon berichtet hatte, war sie fest davon überzeugt, dass Cyrian entkommen war. Corentin ließ ihr diese Illusion, weil er sich selbst die Wahrheit nicht eingestehen wollte. Jeder Gedanke an das, was wirklich geschehen sein musste, löste Entsetzen und nagende Schuldgefühle in ihm aus. Dass Lenz ins Remstal geritten war, weil seinen Vater der Schlagfluss getroffen hatte, machte die Sache nicht besser.

Corentin trat ins Haus und wandte sich der Treppe zu, auf der ihm die Damen Oberhofer und Holdermann entgegenkamen. Nachdem er ihnen höflich Platz gemacht hatte, grüßten sie ihn scheu. Sie waren die vorläufig letzten in einer Reihe von schwatzhaften Besucherinnen, die seiner neugeborenen Tochter Leckereien, Spielzeug und Kleidung mitgebracht und gleichzeitig ihr Mitgefühl wegen Cyrians Tod geäußert hatten.

Er stieg die Treppe hinauf und betrat das Schlafzimmer, wo Tessa, die Kleine im Arm, wie eine Königin in ihrem Himmelbett thronte. Ihre Locken fielen ihr offen über die Schultern. Sie genoss sichtlich das Wochenbett, das am Sonntag mit ihrer Aussegnung in der Stadtkirche enden würde, wobei sie sich von Martha mit Rinderbraten und Mandelpudding verwöhnen ließ.

Corentin küsste Tessa auf den Mund.

Sie pustete sich eine Locke aus der Stirn. »Endlich sind die Klatschbasen weg. Sie haben zwar wieder einmal Anteilnahme bewiesen …«, sie deutete auf den üppig geschmückten Gabentisch, der um zwei bestickte Häubchen reicher war, »aber so viel Geschnatter kann ich einfach nicht lange um mich haben.«

Die Damen der feinen Gesellschaft beehrten die Wagners auch, um Abbitte zu leisten, weil sie die Familie in den letzten Monaten im Stich gelassen hatten. Eine Tatsache, die Corentin und Tessa ebenso bewusst war wie die Namen derer, die auf einen Besuch verzichteten.

Das Neugeborene schlief in Tessas Armen. Es hatte eine winzige knopfförmige Nase über einem Mund, der einer Knospe glich. Seine Wangen wurden langsam prall und rosig. Corentin zog sich einen Lehnstuhl heran.

»Stell dir vor, die Bürgermeisterin hat sich bereit erklärt, für sie Patin zu stehen«, sagte Tessa. Sie hatten sich auf den Namen »Caroline« geeinigt, dem als Taufname ein gesittetes »Maria« folgen würde. »Hast du beim Rat etwas herausgefunden?«

»Nicht viel«, gab Corentin zu. »Weil sich Bürgermeister Holdermann nicht mit Cyrians Fall befasst hat, konnte er mir keine Informationen zukommen lassen. Er spricht dir sein tiefes Mitgefühl aus.«

»Die Lappalie hat er also Gerber überlassen, diesem Mistkerl«, sagte Tessa. »Corentin, mit dem stimmt etwas nicht.«

Dieses Gefühl teilte er mit ihr. »Wir können ihm nichts nachweisen, und der Henker hält ebenfalls dicht.«

Tessa nickte traurig. »Aber es muss doch irgendeine Spur geben, um Cyrians Aufenthaltsort zu finden. Ich bin mir sicher, er versteckt sich.« Tränen traten in ihre Augen. »Du solltest dich noch im Speyrer Zehnthof umhören, beim Kaplan Seiler, der Leontine verdächtigt hat. Er war anscheinend bei den Verhören im Kerker dabei.«

Unwillkürlich fragte sich Corentin, wie er sich davon abhalten sollte, dem Verleumder alle Knochen zu brechen. In diesem Augenblick regte sich Caroline, woraufhin Tessa ihr Hemd zur Seite schob und sie an ihre Brust legte. Corentin spürte einen Stich unangebrachter Eifersucht, als sich der kleine Mund um ihre Brustwarze schloss.

»Wie macht sie sich?«

»Gut, sagt jedenfalls Friede Riexinger.« Die Kleine schmatzte leise, während sie trank. »Eine Neuigkeit wird dich interessieren: Margarete Marchthaler hat Ägidius verlassen. Die Frauen zerreißen sich das Maul darüber.«

»Ach, wirklich?«

»Auf jeden Fall ist sie mit Ambrosius nach Ulm zu ihrer Verwandtschaft abgereist.«

»Dann werden wir auf seine Aussage verzichten müssen«, sagte Corentin. Der Vorfall würde für den verzogenen Jungen ohne Konsequenzen bleiben. Es blieb nur Friedrich, der sich schier überschlug, um ihnen zur Seite zu stehen.

»Womit habe ich es nur geschafft, Margaretes Hass auf mich zu ziehen?«, fragte Tessa traurig.

»Sie gönnt dir dein Glück nicht«, sagte Corentin. Die Erklärung war ebenso einfach wie bitter.

»Ich habe nicht gesehen, wie einsam sie ist«, erklärte Tessa. »Junge Mädchen werden nicht gefragt, wenn ihre Familie sie verheiratet. Da habe ich mir nichts dabei gedacht, als Ägi mir erzählte, dass er …«

»… Männer liebt«, schloss Corentin leise. Im Heerlager hatten sich die Gefühle zwischen manchen Landsknechten ebenso wenig verbergen lassen wie das, was sie im Schein der Feuer taten. »Glaub mir, es ist normal und kommt häufiger vor, als du denkst.«

»Schhh«, sagte Tessa. Sie legte die kleine Caroline an ihre Schulter, um sie aufstoßen zu lassen. Als es säuerlich nach ausgebrochener Muttermilch zu riechen begann, suchte Corentin das Weite.

Gedankenversunken näherte er sich kurz darauf dem Zehnthof des Domkapitels zu Speyer. Der Gebäudekomplex, in dem die Priesterschaft der Stadtkirche residierte, lag unterhalb ihrer riesig aufragenden Doppeltürme. Corentin durchquerte den Friedhof mit seinen Grabsteinen, die sich kreuz und quer um den Chor der Kirche drängten. Der helle Frühlingstag war in blaue Dämmerung übergegangen.

Soeben hatte er sich dazu aufgerafft, an das Portal zu klopfen, als er einen huschenden Schatten bemerkte, der sich hinter einem Grabstein versteckte. Corentin wandte sich zur Seite und verschwand durch das kleine Tor abwärts in Richtung des Neckarkanals, als wollte er dort pinkeln gehen.

Wasserräder gruben sich rauschend in die Fluten. Ihr Geräusch übertönte, dass er sich umwandte und schnell wie eine Schlange in die Dunkelheit des Tores zurückkehrte. Zielbewusst griff er in den Schatten und zog einen Jungen ins Zwielicht des frühen Abends.

»Du?«, fragte er überrascht.

Es war der französische Bastard, Leontines Mitbringsel aus dem Quellental. Gaspard.

Zornig rammte Corentin ihn mit dem Rücken an die Mauer und drückte ihm sein Messer knapp unterhalb des Rippenbogens gegen die Brust, da, wo sein Herz schlug. Der Junge mochte ungefähr in Andreas' Alter sein. Er war noch nicht ausgewachsen, schmal und drahtig. Schwarze Augen musterten ihn mit einer Kaltblütigkeit, die Corentin insgeheim imponierte.

»Wo bist du ein solches Monster geworden?«, fragte Gaspard dreist. »In *la guerre* oder als Henker?« Er störte sich nicht daran, dass Corentin sein Gewand und seine Haut ein wenig anritzte.

»Such es dir aus! Warum spionierst du mir nach?« Corentin löste sein Messer gerade so viel, dass sich Gaspard sicherer fühlen konnte. »Ich höre.«

»Nimm das Ding da weg.«

»Also gut.« Corentin steckte die Waffe ein. »Aber vergiss nicht, dass ich dich fachgerecht töten und ausweiden kann, wenn mir danach ist. Mein Lehrberuf ist Scharfrichter, wie du weißt.«

»Metzger?« Gaspard spuckte aus. »Und dann? Was machst du mit meinem toten Körper?«

»Ich lasse dich im Bottich der Kalkbrenner verschwinden.« Corentin zog ihn von der Hauswand wie eine Lumpenpuppe. »Jetzt rede!«

»Ich beobachte *tous les gens*«, sagte Gaspard. »Jedermann.«

»Es ist schon dunkel.«

»Die beste Zeit, um die Wahrheit zu suchen«, sagte Gaspard. »Nachtschwärmer, Säufer, Huren. Sie alle zeigen dir ihr wahres Gesicht. Ich könnte dir helfen herauszufinden, was im Kerker wirklich geschehen ist oder wer die Brände gelegt hat.«

»Meinst du? Warum sollte ich dir glauben?«

Gaspard strich sich seine schwarze Tolle aus der Stirn. »Deine Tochter hat mich vor dem Tod bewahrt. Weil ich eine Ehre im Leib habe, werde ich sie immer beschützen.«

»Leontine ist besser als ich«, sagte Corentin. »Sie heilt auch Pestbeulen.«

Mit einer Ehrenschuld kannte er sich aus. Eine solche verband ihn mit Herzog Ulrich von Württemberg. Eingelöst hatte dieser sie bisher freilich nicht.

Gaspard machte sich an den Aufstieg. »Worauf wartest du noch? Lass uns herausfinden, was wirklich in dieser Stadt geschieht«, sagte er.

46

Ende Juni 1530

Ein blauer Frühsommerhimmel wölbte sich über Urach. Paracelsus und seine Schülerin saßen im Schein einer Öllampe am Tisch. Der friedliche Anblick täuschte. Der Doktor schrieb mit tropfender Feder an einer Abhandlung über die Franzosenkrankheit und ihre wirksamsten Therapien. Das Pamphlet richtete sich gegen das Handelshaus Fugger, das mit dem Verkauf des unwirksamen Heilmittels Guajak-Holz ein Vermögen verdiente. Indem Paracelsus diesem die Vorzüge des Quecksilbers entgegenstellte, war er drauf und dran, sich mit den mächtigsten Kaufleuten weit und breit anzulegen.

Leontine hatte ein Grimoire, ein Buch über die Hexenkunst, aufgeschlagen und hoffte, darin nichts weniger als einen Zauber gegen den Tod zu finden. Paracelsus selbst hatte ihr das Buch überlassen, bei dessen Handhabung es ihr im Grunde grauste. Sie hatte gar nicht gewusst, was man mit dem Blut schwarzer Hähne alles anstellen konnte. Die Rezepte verfolgten sie schon bis in ihre Träume.

»Warum brennst du plötzlich so für die Magie?«, fragte Paracelsus misstrauisch. »Du hast doch sonst immer alles entschieden von dir gewiesen, was nur entfernt mit deiner Gabe zu tun hatte. Und dieses Buch da, ich wollte es dir ja nicht vorenthalten …«, er deutete mit seinem tintenbekleckstem Finger auf die unleserlichen Aufzeichnungen, »… überschreitet die Grenze zu den dunklen Mächten mehr als einmal.«

»Ich habe einen guten Grund«, sagte Leontine standhaft. Wenn die Absicht, ihrer besten Freundin das Leben zu retten, kein solcher war, welcher dann?

»Hör mir gut zu, Leontine von Absberg«, sagte Paracelsus ernst. »Der Tod muss dir keine Angst einjagen. Hinter seiner dunklen Grenze wartet das Leben in anderer Form. Die Weisen wissen das. Gott sagt das, der übrigens wächst, wenn man sich mit ihm beschäftigt.«

»Anna darf nicht sterben.«

Paracelsus lächelte traurig. »Die eine oder andere Magierin mag nicht davor zurückschrecken, sich mit dem Sensenmann anzulegen. Aber glaube mir, das ist der falsche Weg. Jede Anwendung der Magie muss von guten Absichten bestimmt sein und sollte niemals gegen die Gesetze des Lebens verstoßen.«

»Ich will über alle Möglichkeiten Bescheid wissen.«

»Aber nicht mit Hilfe dieses Buches, das du nicht brauchst.« Entschlossen klappte Paracelsus das Grimoire zu, dessen Einband vor Flecken nur so strotzte. Vermutlich hatte sein ursprünglicher Besitzer die Wahrsagekunst anhand von Tiereingeweiden ausprobiert. »Manche Alchemisten verschwenden ihre Zeit mit der Entwicklung eines Heilmittels gegen den Tod. Ich selbst versuche mich im Mischen von Essenzen aus Edelmetallen und Pflanzen, um die dem Menschen innewohnende Harmonie und Lebenskraft zu stärken. Wie du weißt, habe ich mich jüngst an ein Sonnenelixier für einen besonderen Mann gewagt.«

Matthis, dachte Leontine traurig. Er hatte sich seit mehr als einem Monat nicht bei ihr gemeldet. Sie zwang sich, sich auf das Naheliegende zu konzentrieren.

»Es wird ein Unglück geschehen«, sagte sie leise. »Oder ein Mordanschlag.«

Paracelsus atmete geräuschvoll ein. »Jeder hat sein Schicksal.«

»Ich muss vor die Tür.«

Tränen brannten in Leontines Augen, als sie in den Hof trat. Erleichterung brachte es kaum, denn die Luft war mit Schwüle gesättigt. Der Himmel leuchtete zwar in einem klaren Blau, doch in der Ferne baute sich eine bedrohlich wirkende Wolkenwand auf.

Im Schlosshof herrschte vormittägliche Stille, aus der Küche roch es nach Gesottenem und Gebratenem. Lisbeth suchte in letzter Zeit oft Ruhe, weil ihre Schwangerschaft sie müde machte. Gaspard war noch immer nicht zurückgekehrt. Stattdessen drückte sich einer von Matthis' Bewaffneten am Tor herum und warf Leontine von Zeit zu Zeit ein schmieriges Lächeln zu.

Auch ihr Bewerber Heinrich von Westerstetten hatte sich noch nicht wieder im Schloss blicken lassen. Ein Lichtblick, dachte Leontine. Sie spürte, dass sie sich wappnen musste.

Gleich nach ihrer Vision hatte sie Anna inständig davor gewarnt, sich den offenen Fenstern im Obergeschoss des Schlosses zu nähern. Die Prinzessin hatte sie nur entgeistert angestarrt, um dann in ihr übliches herzliches Lachen auszubrechen. Für sie war die Wahrsagekunst nichts als ein Spiel, mit dem man sich die Langeweile vertrieb.

Leontine steuerte ihren kleinen Garten an der Schlossmauer an, der ein schönes Fleckchen Erde war. Pfingstrosen und Schwertlilien hatten ihre Blüten geöffnet. Die weißen Dolden des Holunders bogen sich über Teppichen von Maiglöckchen, von deren intensivem Duft ihr schlecht wurde. Während sie verbissen Unkraut in ihrem Kräuterbeet zupfte, weigerte sie sich standhaft, über die Ursache ihrer ständigen Übelkeit nachzudenken.

Wind näherte sich lautlos und strich ihr um die Beine.

»Mein Bester.« Leontine streichelte ihm über sein seidenweiches Fell. Wir könnten in Urach ein so gutes Leben führen, dachte sie. Wenn Matthis nicht der König der Diebe und ein vermaledeiter Feuervogel wäre. Er hatte sie im Stich gelassen, obwohl er an ihrem Unglück zumindest zur Hälfte beteiligt gewesen war.

Plötzlich spürte sie den Blick ihres Bewachers im Rücken, der ein Stück entfernt an der Mauer lehnte. Seine Leinenkleidung, seine Bundschuhe, ja seine gesamte Gestalt wiesen ihn als harmloses Bäuerlein von der Alb aus. Wenn da nur nicht dieser durchtriebene Ausdruck in seinen Augen gewesen wäre.

Leontine trat einige Schritte auf ihn zu. »Hat Matthis dich geschickt?« Er kam ihr überhaupt nicht bekannt vor.

»Kann sein.« Er spuckte auf die Grasnarbe.

Leontine entschloss sich, ihn zu ignorieren.

Nach getaner Arbeit nahm sie ihren Kater und setzte sich ans Ufer der Erms, die klar und kalt nahe der Mauer vorbeiströmte. Der Kater strampelte sich frei, um sich genüsslich neben ihr auszustrecken. Während sie versonnen ihre Hände in seinem Fell vergrub, fesselte das Glitzern auf den Wellen ihren Blick. Lauter Lichtreflexe, die sich den Weg in ihren Kopf hineinbahnten.

Leontine spürte, wie die Wirklichkeit sich verschob. Ein Schatten legte sich über den sonnigen Tag. Blitzschnell überzog sich der blaue Himmel mit Gewitterwolken. Sturm kam auf und griff ihr in die Haare, während sich über der Festung Hohenurach der erste Blitz ins Grau fraß.

»Du hast ja überhaupt keine Angst mehr«, sagte eine lockende Stimme, deren Ursprung Leontine nicht erkannte. Sie spürte nur eine federleichte Berührung, aber der Kater sprang auf, sträubte sein Fell und fauchte dem Dämon seinen Hass entgegen.

»Was willst du?« Sie dachte an Brenna, die sich mit solchen Mächten eingelassen hatte. Ich muss vorsichtig sein.

»Du bist es, die etwas will.« Die Stimme war sanft, eher eine Liebkosung.

»Annas Leben.«

»Das ist nicht so einfach. Dafür bräuchte ich eine angemessene Gegenleistung.«

»Was denn?«, fragte sie.

»Deine leuchtende Seele.« Das Lachen wurde eins mit dem krachenden Donner. »Nach deinem allerfeinsten, alten Seherblut dürstet es mich schon lange. Du wirst Macht in Fülle haben, wenn du dich auf mich einlässt. Deine Mutter habe ich auch schon umworben, aber sie wollte dein Leben nicht gegen das ihres Geliebten eintauschen. Leider! Nun bist nur noch du da. Stell dir vor, was wir zwei gemeinsam leisten könnten.«

»Weiche von mir!«, sagte Leontine fest.

Das Lachen steigerte sich zu beißendem Spott und verklang im Wind, während sie sich auf ihre Füße schob. Als die Wolken ihre Schleusen öffneten, durchnässte sie ein eiskalter Regenguss bis auf die Haut. Sie rannte zurück, zitternd unter der Kälte und dem Ansturm ihrer Gefühle. Hatte sie Anna nun endgültig dem Tod überantwortet, weil sie zu feige gewesen war, es mit dem Dämon aufzunehmen?

»Leontine. Sei gegrüßt.«

Herzogin Sabina näherte sich eilig in Begleitung einer ihrer betagten Hofdamen. Zu dritt suchten sie unter dem Vordach Schutz, während der Regen ungehindert in den Staub prasselte. Die Herzogin hatte im Wald einen kleinen Korb mit Holunderblüten und Erdbeeren gepflückt, den sie schützend an sich drückte.

»Hoheit?« Leontine strich sich ihren Zopf über die Schulter.

»Endlich treffe ich dich allein an, mein Kind.« Sabina lächelte befreit. Ihre energische Stimme übertönte den Regen mühelos. »Ich wollte mich bei dir bedanken, weil du Anna so viel Sicherheit vermittelt hast.«

Das klang nach Abschied. Leontine runzelte fragend die Stirn. »Ich verstehe nicht?«

So plötzlich, wie er eingesetzt hatte, ließ der Regen nach. Der Himmel riss auf und spiegelte sich in den Pfützen im Schlosshof.

»Du weißt nicht, wie sie vor deiner Ankunft war. Ein wenig ... wie würdet Ihr es nennen, Baronesse?«

»Sprunghaft?«, schlug die ältere Dame vor. »Leichtfertig?«

»Als sei sie drauf und dran, über die Stränge zu schlagen«, vollendete Sabina. »Ein lebenshungriges Wesen.«

»Urach bietet nicht allzu viele Möglichkeiten.« Leontine dachte an den Maientanz.

»Annas Suche nach Freiheit hat bald ein Ende.« Sabina lachte siegesgewiss auf. »Ich habe darauf verzichtet, meine Tochter schon als Kind zu verloben, wie es mir geschehen ist. Sie soll kein adliges Faustpfand sein, was unserer Situation auch gar nicht angemessen wäre. Nun aber wird sie Georg,

den Erben des Grafen von Oettlingen, heiraten. Wir stehen in Verhandlungen wegen ihrer Mitgift. Anna ist überaus angetan von dieser Verbindung.«
»Dann bleibt sie ja in der Nähe.«
Die Oettlinger saßen auf einer gar nicht so kleinen Herrschaft rund um Nördlingen.
»Sie wird nicht aus der Welt sein.« Sabina nickte. »Ich wünsche mir von Herzen, dass ihr Leben glücklich verläuft.«
Leontine schöpfte Hoffnung. Vielleicht gelang es Anna ja, ihrem Schicksal zu entkommen, indem sie sich von Urach entfernte. Sie atmete tief durch.
»In letzter Zeit wirktest du immer so bedrückt, mein Kind.« Die Herzogin hob Leontines Kinn mit ihrem Zeigefinger. »Dietrich Späth und ich werden eine Jagd organisieren, zu der ich auch die Familie Westerstetten einlade. Ich wünsche, dass du teilnimmst und dich einmal richtig amüsierst.«

47

Wenige Tage später versammelte sich die Jagdgesellschaft in Urach zur Falkenbeiz. Die Familien Oettlingen und Westerstetten waren bereits am Tag zuvor eingetroffen und hatten am Bankett teilgenommen, das Herzogin Sabina zur Verlobung ihrer Tochter Anna ausgerichtet hatte. Wegen ihrer andauernden Übelkeit hatte sich Leontine entschuldigen lassen. Die Jagd selbst aber musste sie durchstehen.

Als sie in den gedrängt vollen Schlosshof trat, fühlte sie sich zwischen all den gut gekleideten Menschen, die in Trauben beieinanderstanden und Konversation betrieben, ganz verloren.

Ihr erster Blick galt den drei stolzen Falken, die auf einer Stange im Schlosshof saßen und seelenruhig die kommende Jagd erwarteten. Ein einzelner Habicht überragte die Greife. Er gehörte Dietrich Späth, der sich mit seinen Söhnen ebenfalls zur Jagd eingefunden hatte.

Ein Jagdhelfer bändigte die aufgeregt bellenden Hunde, während die Reitknechte die Pferde aus den Stallungen führten, deren Hufe auf dem Pflaster klapperten. Ein weiterer Knecht bewachte die Vögel mit Argusaugen und vertrieb einen Gassenjungen, der sich einen Spaß daraus machte, sie mit einer Feder zu kitzeln.

»Da ist ja meine heiß geliebte Leontine!« Anna zog sie in ihre Arme und küsste sie auf die Wange. »Darf ich dir meinen Falken und meinen Verlobten vorstellen? Oder wählen wir die umgekehrte Reihenfolge?«

Zu ihrem grünen Jagdkostüm trug Anna ein keckes Hütchen, unter dem ihre Haare wie poliertes Kupfer schimmerten. Leontine war heilfroh über Ägidius Marchthalers guten Geschmack, der auch ihr zu passender Jagdkleidung verholfen hatte. Ihr Gewand war in dezentem Blau gehalten, perfekt geschnitten und von guter Qualität. Noch dazu hatte Lisbeth, die sich auf Frisuren verstand, ihre dunkelbraunen Haare zu Zöpfen geflochten und diese kunstvoll aufgesteckt.

»Du siehst zauberhaft aus«, sagte Anna. »Das hier ist Georg, mein Herzallerliebster.« Sie zog einen hochgewachsenen jungen Mann an ihre Seite, der Leontine mit einem freundschaftlichen Grinsen bedachte.

»Und das, mein lieber Georg, ist meine beste Freundin Leontine von Absberg, die mein Exil zu einem erträglichen Ort gemacht hat.«

»Absberg?« Georg verbeugte sich mit lässigem Charme.

»Das ist leider so«, gab Leontine leise zurück.

Georg zwinkerte ihr zu. »Mit dem guten alten Hans Thomas werden wir auch noch fertig, gell, Leontine?«

An der Seite ihres Bräutigams wirkte Anna winzig. Er war ein gutmütiger bayerischer Bär, der ihr jeden Wunsch von den Lippen ablesen würde. Leontine wünschte ihr das Allerbeste. Den bösen Fluch, der auf Anna lastete, würde sie, wenn diese nach Nördlingen zog, einfach in Urach begraben und drei Kreuze darüber schlagen.

Anna hakte sich bei Leontine und Georg unter und zog sie auf die Falknerstange zu. Einer der Vögel stieß einen klagenden Laut aus. Anna legte ihre schmale Hand auf den Kopf des kleinsten Falken in der Reihe, der ruhig verharrte, als würde er ihre Berührung genießen. Seine Augen waren unter einer Lederhaube verborgen.

»Hier seht ihr Cilla, mein Falkenweibchen. Ist sie nicht wunderschön? Ich habe sie selbst abgerichtet und dabei sogar Geduld bewiesen.«

»Ein prächtiger Vogel. Ruhig und konzentriert.«

Georgs Lob ließ Anna vor Stolz erröten.

Sie sind bis über beide Ohren ineinander verliebt, dachte Leontine, die ihrer Freundin ihr Glück von Herzen gönnte.

In diesem Augenblick bemerkte sie, dass Heinrich von Westerstetten die Menge nach ihr absuchte. Zum Glück bliesen die Jagdknechte ins Horn und drängten zum Aufbruch, sodass sie sich davonstehlen konnte.

Leontine übernahm Berthas Zügel aus den Händen eines Reitknechts, saß mit seiner Hilfe im Damensattel auf und reihte sich in die Jagdgesellschaft ein, der eine Meute schlanker Jagdhunde bellend voranlief. Sie folgte Anna und Georg und versuchte, ihren ungeliebten Bewerber im Gedränge abzuhängen.

Nach einigen Regentagen glänzte der Himmel wieder klar und blau über den dunkelgrünen Hügeln. Der Weg führte in Serpentinen den Hang hinauf. Auf der Kuppe verbreiterte er sich, sodass Heinrich von Westerstetten mit seinem Wallach zu Leontine aufschließen konnte. Er war zwanzig Jahre alt, hatte sandfarbenes Haar und einen Spitzbart, der sicher mit der Zeit noch dichter werden würde.

»Seid Ihr wohlauf, mein liebes Fräulein von Absberg?«, fragte er.

»Ja, danke der Nachfrage«, antwortete Leontine. Mir geht es gar nicht gut, dachte sie. Ich bin schwanger und weiß überhaupt nicht, was ich tun soll.

Zum ersten Mal gestand sie sich ihren Zustand bewusst ein. Lisbeth musste sie noch nicht fester schnüren, beobachtete aber jeden Morgen besorgt, wie Leontine ihr Frühstück in den Nachttopf spuckte.

Heinrich wusste sichtlich nicht, wie er mit ihr ins Gespräch kommen sollte. Er schluckte nervös, erzählte ihr ausführlich von den Gütern seiner Familie und endete bei den Auswirkungen des letzten Hagelunwetters auf die Landwirtschaft. Sicher verwechselte er Leontines abwesendes Nicken mit Interesse.

Er ist nett, dachte sie. Ein bisschen langweilig, aber er gibt sich wirklich Mühe.

»Bevor ich es vergesse ...«, fügte Heinrich eifrig hinzu. »In Stuttgart und den umliegenden Dörfern ist die Pest ausgebrochen.«

»Meine Familie lebt in Esslingen«, sagte sie und hoffte, dass sich niemand anstecken würde. Aber nein, sie hatte nichts dergleichen vorausgesehen. »Schaut nur, wie bezaubernd.«

Sie deutete auf den atemberaubenden Ausblick, der sich von den Höhen aus über die grünen Hügel und das Tal bot.

»Urach sieht von hier oben aus wie Kinderspielzeug.« Heinrichs Ausspruch entlockte Leontine ein Lächeln.

Der Weg mündete im Wald, wo sich die Jagdgesellschaft in Gruppen aufteilte. Leontine und Heinrich folgten Anna, die mit ihrem Gefolge auf einer Lichtung haltmachte. Dort ließ sie sich den Falken auf ihre behandschuhte Faust setzen, zog behutsam die Haube von seinem zierlichen Kopf und flüsterte auf ihn ein. Dann warf sie ihn jauchzend hoch und verfolgte mit leuchtenden Augen, wie er stieg und seine präzisen Kreise zog, ein winziger schwarzer Blitz unter dem blauen Himmel.

»So königlich«, sagte Leontine.

»Ihr wisst, dass uns Niederadligen nur die Jagd mit dem Habicht zusteht«, erklärte Heinrich altklug. »Falken sind dem Hochadel vorbehalten.«

Er tut so, als hätte ich schon Ja gesagt, dachte sie. Ich bin für ihn eine gute Partie, von Adel und noch dazu vermögend durch Tessas üppige Mitgift. Was wäre, wenn sie ihn heiraten würde? Mit einer schwangeren Hexe würde er die Katze im Sack kaufen. Ihre Stute Bertha tänzelte unruhig.

Heinrich fiel ihr in den Zügel. »Ich weiß, warum Ihr so zurückhaltend seid. Sicher hält Euch der Gedanke an den Raubritter davon ab, Eure Gefühle zu zeigen. Aber glaubt mir, meine Familie und ich kriegen den schon klein.«

»Entschuldigt bitte.« Leontine errötete tief, denn der Raubritter, an den sie dachte, hieß nicht von Absberg.

In diesem Augenblick ließ der Jagdknecht eine kläffende Töle von der Leine, die in einem Gebüsch verschwand und einen Schwarm Rebhühner aufstöberte. Kopflos flatterten die Vögel auf die Wiese hinaus, wo sie sich dem Falken als ideale Beute anboten. Der stieß pfeilschnell hinab und schlug seine Krallen in einen braunen, fedrigen Körper. Perfekt abgerichtet ließ er danach die Beute los, die der Hund dem Reitknecht apportierte. Cilla landete bei Anna und ließ sich von ihr loben und füttern.

»Jetzt du, Leo!« Sie lachte und zwinkerte Leontine zu. Deren Herz klopfte, als sie den Vogel übernahm und gen Himmel warf. Die Jagdgesellschaft applaudierte, als Cilla erneut aufstieg und ein weiteres Rebhuhn schlug.

»Das ist deins.« Entschlossen befestigte Anna den kleinen Leichnam an Leontines Sattelknauf. Danach beobachteten sie versonnen, wie Cilla nach und nach sämtliche Vögel auf der Wiese erledigte.

»Das war ja fast zu einfach.« Anna fütterte den Falken nach getaner Arbeit mit weiteren Stücken Rebhuhn.

Leontine schrak zusammen. Das waren die Worte des Meuchelmörders gewesen, der es im Auftrag des Kaplans Nikolaus Seiler auf sie abgesehen hatte. Von Anna ausgesprochen, jagten sie ihr einen Schauder über den Rücken und ließen die Angst um ihre Freundin mit Macht neu aufleben. Was, wenn jemand die württembergische Erblinie auslöschen wollte?

Unsinn, dachte sie, ihre Befürchtungen entschlossen beiseiteschiebend, doch ihr Magen machte einen schmerzhaften Satz gegen ihre Rippen. Ausgerechnet jetzt musste ihre Übelkeit zurückkehren.

»Lasst mich Euch aus dem Sattel helfen«, sagte Heinrich von Westerstetten besorgt. »Ihr seid ganz bleich.«

»Mir ist ein wenig unwohl.«

Die Wiese hatte sich mit Hilfe der Dienerschaft in einen Festsaal verwandelt. Auf einer eilig aufgebauten Tafel war ein üppiges Mahl aus Erdbeeren, Spanferkel, Pasteten, Schinken, Käse, weißem Brot und Kuchen angerichtet. Die Gäste nahmen im Schatten des Waldrands Platz und ließen sich von den Dienstboten auftragen, wobei Heinrich und Leontine auf die Ehrenplätze neben dem frisch verlobten Paar geladen wurden.

Anna bedachte Leontine mit einem besorgten Blick und schob ihr die besten Leckerbissen zu, doch runterbringen konnte sie kaum etwas. Selbst ein Happen Rauchfleisch war schon zu viel.

»Ihr greift ja bescheidener zu als ein Vögelchen«, stellte Heinrich von Westerstetten lobend fest. »Wie damenhaft.«

»Ich esse sonst mehr.« Leontine schluckte mühsam an ihrer Übelkeit und sehnte das Ende des Banketts herbei. Ein Schluck saurer Wein, den Heinrich ihr reichte, half tatsächlich, sodass sie es bergab nach Urach schaffte, wo sie schließlich erleichtert das Portal des Schlosses vor sich sah.

»Ihr seid so weiß wie die Wand«, sagte Heinrich besorgt. Leontine rutschte aus dem Sattel und genoss den festen Boden unter ihren Füßen. Wenn sich der Schlosshof nur nicht um sie drehen würde! »Ich muss wohl etwas Falsches gegessen haben.«

»Leo! Ich bin so glücklich.« Eine strahlende Anna trat auf sie zu. »Ich habe, wenn Georg nachher abgereist ist, so viel mit dir zu besprechen. Wie wäre es, wenn wir uns später in deinem Häuschen treffen würden? Wir könnten uns die Jagdbeute zubereiten lassen, um unser eigenes kleines Festmahl zu halten. Nimmst du die beiden Rebhühner?« Sie drückte ihr die toten Vögel in die Hand, die Leontines Brechreiz erbarmungslos verstärkten.

»Vielleicht«, brachte sie noch heraus. Dann rannte sie nach Hause, riss die Tür auf, warf die Rebhühner auf den Kachelboden, stürzte ins Schlafzimmer und übergab sich in ihren Nachttopf. Alles musste raus, jeder Krümel Brot, jeder Schluck Wein, jedes unverdaute Fleischstückchen, bis nur noch gelbe Galle kam. Selbst dann konnte sie nicht aufhören zu würgen. Danach hockte sie sich auf den Bettrand und fühlte sich völlig leer.

»Oh, Leo.« Lisbeth setzte sich neben sie und zog sie an sich. Ihr gerundeter Bauch zog Leontines Blick unwiderstehlich an.

»Du bist von meinem Bruder schwanger«, stellte Lisbeth gnadenlos fest. »Diesem charmanten Mistkerl von Raubritter.«

Die Wahrheit stand Leontine ins kalkweiße Gesicht geschrieben. »Ich hab das nicht vorausgesehen, wirklich nicht.«

»Was willst du tun?«, flüsterte Lisbeth. »Du könntest zu Brenna oder dieser Jolanta gehen, um die Sache zu beenden. Dafür ist es noch früh genug.«

»Nein!«

»Wirklich nicht?« Lisbeth ließ nicht locker. »Wenn du das nicht willst, musst du so schnell wie möglich diesen Heinrich von Westerstetten heiraten und ihm das Kleine als Siebenmonatskind unterschieben. Oder nein, am besten steigst du zu ihm ins Bett und machst die Zeugung vor der Ehe klar.«

Leontine hatte so viel ertragen. Die Verdächtigung als Hexe, Cyrians Tod, Matthis, der sich nicht meldete. Nun wurde ihr alles zu viel. Sie brach in Tränen aus und weinte, bis sich der Schmerz in einer wahren Flut auflöste. Lisbeth hielt sie fest im Arm.

»Besser, man gesteht sich die Wahrheit ein«, sagte sie. »Dann lässt sich auch eine Lösung finden. Schau mich an.«

Als Leontines Tränen versiegt waren, versorgte Lisbeth sie mit einer Kanne Kamillentee und einem Korb voll trockenem Brot, von dem sie zu essen begann. Schließlich stellte Leontine fest, dass sie wieder klarer denken konnte. Da fiel ihr Blick auf die zerzausten Rebhühner auf dem Küchenboden. Ihr wurde siedend heiß, als sie sich an Annas Wunsch nach einem gemeinsamen Festmahl erinnerte.

»Könntest du die Hühner in die Küche bringen und Prinzessin Anna ausrichten lassen, dass ich sie später zum Essen in ihren Gemächern aufsuche?«, fragte sie Lisbeth.

Diese nickte, nahm die Vögel bei den Füßen und trug sie davon.

Leontine fühlte sich ausgebrannt und leer. Irgendwann legte sie sich auf ihr Bett. Ein unruhiger Schlaf riss sie mit sich in die Tiefe, in dem sie Anna vollkommen vergaß. In ihren Träumen verbrannte der Feuervogel zu Asche. Sie erwachte im Morgengrauen, weil jemand mit Gewalt an ihre Tür polterte.

Lisbeth schlurfte im Nachtgewand zum Eingang. »Was gibt es denn zu dieser nachtschlafenden Zeit?«

Paracelsus drängte sich in den Hausflur. »Wecke Leontine! Es ist ein Notfall.« Seine Stimme wirkte wie ein kalter Wasserguss.

Leontine war mit einem Schlag wach, schlüpfte in Rock

und Mieder und folgte Paracelsus eilig in Richtung des Schlosses.

»Wir müssen uns sputen.« Besorgnis stand in seinen Augen.

»Es ist Anna. Sie hat die Pest.«

Was konnte man ertragen, ohne zusammenzubrechen? Entschlossen stieg Leontine an seiner Seite die Treppe im Turm empor. Sie hatte gedacht, dass Anna aus einem hoch gelegenen Fenster stürzen würde. Wie hatte sie sich nur so täuschen können?

Vor Annas Gemächern im zweiten Stock wurden sie von Dietrich Späth abgefangen, der mit schief geknöpftem Wams und grimmigem Gesicht Wache schob. Die schlaflose Nacht und die Erwartung des Todes hatten dunkle Ringe unter seine Augen gemalt.

»Lasst uns zu ihr!«, herrschte Paracelsus ihn an.

Späth hob abwehrend die Hände. »Das kann ich nicht erlauben. Schon Sabina und der Arzt bringen sich in Lebensgefahr.«

Es gab keine Krankheit, die die Leute mehr fürchteten als die tödlich endende Pest.

»Auch ich bin Arzt. Neben dem hippokratischen Eid gibt es die Gebote der Freundschaft.« Paracelsus öffnete kurzerhand die Tür, um Leontine am Hausherrn vorbei in Annas Schlafgemach zu schieben. »Hast du Angst?«, fragte er sie grimmig.

Sie besann sich auf den Rest ihrer Kraft, der in ihr brannte wie ein Feuer unter der Asche. »Nein«, sagte sie.

Es war still in Annas gediegen eingerichteten Räumen. Das schale Licht der Dämmerung drang durch die zugezogenen Vorhänge. Der Hofmedicus stand am Fenster und bereitete sein Besteck für den Aderlass vor. Schnappmesser und Schale standen auf einem Tischchen bereit.

Schmal und klein lag die Prinzessin in ihrem geschnitzten Himmelbett. Das Jagdkostüm hatte man ordentlich auf ihrer Truhe gefaltet. Der Anblick des Hütchens zerriss Leontine beinahe das Herz.

Die Reste der gebratenen Rebhühner standen neben einem halb geleerten Krug mit Wein auf dem Tisch. In einer Ecke lag ein Haufen Bettwäsche, was darauf hindeutete, dass Anna in der Nacht von Durchfall überrascht worden war. Als ihre Kammerzofen die Gefahr erkannt hatten, mussten sie in Panik geflohen sein.

Die Herzogin selbst beugte sich über Anna und versuchte, ihr Wasser aus einer Tasse einzuflößen. Anna regte sich nicht. Ihr Kopf sank zur Seite, während einige Tropfen aus ihrem Mundwinkel rannen.

»Anna, du musst doch etwas trinken.« Entgeistert starrte Sabina die Neuankömmlinge an. »Das ist zu gefährlich«, wandte sie ein. »Verlasst lieber den Raum. Der Priester ist schnell wieder gegangen.«

»Lasst mich sie untersuchen«, bat Paracelsus.

Nachdem Leontine die Herzogin zu einem Sessel geführt hatte, warf sie einen Blick auf Anna. Die Prinzessin rang nach Atem. Finger und Handgelenke waren stocksteif. Ihre Haut wies eine leicht bläuliche Färbung auf.

»Anna. Ich bin da.«

Sie war nicht bei Bewusstsein, auch wenn sie sich von Zeit zu Zeit in Krämpfen aufbäumte. Entschlossen griff Leontine nach Annas Hand und ließ zu, dass ihre Gabe sie übermannte.

Es war so, wie sie befürchtet hatte. Gestern noch hatte Anna in ihrem Liebesglück gestrahlt. Heute stand sie an der Schwelle des Todes. Niemand konnte sie daran hindern, sie zu überschreiten.

Während Leontine Annas Hand hielt, untersuchte Paracelsus ihren Unterarm- und Leistenbereich. »Nichts«, sagte er dann.

Leontine hatte die Auswirkungen der Pest noch nie mit eigenen Augen gesehen, wusste aber, dass die Erkrankten hohes Fieber und schmerzende schwarze Schwellungen entwickelten. Wenn diese aufplatzten, genasen sie manchmal, griff die Krankheit auf die Lunge über, starben sie unweigerlich.

»Anna hat kein Fieber«, sagte sie.

»Und keine Pestbeulen«, fügte Paracelsus hinzu.
Leontines Blick streifte die Reste der Mahlzeit, die auf dem Tisch standen. Handelte es sich etwa um dieselben Rebhühner, die Lisbeth gestern in die Schlossküche gebracht hatte? Der Schreck fuhr ihr in die Glieder. »Ich hätte gemeinsam mit ihr essen sollen«, sagte sie tonlos.
»Dann würdest du jetzt auch hier liegen«, erwiderte Paracelsus.
»Gift?«, flüsterte Leontine.
»Gut möglich«, sagte Paracelsus verbissen. »Arsen gemischt mit reichlich Opium, um sie bewusstlos zu halten.«
»Was können wir tun?«
»Es gibt keine Rettung«, entgegnete er. »Die Prinzessin ist vom Tod gezeichnet.«
Leontine schluckte an ihren Tränen. Alle Versuche, Anna zu beschützen, waren vergeblich gewesen. Als der Hofarzt sich mit dem Aderlassbesteck näherte, hielt ihn Paracelsus davon ab, Anna zusätzliche Schmerzen zuzufügen.
»Es hilft ihr nicht mehr«, sagte er traurig.
Leontine aber hielt Annas Hand fest und ließ zu, dass sich ihre Seele mit der ihrer Freundin verband. Vielleicht träumte sie auch. *Wenn das dein letzter Weg ist, gehe ich ihn mit dir.* Sie folgte Anna in das Land der Schemen und Schatten, in dem diese wie eine Flamme auf die Grenze zulief.
Leontine wunderte sich, dass es so einfach war, ihren Körper zu verlassen. Im Grenzland trug sie keine Schuhe, aber haargenau die Kleider, die sie eben in aller Eile übergeworfen hatte.
»Anna?«
»Leo?« Die Prinzessin wandte sich um. »Was tust du denn hier? Das ist nicht das Land der Lebenden.«
»Ich bin bei dir«, sagte Leontine. »Ich stehe sowieso auf der Schwelle.«
Anna lachte. »Dass du eine Seherin bist, hab ich von Anfang an gewusst, ebenso dass meine Zeit auf Erden kurz bemessen ist. Wie schade, dass ich Georg nicht heiraten darf, aber ich

gehe nicht ungern. In meiner wahren Heimat erwartet mich so viel Licht.«

»Wer hat dir das angetan?«

»Das tut nichts zur Sache.« Eine leise Wehmut klang in Annas Stimme durch. »Sag meiner Mutter, dass sie nicht traurig sein soll. Ich gehe nur voran. Zeit bedeutet nichts. Du aber musst an meiner Stelle glücklich sein, hörst du? Kämpfe darum!«

Gemeinsam steuerten sie auf die Grenze zu, den dunklen Fluss, der das Land der Lebenden vom Land der Toten trennte. Als Annas Herzschlag endgültig aussetzte, verlor auch Leontine das Bewusstsein und sank auf der Bettkante zusammen.

Betroffen starrten Herzogin Sabina und die beiden Ärzte auf die ineinander verflochtenen Hände der Mädchen. Nur Paracelsus traute sich, sie zu lösen, wobei er sich bemühte, weder der einen noch der anderen einen Finger zu brechen. Danach brachte man Leontine im Nebenzimmer unter. Sabina bettete sie eigenhändig auf ein Himmelbett und ließ Lisbeth holen, die nicht von ihrer Seite wich.

Paracelsus blieb ebenfalls bei ihr. Er kämpfte mit Selbstvorwürfen, weil er nicht gewusst hatte, wozu seine kleine Dottoressa Spirituala wirklich fähig war. Was, wenn sie niemals aus den Gefilden zurückkehrte, die zu betreten sie gewagt hatte?

48

»Da sind sie!« Gaspard stieg von seinem Pony und deutete auf ein paar ausgeblichene Striche auf einem Wegstein.

Sie standen an der Straße, die durch Wäldenbronn führte, nicht weit entfernt von Theophilas Haus, in dem Brenna gelebt hatte. Sie hatten es leer und blitzblank vorgefunden. Brenna war auf den Schurwald zurückgekehrt.

»Was soll das sein?«, fragte Corentin.

»Siehst du nicht, dass das keine Gaunerzinken sind?«, fragte Gaspard. »Für so begriffsstutzig hätte ich dich gar nicht gehalten. Gleich nebenan ist ein Haus abgebrannt.«

Corentin nickte bedächtig. »Der bisher letzte Brandherd in Esslingen.«

Gaspard verdrehte seine Augen zum Himmel, während Corentin Fuchs am Zügel hielt und sich zu Boden beugte. In den Stein hatte jemand Striche und Punkte geschnitten, die Wind und Regen beinahe unkenntlich gemacht hatten. Obwohl er sein Henkersamt seit sechzehn Jahren nicht mehr ausübte, erkannte Corentin sie als stümperhafte Nachahmungen von Gaunerzinken.

»Wenn Mordbrenner am Werk gewesen wären, hätten sie kein Kauderwelsch in den Stein geritzt«, stellte er fest. Die wahren Schuldigen wollten den Anschein erwecken, Erpresser seien für die Brände verantwortlich.

»Diesen miesen Trick hätte Matthis niemals nötig gehabt«, sagte Gaspard, der auffallend oft für den Raubritter eintrat.

»In der Tat.« Corentin verlor keine Zeit. Er bestieg sein Pferd, wendete es und lenkte es steil bergauf in das Esslinger Filial Liebersbronn, das auf dem höchsten Punkt oberhalb des Neckartals lag.

Nächtelang hatte er darüber nachgedacht, wie die Brände mit Cyrians Tod zusammenhingen. Dass sie es taten, lag auf der Hand. Egal, was Barbara mutmaßte, Matthis konnte es nicht gewesen sein. Seine Taten wogen immer noch schwer, vor allem der Überfall auf den Geldtransport der Habsburger in Stuttgart, weswegen der Schwäbische Bund vor Kurzem ein Lösegeld auf ihn ausgesetzt hatte. Doch vom Vorwurf der Mordbrennerei war er so gut wie entlastet. Wenn Corentin Klarheit über die Zusammenhänge gewinnen wollte, musste er zum Ursprung zurück, zu Hedwig und Jergs Anschuldigungen.

Schweigend folgte ihm Gaspard auf seinem Pony durch Obstwiesen, Weinberge und den württembergischen Weiler Hegensberg bis auf die Höhe des Schurwalds. Von hier oben öffnete sich ein grandioser Blick über das Tal hinweg bis hin zur Schwäbischen Alb, wo sich Leontine allein in der Uracher Residenz behauptete. Inzwischen hatte ein Herr Heinrich aus dem Geschlecht derer von Westerstetten ihr die Ehe angetragen, was mehr war, als Tessa und er sich je für sie erhofft hatten. Für die nächste Woche hatte Corentin einen Besuch bei ihr eingeplant, doch das hier ging vor.

Er lenkte sein Pferd zu dem Holzhaus, das Jergs abgebrannten Hof ersetzte. Der Bauer kam ihnen aus dem Stall entgegen, an dem noch gebaut wurde. Das Vieh, das ihn bevölkern würde, würden die Pächter aus Tessas Zuwendungen bezahlen.

Jerg stockte, als er die Reiter erkannte, lud sie aber sofort in sein Haus ein.

Corentin und Gaspard folgten ihm in die Küche und setzten sich auf die Bank hinter dem Tisch. Nachdem Hedwig sie misstrauisch beäugt hatte, verfiel sie in hektische Vorbereitungen für ein gemeinsames Vesper. Corentins düstere Ahnungen verstärkten sich, als sie alles auffuhr, was die Vorratskammer hergab, Milch, Räucherwurst und frisches Brot, als wollte sie durch solche Verschwendung ihr schlechtes Gewissen beruhigen.

»Ihr habt es wieder recht schön hier«, brach er das Schweigen.

»Ja.« Hedwig säbelte sich beim Brotschneiden fast den Finger ab.

»Lass mich das machen.« Corentin nahm ihr das Messer aus der Hand.

Schließlich saßen sie gemeinsam um den Tisch, Corentin, Gaspard, die Bauersleute und das quengelnde Kleinkind. Die drei anderen Bälger hatten die Eltern vorzeitig ins Bett geschickt. Hedwig und Jerg aßen sparsam, wobei sie einander von Zeit zu Zeit besorgte Blicke zuwarfen.

»Weshalb bist du gekommen?«, fragte Jerg schließlich.

Corentin schob sein Brett zurück. »Um die Wahrheit zu erfahren.«

Gaspard lauschte ihnen aufmerksam, während er eine Scheibe Brot zerkrümelte. Er war in den letzten Tagen zu einem Gefährten mit scharfen Augen und losem Mundwerk geworden.

»Welche Wahrheit?«, fragte Hedwig.

»Die ihr mir vorenthalten habt«, vollendete Corentin. Monatelang hatte er falsche Fährten verfolgt und darüber seinen Sohn Cyrian verloren. »Das seid ihr mir schuldig.«

Jerg stand auf, ging in die Schlafkammer und kam mit einem Buch zurück, das in ein sauberes Leintuch gehüllt war. Es handelte sich um eine abgegriffene Bibel.

»Der Friede sei mit dir, Corentin Wagner«, sagte er feierlich. »Den hast du dir wirklich verdient.«

»Es tut uns leid«, fügte Hedwig kleinlaut hinzu.

Dann erzählten sie.

Es hatte vor einigen Jahren in Hegensberg und am Hainbach begonnen, wo sich ein Messerschmied aus Augsburg angesiedelt hatte. Hedwig, Jerg und viele andere arme Bauern lauschten seinen Predigten, um sich anschließend in der Lehre der Wiedertäufer taufen zu lassen. Zu ihrer streng geheim gehaltenen Gruppe gehörte auch der Schuhmacher Felix Gruber, mit dem Cyrian seine Zelle geteilt hatte.

»Es ist der wahre Glaube«, sagte Jerg einfach. »Hedwig hat mir vorgelesen, dass unser Herr uns die Freiheit gebracht hat. Alle Menschen sind gleich.«

Corentin nickte müde. Arme Teufel, die dachten, Freiheit

stünde ihnen als Geburtsrecht zu, endeten in solchen Gräueln wie dem Bauernkrieg.«Die Obrigkeit hat euch euren Glauben nicht gelassen.«

Vor zwei Jahren hatte der Rat die Wiedertäufer in Esslingen gnadenlos verfolgt und sie gezwungen, ihrer Religion öffentlich abzuschwören. Wer das nicht wollte, verließ die Stadt bei Nacht und Nebel. Einige Unverbesserliche waren den Märtyrertod gestorben.

So weit kannte Corentin die Geschichte. Was dann kam, war ihm neu.

Der Richter und mehrere Ratsmitglieder hatten festgestellt, dass das Übel nicht mit der Wurzel ausgerottet worden war, woraufhin die Verdächtigen Besuch vom Scharfrichter Rutersberger bekamen, der ihnen mit der Vernichtung ihres Eigentums drohte, sollten sie ihre Glaubensgenossen nicht verraten. Die Wiedertäufer aber waren treu bis in den Tod. Weil niemand redete, brannten ihre Höfe lichterloh.

»Wer hat die Brände gelegt? Auch dieser Rutersberger?«, fragte Corentin.

»Das wissen wir nicht«, sagte Jerg.

Hedwig vergrub ihr Gesicht in den Händen und weinte.

»Es tut uns leid«, sagte Jerg. »Tessa und du, ihr seid so gut zu uns gewesen.«

Corentin nickte. »Ihr habt eure Glaubensgenossen geschützt. Wer will euch das verdenken?«

»Wir sind nicht mit dem Schwert, wir sind mit dem Wanderstab unterwegs«, verteidigte sich Jerg.

Sie waren brave Bauersleute und keine Aufständischen. Dennoch hatte ihr Schweigen Folgen für Corentins Familie gehabt. Als er aufstand, spürte er die Erschöpfung in seinem Körper.

»Verrätst du uns jetzt?«, fragte Hedwig beklommen.

»Nein«, sagte Corentin. Schweigend verließ er das schmucke neue Haus, bestieg sein Pferd und ritt talwärts, bis er die Stadt erreichte, deren enge Gassen ihn zu ersticken drohten.

Blaue Dämmerung lag über den Häusern, vom Neckarkanal her breitete sich modriger Dunst aus. Erst als Corentin vor dem Zehnthof des Domkapitels zu Speyer absaß, bemerkte er, dass Gaspard ihm gefolgt war.

»Was willst du tun?«, fragte er.

»Ein Gespräch führen, das ich viel zu lange vor mir hergeschoben habe«, antwortete Corentin.

»Mit diesem Seiler?«

»Halte mir den Rücken frei und verhindere, dass ich ihn erschlage.«

Nach dreimaligem Klopfen erschien ein Diener an der Pforte des Zehnthofs, der Seiler verleugnete und standhaft versuchte, sie abzuwimmeln. Erst als Corentin seinen Fuß in die Tür stellte, verschwand er katzbuckelnd im Gemäuer.

Geraume Zeit später tauchte der Kaplan aus den Tiefen des Gebäudes auf und bat sie in den Vorraum, an dessen rückwärtiger Wand ein Kruzifix hing. Seiler wandte sich Corentin zu, doch seine Augen schweiften über ihn hinweg, als sei er nicht fähig, ihn zu fixieren. Er war ein schlanker Mann Ende zwanzig mit ebenmäßigem Gesicht und dunklen Haaren.

Corentin schnupperte irritiert, weil ihn ein schwacher Branntweingeruch umgab.

»Was führt Euch zu mir?«, fragte Seiler knapp.

Eine Zeit lang hatte Tessa mit dem Gedanken gespielt, ihn zu ihrem Beichtvater zu ernennen. Seiler war in ihrem Haus am Rossmarkt ein und aus gegangen. Dann musste er ihr Vertrauen verspielt haben. Corentin ahnte, dass die Gründe dafür mit Leontine zusammenhingen. Seiler hatte seiner Tochter schon lange vor dem Vorwurf der Hexerei Angst eingejagt.

Als Corentin ihn nachdenklich musterte, fielen ihm die Pickel an seinem Hals auf, die sein attraktives Äußeres verschandelten.

Seiler nickte und beantwortete seine Frage selbst. »Ihr seid wegen der Anklage gegen Eure Tochter gekommen. Will sie sich doch noch stellen? Nur wenn sie durch Schmerz und Reue geht, ist ihr Seelenheil gewährleistet.«

»Nein.« Mühsam kämpfte Corentin um seine Beherrschung. »Mich führen die Vorgänge im Kerker her, die zum Tod meines Sohnes geführt haben. Warum habt Ihr ihn zu dem Wiedertäufer sperren lassen?«

Seilers Augen weiteten sich. Er musste sich jedes Wort zwischen seinen Lippen hervorpressen. »Er sollte uns die Namen weitergeben, die ihm Gruber verraten haben musste, dieser heilige Narr.«

Corentin stockte der Atem. Er zweifelte nicht daran, dass Seiler die Wahrheit sprach. »Und die Brandstiftung, die Cyrian zur Last gelegt wurde?«

»Sie war nur ein Vorwand. Uns war von Anfang an klar, dass der kleine Friedrich Scheuflin selbst dahintersteckte. Wir haben Cyrian nur wegen Gruber festgehalten. Als er nichts verriet, übergaben wir ihn dem Scharfrichter zur peinlichen Befragung.«

Finsternis legte sich über Corentins Gemüt. »Er ist an der Folter gestorben, nachdem Ihr ihn als Lockvogel missbraucht habt, um an Informationen zu gelangen. Ein unschuldiger Junge.«

»Der Zweck heiligt die Mittel.« Seiler verteidigte seine Taten voller Inbrunst. »Das Gespenst des Wiedertaufs geht um in der Stadt. Wir Katholiken wollen die protestantische Predigt nach Martin Luther und Zwingli verhindern, aber die Wiedertäufer sind noch weitaus gefährlicher. Sie säen Aufruhr und sind drauf und dran, die Herrschenden vom Thron zu stürzen. Man muss sie mit Blut und Feuer ausrotten.«

»Ich habe jeden Stein nach dem Falschen umgedreht, während Ihr den Leuten in aller Ruhe die Höfe über den Köpfen abgebrannt habt«, sagte Corentin.

»Unterschätzt nicht die reinigende Kraft der Flammen.« Seiler sah ihn tadelnd an. »So manchem Ketzer mag unsere Tat das Seelenheil gerettet haben. Die göttliche Gerechtigkeit bleibt Euch ohnehin verschlossen, der Ihr nicht einmal verhindern konntet, dass Eure Tochter dem Bösen anheimfällt.«

Der letzte Satz brachte das Fass zum Überlaufen. Hier stand der Mann, dessen Intrigen Leontine beinahe eine Anklage wegen Hexerei eingebracht hatten und der an Cyrians Tod zumindest mitschuldig war.

Corentin tat einen Schritt auf Seiler zu und zog ihn zu sich heran. Blitzschnell packte er seinen Kopf und drehte ihn zur Seite. Ein kleines Stück weiter, dann würde sein Hals brechen wie ein morsches Stück Holz.

Seiler gab ein ersticktes Keuchen von sich, bevor sich seine Augen verdrehten.

»Nicht! Oder willst du am Galgen enden?« Gaspards Stimme überschlug sich.

Schwer atmend stieß Corentin den Kaplan von sich.

»Mörder«, stieß Seiler hervor.

»Das Gleiche könnte ich von Euch behaupten.« Corentin kämpfte noch immer um seinen Gleichmut. »Ihr habt den Tod meines Sohnes billigend in Kauf genommen.«

Seiler duckte sich in Panik. »Das hat dieser Rutersberger verschuldet. Es war nie unsere Absicht. Aber Ihr …«, sein langer Zeigefinger schob sich in Corentins Richtung, »Ihr habt dem Teufel Tür und Tor geöffnet. Weiche von mir!« Er bekreuzigte sich mehrfach.

Daraufhin zog Corentin ihn noch einmal zu sich heran, diesmal so fest, dass sein Priestergewand vorn aufriss und die Knöpfe zu Boden prasselten. Seine magere Brust lag entblößt vor Corentins Augen. Seiler hatte sich zu hart kasteit. Seine Haut war von Pickelmalen und frischen Geißelschlägen entstellt, die ein blutiges Muster zeichneten.

Er errötete, als hätten sie sein tiefstes Geheimnis entdeckt.

»Eure schöne Tochter hat mich verflucht wie die irdische Venus, die uns Priestern verboten ist. Ich konnte sie nicht mehr vergessen.«

»Vielen Dank, Leontine!«, rief Gaspard spöttisch.

»Ich liebe sie, darum muss sie Buße tun. Wartet ab, sie entgeht ihrer gerechten Strafe nicht.« Eine Spur Irrsinn blitzte in Seilers Augen auf.

»Merkt Ihr gar nicht, dass Euch Euer eigener Fluch getroffen hat?«, fragte Corentin. »Ihr liebt mein Kind und wollt ihm doch ans Leben. Widerwärtig.« Mit einem Ruck stieß er Seiler von sich, der taumelnd zum Stehen kam.

Corentin wandte sich um, verließ den Zehnthof und steuerte den Friedhof unterhalb der Stadtkirche an, wo er sich schwer atmend auf einen Grabstein stützte. Anders als sein Sohn ruhte der Tote zumindest in geweihter Erde.

Er war müde. Das Gespräch mit dem unbelehrbaren Seiler hatte ihm zugesetzt. Dann war da noch Cyrians leeres Grab. Grauen wütete in Corentins Seele, seitdem sie es gefunden hatten.

Gaspard war ihm lautlos gefolgt, stellte sich neben ihn und legte ihm die Hand auf die Schulter.

»Ich weiß, was mit Cyrian geschehen ist«, sagte Corentin erstickt.

»Was denn?«, fragte Gaspard leise.

»Der Henker hat seinen Leichnam zu Arzneimitteln und Menschenleder verarbeitet oder für Anatomiestudien verkauft«, sagte er.

In seiner Zeit in Hall hatte er von dieser Einnahmequelle abgesehen, aber das musste nicht für seine Berufsgenossen gelten. Er schlug mit der geballten Faust gegen den Grabstein und betrachtete danach fassungslos seine blutigen Knöchel.

Gaspard stellte sich vor ihn. »Vielleicht gibt es eine andere Erklärung«, sagte er.

Corentin stand auf und ging davon, weil er das Mitleid des Jungen nicht ertragen konnte.

Gaspard folgte ihm gedankenversunken. »Was machen wir jetzt?«

»Morgen fühlen wir dem Henker auf den Zahn«, antwortete Corentin.

Die Nacht verbrachte er schlaflos neben Tessa, die mehrmals erwachte, um die kleine Caroline zu stillen. Er spürte, wie sein Herz nach und nach zu Eis erstarrte. Nur wenn er nichts fühlte, war er imstande, das Notwendige zu tun, das wusste er aus seiner Zeit als Scharfrichter.

Bei Öffnung der Tore wanderte er mit Gaspard über die Brücke auf die andere Neckarseite, wo sich, nahe der Richtstätte auf der Pliensauhalde, Rutersbergers Haus befand.

Sie klopften vergeblich.

An der Mauer saß einer seiner Löwen, streckte seine Beine in die Sonne und kaute auf einem Grashalm herum.

»Wo ist der Scharfrichter?«, fragte Corentin.

»Der hat sich gestern klammheimlich davongemacht«, sagte der Mann und spuckte auf den Boden. »Keiner weiß, wo er steckt.«

49

Nach dreißig endlosen Stunden kehrte Leontine zu den Lebenden zurück. Erschöpft starrte sie an die geschnitzte Decke des Himmelbetts, während die Ereignisse der letzten Tage auf sie einströmten. Anna war tot. Sie selbst war von Matthis schwanger, der sich einen Dreck um sie scherte. Als sie sich aufrichtete, zitterte sie am ganzen Leib.

»Ich will Anna sehen.«

»Das ist keine gute Idee«, sagte Lisbeth.

»Lass ihr ihren Willen«, meinte Paracelsus.

Durst quälte sie, sodass ihr erster Griff einem Becher mit Kamillenaufguss galt.

»Langsam, Leontine.« Mit Paracelsus' Hilfe trank sie Schluck für Schluck.

Sie trug nur ihr Hemd, ihr war schwindlig, und ihre Füße wollten sie kaum tragen, als sie sie Schritt für Schritt voreinander setzte.

Anna war im Nebenzimmer aufgebahrt. Am Haupt des Bettes brannten zwei armdicke Wachskerzen. Leontine näherte sich langsam.

Das Gesicht ihrer Freundin war marmorweiß und starr, jedes irdische Lächeln war daraus entschwunden. In ihren gefalteten Händen hielt sie ein kostbares Goldkreuz.

Von Trauer erfüllt trat Leontine näher und berührte Annas kalte Stirn, das wellige rote Haar, das gebürstet auf ihren Schultern lag. Sie ist fort, dachte sie wehmütig. Wir haben vergeblich um sie gekämpft.

Aus dem Lehnstuhl erhob sich Herzogin Sabina, die Leontine schweigend in ihre Arme zog.

Paracelsus betrat hinter ihnen den Raum und ließ die Tür leise ins Schloss fallen. »Ihr habt entschieden, sie nicht in aller Eile zu bestatten, wie es Pestopfern angemessen ist, Hoheit?«, fragte er.

Entschlossen löste sich die Herzogin von Leontine. Ihr Gesicht zeigte Tränenspuren, sie war jedoch gefasst. Leontine staunte über ihre Stärke. Sabinas Hoffnung, Annas Glück würde ihr schweres Leben aufwiegen, hatte getrogen. Auch dieser bescheidene Traum war mit ihr gestorben.

»Es ist ein Balanceakt«, sagte Sabina, ihre Stimme so spröde wie Glas. »Ich will nicht den Anschein erwecken, Mörder seien hinter uns her, zumal ich mir nicht sicher bin, ob Euer Verdacht berechtigt ist. Also muss ein einfacher Sarg genügen. Aber ... Der Tod soll nicht das letzte Wort haben.«

Leontine trat einen Schritt zurück. »Aber das hat er doch nicht«, sagte sie. »Sie ist Euch voran ins Licht gegangen. Und sie wartet auf Euch.« Sie verstummte, von plötzlichen Zweifeln erfüllt. Vielleicht hatte sie die Begegnung im Grenzland ja nur geträumt.

Tränen traten in Sabinas Augen. »Was hast du gesehen, Kind?«

»Nichts«, beteuerte Leontine, während Paracelsus Sabina nachdenklich musterte.

»Ihr wollt sie also einbalsamieren lassen.«

»Ich kann nicht ertragen, dass ihre Augen, die die Schönheit so liebten, und ihr Mund, der so gern gelacht hat, der Verwesung anheimfallen.« Sabina setzte sich und starrte aus dem Fenster in den Hof.

»Komm!« Paracelsus nahm Leontines Arm. »Lassen wir sie für eine Weile allein. Dietrich Späth wird sich um sie kümmern.«

Als sie mit Paracelsus und Lisbeth in ihr Haus zurückkehrte, senkte sich ein klarer Abend über Urach. Schwalben jagten pfeilschnell über den Himmel. Wind wartete vor der Tür, als sei nichts geschehen. Er strich an ihren Beinen vorbei ins Zimmer und stürzte sich auf seine Schale verdünnte Milch, die er angewidert stehen ließ, weil sie sauer geworden war.

Leontine ließ sich auf einen Stuhl fallen. Erstaunt stellte sie fest, dass ihre Übelkeit nachgelassen hatte. Stattdessen hatte sie einen Mordshunger. Vielleicht hatte sie sich ihre Schwangerschaft ja nur eingebildet? Dann wurde ihr klar, dass sie das zutiefst bedauern würde. Sie liebte Matthis' Kind über alles, so hoffnungslos ihre Lage auch war.

Noch etwas hatte sich in der Zeit ihrer Bewusstlosigkeit verändert. Ihre Gabe, dieses ständige Raunen in ihrem Kopf, das von der Welt jenseits der Welt sang, schien zumindest für den Moment verstummt zu sein. Ich bin nicht mehr hellsichtig, dachte sie verwundert.

Paracelsus schickte Lisbeth in die Schlossküche, um etwas zu essen zu besorgen.

»Wer ist für den Anschlag auf Anna verantwortlich?«, fragte Leontine.

Paracelsus sank erschöpft auf einen Hocker. »Wir haben keinerlei Beweise, dass es überhaupt ein Anschlag war. Herzogin Sabina hat eine offizielle Untersuchung abgelehnt.«

»Aber dann bleibt Euer Verdacht wegen des vergifteten Rebhuhns ja unbestätigt«, wandte Leontine ein.

»Das sowieso«, sagte Paracelsus. »Selbst ich kann mir nicht sicher sein. Der Leibarzt hat die Reste beseitigen lassen, als kleinen Racheakt, weil ich seiner Diagnose widersprochen habe. Die Beulenpest hatte Anna sicher nicht. Aber was heißt schon Pest? Es gibt andere tödliche Krankheiten, die mit Durchfall beginnen und zum Tode führen können.«

»Die Ruhr«, vermutete Leontine.

Lisbeth brachte ein Tablett mit einer heißen Hühnchenpastete, frischem Ziegenkäse, Brot und weiterem Wein. Leontine schnitt die Pastete an, nahm sich ein Stück und biss hungrig hinein.

»Aber Ihr wart Euch so sicher«, sagte sie mit vollem Mund.

»Es waren Mutmaßungen, weiter nichts«, entgegnete Paracelsus. »Man müsste Diener, Köche und Küchenhilfen verhören. Sabina aber will keinen Skandal und wird das sicher nicht zulassen.« Er goss sich einen Becher Wein ein. »Lisbeth, wem hast du vorgestern Abend die Hühner gegeben?«

Die Magd biss sich auf die Unterlippe. »Der Köchin, wie

immer. Ihr müsst mir glauben, Herr, ich denke ununterbrochen darüber nach, ob irgendjemand Fremdes da war. Aber es herrschte so viel Durcheinander, dass ich mir nicht sicher bin.«

»Fragen wir uns also, wer Interesse daran hätte, Anna aus dem Weg zu schaffen«, regte Paracelsus an.

Die Frauen sahen sich ratlos an.

»Nichts leichter als das«, beantwortete er seine Frage selbst. »Es gibt durchaus Leute, denen die Erblinie Herzog Ulrichs im Wege steht. Sie ist die Erstgeborene. Annas Kinder hätten unter Umständen einen Thronanspruch in Stuttgart gehabt. Anders als ihren Bruder Christoph hätte das Haus Habsburg diese nicht unter Kontrolle. Nur wenn es keine legitimen Nachkommen gibt, kann es sich auf dem Thron häuslich einrichten. Gefallen würde das unter Umständen auch den Truchsessen von Waldburg, die für die Habsburger den Verwalter spielen.«

Hastig trank Leontine einen Schluck Wein. »Dann wird das Geheimnis wohl für immer ungelöst bleiben.«

»Vielleicht ist es besser, es auf sich beruhen zu lassen«, sagte Paracelsus. »Außer deine Gabe reicht aus, um Verbrechen aufzuklären?«

»Sicher nicht«, erwiderte Leontine.

Die nächsten Tage verstrichen im trüben Schein der Ungewissheit. Tieftraurig brachte Leontine das Leichenbegängnis hinter sich. Neben Herzogin Sabina und Dietrich Späth gaben Anna nur wenige Edelleute aus der Umgebung Geleit. Graf Georg von Oettlingen schämte sich nicht seiner Tränen.

Leontine registrierte verblüfft, dass auch ihr Bewerber Heinrich von Westerstetten gekommen war, der genauso zuvorkommend wie immer war und nicht von ihrer Seite wich. Vorsichtig fragte sie sich, ob Lisbeths Plan, ihm Matthis' Kind unterzuschieben, für sie in Frage käme. Heinrich, dieser freundliche Junge, würde sich irgendwann zu einem respektablen Mann auswachsen. Bei ihm hätten wir es gut, dachte sie.

In den nachfolgenden Tagen grübelte sie weiter über Annas Tod nach. Würde sie noch leben, wenn sie gewusst hätten, von welcher Seite ihr Gefahr drohte? Paracelsus redete sich mit dem Ens Dei, der Vorsehung Gottes, heraus, in Leontine aber keimten Zweifel, die mit Matthis zusammenhingen.

Weshalb war er bei dem Mordanschlag auf den Esslinger Höhen zur Stelle gewesen, um ihren Angreifer ins Jenseits zu befördern? Hatte er etwa mit Seiler unter einer Decke gesteckt? Andererseits hatte er sich bewusst dafür entschieden, sie am Leben zu lassen. Ebenso gut hätte er eine Prämie für ihren Tod kassieren können. Wusste er vielleicht auch über den Anschlag auf Anna mehr, als er sollte?

Tagelang rätselte Leontine über seinen Aufenthaltsort nach, bis ihr auffiel, dass die Lösung vor ihrer Nase lag.

An einem heißen Tag Mitte Juli machte sie sich auf die Suche nach dem bewaffneten Landsknecht, den Matthis ihr zum Schutz an die Seite gestellt hatte. Er hockte auf einem Felsblock am Fluss und schnitzte aus einem Stück Holz ein Kinderspielzeug, was ihn ein wenig menschlicher erscheinen ließ.

»Was willst du?«, fragte er.

Auch ohne ihre Gabe hatte Leontine ein ungutes Gefühl. Sie sprach ihn trotzdem an. »Bring mich zu Matthis!«

Der Landsknecht legte sein Schnitzmesser zur Seite, einen geschliffenen Dolch, dem sie nicht im Dunkeln begegnen wollte.

»Wer sagt dir, dass ich das kann?«, fragte er lauernd.

»Wer, wenn nicht du?«

Er lachte anerkennend. »Was springt für mich dabei heraus?«

Leontine versprach ihm ein Silberstück aus dem Beutel, den Tessa ihr für Notfälle gegeben hatte. Das war ja fast zu einfach, dachte sie und legte ihre Hand schützend auf ihren Bauch. Matthis' Verstrickung in den Mordanschlag auf sie war ein Problem, ihre Schwangerschaft ein anderes. Wenn sie ehrlich zu sich selbst war, suchte sie nur Vorwände, um ihn zu sehen.

»Morgen früh«, sagte sie.

Bei Sonnenaufgang führte sie Bertha aus dem Stall und saß auf. Sie trug ihr gutes blaues Reitkostüm. Der Landsknecht erwartete sie auf seiner Schindmähre knapp außerhalb des Tores. Ein weiterer heißer Tag zog herauf. Leontine quälte sich mit ihrem schlechten Gewissen herum, hatte sie doch Lisbeth und Paracelsus erzählt, sie würde nach Esslingen reiten. Bei Lisbeth stand außerdem die Geburt ihres Kindes in den nächsten Tagen bevor, für die sie ihr Unterstützung zugesagt hatte. Wenn es so weit ist, dachte sie, bin ich sicher längst wieder in Urach.

Der Weg führte zunächst durch das Tal in Richtung der Stadt Reutlingen, über der die kegelförmige Achalm aufragte. Der Landsknecht ritt ihr voran und schwieg, als sie ihn nach seinen Kindern ausfragen wollte.

»Das geht dich nichts an«, sagte er.

»Wo befindet sich Matthis denn?«

»Das wirst du dann schon sehen.«

Leontine seufzte und fragte sich, warum Matthis zu ihrem Schutz ausgerechnet diesen Stinkstiefel gewählt hatte. Stundenlang ritten sie durch den Wald, in dem sich die Hitze unter dem Blätterdach staute. Ihre Bluse und ihr Mieder klebten ihr schon am Körper, als sich der Landsknecht in einen Seitenweg aufmachte, der in ein Flusstal mündete. Es erweiterte sich zu einer Lichtung, auf der ein mit einer Steinmauer umfasstes Bauerngut stand.

Gleich würde sie Matthis wiedersehen. Trotz seiner Taten freute sich Leontine unbändig auf ihn.

Sie ritt in den Hof ein, saß ab und übergab die erschöpfte Bertha einem herbeilaufenden Jungen. Gespannt hielt sie Ausschau nach Matthis, der sich nicht blicken ließ. Stattdessen führte eine mürrische Alte sie in eine dämmrige Küche mit einem riesigen Rauchfang, setzte sie an die grob gezimmerte

Tafel und drückte ihr einen Becher verdünnten Träublessaft in die Hand.

»Wann kommt Matthis?«, fragte Leontine. Gierig trank sie den Becher leer.

»Wart's ab«, nuschelte die Alte. Sie verschwand durch die Tür. Leontine blieb allein zurück.

Es war stickig in dem Raum. Kaum ein Lüftchen drang durch die offenen Fensterluken, stattdessen summten Bienen draußen um einen blühenden Busch herum. Neben dem Rauchfang lag ein ausgenommenes Wildschwein mit schwarzer Schwarte. Für Wilderei konnte Matthis im Württembergischen die Todesstrafe blühen.

Es kommt wohl nicht mehr darauf an, dachte Leontine. Unter den vielen Verbrechen, derer er sich schuldig gemacht hatte, würde die Sau nicht weiter ins Gewicht fallen.

Sie saß da, bis die Sonne sich aus den Fenstern stahl und den Raum in blauer Dämmerung zurückließ. Irgendwann fiel ihr auf, dass es nicht Matthis' Art war, sie so lange warten zu lassen. Überhaupt würde er sich um sie kümmern oder ihr zumindest jemanden schicken, der das tat.

Sie wollte gerade aufstehen und nachfragen, als ein groß gewachsener Mann den Raum betrat. Er trug einen grauen Bart, über dem dunkle Augen glitzerten.

Leontine schluckte, während sich sein Blick in ihr Wesen bohrte, denn er erinnerte sie an die Karte mit dem Teufel. Etwas stimmte hier nicht. Sie kam nur nicht darauf, was es war.

»Ich will zu Matthis Ohnefurcht.«

Der Mann lachte triumphierend. »Noch nicht, Kindchen, aber glaub mir, er wird schon kommen, wenn er erfährt, wo du dich herumtreibst.«

Furcht setzte sich wie mit Krallen in Leontines Seele fest. Konnte es sein, dass sie einen kapitalen Fehler begangen hatte?

»Wer seid Ihr?«

Der Mann trat an die Steinbank neben dem Rauchfang, goss sich einen Becher Wein ein und trank ihn leer. »Ja, kennst du mich denn gar nicht? Ich habe nach einer gewissen Familienähnlichkeit Ausschau gehalten, und ja, ich bin fündig geworden, Nichte.«

Wie hatte sie den fränkischen Zungenschlag jemals gemütlich finden können? Jedes seiner Worte ließ ihr das Blut in den Adern gefrieren.

»Ihr seid mein Halbonkel, Hans Thomas von Absberg«, sagte sie.

50

Statt Matthis zu jagen, hatte sich Corentin an die Fersen einer Bande von Ratsmitgliedern, Priestern und Henkersknechten geheftet, der er die Schuld an den Bränden und damit auch an Cyrians Verschwinden anlastete. Mittlerweile waren der Richter Gerber seines Amtes enthoben sowie einige Henkersknechte in Haft genommen worden. Deren Anführer Rutersberger aber, dieses Scheusal, das sein eigenes Kind zu Tode geschüttelt hatte, blieb verschwunden.

Auch den Kaplan Nikolaus Seiler konnten sie nicht belangen. Er berief sich auf sein geistliches Amt und verschanzte sich im Speyrer Zehnthof.

Tessa stand der Sinn nicht nach Rache. Wenn nur Cyrian noch lebt, dachte sie sehnsüchtig, dann ist mir egal, ob die Schuldigen davonkommen.

An diesen Strohhalm klammerte sie sich mit aller Macht, denn Hoffnungslosigkeit konnte sie sich nicht erlauben. Dafür ließen ihr die kleine Caroline und der knapp zweijährige Joschi nicht die Zeit. Caroline entwickelte sich gut, brach aber in entrüstetes Geschrei aus, sobald sie sie nicht alle halbe Stunde an die Brust legte. Joschi beanspruchte sie seit Carolines Geburt ebenfalls von morgens bis abends. Seit Neuestem weigerte er sich sogar standhaft, sein Töpfchen zu benutzen, und kackte wieder in die Windel. Infolgedessen fand sich Tessa immer öfter mit beiden plärrenden Kleinkindern im Kontor wieder, wo sie mit Heinrich Pregatzer die nächsten Geschäftsabschlüsse besprach.

Heute ist es zum Glück nur eins, dachte sie dankbar und wischte sich den Schweiß von der Stirn. An diesem warmen Julitag hatten sie über den Verbleib einer großen Kassette Safran gesprochen, die irgendwo zwischen Venedig und Esslingen abhandengekommen war. Sie hatte das sündhaft teure Ding bei einem Ulmer Fernhändler bestellt, der ihr auch nach mehrmaliger Nachfrage nicht mitteilen konnte, wo es abgeblieben war.

Joschi hatte sie für die Dauer des Gesprächs bei seiner Amme abgegeben, die ihn nach dem Essen zu Bett bringen sollte. Die kleine Caroline schlief in ihren Armen. Tessa war so müde, dass ihr die Augen brannten, aber ihre Jüngste gedieh. Die Wangen in ihrem zarten Gesicht rundeten sich wie bei einem rotbackigen Apfel.

Sie schritt gerade mit der Kleinen über den Hof, als ihre Magd Stella völlig außer Atem auf sie zugelaufen kam.

»Der Joschi ist verschwunden, Herrin«, stieß sie hervor. »Die Amme, Martha und ich, wir suchen ihn überall.«

»Was?« Alarmiert drückte sie Stella das Kind in den Arm, das sofort zu plärren begann. Sie wiegte es geistesabwesend.

Tessa versuchte, die Nerven zu behalten. »Warum ist er euch weggelaufen?«

Die Magd zog den Kopf ein. »Die Amme hat ihn kurz aus den Augen gelassen, um Kinderwäsch aufzuhänge.«

Vorwürfe nutzten nichts. Tessa rannte los. Wo konnte er stecken? Joschi war unternehmungslustig und unberechenbar. Sie schlug die Hand vor den Mund, als sie das Tor zur Straße wieder einmal offen stehen sah. Er würde doch nicht …?

Entschlossen kämpfte sie den Anflug von Panik nieder, um sich auf das Naheliegendste zu konzentrieren. Er liebte Pferde, Katzen und die Kaninchenzucht, die ihr Stallknecht im Garten betrieb. Also lief sie in den Stall, schaute in den Boxen von Fuchs und den anderen Pferden nach und suchte den Heuboden und den Garten ab. Vergeblich. Den Stallknecht schickte sie auf die Suche nach Corentin, der ein Treffen mit dem Bürgermeister hatte.

Als sie zurückkam, lief ihr Martha entgegen. »Er ist nirgendwo«, erstattete ihr die Köchin Bericht. »Die Lehrbuben suchen ihn ebenfalls.«

Tessa nickte. Ich finde dich, Joschi, dachte sie.

Während die Sonne sank, durchforstete sie verbissen das Haus bis in den letzten Winkel. Danach lief sie in der Stadt

Gasse um Gasse ab und fragte die Passanten nach einem kleinen blonden Jungen.

Zuletzt stieß sie die Tür zur Apotheke auf und ließ sich völlig erschöpft auf einen Schemel fallen. Ihre Brüste schmerzten, weil die Milch sich staute. Friede Riexinger drückte ihr ungefragt einen Becher Wasser in die Hand, den sie gierig austrank. Als Friede von Joschis Verschwinden erfuhr, schloss sie sich Tessas Suche an.

»Ich weiß langsam nicht mehr, wo er noch stecken könnte«, sagte Tessa verzweifelt.

»Warst du schon am Rossneckar?«

»Mein Gott, den habe ich ganz vergessen.« Tessa kamen die Tränen. Wie leicht konnte ein kleines Kind im Kanal ertrinken.

»Ich gehe«, sagte Friede. »Und du, schau am besten noch in deinem zweiten Warenlager nach. Dann haben wir alles durch.«

»Aber wie soll er da hingekommen sein?«, wandte Tessa ein.

»Du hast ihn doch schon mehrfach mitgenommen und mir erzählt, wie begeistert er von den Pfeffersäcken war. Probier es einfach!«

Tessa folgte ihrem Rat. Völlig außer Atem kam sie an ihrem Schuppen in der Pliensauvorstadt an. Das eigentliche Lager befand sich im ersten Stock, was die Überschwemmungsgefahr eindämmte. Erst im Jahr zuvor waren sie auf diese Weise einem größeren Wasserschaden entgangen.

Tessa stieg die Treppe empor. Die Tür war nur angelehnt. Seltsam, dachte sie und schob sie verstohlen auf.

Drinnen stapelten sich die Säcke deckenhoch. Es roch nach frischen Pfefferkörnern und Staub. »Joschi?«

»Er schläft«, sagte eine leise Stimme. »Ihr müsst Euch keine Sorgen machen. Noch nicht.«

Tessas Herz setzte einen Schlag aus, als ein Mann hinter einem Regal mit Gewürzen aus dem Orient hervortrat. Auf seinen Armen lag eine kleine, schlaffe Gestalt mit einem

wirren Haarschopf. Auch wenn Tessa den Mann nie zuvor gesehen hatte, konnte es über seine Identität keinen Zweifel geben. Er war ein unscheinbarer Zeitgenosse, dessen Lächeln von fauligen Zahnstümpfen entstellt wurde. Ihr Herz zog sich schmerzhaft zusammen.
»Rutersberger.« Tessa spürte, wie sie die Nerven verlor.
»Gebt mir meinen Sohn!«, kreischte sie und streckte die Hände in Joschis Richtung aus.
Sofort legte sich Rutersbergers schwere Hand über Mund und Nase des Kindes. »Schhh«, sagte er liebenswürdig. »Oder willst du uns die halbe Stadt auf den Hals hetzen. Die Kleinen sterben so schnell. Denk an Cyrian.« Demonstrativ löste er seine Hand von Joschis Mund.
Der Kleine atmete tief durch und schlief selig weiter. Rutersberger musste ihm Opium oder eine ähnlich wirksame Substanz gegeben haben.
»Was wisst Ihr über meinen älteren Sohn?«, fragte Tessa. Schwindel überkam sie.
»Du bist meinesgleichen, Henkershure«, sagte Rutersberger verächtlich. »Nicht besser als ich. Deine Bälger sind ebenfalls Henkersbrut. Dein Cyrian aber hat sich wacker gehalten. Ich musste ihn foltern, weil er sich keine Namen entlocken ließ.«
Tessa wusste von Corentin, dass man Cyrian als Lockvogel missbraucht hatte, um die letzten Wiedertäufer dingfest zu machen. Genaueres hatte sie sich nicht vorstellen wollen.
»Nein«, sagte sie gequält.
Doch der Scharfrichter sprach unbarmherzig weiter. »Ich habe die Waag an ihm angewandt, wie es der Richter angeordnet hatte. Dein Mann kann dir berichten, was das bedeutet.«
Das wusste Tessa seit den Zeiten des Armen Konrad selbst. Schwer atmend musste sie sich an einem Holzbalken abstützen. Zu allem Überfluss durchnässte ihr der nächste Milcheinschuss das Kleid.
Rutersberger schürzte höhnisch die Lippen. »Du hast gebrütet und geworfen, so wie mein Weib.«

»Ich will mein Kind zurück.« Tessa bemühte sich, nicht an Cyrian zu denken, dem bei der Waag die Arme aus den Gelenken gerissen worden waren. Das hat er niemals überlebt, sagte eine unbarmherzige innere Stimme, die sie mühsam zum Schweigen brachte.

»Welches?«, fragte Rutersberger sanft.

»Dieses.« Sehnsüchtig streckte Tessa ihre Arme nach Joschi aus.

»Wenn du mir verrätst, wo das mir angetraute Weib steckt. Lisbeth. Sie war doch mit deiner Hexentochter befreundet, die du irgendwohin in Sicherheit gebracht hast.«

»Das weiß ich nicht«, sagte Tessa zu schnell.

»Lisbeth gehört mir und das Balg, das sie wirft, genauso.« Rutersbergers Stimme schnappte über vor Zorn.

»Damit Ihr es wieder zu Tode schütteln könnt«, rief Tessa schneidend und schlug sich gleich darauf entsetzt die Hand vor den Mund.

»Ach.« Rutersberger lachte spöttisch. »Du weißt also wirklich nicht, wo die beiden stecken?« Seine Pranke legte sich um Joschis schmalen Hals und drückte zu. »Ganz leicht kann ich dem Kleinen da das Lebenslicht ausblasen. Frag deinen Scharfrichter, wie das geht. Er müsste es wissen.«

»In Urach«, stieß Tessa hervor. »Bei Herzogin Sabina.«

»Danke.« Rutersberger nahm Schwung und warf das schlaffe Bündel, das in seinen Armen lag, durch den Raum wie einen Sack Mehl. Joschis Arme und Beine schlenkerten unkontrolliert, als sei er eine Lumpenpuppe.

Die Zeit schien stillzustehen, während er auf Tessa zugeflogen kam. Es war, als hätte sich ihr Leben auf diesen einen Augenblick konzentriert.

»Engele flieg«, sagte Rutersberger gnadenlos.

Ich muss ihn fangen, ich muss, denn wenn er auf den Boden prallt, ist er tot.

Während Tessa einen Schritt zur Seite trat und Joschi mit dem Kopf nach unten ungelenk an seinen Beinen erwischte, verschwand Rutersberger durch die Tür. Atemlos vor Erleichterung setzte sich Tessa den Kleinen auf die Hüfte, legte sein schlaffes Köpfchen an ihre Schulter und prüfte seinen Atem mit ihrer Hand. Er lebte. Dann packte sie ihn fester und folgte Rutersberger die Treppe hinab.

Die Gasse vor dem Lagerhaus war menschenleer und still. Mein Gott, dachte sie. Was habe ich getan?

51

Hans Thomas von Absberg schenkte Leontine Wein ein und tat leutselig. Seine Blicke beschmutzten sie wie Schneckenschleim.

»Du also bist Jonas unehelicher Spross. Ich kann mich gar nicht sattsehen an dir. Mein Bruder, das schwarze Schaf der Familie, hat halt erheblich besser ausgesehen als unsere sonstigen Mannsbilder, mich eingeschlossen.«

Ich will überleben, dachte Leontine. Und mein Kind ebenfalls. »Meine Eltern waren verheiratet«, sagte sie.

Der Absberger trank seinen Becher leer, ohne auf ihren Einwurf einzugehen. »Als deine Mutter mit dir auf Burg Absberg aufkreuzte, warst du ein kleiner Windelscheißer. Ich hätte sie töten sollen, die Erbschleicherin, aber ihre Krankheit ist mir zuvorgekommen.«

Leontine schluckte an ihrer Trauer, während der Absberger unbeirrt weitersprach. »Für Bastarde niedriger Abkunft gibt es in meiner Linie keinen Platz, verstehst du? Schon gar nicht, wenn sie Ansprüche anmelden.« Er beugte sich über den Tisch und strich Leontine mit einer unerträglich vertraulichen Geste eine Haarsträhne aus der Stirn. Sie erschauerte vor Ekel.

»Du bist ein wirklich süßes Mädel. Ich Simpel dachte über fünfzehn Jahre lang, du seist ein Junge. Darum wollte ich dich Anfang des Jahres aus dem Weg schaffen lassen. Diesen lukrativen Auftrag hatte ich, der Einfachheit halber, an Matthis weitergegeben, der, wie du nur zu gut weißt, in dieser Gegend aktiv ist.«

Leontine starrte ihn mit großen Augen an. Nicht Kaplan Seiler hatte den Mörder auf sie angesetzt, sondern ihr eigener Onkel.

»In Raubritterkreisen hilft man sich bei Gelegenheit«, fuhr der Absberger fort. »Aber der Feigling hat sich geweigert und stattdessen meinen Meuchelmörder abgeschlachtet, Gero von

Waldstetten, einen meiner besten Männer. Damit hat er sich bei mir nicht gerade beliebt gemacht, weißt du?«

»Tatsächlich?«, entgegnete Leontine vorsichtig. Matthis hatte sie bewusst verschont, obwohl er sich anders hätte entscheiden können. »Was wollt Ihr von mir?«

Der Absberger beantwortete ihre Frage mit weiteren Erläuterungen. »Ich dachte, ein Junge könne mir aufs Unangenehmste in meine Erbfolge hineinpfuschen.«

»Ein Mädel nicht?«, fragte Leontine spöttisch.

»Was zählst du schon?« Er trank einen weiteren Becher auf ex. »Aber dann habe ich herausgefunden, dass ich dich verkaufen kann. Weißt du, dass der Schwäbische Bund ein exorbitantes Lösegeld auf Matthis ausgesetzt hat? Auf diesen Emporkömmling ohne einen Tropfen adliges Blut?«

Leontines Mund wurde trocken. Der gesamte Schwäbische Bund hatte sich an Matthis' Fersen geheftet und wartete auf Verräter, die ihre Bekanntschaft mit ihm in klingende Münze verwandeln wollten.

Der Absberger lachte siegessicher. »Dann erfuhr ich, dass Matthis dich kleine Hure inzwischen, nun ja, besser kennt, als er sollte. Sagen wir mal, er hat dich durchgevögelt bis zu den Ohren. Einen besseren Preis als dich gibt es nicht. Er wird kommen, um sich selbst gegen dich auszutauschen.«

»Glaubt Ihr?«

Der Absberger setzte sich auf seinem Stuhl zurück und rülpste. »Du nicht? Vielleicht hat er dich ja schon wieder satt, Kleine. Wenn ja, kann ich dich immer noch töten, wo du mir so praktisch vor die Füße gefallen bist.«

Leontines Hand bewegte sich in Richtung ihres Bechers. Sie konnte sich eben noch zurückhalten, ihm ihren Wein ins Gesicht zu schleudern.

Der Absberger winkte einen seiner Gefolgsmänner heran, der Leontine in eine Kammer führte und zweimal abschloss. Sein Glück, dass er nicht ihr Bewacher aus Urach war, denn dem hätte sie vor Zorn die Augen ausgekratzt.

Sie blickte sich um. Der Raum wurde nur durch eine Luke

unterhalb der Decke erhellt. Eine Kerkerzelle, dachte sie, weinte vor Verzweiflung, schlug auf den Strohsack auf der schmalen Pritsche ein und bedauerte, dass sie ihre Fähigkeiten als Hexe verloren hatte. Um Hans Thomas von Absberg zu strafen, hätte sie sich glatt an einem Fluch versucht. Schließlich rollte sie sich zu Tode erschöpft auf dem Bett zusammen und schlief ein.

Sie fuhr auf, als sich spätabends die Tür öffnete. Die alte Frau, die sie in Empfang genommen hatte, brachte ihr ein Stück knusprig gebratenes Wildschwein, eine Scheibe Brot, einen Krug mit Wein und einen weiteren mit Wasser. Als Leontine sie in ein Gespräch verwickeln wollte, legte sie den Finger auf die Lippen und verschwand.

Eigentlich hatte sich Leontine vorgenommen, nichts anzurühren, was vom Absberger kam. Doch das winzige Etwas in ihr war auf Nahrung angewiesen. Sie hatte solchen Hunger. Also aß sie den Teller bis auf den letzten Krümel leer und tunkte das Fett mit dem Brot auf, das sie sich Bissen für Bissen in den Mund zwang. Danach setzte sie sich auf das Bett, zog ihre Beine an und versuchte nachzudenken.

Wenn Matthis dem Schwäbischen Bund in die Hände fiel, drohte ihm die Hinrichtung. Womöglich verurteilte man ihn zum Tod auf dem Rad oder zur Vierteilung, weil er dem Herzogtum Württemberg über Jahre hinweg Geld und Güter geraubt hatte. Das durfte nicht geschehen.

Auf die unruhige Nacht folgte ein schwüler, quälend langer Tag. Ein Gewitter lag in der Luft, das hoffentlich Abkühlung bringen würde. Leontine lief in ihrem Gefängnis auf und ab und malte sich die furchtbarsten Dinge aus. Matthis durfte dem Absberger nicht in die Falle gehen.

Ich muss verschwinden, dachte sie. Stundenlang sann sie darüber nach, wie sie das anstellen konnte, fand aber keine Lösung. Nicht einmal Lisbeth und Paracelsus ahnten, was ihr zugestoßen war. Es gab kein Entrinnen.

Irgendwann ging der Tag in einen warmen Abend über. Beunruhigt lauschte Leontine dem Raunen und Reden der

Gefolgsleute, die sich im Hauptraum zu einem Gelage versammelten. Ihre schlimmste Befürchtung bewahrheitete sich, als die Alte sie abholen kam. Unsanft zog die Frau sie durch den Gang und schob sie durch die geöffnete Tür.

Leontine starrte verunsichert auf die Menschenmenge, die sich in dem Raum mit den geschwärzten Deckenbalken drängte. Es roch nach gebratenem Fleisch und den Ausdünstungen ungewaschener Körper. Irgendwo in der Ferne grollte leiser Donner. Das ersehnte Gewitter würde nicht mehr lange auf sich warten lassen.

Die Gefolgsleute des Absbergers sowie einige leicht bekleidete Weiber flegelten auf den Bänken herum, ließen Wein und Bier in ihre offenen Schlünde fließen und bedienten sich gierig an Platten voller Geflügel und Wildschwein. Manche Frauen saßen schon bei den Männern auf dem Schoß und zausten ihnen die Bärte. Einer hatte seine Hand tief im Ausschnitt seiner Hure vergraben. Noch nahm niemand Notiz von Leontine.

Sie wollte sich gerade umdrehen, um klammheimlich wieder in ihrer Kammer zu verschwinden, als sie dem Absberger ins Auge fiel.

»Leonhard, meine Schöne, zier dich nicht und tritt näher!«, rief er mit vollem Mund, riss mit den Zähnen an einer Hühnerkeule und kaute.

Seine Räuber grölten vor Lachen. Der Weg zur Stirnseite der Tafel wurde für Leontine zur Tortur, weil unzählige Hände sie betatschten. Eingeschüchtert setzte sie sich auf einen Stuhl neben dem Absberger und hoffte, dass er sie in Ruhe lassen würde. Dieser aber hatte nichts weniger vor als das. Er stand auf und klopfte mit seinem Dolch an seinen Becher, womit er seine versoffene Gefolgschaft zum Schweigen brachte.

»Darf ich euch meinen Ehrengast vorstellen?«

Es wurde mit einem Schlag still. Leontine wusste nicht, wohin mit ihrem Zorn und ihrer Verwirrung.

»Hier seht ihr meine Nichte Leontine, die sich ebenfalls von Absberg nennt, ob berechtigt oder unberechtigt.«

»Erbschleicherin«, sagte eine Stimme.

»Aber nicht doch.« Der Absberger brachte sie mit einer Handbewegung zur Ruhe. »Sie wird uns reich machen, denn sie ist Matthis' Hure.«

Beifall brandete auf, unter dem sich Leontine am liebsten aufgelöst hätte.

Der Absberger ließ sich neben sie auf den Stuhl fallen und wirkte ernüchtert. Ein Blitz erhellte die Fensterluken. Kurz darauf krachte der Donner in der Nähe nieder.

»Trink!« Er schob ihr seinen Becher zu. »Wer weiß, wie lange du noch die Gelegenheit dazu hast.«

Halbwegs sicher, dass der Absberger sie nicht – noch nicht – vergiften würde, nahm Leontine einen vorsichtigen Schluck. Der Wein war dunkelrot und samtig.

»Besser?«

Sie nahm all ihren Mut zusammen. »Was wisst Ihr über den Tod der Prinzessin von Württemberg?«

Sein Lachen erstarb zu schnell. »Ich hörte, dass Anna von Württembergs Lebenslicht ausgeblasen wurde. Auf die eine oder andere Weise. Aber ich muss dich enttäuschen. Dazu hätte ich mich nicht herabgelassen. Schließlich war ihr Erzschurke von Vater einmal ein Freund von mir. Und sag, Kleine, was hätte ich daran verdient?«

Leontine zog unbehaglich den Kopf ein. »Woher weiß ich, dass Ihr die Wahrheit sprecht, wenn Ihr die Aufträge für Eure Schandtaten untereinander verschiebt?«

»Glaub mir einfach, Nichte!«

»Was geschieht mit mir, wenn Ihr Matthis gefangen genommen habt?«

»Ach, du machst dir also Sorgen um dein armseliges kleines Leben. Das liegt an deiner Bereitschaft zur Zusammenarbeit. Vielleicht lasse ich dich über die Klinge springen. Vielleicht gebe ich dich aber auch meinen Gefolgsleuten fürs Bett. Denen macht es nichts aus, dass du nicht mehr unberührt bist. Sie können dich von einem zum andern reichen.«

Während sich Leontine vor Scham duckte, griff der Absberger nach ihrer Hand und hielt sie in die Höhe. »Schaut alle her!«, rief er. »Diese zarte Hand gehört dem Püppchen, das Jonas Tochter ist. Wie wäre es, wenn wir Matthis zuerst ihren hübschen Daumen und dann nach und nach alle weiteren Finger schicken, um ihm Beine zu machen?«

Als er sie losließ, funkelten seine Augen vor unterdrücktem Zorn und uraltem Hass. Leontine wusste, dass er den Angehörigen seiner Geiseln gern deren abgehackte Hände schickte, zum Beweis ihrer Haft. Erbschleicherei konnte man ihr nicht vorwerfen, da Jona kurz vor seinem Tod der gesamte Grundbesitz und der Titel zugefallen waren. Der Absberger hatte auf seiner mittlerweile abgebrannten Burg gesessen, als Theophila mit Tessas und Corentins Hilfe ihre Rechte eingeklagt hatte. Es war ihr Eigentum, das er bei seinen zahllosen Fehden nach und nach durchgebracht hatte. Sie schluckte vor Empörung.

Ein Blitz erleuchtete den Raum. Der Donner krachte bedrohlich nahe.

»Mach mir keine Schande, Kleine!« Mit einer schnellen Bewegung griff der Absberger nach seinem Dolch und stieß ihn neben Leontines Hand in die hölzerne Tischplatte. Wenn sie gezuckt hätte, hätte er sie ohne Zögern aufgespießt.

Sie erstickte fast an ihrem Zorn und wusste plötzlich: Genug ist genug. Sie würde sich nichts mehr gefallen lassen. Sie sprang auf, zum ersten Mal in ihrem Leben vollkommen furchtlos. Alle Augen wandten sich ihr zu. Es wurde mucksmäuschenstill.

»Mumm hat sie«, murmelte ein Räuber mit widerwilligem Respekt.

»Ich habe mir das nicht ausgesucht«, sagte Leontine gebieterisch. »Aber, Onkel ... weißt du überhaupt, mit wem du dich angelegt hast?«

Die Räuber applaudierten spöttisch, lachten und johlten, als der Absberger seine Pranke auf ihren Hintern klatschen ließ.

»Mit einem hübschen Käfer. Vielleicht will ich dich ja selbst für mein Bett. Muss uns der Papst dafür eigentlich Dispens erteilen? Halbonkel und Nichte, was meinst du?«

Die Gefolgsleute schlugen sich auf die Schenkel vor Heiterkeit.

Leontine wartete, bis Ruhe eingekehrt war. »Weißt du eigentlich, wer ich bin?«

Der Absberger lehnte sich auf seinem Schemel zurück und faltete die Arme vor der Brust.

Die gute Laune wird dir schon noch vergehen, dachte Leontine. Ich lasse mich nicht mehr von dir in den Dreck ziehen.

»Leg los, erkläre es mir!«

Ein Blitz zuckte gelbgrün und furchterregend in den Fenstern auf. Der Donner krachte ohrenbetäubend. Leontine spürte, wie die Energie des Gewitters auf ihrer Haut prickelte.

»So wie meine Großmutter, meine Mutter und alle Frauen meines Geschlechts habe ich das zweite Gesicht«, sagte sie liebenswürdig. »Woher willst du wissen, dass ich nicht mit den höllischen Mächten im Bunde stehe?« Ihre Augen glitten über die Reihe der Gäste an der langen Tafel. »Wozu sollte ich dich verfluchen, wo du das doch schon selbst erledigt hast? Also schaue ich nur in deine Zukunft und sehe deinen Tod voraus.« Ihre Hände waren eiskalt, ihr Herz klopfte laut in ihrer Kehle.

Die Räuber und ihre Huren hingen gebannt an ihren Lippen. Eine Frau bekreuzigte sich mehrfach. Der Absberger jedoch, dieser Feigling, wurde aschfahl unter seinem wirren Bart.

Er ist abergläubisch, dachte Leontine. Sie spürte, wie ihre Gabe erneut erwachte. Sie stand wieder auf der Schwelle und begrüßte sehnsüchtig das Leuchten und Raunen der Anderwelt. Als sie ihre Prophezeiung verkündete, war ihre Stimme durchdringend und klar.

»Du hast noch ein Jahr, Absberger. Im nächsten Sommer werden dich nahezu alle deine Gefolgsleute verlassen haben. Ein Speichellecker wird sich das Lösegeld, das auf dich ausgesetzt ist, unter den Nagel reißen wollen und dich erschießen.«

Während die Gäste in entsetztes Schweigen verfielen, starrte der Absberger sie mit offenem Mund und glasigen Augen an. Damit hatte er nicht gerechnet. Ein Jahr lang würde er sich misstrauisch fragen, wer der Verräter war.

Bis es zu spät ist, dachte Leontine.

In diesem Moment schlug der Blitz in das Dach des Bauernhauses ein, gefolgt von einem Donnerschlag, der sie sekundenlang taub machte. Sie taumelte unter der Druckwelle und starrte perplex zur Decke, in die die Naturgewalt ein Loch gerissen hatte. Bretter und Holzsplitter regneten herab. Der Dachstuhl fing sofort Feuer. Zunächst drang ein versengter Geruch in ihre Nase, dann schlugen Flammen aus dem Holzgerüst und dem ausgetrockneten Stroh. Innerhalb von Sekunden war der Raum von Rauch erfüllt.

»Es brennt!«, schrien die Leute.

Frauen kreischten in Panik, sprangen auf und rannten zur Tür. Die Landsknechte liefen durcheinander, griffen zu ihren Waffen, atmeten mühsam. Der Absberger versuchte, den Überblick zu behalten und seine Gefolgsleute zum Löschen abzukommandieren.

Leontine nutzte den Tumult, lief zur Tür und über die Schwelle in den umfriedeten Hof. Das Tor in der Mauer stand offen. Flucht schien aussichtslos – dennoch, versuchen musste sie es.

Sie stürzte ins Freie, schloss das Tor hinter sich und fand sich in dem wiesenumrahmten Flusstal wieder, aus dem sie gestern gekommen war. Über ihr tobte der Himmel. Blitze zerrissen die violetten Wolken, das Krachen des Donners schmerzte in ihren Ohren.

Leontine wünschte sich, mit den rasenden Wolken davonfliegen zu können. Wo sollte sie hin? Im Osten, jenseits des schwefelgelben Sonnenuntergangs, musste Reutlingen liegen, dahinter Urach.

Sie flog fast, so schnell rannte sie. Es ging um ihr Leben, um das des Kindes und um Matthis, der ihrem Onkel nicht in die Hände fallen durfte. Sie zerschnitt sich die Beine im trockenen Gras, zerriss ihren Rock im Brombeergestrüpp, stolperte im Zwielicht über eine Baumwurzel, rappelte sich auf und lief weiter. Wie lange würde es dauern, bis die Räuber ihre Flucht bemerkten? Nicht lang genug, das wusste sie.

Sie hielt inne, um zu verschnaufen, ihre Seite stach. Wohin sollte sie sich wenden?

Vor ihr lag der Fluss. Sie watete ins Wasser und schauderte unter seiner Eiseskälte. Zuerst reichte es ihr bis zu den Knöcheln, dann bis zu den Waden. Die Steine waren moosbewachsen und so glatt, dass sie mehrmals taumelte und ausglitt, aber dann schleppte sie sich doch ans andere Ufer und hastete mit tropfenden Röcken einen Hang hinauf. Hier oben erhob sich der Waldrand wie eine Mauer aus Finsternis.

Jetzt hörte sie es. Gieriges, japsendes Gebell und Gejaule, wie sie es von der Falkenjagd mit Anna kannte. Der Absberger hatte nicht lange gefackelt und eine Meute Jagdhunde auf ihre Fährte gehetzt.

Ohne zu zögern, kämpfte sie sich durch das Brombeergestrüpp und tauchte im Walddunkel unter. Das Hundegebell wurde leiser, vielleicht hatte das Wasser ihre Spur verwischt.

Über ihr formten sich die Wipfel zu bergenden Kronen, unter ihr dämpfte eine Blätterschicht vom letzten Jahr ihre Schritte. Leontine schlug sich durchs dichte Unterholz. Über einer Lichtung hatten die zerrissenen Wolken dem Vollmond Platz gemacht, weißer als eine Schale Milch.

Ich habe nichts mehr zu verlieren, dachte sie, verband sich mit dem Himmel und bat Mutter Erde um ihren Schutz.

Für einen Moment blieb die Zeit stehen. Dann geschah etwas Seltsames. Mit jedem Schritt zog sie der Wald tiefer in sein Reich, in dem ihr keine Gefahr mehr drohte. Schon längst hörte sie nichts weiter als die Geräusche der Tiere und den Wind in den Wipfeln. Ein Nachtvogel brach durchs Gehölz, ein Fuchs beobachtete sie mit schimmernden Spiegelaugen, eine Quelle sprudelte aus der Erde, die ihren Durst stillte und sie erfrischte. Es war das Land der Feen, das sie staunend durchstreifte. Was, wenn der Wald sie nie wieder freigab? Dann bleibe ich im Reich des Elfenkönigs, dachte sie. Doch der hieß Matthis und hatte sie im Stich gelassen.

Der Wald verebbte wie eine Welle in einer Wacholderheide, auf der eine Herde Schafe graste. Leontine rieb sich den Traum aus den Augen, trat mitten in das Gewimmel und berührte warme Leiber, deren Mäuler an ihren Fingern saugten. Ein schwarzer Hund rannte mit aufgeregtem Gebell auf sie zu. Der junge Schäfer, der ihm folgte, schwang seinen Stab wie eine Waffe.

»Was willst du …?« Er verstummte, musterte Leontine fassungslos. »Maienkönigin?«

Es war Jolantas Enkel Will.

»Bringst du mich zu deiner Großmutter?«, fragte Leontine. Die Magie knisterte rund um sie.

»Was tust du hier?« Wahrscheinlich spürte er, dass sie nicht von dieser Welt war.

»Hans Thomas von Absberg ist hinter mir her«, sagte sie. Will nickte nachdenklich. »Ich hab die Jagdhörner gehört.«

Im Morgengrauen ritten sie in Jolantas Hof ein. Will hatte seinen Schäferkarren seinem Knecht anvertraut und zwei Pferde von einem Bauern ausgeliehen. Ausgekühlt und mit steifen Gliedern rutschte Leontine aus dem Sattel. Sie war so müde, dass sie fast im Stehen einschlief.

Wieder war da Gebell, das sie mit Furcht erfüllte. Ein Hund rannte ihr entgegen und warf sie beinahe um, als er an ihr hochsprang.

»Greif?« Sie vergrub ihre Hand in seinem rauen Fell. Seine Zunge leckte über ihre Wange. Die Tür des Hauses öffnete sich für einen hochgewachsenen Mann, der auf die Schwelle trat, stockte, ihr dann entgegenlief und sie in die Arme zog.

»Leo?« Matthis lachte und weinte, während er Leontines Augenlider, ihre Wangen und ihren Mund mit Küssen bedeckte. Sein Haar leuchtete im Schein der aufgehenden Sonne.

»Absbergs Forderung ist heute Nacht eingetroffen. Gut, dass du da bist.« Er zog sie an sich und drehte sie, sodass ihr die offene Tür ins Auge fiel. »Ich hab dir jemanden mitgebracht.«

Auf der Schwelle stand ein Junge. Leontines Augen glitten

über seine lang aufgeschossene Gestalt, die eckigen Schultern, den dunklen Lockenkopf. Sie konnte nicht fassen, was sie da sah. Als er auf den Platz hinaustrat, wirkte er schüchtern und unsicher, als hätten die letzten Monate einen neuen Menschen aus ihm gemacht.

»Cyrian«, sagte sie fassungslos. Er war ein gutes Stück gewachsen, seit sie ihn zum letzten Mal gesehen hatte.

52

Leontine hielt seine raue Hand mit den abgekauten Nägeln fest umklammert. Ihre Gabe hatte sie nicht im Stich gelassen, Cyrian stand diesseits der Schwelle. Anders als Anna war er neu in diese Welt hineingeboren worden. Aber er hatte sich verändert, wirkte misstrauisch und wachsam. Was er ihr zwischen Tür und Angel erzählte, klang so absonderlich, dass sie es kaum glauben konnte.

Kurze Zeit später saßen sie in der Küche um den Tisch und ließen sich von ihrer Gastgeberin Jolanta bewirten. Mit seiner offenen Feuerstelle, den Kupfertöpfen und den von der Decke hängenden Kräutersträußen erinnerte der Raum Leontine schmerzlich an ihr Haus im Quellental.

Jolanta hatte Milch und Käse von ihren Schafen aufgetragen, dazu gab es Brot und zur Feier des Tages selbst gestopfte Wurst. Trotz der Ofenhitze und des Fells, das die Schäferin ihr gegeben hatte, zitterte Leontine unaufhörlich. Ihre Zähne klapperten. Ihre Füße, die sie kurzerhand in Greifs Fell vergraben hatte, wollten einfach nicht wärmer werden.

»Trink!« Matthis schob einen Becher mit heißem Würzwein in ihre Richtung.

Sie verbrannte sich den Mund.

»Matthis muss so schnell wie möglich außer Landes.« Jolantas blaue Augen blitzten. »Der Schwäbische Bund gräbt jeden Acker nach ihm um.«

Abschied, dachte Leontine dumpf. Die Karte des Gehängten bedeutet im Tarot Umkehr und Neubeginn. Ohne mich.

»Meine Leute wollten ihn nach Ungarn begleiten, aber Matthis zieht es nach Frankreich«, erläuterte Jolanta.

»Und von dort aus nach Spanien«, vollendete Matthis. »Vorher aber werde ich Leo und Cyrian nach Urach bringen. Wenn du das willst.« Er drückte ihre Hand. »Ich hab vor einigen Wochen gemerkt, dass sich die Schlinge um meinen

Hals zuzieht, und musste schnell verschwinden. Ein Lösegeld ist auf mich ausgesetzt. Bewaffnete Trupps durchstreifen die Gegend auf der Suche nach mir.« Er schenkte Leontine ein schiefes Lächeln. »Ich habe meine Gefolgsleute ausgezahlt und nach Hause geschickt, bis auf Cyrian. Dein Beschützer in Urach verriet mich daraufhin, diente sich dem Absberger an und überbrachte mir dessen Botschaft. Das war für den Mann, nun, sagen wir mal, ungesund.«

»Verräterschicksal.« Cyrians Nicken spiegelte seine Bewunderung für Matthis.

»Wie bist du dem Absberger entkommen?«, fragte Matthis.

»Ich habe ihm gesagt, wann er sterben wird.«

Kurz herrschte betroffene Stille. Jolanta nickte, als hätte sie nichts anderes erwartet.

»Bist du dir da sicher?«, wunderte sich Cyrian.

Leontine zögerte einen Moment. Sie dachte an Paracelsus' Ens Dei. »Ja. Manchen Menschen lässt das Schicksal eine Wahl, ihm nicht.« Ebenso wenig wie Anna. Sie versuchte ein Lächeln. »Dann schlug der Blitz ein«, sagte sie entschuldigend. »Nun habe ich einen Raubritter auf den Fersen.«

»Und einen an deiner Seite«, sagte Matthis. »Wenn du das willst.«

Leontine betrachtete ihn nachdenklich. Sie musste ihn ziehen lassen.

»Schluss mit den Versprechungen.« Jolantas Hand fand Leontines. Sie zog sie in die Speisekammer und schloss die Tür. An den Wänden erstreckten sich Regale mit Käselaiben. »Nicht alles, was ich mit dir zu besprechen habe, geht die Mannsbilder etwas an.«

»Cyrian ist mein Bruder, und Matthis ist ...«

»... dein Geliebter und der Vater deines Kindes.«

Leontine errötete bis über beide Ohren. »Woher weißt du das?«

»Es gibt nichts, was sich nicht lösen ließe.« Jolanta nahm auch Leontines zweite Hand und wärmte sie beide. »Er steht dir nah, aber das bedeutet nicht, dass du dich ihm anschließen musst. Matthis ist wie ein Feuer, das der Wind anfacht. Die Welt ist ihm nicht groß genug. Er wird immer neue Herausforderungen suchen.«

»Ich liebe ihn so«, sagte Leontine sehnsüchtig.

»Triff die richtige Entscheidung«, riet ihr Jolanta. »Deiner Bestimmung als Heilerin kannst du überall auf der Welt nachkommen. Hier und dort.«

»Der Absberger wird mich jagen«, flüsterte Leontine. An welchem Ort würde sie je vor ihm sicher sein?

»Oh ja«, bestätigte Jolanta. »Aber das bedeutet nicht, dass du schutzlos bist. Möglicherweise verfügst du über eine größere Macht, als du ahnst. Das Gewitter ... Ich frage mich, ob du weißt, dass deine Mutter das Wetter beschwören konnte.«

Leontine starrte sie betroffen an.

»Der Blitz hat dir in höchster Not geholfen, das sollte dir bewusst sein.«

Sie war nicht bereit, sich auf Jolantas rätselhafte Worte einzulassen. »Ich konnte Anna nicht retten, obwohl ich wusste, dass ihr Schlimmes drohte.«

Jolanta nickte nachdenklich. »Du hast es selbst gesagt. Manche Menschen überschreiten die Schwelle früh, weil es ihr Schicksal ist. Die eine Welt durchdringt die andere. Wenn ich dich lehren soll, such mich auf. Ebenfalls, wenn du Schutz oder Hilfe während deiner Schwangerschaft brauchst.« Die blauen Augen bohrten sich in Leontines Seele, bevor Jolanta das Thema wechselte. »Ich danke dir für Brenna.«

»Weshalb?«, fragte sie perplex.

»Sie liebt dich. Und da du wie deine Mutter so klar auf der lichten Seite stehst, hast du sie ein Stück weit aus der Finsternis gezogen. Nun hat sie wieder die Wahl, ob sie den Dämonen oder sich selbst den Vorzug gibt.« Sie schob Leontine zur Tür. »Ich schlage vor, dass du dich ausruhst, bevor Matthis dich heute Nachmittag nach Urach bringt.«

So geschah es. Jolanta verfrachtete Cyrian zum Schlafen in die Kammer ihres Enkels Will. Leontine und Matthis versteckten sich auf dem Heuboden, falls der Schwäbische Bund ausgerechnet heute den Hof stürmen sollte. Die Sonne brannte auf das Scheunendach. Auf einem Bett aus Stroh liebte Matthis sie so behutsam wie nie zuvor.

Vielleicht zum letzten Mal, dachte Leontine. Danach starrte sie in die offenen Deckenbalken, durch die die Sonne Reflexe aufs Stroh malte. »Matthis?«

»Ja, mein Lieb?«, fragte er verschlafen.

»Du weißt, dass Prinzessin Anna tot ist?«

»Ja, und es macht mich tieftraurig. Diese mutige und freiheitsliebende junge Frau.«

»Paracelsus glaubt, es könnte ein Mordanschlag gewesen sein.«

»Ach, du meinst ...?« Er musterte sie wachsam. »Bedaure«, sagte er mit bitterem Spott. »Damit habe ich nichts zu tun.«

Leontine glaubte ihm, musste es, wenn sie ihn nicht endgültig verlieren wollte.

»Wird das ein Verhör?« Matthis gähnte. »Du hast nicht mehr viel Ähnlichkeit mit dem schüchternen Mädchen aus dem Quellental.«

»Du hattest recht mit dem, was in mir steckt«, sagte sie. »Eine scharfe Klinge. Ich weiß, warum du damals auf der Esslinger Höhe zur Stelle warst, um mich zu retten. Der Absberger hat es mir gesagt.«

Röte überzog Matthis vom Scheitel bis zum Bauchnabel. »Es gibt eine gewisse Rangordnung unter uns«, entgegnete er zögernd. »Hans Thomas und der Götz von Berlichingen stehen weit oben, ich dagegen irgendwo unten, wo Platz für Emporkömmlinge ohne einen Tropfen adliges Blut ist. Aber das bedeutet nicht, dass ich keine Ehre habe.« Er machte eine kurze Pause. »Ich töte keine unschuldigen jungen Mädchen. Das kannst du mir glauben.«

»Hättest du es getan, wenn ich ein Junge gewesen wäre? Du weißt, ich durchschaue dich, wenn du mich belügst.«

»Geld bedeutet mir viel, aber nicht alles.« Er legte sich auf den Rücken. »Ich hätte auch einen unbewaffneten Jungen nicht einfach so erschlagen. Als ich mich nach Esslingen aufmachte, war ich neugierig, was den Absberger antrieb.«

»Er hasst mich, weil mein Vater Jona alles war, was er nicht sein konnte.« Leontine war sich dessen sicher.

»Ein Ehrenmann, der sich sogar traute, einen Tyrannen aus der Welt zu schaffen«, fügte Matthis hinzu und griff nach ihrer Hand. »Auch wenn der Versuch gescheitert ist.«

Ich will dich niemals loslassen, dachte Leontine. Aber ich muss. »Wohin zieht es dich?«

Matthis legte seine Hand auf ihren Bauch, nicht wissend, was er da berührte. »Nach Hispaniola, in die Neue Welt.«

Leontine hatte von den Ländern jenseits des Ozeans reden hören, von Gold und Gewürzen, leuchtend bunten Blumen, wilden Tieren und riesigen Urwäldern voller Wasserfälle. Es war unglaublich weit weg.

»Ein Ort für Glücksritter?«

»Jeder ist dort seines Glückes Schmied. Wenn ich zu Geld gekommen bin, hole ich dich nach.« Matthis legte seinen linken Arm um sie und zog sie in die Beuge seines Körpers. »Oder willst du jetzt schon mitkommen?«

Ich muss mir einprägen, wie sich seine Haut anfühlt, dachte Leontine. Das unglaubliche Blau seiner Augen, seinen Geruch nach Sommergras, den tollkühnen Mut, der ihn über jede Grenze führt.

»Nein«, sagte sie deutlich.

»Wäre mir ein Herz zu eigen, hättest du es soeben gebrochen«, sagte er und schlief ein.

Stunden später stand Leontine mit Cyrian an der Sandsteinmauer neben dem Uracher Stadttor. Matthis zügelte Herakles, der von der gleichen fiebrigen Unruhe erfüllt zu sein schien wie sein Reiter. Sie traten zur Seite, als eine Gruppe Älbler von der Hochfläche an ihnen vorbei aufs Land strebte, magere Kinder, verhärmt aussehende Frauen und schmalbrüstige Männer aus der Barchentweberei, die etwas Milch und Käse zum Verkauf gebracht hatten.

Matthis beugte sich zu Leontine hinab. »Bist du dir wirklich sicher? Wenn du durch das Tor gehst, ist es zu spät.«
»Ja«, sagte sie.
Mit versteinertem Gesicht wendete er Herakles und ritt davon.
»Warum lässt du ihn ziehen?«, fragte Cyrian.
»Ich kann nicht mit ihm gehen. Es ist zu unsicher.«
Sie betraten das Stadttor, in dem es schlagartig so dunkel wie in Leontines Seele war. Was sollte Matthis mit einer jungen Frau und einem Säugling anfangen? Wir sind nichts als ein Klotz an seinem Bein, dachte sie, wandte sich ihrem kleinen Fachwerkhaus zu und sank bei jedem Schritt ein bisschen ein, als hätte sich der feste Grund in Schlamm verwandelt. Warum habe ich ihm nicht wenigstens gesagt, dass ich ihn liebe?
Auf dem Vorplatz traf sie Paracelsus, der auf dem Weg ins Badehaus war. Sie begrüßte ihn verhalten.
»Lisbeths Kind ist geboren«, sagte er zufrieden. »Und wer ist der junge Herr da?«
»Mein Bruder.«
»Ach, der Totgeglaubte.« Paracelsus' Blick bohrte sich in Cyrians Augen, als würde er ein Naturphänomen untersuchen.
Kurzerhand vertraute Leontine ihm den Jungen an, der schon länger keinen Badezuber mehr von innen gesehen hatte.
Vor ihrer grün gestrichenen Haustür blieb sie kurz stehen. Alles wirkte vertraut und doch neu. Im Fenster stand der Blumenkasten, den Lisbeth im Mai mit Wicken und Maßliebchen bepflanzt hatte. Sie trat ein, zauste Wind das Fell, stellte zwei Becher und einen Krug mit Träublessaft auf ein Tablett und ging in Lisbeths Kammer. Jede Abwechslung kam ihr recht.
Lisbeth saß in ihrem Bett und präsentierte ihr stolz das Neugeborene. Ihre honigblonden Haare fielen ihr über die Brust.
»Es ist alles gut gegangen«, sagte sie. »Mein Kleiner soll

Frieder heißen und wird, wenn es nach mir geht, seinen Vater niemals treffen.«

Leontine setzte sich an den Bettrand und berührte sachte den Kopf des Kindes. »Herzlich willkommen auf der Erde, kleiner Mann.«

»Wir bleiben doch zusammen, oder? Dann habe ich wieder ein paar Menschen, die zu mir gehören.«

Leontine nickte zerstreut, um gleich darauf Lisbeths Schilderungen zu lauschen, die ihr haargenau darlegte, wie Paracelsus im Angesicht der Geburt mit der Hebamme aneinandergeraten war.

»Sie hat ihn kurzerhand rausgeschmissen, obwohl er der größte Arzt Oberdeutschlands ist«, sagte Lisbeth. »Welche Dreistigkeit.«

»Ärzte«, entgegnete Leontine. »Bei uns Frauen kommen sie an ihre Grenzen.« Sie machte eine kurze Pause. »Ich habe meinen Bruder wiedergefunden.«

»Cyrian lebt?« Lisbeth riss erstaunt die Augen auf.

Trotz ihres Kummers konnte sich Leontine ein Grinsen nicht verkneifen. »Im Moment ist er mit Paracelsus im Badehaus und weicht ein. Und dann werde ich unseren Eltern eine Nachricht zukommen lassen, die sie umhauen wird.«

Nach diesem Gespräch verließ Leontine Lisbeths Kammer, um in ihrem Wohnraum ein Abendessen für vier Personen vorzubereiten. Teller, Becher, ihre scharfen Messer, nichts schien sich verändert zu haben außer den violetten Malven auf ihrem Tisch, die verwelkt ihre Köpfe hängen ließen.

Nur für mich ist alles anders, dachte sie. Ich habe Matthis für immer verloren, und die Schuld daran liegt allein bei mir.

Während sie ein paar geräucherte Forellen und einen Laib frisch gebackenes Brot aus ihrer Vorratskammer holte, hörte sie das leise Klicken der Türklinke.

»Komm rein«, sagte Leontine und rechnete mit Cyrian, der hoffentlich blitzsauber aus der Badestube kam.

»Gern«, antwortete eine leise Stimme, die sie nicht kannte. Irritiert kehrte Leontine in ihren Wohnraum zurück. An der Wand neben der Tür lehnte ein schlanker Mann, der sie wachsam musterte. Er war weder Teil der Dienerschaft noch der Schlosswache.

»Was wollt Ihr?«, fragte sie wachsam.

»Ich suche mein Weib.« Der Mann bemühte sich um ein gewinnendes Lächeln, das durch seine schlechten Zähne entstellt wurde. »Sie müsste demnächst niederkommen oder ist es bereits.«

Rutersberger, dachte Leontine seltsam unbeteiligt.

»Ich weiß nicht, von wem Ihr sprecht«, erwiderte sie.

»Das glaube ich doch, Hexe.«

Leontines Hände begannen zu zittern, während sie fieberhaft darüber nachdachte, wie sich Zeit gewinnen ließ.

Rutersberger tat einen Schritt auf die rückwärtige Tür zu, doch Leontine war schneller. Mit ausgebreiteten Armen stellte sie sich davor. »Verlasst sofort mein Haus!«

»Ist alles in Ordnung?«, ließ sich Lisbeth aus der Wochenstube vernehmen.

Leontines Herz setzte einen Schlag lang aus.

»Lügnerin.« Rutersberger spuckte vor ihr auf den Boden. »Du willst mir doch wohl nicht den Zutritt zu meinem angetrauten Weib und ihrer gottverdammten Brut verweigern? Auf dich wartet ohnehin der Scheiterhaufen.«

Leontines Mund war so trocken, dass sie kaum schlucken konnte. »Was wollt Ihr von Lisbeth?«

»Nichts als das Recht, das mir zusteht«, gab Rutersberger zurück. »Die Metze hat mich zum Gespött meiner Männer gemacht. Dafür wird sie büßen.«

»Und das Kind?«, fragte Leontine.

»Den Bankert einer Frau, die mich verlassen hat, werde ich wohl nicht am Leben lassen.«

»Halt!« In diesem Moment schob sich Corentin durch die Tür.

Nie zuvor hatte sich Leontine mehr gefreut, ihn zu sehen.

»Die Frauen und das Kind sind doch nur vorgeschoben«, sagte er sanft. »In Wahrheit geht es dir um uns beide, nicht wahr, Hans?« Er nickte Leontine grimmig zu. »Also lass es uns unter unseresgleichen regeln, Henker.«

Rutersberger starrte Corentin an. Mit einer schlangengleichen Bewegung schob er sich hinter Leontine, nahm eines ihrer Messer vom Tisch und presste es ihr an den Hals. Die geschliffene Schneide war kühl. Wenn sie schluckte, durchzuckte sie ein scharfer, stechender Schmerz, der dem in ihrer Seele entsprach.

53

Cyrian fühlte sich ungewohnt sauber. Seine Haare und seine Ohren waren noch nass, als er neben Paracelsus durch den warmen Abend auf Leontines Haus zuschritt. Der kurzbeinige Gnom von Arzt hatte in der Badestube für beide Zuber bezahlt und war schamhaft hinter einem Vorhang verschwunden, Cyrian hinter einem anderen. Auf dem Rückweg jedoch hielt sich Paracelsus an seiner Seite und lag ihm mit unwichtigem Zeug in den Ohren.

»Unter welchem Sternzeichen bist du geboren?«

»Im April«, sagte Cyrian ausweichend.

»Widder also. Hätte ich mir denken können. Du lässt dir ungern etwas befehlen?«

Damit lag Paracelsus vollkommen richtig.

Als sie an Leontines Haus ankamen, stand ihre Tür sperrangelweit offen. Cyrian dachte sofort an Hans Thomas von Absberg, dem seine Schwester ein Dorn im Auge war.

Paracelsus zog ihn in einen Durchgang, der seitlich am Haus vorbeiführte, und legte sich einen Finger auf die Lippen. Nahezu lautlos schoben sie sich durch den schmalen Küchengarten und spähten in das Fenster der Vorratskammer. Wie erwartet war sie menschenleer.

»Ihr seid grundlos beunruhigt. Vielleicht ist Leo ja nur Milch oder Brot holen.«

»Niemals bei geöffneter Tür«, murmelte Paracelsus und ging Cyrian zum zweiten Fenster voran. »Das sollte sie inzwischen gelernt haben.« Er spähte ins Haus.

»Na bitte«, sagte er, als hätte er nichts anderes erwartet, und zog Cyrian vors Haus. »Du wartest hier und rührst dich nicht vom Fleck. Ich gehe die Wache holen.«

Paracelsus wandte sich um und verschwand.

Cyrian platzte beinahe vor Neugier. Seine Füße hoben sich wie von selbst, als er eintrat und sich durch den schmalen

Gang in Richtung des Wohnraums bewegte, dessen Tür halb geöffnet war.

Als er durch den Türspalt spähte, gefror ihm das Blut in den Adern.

Drinnen spielte sich sein schlimmster Alptraum ab. Sein Vater Corentin stand mit dem Rücken zur Tür, deren Rahmen er mit seinem schwarzen Mantel teilweise verdeckte. An der gegenüberliegenden Wand hatte Hans Rutersberger Leontine mit einer beinahe liebevollen Gebärde vor seine Brust gezogen. An ihrer Kehle lag ein Messer, dessen Schneide das Abendlicht spiegelte. Leontines Gesicht zeigte keinerlei Regung. Ihre Augen waren vollkommen leer.

Cyrian keuchte auf. Kalter Schweiß trat auf seine Stirn. Sein Todfeind Rutersberger war ein Mann, der Freude daran hatte, Unschuldige zu quälen.

»Lass meine Tochter frei«, sagte Corentin.

»Was kriege ich dafür?«, fragte Rutersberger lauernd.

Cyrian wusste, dass er es genoss, andere nach seiner Pfeife tanzen zu lassen.

Ich kenne dich, Rutersberger, dachte er hasserfüllt. Es verleiht dir ein berauschendes Gefühl von Macht.

»Leg deine Waffen ab«, sagte Rutersberger.

Mit langsamen Bewegungen löste Corentin das Kurzschwert, mit dem er gegürtet war, und legte es vor Rutersberger auf den Boden. »Nun, vielleicht liefere ich mich dir ja aus«, sagte er begütigend. »Ich weiß, dass du mich hasst, weil mir ein anderes Leben geglückt ist als dir.«

»Ein Leben, das dir unberechtigt in den Schoß gefallen ist«, geiferte Rutersberger und drückte fester zu. Eine Kette aus Blutstropfen erschien an Leontines Hals. Sie blickte stur geradeaus. »Kaum zu glauben. Aus dem armseligen Scharfrichter von Hall wurde der Kommandant eines Fähnleins des Schwäbischen Bundes. Hauptmann Wagner!«

»Es liegt immer an dir, ob du zulässt, dass dein Schicksal dich kleinkriegt«, erwiderte Corentin in leichtem Plauderton.

»Ich frage mich, warum Menschen durch ihr Geburtsrecht

in ihren Stand gezwungen werden. Das steht so nicht in der Bibel.«

»Der eine herrscht, der andere macht den Rücken krumm«, sagte Rutersberger lauernd. »Die Wiedertäufer wollten dieses Gesetz durchbrechen. Darum hasse ich diese Drecksbande und habe ihr die Häuser über den Köpfen angezündet.«

»Du weißt, dass die Versammlung der Henker über dich zu Gericht sitzen wird, wenn du einem von uns auch nur ein Haar krümmst«, warnte ihn Corentin. »Ebenso wie der Esslinger Rat dich für die Brandstiftungen und die Tatsache jagen wird, dass der Leichnam meines Sohnes unauffindbar ist.«

»Pah«, sagte Rutersberger. »Ich habe nichts zu verlieren. Aber du. Lass dir gesagt sein, dass nicht nur die Kirche deiner Hexentochter auf den Fersen ist. Auch der Absberger würde sie allzu gern in die Finger kriegen. Einen anderen Raubritter aber hat sie in ihr Bett gelassen. Er heißt Matthis Ohnefurcht.«

»Du erzählst mir ja Neuigkeiten«, erwiderte Corentin so leichthin, dass Cyrian die Kälte in seinem Tonfall auffiel. Wenn Leo lang genug lebte, würde sie für ihre Liebe einstehen müssen.

Rutersberger spuckte vor Corentin auf den Boden. »Dein Sohn Cyrian war tapfer und hat mir lange die Stirn geboten. Aber dann hat ihn die Waag doch kleingekriegt.«

Corentin atmete tief durch. »Ich weiß, dass ihr ihn gefoltert habt«, sagte er.

Cyrian hörte die Bitterkeit in seiner Stimme. Er hätte kaum zu glauben gewagt, dass sein Vater um ihn trauerte. Ein Teil von ihm hatte gedacht, er sei froh, ihn los zu sein.

»Aber weißt du auch, dass Cyrian noch nicht tot war, als wir ihn begruben?«, fuhr Rutersberger gnadenlos fort. »Ich hoffe, du malst dir aus, wie es ist, mit Erde im Maul zu ersticken.«

Corentin, dieser baumlange Kerl, fuhr zusammen, als hätte er einen Hieb in den Bauch kassiert.

Lass dich nicht kleinkriegen, dachte Cyrian. Genau das will Rutersberger erreichen. Ihm fiel das Messer ein, das in seinem Stiefelschaft steckte. Matthis hatte es ihm geschenkt, als Anerkennung und Zeichen ihrer Freundschaft.

Er bückte sich langsam und zog es heraus. Ein fieses Schaben ertönte, doch Rutersberger und Corentin achteten nur auf das Duell ihrer Worte.

Cyrian wog das Messer in der Hand, spürte sein Gewicht und fuhr mit dem Daumen über die Klinge, die er jeden Abend mit dem Wetzstein geschliffen hatte, bis er damit Stoff schneiden konnte. Was sollte er tun? Das Überraschungsmoment nutzen, in den Raum springen und dem Scharfrichter das Messer in die Brust stoßen? Was, wenn er danebentraf und sein Todfeind Leo die Kehle durchschnitt?

Unentschlossenheit machte sich in Cyrian breit. Er war nur ein Junge, kein im Nahkampf ausgebildeter Landsknecht.

Da spürte er einen Hauch in seinem Rücken, jemand atmete leise lachend in seinen Nacken hinein. Er erschrak so heftig, dass er in die Knie ging. Panik breitete sich in ihm aus.

Mit klopfendem Herzen wandte er sich halb um. Schwindlig vor Erleichterung erkannte er Matthis, der ihm zuzwinkerte und verschwörerisch den Finger auf die Lippen legte. Er nahm Cyrian das Messer aus der Hand und schob den Türspalt ein Stück weiter auf.

»Hey«, rief er lässig.

Rutersberger richtete sich irritiert auf. Seine Augen weiteten sich, als er Cyrian erkannte, was Matthis die Gelegenheit gab, sein Ziel ins Auge zu fassen.

Ich bin der Vorbote der Hölle, dachte Cyrian rachsüchtig, während Matthis ausholte und das Messer waagerecht durch den Raum schleuderte. Es traf Rutersberger in der Brust, der lautlos über Leontine zusammensackte. Sie war so geschockt, dass sie nicht einmal schreien konnte.

Corentin reagierte unverzüglich. Mit einem Sprung war er bei dem röchelnden Rutersberger, zerrte ihn von seiner Tochter und schob das Messer bis zum Heft in sein Herz.

Leontine richtete sich auf. Der Schnitt an ihrem Hals blutete, doch ihre dunklen Augen hingen an Matthis.

Der drückte Cyrians Schulter. »Messerwerfen kannst du bei mir lernen«, sagte er. Dann trat er auf Leontine zu und nahm ihre Hand.

Cyrians Blick traf Corentins, dessen Augen tiefblau aufleuchteten, als hätte er unerwartet einen Schatz gefunden.

»Cyrian«, sagte er und wandte sich Matthis und Leontine zu, die sich ihm Hand in Hand entgegenstellten. »Ihr –«, setzte er an.

In diesem Moment stürmte die Schlosswache unter der Leitung von Dietrich Späth das Haus. Zehn schwer bewaffnete Soldaten mit Helm und Hellebarde drängten in den Wohnraum, bevor sie unvermittelt innehielten. Hinter ihnen drückten sich Paracelsus und Gaspard durch die Tür, der erschrocken die Hand vor den Mund schlug. Cyrian vermutete, dass er die Wache in Corentins Auftrag alarmiert und damit seinen Dienstherrn in die Bredouille gebracht hatte.

»Die Sache hat sich erledigt.« Paracelsus hob begütigend die Hände. »Ihr könnt abziehen.«

»Noch nicht, verehrter Doktor.« Dietrich Späth deutete auf Matthis. »Soldaten, nehmt diesen Mann da auf der Stelle gefangen!«

54

Der Feuervogel würde im Feuer seiner Liebe verbrennen. Bedauernd löste Matthis seine Hand aus Leontines. »Schon gut. Vorbei ist vorbei.«

»Nein!« Sie schrie voller Schmerz auf.

Mit erhobenen Armen ließ sich Matthis von den Wachen abführen und in den Schlosshof zerren. Leontine folgte ihm, ohne auf die blutende Schnittwunde an ihrer Kehle zu achten. So viel hatte sie in den letzten Wochen ertragen. Nicht auch noch das.

Die Soldaten schoben Matthis in ihre Mitte, stießen ihn von einem zum andern, schlugen ihn und nahmen ihm seine Waffen ab. Der Vorfall sorgte auch bei den Schlossbewohnern für Aufsehen. Stallknechte, Mägde und Höflinge versammelten sich neben den Türen und beobachteten das Geschehen.

Als die Nackenschläge Matthis in die Knie zwangen, er das Gleichgewicht verlor und mit dem Bauch voran im Staub landete, hatte Leontine genug.

»Halt, nicht!« Sie drängte sich durch die Menge, um sich neben ihn zu stellen.

Ein Landsknecht spuckte vor ihr in den Dreck. »Hure!«

»Geh!« Matthis richtete sich auf.

»Komm zu mir, Leontine!«, donnerte Corentin, der sich mit untergeschlagenen Armen an der Schlossmauer aufgebaut hatte.

»Tu, was er dir befiehlt!«, stieß Matthis hervor.

»Haltet Euch fern von dem Raubritter, Freifräulein!«, riet ihr Dietrich Späth. »Euer guter Ruf könnte Schaden nehmen.«

Leontine ignorierte sie alle. Unbeirrt verharrte sie an Matthis' Seite. Was blieb ihr, wenn sie ihn verlor? Sie hatte immer gewusst, dass der Feuervogel irgendwann in einem lodernden Flammenmeer zu Asche verbrennen würde. Nicht, wenn ich es verhindern kann, dachte sie. Was sie bei Anna nicht vermocht hatte, musste ihr bei ihm gelingen.

Hiebe prasselten auf sie beide nieder. Leontine hob die Arme über den Kopf, doch Matthis ließ die Behandlung ohne Protest über sich ergehen. Die Wachen zwangen ihn auf die Knie und banden ihm die Arme auf den Rücken. Sie brachen in Gelächter aus, als sein Lederhandschuh in den Dreck fiel und sein Armstumpf entblößt vor ihnen lag.

Paracelsus, Cyrian und Gaspard beobachteten Matthis' Demütigung mit erstarrten Gesichtern, während Corentin Leontines Blick suchte.

»Es ist vorbei«, sagte Matthis mit ungewohntem Fatalismus.

Leontine wusste, dass er den Stuttgarter Richtplatz vor sich sah, an dem er vor zwanzig Jahren schon einmal auf die Vollstreckung der Todesstrafe gewartet hatte.

»Diesmal endgültig. Nicht einmal Corentin kann daran etwas ändern. Geh, Leo! Bring dich in Sicherheit!«

»Du glaubst, dass ich dich im Stich lassen werde?« Die umliegenden Mauern gaben ihre Stimme zurück. Sie erschrak vor der Verzweiflung darin. »Dann kennst du mich schlecht.«

Was konnte sie tun? Aufgeben kam nicht in Frage. Sie setzte sich in Bewegung. Corentin trat ihr in den Weg und hielt sie unsanft am Arm.

»Du tust mir weh!«

»Wie konntest du dich mit ihm einlassen? Er ist ein Raubritter. Der Schwäbische Bund hat ein Lösegeld auf ihn ausgesetzt.«

Leontine wehrte seinen festen Griff ab, flog fast zur Treppe im Eckturm und polterte die Stufen hinauf, ohne auf Corentin zu warten, der ihr langsam folgte. Mit klopfendem Herzen öffnete sie die Tür zum zweiten Stockwerk des Schlosses und platzte in Herzogin Sabinas Gemächer. Corentin schob sich hinter ihr durch die Tür.

Sabina saß in einem Lehnstuhl in einer Fensternische und stickte. Eine ihrer ältlichen Hofdamen leistete ihr Gesellschaft.

»Was ist denn los, Leontine?« Sabina legte ihre Stickarbeit beiseite, ein Parament, das für die Kirche St. Amandus bestimmt war.

»Das interessiert auch mich«, sagte Corentin eisig.

»Du blutest ja, mein Kind.« Sabina stand auf, drückte Leontine auf einen Stuhl und reichte ihr ein Leintuch.

Abwesend tupfte sie sich damit über den Hals. Ihr Herz schmerzte schlimmer als die Schnittwunde, die rote Flecken auf dem Batist hinterließ. »Die Wache hat soeben Matthis Ohnefurcht verhaftet«, sagte sie aufgebracht.

»Was ihm nur recht geschieht«, brummte Corentin.

Leontine blitzte ihn an, im Zweifel, ob sie der Herzogin oder ihrem Vater Bericht erstattete, dem Matthis etwas bedeuten musste, wenn sie sich nicht gänzlich in ihm täuschte. »Vom Vorwurf der Mordbrennerei ist er, wie du weißt, entlastet. Ebenso wenig dürfte dir entgangen sein, dass er soeben dir, mir, Lisbeth und ihrem Kind das Leben gerettet hat.«

»Wie bitte?«, fragte Sabina fassungslos. Ihre betagte Hofdame schlug die Hand vor den Mund.

Leontine hob den Kopf. »Lisbeths Mann hat sich bei uns eingeschlichen, uns mit dem Tod bedroht und –«

»Leo«, unterbrach Corentin sie mit fester Stimme. »Matthis drangsaliert seit Jahren die Leute auf der Alb, überfällt Händlerkolonnen auf den Straßen und reißt sich ihre Waren unter den Nagel. Zuletzt hat er ...«, er wandte sich Sabina zu und verbeugte sich, »... mit Verlaub, Hoheit, einen habsburgischen Geldtransport ausgeraubt.«

»Muss ich mich über einen Schaden grämen, der meinen Feinden entstanden ist?«, fragte Sabina provozierend. Die Hofdame bekreuzigte sich. »Erzähl weiter, Leontine!«

Leontine schluckte, bevor sie fortfuhr. »Matthis hat mir in Esslingen schon einmal das Leben gerettet«, beichtete sie.

Corentin starrte sie an.

»Hans Thomas von Absberg hatte einen Mörder auf mich angesetzt. Matthis hat ihn getötet. Außerdem hat er ein Kind aus einem brennenden Haus in Wäldenbronn gerettet.«

»Welche Neuigkeiten hast du sonst noch für mich? Raus damit«, sagte Corentin tonlos.

Leontine setzte alles auf eine Karte. »Gaspard arbeitet für ihn. Wenn er Cyrian nicht aus seinem Grab befreit und zu Matthis gebracht hätte, wäre mein Bruder jetzt tot. Bei ihm war er in Sicherheit vor Rutersberger. Wir stehen mehrfach in Matthis' Schuld, womit du dich doch bestens auskennen müsstest, Ehrenmann, der du hoffentlich bist.«

Corentin war bleich geworden. Leontine wusste, dass ihr das Schwierigste noch bevorstand.

»Vorgestern habe ich Matthis gesucht. Doch der Gefolgsmann, den er mir zum Schutz an die Seite gestellt hatte, übergab mich an Hans Thomas von Absberg«, fuhr sie fort. »Ich konnte diesem Scheusal nur mit lieber Not entfliehen. Setzt lieber auf den ein Lösegeld aus. Er hat es verdient.«

Corentin ließ sich fassungslos in einen Lehnstuhl fallen und stürzte ein Glas Wein hinunter, das ihm die Herzogin ohne Nachfrage hingestellt hatte.

»Ich bin dem Absberger entkommen, weil Matthis' Freunde mir geholfen haben. Er drangsaliert die Leute nicht, sondern unterstützt sie.« Leontine machte eine kurze Pause. Dann nahm sie all ihren Mut zusammen. »Außerdem liebe ich ihn.«

Corentin starrte sie sprachlos an.

Wenn ich ihm von der Schwangerschaft erzähle, erwürgt er mich, dachte Leontine und ließ es bleiben. »Er ist der König der Diebe«, schloss sie.

Herzogin Sabina nickte müde. »… und hat nebenbei dein Herz gestohlen. Was tun wir nun? Dietrich hat ihn gefangen setzen lassen, sagst du? Dieser Sommer war so von Leid und Tod erfüllt, dass man nach jedem Lichtstrahl in der Dunkelheit greifen sollte.« Sie wandte sich an Corentin und sah ihm tief in die Augen. »Ihr wisst, dass der Obervogt Delinquenten nach ihrer Festnahme gern in der Vorratskammer hinter der Hölle schmoren lässt. Dann hat er bei seinen Verhören schnelleren Zugriff auf sie. Das weitere Vorgehen in dieser

Sache erfordert, wenn ich mich nicht irre ... Umsicht und einen kühl kalkulierenden Verstand.«

Die Hölle – so lautete der Spitzname der Schlossküche mit ihren rauchenden Feuerstellen.

Sabina erhob sich majestätisch, glättete ihre raschelnde schwarze Seidenrobe und winkte ihrer Hofdame. »Freifrau, ich würde gern zu einem kleinen Abendspaziergang aufbrechen. Begleitet Ihr mich?« Sie entfernte sich mit der Hofdame durch die Tür, die hinter den beiden ins Schloss fiel.

»Matthis also«, sagte Corentin. »So kenne ich dich gar nicht.«

»Wenn du wüsstest«, entgegnete Leontine.

Auf dem Beistelltisch lag neben einer geschliffenen Glaskaraffe mit Portwein Sabinas großer Schlüsselbund, an dem die Schlüssel zu sämtlichen Kammern und Zimmern des Schlosses aufgereiht waren.

»Du hast Matthis aus der Gosse gezogen und bist nun für ihn verantwortlich«, sagte Leontine. »Wenn du mich nicht verlieren möchtest, solltest du verhindern, dass man ihn vierteilt.«

Noch immer sickerte das Blut langsam aus dem Schnitt an ihrem Hals. Nach der Aussprache war ihr so schwindlig, dass sie sich an dem Beistelltisch festhalten musste. Corentin trat heran und stützte sie, sodass sie sich an seinem Arm aufrichten konnte.

Leontine hob ihren Blick und begegnete seinen unerbittlichen Augen. »Manchmal sind die Dinge nicht schwarz und weiß, sondern irgendwo dazwischen.«

Corentin ließ sie los, nahm den Schlüsselbund, drehte sich auf dem Absatz um und verließ den Raum.

Als sich blaue Dämmerung über Urach senkte, steckte Corentin einen Schlüssel in das verrostete Schloss an der Tür zur Vorratskammer und drehte ihn. Zwielicht lag über dem Raum. Es roch nach ranzigem Fett und den Speckseiten, die hier gelagert wurden.

Matthis sprang auf, als Corentin eintrat. Er fluchte, weil sein linker Fuß an ein hölzernes Regal gekettet war.

»Du?«, fragte er verwundert. »Was willst du?« Er ließ sich wieder auf seinen Hocker fallen.

Schon früher war Corentin Menschen begegnet, die mit dem Leben abgeschlossen hatten. Manche ließen ihrer Verzweiflung freien Lauf, andere ertränkten ihre Resignation im Branntwein oder verlangten nach Vergnügungen aller Art. Andere suchten ihren Frieden mit Gott. Matthis jedoch schien seinem Schicksal gefasst und ohne Trost entgegenzublicken.

»Ich bringe dir deinen Handschuh.« Corentin legte die Lederprothese auf den Tisch. Dann setzte er sich rittlings auf einen Hocker.

»Ich dachte, du würdest auf meine spektakuläre Hinrichtung auf dem Stuttgarter Marktplatz warten.« Geschickt schnallte sich Matthis die Prothese um.

Mit kundigem Blick erkannte Corentin, dass die Hautlappen über dem Stumpf professionell vernäht und nicht gerötet waren. Aus dem mageren Jungen war ein gut aussehender Mann geworden, beinahe ebenso groß wie Corentin, mit einem wie gemeißelt wirkenden Gesicht, durchdringend blauen Augen und schulterlangem Haar. Corentin bekämpfte den irrationalen Anflug von Stolz, der ihn erfassen wollte.

»Wie du siehst, verhungere ich nicht. Bedien dich!« Matthis wies auf den Tisch, auf dem ein Laib Brot und ein Krug Wasser standen. »Steht mir eine Abrechnung deinerseits bevor?«

»Nichts wäre mir lieber.«

»Ich bin dir nichts schuldig«, entgegnete Matthis. »Doch wenn zwischen uns eine Ehrenschuld bestand, habe ich sie heute Nachmittag beglichen.«

»Meine Tochter ist nicht nichts«, sagte Corentin. »Erzähl mir einfach, wie du sie kennengelernt hast ... und lass nichts aus!«

»Sie ist alles, was ich habe«, sagte Matthis schlicht.

»Auch ich liebe sie und hätte nie gedacht, dass sie sich ausgerechnet mit einem Strauchdieb wie dir einlassen würde«, sagte Corentin.

Matthis rang sich ein schiefes Grinsen ab. »Ich glaube nicht, dass du sie kennst. Sie ist eine echte Seherin, mit allen Konsequenzen.«

»Das stört dich nicht?«

Matthis verneinte.

Corentin wusste selbst nicht, warum ihn das beruhigte. Während Matthis ihm Bericht erstattete, verschob sich die Zeit für ihn. Er sah die beiden verängstigten Jungen vor sich, die Hofstätter zur Hinrichtung auf den Stuttgarter Wilhelmsplatz geschleppt hatte, dann den einhändigen Dieb, den er Barbara und ihrem Vater aufgehalst hatte. Corentin hatte sich davongestohlen, war viel zu beschäftigt mit seiner Fehde gegen Hofstätter gewesen, um für seinen Schützling Sorge zu tragen.

Noch jemand, den ich im Stich gelassen habe, dachte er bitter.

Matthis feuchtete seine Kehle mit einem Schluck Wasser an. Er wollte fortfahren, als Corentin ihn mit einer herrischen Gebärde unterbrach. »Wie konnte das aus dir werden?«

»Ein Raubritter?« Matthis' blaue Augen funkelten. »Die Grenze ist papierdünn. Als Einhändigem blieb mir kaum etwas anderes übrig.«

Corentin wehrte sich dagegen, Verständnis für ihn aufzubringen. »Also werden sie dich in allen Punkten der Anklage für schuldig befinden außer der Mordbrennerei.«

»Dafür blüht mir das Rädern, oder was meinst du als Fachmann dazu?«, fragte Matthis gefasst.

Corentin ignorierte seine Worte. »Sag«, fragte er stattdessen, »was hatte der Helfensteiner, das wir dir nicht geben konnten?«

Matthis setzte sich zurück und kreuzte seine Arme über der Brust. »Der versoffene alte Haudegen erkannte, was in mir steckt. Ich bin der geborene Anführer. Er wollte mich, wie ich war. Wir blieben zusammen bis zu seinem Tod. Reicht das?«

Corentin stand auf und ging zur Tür. Matthis grüßte ihn zum Abschied spöttisch mit seiner Lederhand.

Er bräuchte eine bewegliche Prothese, wie sie der Götz von Berlichingen hat, dachte Corentin.

Er war schon fast draußen, als Matthis' Stimme ihn aufschreckte. Sie klang heiser und rau. »Da, wo Leontine steht, ist sie ganz allein. Trag Sorge für sie, wenn ich nicht mehr da bin, ich bitte dich!«

Corentin ließ die Tür hinter sich ins Schloss fallen. Er drehte den Schlüssel zweimal. Matthis blieb in tiefer Finsternis zurück.

55

Es war ein milder Spätsommerabend. Leontine querte den Kornmarkt und grüßte Ägidius Marchthaler, der gerade die Tür des Steuerhauses hinter sich schloss und ihr freundlich zuwinkte. Sie beeilte sich, weil sie spät dran war. Das Fest, das die Riexingers zum Abschied von Paracelsus ausrichteten, hatte bereits begonnen.

Alles in allem war ihr der Neuanfang in der Stadt geglückt. Die Menschen in den Straßen grüßten sie ohne die Welle unterschwelliger Abneigung, die ihr sonst oft entgegengeschlagen war. Corentins Enthüllungen, die Wiedertäufer betreffend, hatten die papistische Fraktion im Rat in Misskredit gebracht und zu ihrer Entlastung vom Vorwurf der Hexerei beigetragen.

Zwei Wochen lag ihre Heimkehr schon zurück. Sie hatten Cyrian gesund nach Hause gebracht und Tessa damit überglücklich gemacht. Wie erwartet hatte Corentin in Folge der Ereignisse in Urach seinen Dienst bei Dietrich Späth quittiert. Doch kaum hatte er das Stadttor durchschritten, war ihm vom Rat der Stadt Esslingen die Leitung der Stadtwache übertragen worden, weil der alte Konrad Blessing plötzlich das Zeitliche gesegnet hatte. Nicht nur die Stadtbefestigung lag jetzt in seinen Händen, in Zukunft würde er sich auch um die Bekämpfung des Verbrechens in der Reichsstadt kümmern müssen.

Schon hatte er begonnen, mit eisernem Besen den Mist aus den Ecken zu kehren. Zuerst hatte er Rutersbergers Löwen entlassen. Dann hatte er auf den Stadtverweis des Richters Gerber gedrungen, der bis zum Hals in der Verschwörung steckte, die so viele Wiedertäufer Besitz und Leben gekostet hatte. Corentin würde im Rat weiter gegen Missstände aller Art kämpfen müssen, hatte aber in Ägidius Marchthaler und Marx Scheuflin mächtige Fürsprecher an seiner Seite.

Er kriegt das hin, dachte Leontine zuversichtlich. Zumindest würde er nun dauerhaft bei Tessa und den beiden jüngsten Kindern bleiben.

Auch sie selbst konnte freier atmen, weil der Kaplan Nikolaus Seiler sich aus der Stadt gestohlen hatte wie ein Dieb in der Nacht.

Lisbeths Leben hatte sich ebenfalls zum Besseren gewendet. Lenz Schwarzhans hatte sie eingeladen, Haushälterin auf seinem Weingut in Großheppach zu werden. Dabei würde es nicht bleiben. Leontine schmunzelte, weil sie in einer Vision Lisbeths weitere Kinder gesehen hatte, darunter ein Zwillingspaar, so rothaarig wie Lenz selbst. Doch sie hütete sich, ihr davon zu erzählen.

Ihre eigene Zukunft hing weiter in der Schwebe. Sie hatte noch nicht einmal gewagt, Tessa zu gestehen, dass sie mit ihrem ersten Enkelkind schwanger war.

Nicht heute Abend, dachte sie, drückte entschlossen die Tür zur Apotheke auf, trat ein und durchquerte den Ladenraum mit den Holzregalen und den verstaubten Kräutersträußen.

Die Riexingers hatten ihre Küche zum Festsaal umfunktioniert, um Freunde und Weggefährten von Paracelsus einzuladen, darunter die gesamte Familie Wagner sowie Gaspard, der mit einem Weinglas in der Hand neben dem Kamin herumlungerte. An seiner Seite stand Cyrian, auf dem Arm seine kleinste Schwester. Seit seiner Kerkerhaft und seinem Aufenthalt bei Matthis wirkte ihr Bruder so verloren wie ein Vogel, dem es in seinem Nest zu eng geworden war.

»Ah, da ist ja meine kleine Dottoressa Spirituala.« Paracelsus näherte sich, stellte sich auf die Zehenspitzen und küsste Leontine auf die Wange.

»Was meint Ihr, werden wir in Verbindung bleiben?«, fragte sie.

»Große Geister kann man nicht trennen, egal, wo sie sich aufhalten«, lautete seine rätselhafte Antwort.

Noch während sie sprachen, trugen die Riexingers das

Festmahl auf. Tessa, die es sich nicht hatte nehmen lassen, Friede beim Kochen zu unterstützen, hatte als Hauptgericht Rinderbraten mit Rotwein und Pflaumenkompott zubereitet. Ferner gab es einen gebratenen Schwan, Schüsseln voller eingelegtem Gemüse, verschiedene Kuchen und Süßspeisen aus Mandelcreme und Kirschen.

Tessas Wangen waren vor Anstrengung gerötet, ihre wilden Locken krochen unter ihrer Haube hervor, als sie ihren Kindern strahlend eine Kusshand zuwarf. Leontine erwiderte ihr Lächeln und übernahm die kleine Caroline aus Cyrians Armen.

Ich werde auch so ein Kind haben, dachte sie abwesend und drückte einen Kuss auf Carolines weiches Haar.

Ledige Mütter hatten in der Reichsstadt einen schweren Stand. Es würde den ganzen Einfluss ihrer Familie und eine größere Summe Geld brauchen, um ihr eine Anhörung durch den Rat und eine Turmstrafe wegen unsittlichen Verhaltens zu ersparen. Noch wussten ihre Eltern nicht, was ihnen bevorstand.

Leontine schluckte nervös und wandte sich Paracelsus zu, der sich neben sie gesetzt hatte.

»Wie wirst du dich entscheiden?« Er hatte sie so leicht durchschaut, dass sie sich fragte, wer von ihnen hellsichtig war. »Die Augen vor der Realität zu verschließen ist sträflich dumm.«

»Ich weiß nicht«, sagte sie.

»Und der sonnengeborene Raubritter?«

»Er muss unbehelligt außer Landes reisen. Da würde ihn eine schwangere Frau an seiner Seite nur behindern.«

Noch immer rieb sich Leontine verwundert die Augen, wenn sie an die eiskalte Effizienz dachte, mit der es ihrem Vater gelungen war, Matthis zu befreien. Nach einer guten Woche Kerkerhaft in Urach hatte Dietrich Späth sich entschlossen, ihn unter Corentins Aufsicht nach Stuttgart überstellen zu lassen. Auf halber Strecke überfiel eine Räuberbande den Transport und nahm Matthis einfach mit. Dass der chaotische Trupp von Gaspard angeführt worden war, dem Corentin strikte Anweisungen gegeben hatte, wusste außer ihnen nur Cyrian. Nun wartete Matthis in einem Versteck irgendwo in der Umgebung auf seine Weiterreise.

Ich muss ihn ziehen lassen, dachte Leontine traurig.

»Du könntest den Antrag dieses Heinrich von Westerstetten annehmen«, schlug Paracelsus vor. »Dann hat dein Bankert einen Namen.«

»Ich betrüge niemanden. Und außerdem können sie zählen.«

»Soso«, sagte Paracelsus. Er wackelte mit seinem Zeigefinger vor ihrem Gesicht hin und her. »Dann muss wohl ein Wunder geschehen für unsere kleine Dottoressa Spirituala. Hast du schon mal darüber nachgedacht, Peter Riexinger zu heiraten?«

Leontine erschrak so tief, dass ein Stück Rinderbraten in ihrer Kehle stecken blieb. Als sie husten musste, klopfte ihr Paracelsus beiläufig den Rücken.

»Er ist an die fünfzig Jahre alt.«

»Na und? Er wäre sicher bereit, dir aus der Patsche zu helfen, zumal du ihm ohne Umstände zu einem Erben verhelfen würdest.« Flüsternd fügte Paracelsus hinzu: »Ihr könntet ja sagen, ihr hättet das Kind schon vor deiner Abreise nach Urach gezeugt. So gibt es ein Skandälchen. Als ledige Mutter aber steht dir ein Skandal bevor, der sich gewaschen hat.«

Leontine grauste es, wenn sie darüber nachdachte.

»Wie schade, dass ich nicht erlebe, wie der Sonnengeborene das Mondmädchen heimführt«, fuhr Paracelsus fort. »Das hätte der wundersamen Verschmelzung von Silber und Gold entsprochen und einem idealen Ausgleich der Kräfte. Mild gegen feurig.«

»Er will in die Neue Welt«, entgegnete Leontine. »Wie soll er da eine Frau und einen winzigen Säugling mitnehmen?«

»Er liebt dich.« Paracelsus sah sie streitlustig an. »Warum vertraust du eigentlich nicht darauf, dass dir die Engel jeden Stein aus dem Weg räumen, der dir vor deine Lederpantöffelchen fällt? Und wenn sie gerade beschäftigt sind, greifst du eben selbst zum Besen. Oder hast du etwa Angst, dein Leben in die Hand zu nehmen?«

Jetzt reichte es Leontine. Sie tupfte sich mit ihrem Leintuch den Mund ab und sprang auf. »Ich muss gehen.«

»Ich hatte dich für wesentlich mutiger gehalten!«, rief ihr Paracelsus gallig hinterher.

Sie stand schon fast an der Tür, mit einem Kloß im Hals und Tränen in den Augen, als sie bemerkte, dass Gaspard ihr gefolgt war.

»Leontine. Ich muss dir etwas erzählen.« Er zog sie auf die Gasse hinaus, die schon im Finstern lag.

»Was denn?«

»Wir brechen im Morgengrauen auf. Matthis will sich von dir verabschieden. Er erwartet dich kurz nach Öffnung der Tore auf der anderen Seite der Brücke … oder wenn du mitkommen willst …?«

Leontine schluckte an ihren Tränen. »Da werde ich bestimmt nicht hingehen.«

Gaspard schürzte seine Lippen. »Es ist deine Entscheidung. Matthis solltest du langsam egal sein *et moi aussi.*« Er drehte sich auf dem Absatz um und kehrte auf das Fest zurück.

Leontine blieb in der menschenleeren Webergasse zurück. Jeder Atemzug schmerzte sie, jeder ihrer Seufzer schien von den finsteren Fassaden zurückzuhallen. Der Rabe würde dem Feuervogel nicht in die Ferne folgen. Traurig machte sie sich auf den Heimweg.

Das Haus am Rossmarkt lag im Dunkeln. Sie stieg langsam die Treppe hinauf, trat in ihr Zimmer und sah sich vergeblich nach Wind um, der auf Mäusejagd gegangen war. Dann setzte sie sich mit angezogenen Beinen ans Kopfteil ihres geschnitzten Himmelbetts. Was sollte sie tun? Peter Riexinger heiraten, der sie sicher gern aus ihrer misslichen Lage befreien würde?

»Matthis«, sagte sie.

Sein Name schmeckte nach Verlust. Noch nie hatte sie sich so einsam gefühlt. Anna war tot, Brenna hatte sich wieder in ihre Hütte auf dem Schurwald zurückgezogen. Matthis würde bei Sonnenaufgang nach Frankreich aufbrechen.

Tausend Eigenschaften fielen ihr ein, wenn sie an ihn dachte – Tollkühnheit, unerschütterlicher Frohsinn, Loyalität, Grausamkeit und Berechnung. Doch das war nicht alles.

Ich liebe ihn wegen seiner Verletzlichkeit.

Mitten in der Nacht hörte sie Corentins feste neben Tessas leichten Schritten auf der Treppe. Ihr beruhigendes Flüstern galt der kleinen Caroline, die vor sich hin jammerte. Die Tür zum Schlafzimmer schloss sich hinter ihnen.

Kurz darauf musste Leontine eingeschlafen sein, denn sie träumte vom Feuervogel, der aus der Asche erstand, bevor er sich mit leuchtend rotgelben Flügeln in die Morgenröte erhob. Mit einem Schlag war sie hellwach.

»Die Karten. Ich sollte sie Gaspard zurückgeben.«

Da sie in ihren Kleidern geschlafen hatte, musste sie nur ihre Schuhe suchen, die ihr am gestrigen Abend unter das Bett geraten waren.

Im Fenster stand schon der unwirkliche Schein, der dem Sonnenaufgang vorausging. Leontine griff nach dem Tarotdeck, stürzte aus dem Zimmer und stolperte über eine Gestalt, die am Treppenabsatz saß.

»Herrgott noch mal, Cyrian! Was tust du da?«

Er fuhr sich mit der Hand durch seinen wirren Schopf. »Ich warte hier schon die ganze Zeit auf dich.«

Sie hob abwehrend die Hände. »Ich bringe nur Gaspard seine Karten zurück.«

»Wer's glaubt«, entgegnete er spöttisch. »Du solltest mit Matthis gehen. Er liebt dich wirklich.«

Leontine seufzte ungeduldig. »Ich hatte gedacht, *du* könntest der Versuchung nicht widerstehen, dich ihm anzuschließen.«

»Da habe ich auch lange drüber nachgedacht. Aber das würde Tessa das Herz brechen. Außerdem möchte ich Vater besser kennenlernen. Also kannst du meinen Braunen nehmen. Er braucht eine feste Hand, daran musst du dich halt gewöhnen. Hier, sieh her.« Er zog ein unordentlich zusammengerolltes Bündel hervor. »Ich hab dir ein Paar Ersatzbeinlinge und deinen warmen Mantel eingepackt. Unseren Eltern sage ich Bescheid, wenn ihr über alle Berge seid.«

Leontine starrte ihn überrascht an. »Aber, das kann ich doch nicht machen.«

»Leo, wozu bist du eine Hexe? Wenn du Sicherheit willst, frag doch einfach die Karten.«

Unschlüssig musterte sie das Deck, das mit einer Seidenschnur umwickelt in ihrer Hand lag. Nicht ohne Grund scheute sie davor zurück, für sich selbst in die Zukunft zu blicken. Jetzt jedoch löste sie entschlossen das Band und zog nur eine einzige Karte hervor.

Sie zeigte »Die Liebenden«.

Das Blut sang in Leontines Ohren. Die Zukunft erstreckte sich vor ihr wie ein kristallklares Meer, über das der Feuervogel und der Rabe weit nach Westen flogen. »Greif zu!«, sagte Anna.

»Ich muss gehen.« Sie drückte Cyrian ein letztes Mal an sich, verließ eilig das Haus, sattelte den Braunen und überquerte die Brücke. Die Wächter hatten die Tore soeben geöffnet, also musste Matthis noch da sein.

Das Licht des Sonnenaufgangs lag wie ausgegossene Flammen über dem Wasser. Matthis und Gaspard warteten im Ufergebüsch und warfen Kiesel in den brennenden Neckar. Ihre Pferde weideten im Ufergras. Greif hatte zu ihren Füßen gelegen. Er rappelte sich auf, als er Leontine sah, und trottete auf sie zu.

»Ahh, Leontine«, sagte Gaspard. »Das wurde aber auch Zeit.«

Matthis trug ein weißes Hemd mit Schnürverschluss über ledernen Kniehosen. Seine Haare fingen das Licht ein. »Du bist doch noch gekommen.« Er sah nicht aus, als hätte er mit diesem Wunder gerechnet.

Leontine führte den Braunen am Zügel. Ihr Herz klopfte laut in ihrer Kehle. »Warum bist du mir nach Urach gefolgt?«

Sein blauer Blick traf sie. »Wahrscheinlich konnte ich nicht ertragen, dir nicht wenigstens Adieu gesagt zu haben.«

»Du hast uns erst gerettet und dann …«

Matthis grinste schief. »Als mich die Soldaten packten, hatte ich zum ersten Mal seit Jahren wieder Angst. Die Geschehnisse auf dem Stuttgarter Richtplatz sind mein schlimmster Alptraum, und so hätte ich beinahe …«

»… aufgegeben«, vollendete Leontine.

Matthis nickte. »Aber du nicht. Du zeigst im Angesicht der Gefahr, was wahrer Mut ist.« Er fiel in eine Verbeugung, die einem Höfling alle Ehre gemacht hätte.

»Ich begleite dich«, sagte Leontine entschlossen.

Matthis pfiff nach Herakles und saß auf. »Ich lege dir die Welt zu Füßen«, sagte er.

Im Augenwinkel sah Leontine den Nix auf einem Felsblock am Neckarufer sitzen. Er winkte ihr mit seinen langen grünen Fingern zu, lachte übermütig und sprang mit dem Kopf voran in die Fluten wie eine silbrig glänzende Forelle.

Sie vertrieb die Erscheinung mit einem kräftigen Blinzeln, bestieg den Braunen und lenkte ihn neben Herakles. Seite an Seite betraten sie in geruhsamem Tempo den Treidelpfad am Neckar. Gaspard folgte ihnen auf seinem flinken Pony. Mit ihren schwarzen Umhängen und den Muscheln um den Hals ähnelten die Männer Jakobspilgern auf dem Weg nach Santiago de Compostela.

»Warum hast du dich umentschieden?«, fragte Matthis. Seine blauen Augen strahlten im Schatten der Kapuze.

»Weil ich dich liebe«, entgegnete Leontine. Nichts war je einfacher gewesen.

»Vergiss nicht, wer ich bin.« Es schien ihr, als wundere er sich über das unverschämte Glück, das ihm wieder einmal zuteilgeworden war. »Der König der Diebe. Ich stehle Corentin seine Prinzessin unter den Augen weg.«

»Ich bin freiwillig gekommen«, stellte Leontine klar. »Und … bei Gelegenheit hab ich dir etwas zu sagen.«

Matthis sah sie erwartungsvoll an. »Was denn?«

Sie bogen auf die Straße nach Cannstatt ein und fielen in einen leichten Trab. Greif lief ihnen in langen Sprüngen voraus. Es war ein wunderschöner warmer Spätsommermorgen, an dem die Sonne golden über dem Flusstal stand.

Noch ist nicht die richtige Gelegenheit, dachte Leontine. Warum soll ich es ihm schon verraten, wo das Geheimnis bei mir doch am sichersten aufgehoben ist?

»Das hat Zeit bis zur Grenze«, sagte sie.

Pia Rosenberger
DIE TOCHTER DES GEWÜRZHÄNDLERS
Broschur, 464 Seiten
ISBN 978-3-7408-0219-6

Sommer 1514 in Württemberg: Die Bauern erheben sich gegen den tyrannischen Herzog Ulrich. Als die junge Esslingerin Tessa Berthier die Leiche ihres Jugendfreunds Ludwig findet und plötzlich seinem Mörder gegenübersteht, ahnt sie nicht, dass diese Begegnung ihr Leben für immer verändern wird. Im letzten Moment gelingt ihr gemeinsam mit dem geheimnisvollen Corentin Wagner die Flucht ins Remstal, mitten hinein in die Wirren des gerade entfachten Aufstands des »Armen Konrad«. Doch auch Corentin umgibt ein düsteres Geheimnis.

»Rosenberger zeigt sich einmal mehr als versierte Autorin, die ihre Geschichten ansprechend, historisch verlässlich und bisweilen mit einem wohltuenden Augenzwinkern erzählt.« Esslinger Zeitung

www.emons-verlag.de